Infelizmente Sua

Infelizmente Sua

Tradução de
Helen Pandolfi

TESSA BAILEY

Copyright © 2023 by Tessa Bailey

Tradução publicada mediante acordo com Taryn Fagerness Agency e Sandra Bruna Agencia Literaria, SL. Todos os direitos reservados.

TÍTULO ORIGINAL
Unfortunately Yours

COPIDESQUE
Thaís Carvas

REVISÃO
Juliana Borel

PROJETO GRÁFICO
Diahann Sturge

DIAGRAMAÇÃO
Henrique Diniz

ILUSTRAÇÕES DE MIOLO
© baza178/Shutterstock (videira)
© lexlinx/Shutterstock (gato)

ILUSTRAÇÃO DE CAPA
Monika Roe

ADAPTAÇÃO DE CAPA
Lázaro Mendes

CIP-BRASIL. CATALOGAÇÃO NA PUBLICAÇÃO
SINDICATO NACIONAL DOS EDITORES DE LIVROS, RJ

B138i

    Bailey, Tessa
      Infelizmente sua / Tessa Bailey ; tradução Helen Pandolfi. - 1. ed. - Rio de Janeiro : Intrínseca, 2024.

      Tradução de: Unfortunately yours
      ISBN 978-85-510-0975-8

      1. Romance americano. I. Pandolfi, Helen. II. Título.

24-91845
      CDD: 813
      CDU: 82-31(73)

Meri Gleice Rodrigues de Souza - Bibliotecária - CRB-7/6439

[2024]
Todos os direitos desta edição reservados à
EDITORA INTRÍNSECA LTDA.
Av. das Américas, 500, bloco 12, sala 303
Barra da Tijuca, Rio de Janeiro – RJ
CEP 22640-904
Tel./Fax: (21) 3206-7400
www.intrinseca.com.br

Capítulo um

Desde que August Cates se entende por gente, seu pau sempre estragou tudo.

Durante uma gincana na sétima série, vestindo uma calça de futebol americano, ele teve uma ereção na frente da escola inteira. Como os colegas de sala não podiam chamá-lo de tarado na frente dos professores, começaram a chamá-lo de "O Mala". O apelido pegou, e assim ele ficou conhecido até o fim do ensino médio. August nunca mais conseguiu pensar em gincanas sem sentir um calafrio.

Ouça a sua intuição, meu filho.

Era o que dizia o pai dele, comandante da Marinha. Na verdade, esse era praticamente o único conselho que ele tinha a oferecer; todo o resto não passava de ordens. O problema era que August geralmente precisava de mais instruções; se alguém pudesse desenhar, seria ainda melhor. Ele não era o tipo de cara que entendia as coisas de primeira. O que talvez explicasse por que sempre confundiu sua "intuição" com o próprio pau.

Ou seja, ele entendeu o conselho do pai como...

Ouça o seu pau, meu filho.

August endireitou a taça de vinho que tinha diante de si para conter o impulso de ajeitar o membro em questão. A taça, que estava em cima de uma bandeja de prata, em breve seria levada à mesa de jurados.

Naquele exato momento, três grã-finos presunçosos bebericavam um Cabernet produzido por outro vinicultor local para a competição Aromas Estreantes, enquanto a multidão de aficionados por vinho do condado de Napa se empoleirava nas respectivas cadeiras para ouvir a crítica de uma jurada em particular.

Natalie Vos.

A filha de um enólogo célebre, herdeira da Vinícola Vos e uma verdadeira praga para a sanidade de August.

Ele acompanhou com o olhar quando os lábios carnudos de Natalie tocaram a borda da taça. Ela estava com um batom elegante cor de ameixa que combinava com a blusa de seda que usava por dentro da saia de couro. August podia jurar que conseguia sentir a textura do couro na palma das mãos; ele quase conseguia sentir os dedos descendo pelas pernas nuas de Natalie, e então tirando os saltos altos com bicos pontudos dos pés dela. Não pela primeira vez — na verdade, muito longe disso —, ele se xingou mentalmente por ter arruinado suas chances de levar Natalie Vos para a cama. Natalie não encostaria nele nem se ele fosse o último homem do universo; tinha deixado isso bem claro.

As chances de August vencer aquela competição também não eram lá muito animadoras.

Não só porque ele e Natalie Vos eram inimigos, mas porque o vinho dele estava uma bela de uma porcaria. Todo mundo sabia disso. Até mesmo August. Mas a única pessoa com coragem de dizer isso na lata estava se preparando para compartilhar seu veredicto.

— Tem uma coloração vibrante, embora um pouco clara. À boca, sentimos notas de tabaco. Tem um retrogosto cítrico, tendendo para o ácido, mas... — Ela ergueu o vinho contra a luz do sol e o analisou através da taça de vidro. — No geral, muito agradável. Admirável para uma adega de dois anos.

Uma onda suave de aplausos e sussurros percorreu a plateia. O enólogo agradeceu aos jurados e fez uma reverência para Natalie ao retirar sua taça. August revirou os olhos; não conseguiria se conter nem se a vida dele dependesse disso. Infelizmente, no entanto, Natalie notou o gesto e, ao arquear uma das sobrancelhas perfeitamente delineadas, fez sinal para que August se aproximasse da mesa para sua avaliação. Era como uma princesa convocando um plebeu — uma comparação que caía como uma luva para a situação dos dois.

O lugar de August não era ali, no pátio ensolarado de um resort cinco estrelas em plena tarde de sábado, equilibrando taças em bandejas de prata, servindo ricos desmiolados que exageravam tanto a importância do vinho que chegava a ser caricato. Ele não pertencia à atmosfera sofisticada de Santa Helena. Não sabia nem escolher um bom cacho de uvas no mercado, que dirá cultivar o solo e plantá-las para produzir o próprio vinho.

Eu tentei, Sammy.
E tinha tentado mesmo. A competição oferecia um prêmio de dez mil dólares, era a última esperança de August para manter o negócio de pé. Se pudesse voltar no tempo, prestaria mais atenção no processo de fermentação. August aprendeu na marra que "deixar as coisas fluírem" não dava muito certo naquele contexto. Era preciso degustar, corrigir e reequilibrar a bebida constantemente a fim de evitar a deterioração. Talvez ele se saísse melhor se tivesse mais tempo para provar o seu valor.

Para isso, precisava de dinheiro. E August tinha mais chances de levar Natalie para a cama que de vencer aquele concurso, o que significava que ele não tinha chance alguma, porque, é claro, o vinho estava uma droga. Ele teria sorte se os jurados conseguissem deixar a bebida descansar em suas papilas gustativas por mais de três segundos; ser declarado vencedor estava fora de cogitação. Mas August estava determinado a ir até o fim, não queria olhar para trás e se perguntar se poderia ter se esforçado mais para realizar aquele sonho que herdara.

August se dirigiu à mesa dos jurados e pousou as taças de vinho diante de Natalie com muito menos pompa do que os outros concorrentes, depois fungou, deu um passo para trás e cruzou os braços. Do outro lado da mesa, ela o encarava com desdém. Os olhos de Natalie eram tão lindos que chegavam a irritar; as íris douradas da cor de uísque, envoltas por um anel castanho um tom mais escuro. August se lembrava do momento exato em que a expressão nos olhos dela passou de *pode fazer o que quiser comigo* para *tomara que você seja atropelado e morra*.

Megera.

Mas aquele era o território dela, não dele. August tinha 1,83 metro e um corpo lapidado por anos de trabalho na Marinha; ele se encaixava naquele ambiente tão bem quanto o Rambo se encaixaria em uma confeitaria. A camisa que os participantes deveriam usar na competição não servia direito, então, em vez de vesti-la, ele a pendurou no bolso traseiro da calça jeans. Talvez pudesse usá-la para secar o vinho no chão quando os juízes o cuspissem.

— August Cates, da Adega Zelnick — anunciou Natalie, passando as taças de vinho para os outros jurados.

Por fora, Natalie exibia a inabalável fachada nova-iorquina de sempre, mas quando ela se empertigou para levar à boca uma quantidade de vinho que mal servia para sujar a taça, August percebeu que a respiração dela estava acelerada. Dos três jurados, Natalie era a única que sabia o que estava por vir; ela já tinha provado o vinho de August — e o comparado com mijo de demônio. Isso aconteceu na ocasião também conhecida como a noite em que ele arruinou sua única chance de ser levado aos aposentos reais da princesa Vos.

Desde aquele fatídico dia, a relação dos dois se resumia a uma sucessão de conflitos. Quando se encontravam na Grapevine Way ou em eventos locais de vinho, Natalie coçava discretamente a sobrancelha com o dedo do meio enquanto ele fazia questão de perguntar quantas taças de vinho ela já tinha tomado antes da hora do almoço.

Em teoria, August odiava Natalie. Os dois se odiavam. Mas, para desgosto de August, ele não conseguia odiá-la. Não de verdade.

E isso tinha tudo a ver com o fato de ele ter entendido "pau" em vez de "intuição" quando o pai o aconselhava.

Ouça o seu pau, meu filho.

E essa parte específica de sua anatomia poderia muito bem estar casada com Natalie Vos. Com direito a uma porção de filhos e um cachorro, casa no campo em Viena, o pacote completo, tipo comercial de margarina. Se todas as decisões de August dependessem da cabeça de baixo, ele teria pedido desculpas na noite em que ele e Natalie tiveram a primeira discussão e implorado por outra chance de fazê-la subir pelas paredes. Mas era tarde demais. Ele não tinha escolha a não ser retribuir a antipatia de Natalie, porque sua cabeça de cima sabia muito bem por que o relacionamento dos dois jamais teria durado mais de uma noite.

Natalie Vos transbordava privilégio e sofisticação — isso sem falar em dinheiro.

Já August, aos 35 anos, estava mais pobre do que um rato de igreja. Havia torrado as economias de uma vida inteira para abrir a vinícola, sem qualquer experiência ou orientação, e perder aquele concurso seria o fim da linha para a Adega Zelnick.

August estava sem ar, como se alguém estivesse o sufocando, mas se recusou a interromper o contato visual com a herdeira. A expressão facial dele provavelmente deixou transparecer o nó que crescia em sua garganta, porque, bem devagar, a postura arrogante de Natalie se desfez e ela franziu a testa, examinando o rosto de August. Ela se inclinou sobre a mesa e sussurrou:

— O que foi? Está atrasado para ir ver aqueles seus programinhas de luta livre ou o quê?

— Eu não me atrasaria para ver meus programinhas de luta livre nem se precisasse chegar tarde no meu próprio velório — retrucou ele. — Anda, toma logo esse vinho, pode dizer que parece suco de bolor e vamos acabar com isso, princesa.

— Na verdade, eu ia dizer que seu vinho tem gosto de rato molhado. — Ela agitou os dedos na direção de August. — Estou falando sério, o que houve? Sua cara está mais detestável do que o normal.

Ele suspirou e olhou em volta, na direção dos espectadores, todos vestindo camisa polo ou roupas no estilo esporte fino que provavelmente custavam mais do que sua caminhonete.

— Deve ser porque estou preso num episódio de *Succession*. — Mas era hora de mudar de canal. Não que ele tivesse escolha.

— Vá em frente, Natalie, pode me detonar.

Ela franziu o nariz para o vinho de August.

— Parece que você já fez isso sozinho.

Ele riu.

— Que pena que não estamos no concurso de jurada mais amável, você com certeza levaria o prêmio.

— Está insinuando que sou malvada? Maldade mesmo é me obrigarem a experimentar isto aqui.

— É só mandar a taça toda para dentro sem nem sentir o sabor, como você sempre faz.

Aquilo foi um vislumbre de mágoa nos olhos de Natalie antes que ela pudesse disfarçar?

Não. Claro que não.

— Você é um... — começou ela.

— Pronta para começar, srta. Vos? — perguntou o jurado cinquentão de cabelo grisalho, colunista da revista *Loucos por Vinho*.

— S-sim. Vamos lá.

Um pouco desconcertada, Natalie ajeitou a postura e deslizou os dedos em torno da haste da taça com o Cabernet mais recente de August. Com as sobrancelhas ainda franzidas, ela girou a taça no sentido horário e depois a levou à altura do nariz para sentir o aroma. Os outros jurados já estavam tossindo e olhando uns para os outros, confusos. Perguntavam-se se seria possível que, por um engano, tivessem servido vinagre em vez de vinho.

Todos cuspiram nos recipientes de prata quase em sincronia.

Natalie, no entanto, parecia determinada a suportar o máximo possível.

Seu rosto ficou vermelho e seus olhos começaram a lacrimejar.

Mas, para o choque de August, ela engoliu o vinho, depois tossiu.

— Me parece que... — começou um dos jurados, visivelmente abalado. Atrás de August, a plateia cochichava. — Me parece que algo deu terrivelmente errado durante seu processo.

— Pois é... — concordou outro jurado com uma risada, cobrindo a boca com a mão. — Ou que uma das etapas foi completamente ignorada.

A plateia riu, atraindo a atenção de Natalie. Ela abriu a boca para dizer alguma coisa, mas fechou logo em seguida. Normalmente, não hesitaria em destruir August, então por que não estava fazendo isso? Será que havia ficado com pena? E, se sim, por que escolheria justamente aquele momento, o momento em que August precisava sair dali com pelo menos um pingo de dignidade, para pegar leve com ele?

Pff. Até parece.

Ele não precisava da piedade daquela herdeira mimada. August tinha passado por coisas na Marinha que as pessoas reunidas naquele gramado bem aparado não conseguiriam imaginar nem em seus piores pesadelos. Ele já tinha saltado de um helicóptero em um céu totalmente escuro. Já tinha sobrevivido a semanas a fio no deserto. Sofreu perdas que ainda doíam como se tivessem acontecido no dia anterior.

E mesmo assim não conseguia produzir um vinho decente.

Ele tinha falhado com Sam.

Mais uma vez.

Isso doía muito mais do que ser julgado por uma fedelha nascida em berço de ouro e por todas aquelas pessoas que ele provavelmente nunca mais voltaria a ver. Na verdade, August queria que Natalie simplesmente batesse o martelo para que ele pudesse mostrar que não se importava nem um pouco com a opinião dela. O que doía de verdade era saber que ele nunca realizaria o sonho do melhor amigo; o que a princesinha pensava era o de menos.

August apoiou as mãos sobre a mesa e se debruçou em direção a Natalie, que arregalou os olhos dourados, atônita diante de tamanha audácia.

— Você não está esperando por um suborno, está? É claro que não, afinal você é uma Vos. — Ele deu uma piscadinha e chegou mais perto, o suficiente para que apenas Natalie fosse capaz de ouvir o que estava prestes a sussurrar. — A menos que esteja esperando um outro tipo de suborno. Isso sim eu posso arranjar pra você, princesa.

Então Natalie jogou o vinho no rosto de August.

Pela segunda vez na vida.

E, pensando bem, ele não tinha como culpá-la.

August estava com raiva pelo próprio fiasco e Natalie era um alvo fácil.

Mas ele não estava disposto a pedir desculpa. De que adiantaria? Ela já o odiava, e ele tinha acabado de piorar as coisas. O melhor que poderia fazer para compensar o insulto era ir embora da cidade — e era exatamente essa a intenção dele. Não tinha muita escolha.

Com vinho escorrendo pela barba por fazer, August se afastou da mesa, esfregou o rosto na manga da camisa e saiu em disparada pelo gramado rumo ao estacionamento. Ele sentia o fracasso cravado no peito como uma estaca. Quando estava quase chegando a sua caminhonete, ouviu uma voz familiar. Natalie realmente estava *indo atrás* de August depois de tudo o que ele tinha dito?

— Espere!

Preparado para dar de cara com um cano de espingarda apontado para o próprio nariz, August se virou, desconfiado, e observou enquanto aquela linda pedra no sapato se aproximava. Por que diabos ele estava sentindo aquela vontade idiota de correr ao encontro dela e beijá-la? Natalie daria um soco na cara de August se ele tentasse, mas, pelo amor de Deus, sua intuição (seu pau?) insistia que aquela era a coisa certa a se fazer.

— O que foi? Quer jogar mais alguma coisa na minha cara?

— Meu punho. Além de outros objetos afiados. Mas... — Ela deu de ombros, parecendo procurar as palavras certas. — Olha, sei que não somos amigos, August. Eu falei mal do seu vinho na noite do nosso primeiro encontro e você me odeia desde então, mas o que você disse agora, dando a entender que meu sobrenome faz de mim superior, não faz sentido. Você está errado.

Ela deu um passo para a frente, e seus saltos deixaram o gramado, encontrando o asfalto.

— Você não sabe *nada* sobre mim.

Ele começou a rir.

— Ah, não? Quais são os seus grandes problemas e sofrimentos de herdeira?

Ela lhe lançou um olhar amargo.

— Não estou dizendo que sofri, mas também não passei a vida toda surfando nos privilégios do meu sobrenome como você parece acreditar. Voltei para Santa Helena há poucos meses. O sobrenome Vos não abre nenhuma porta em Nova York.

August cruzou os braços e se apoiou no carro.

— Mas aposto que o dinheiro abre.

Natalie fitou August com um olhar que dava a entender que ele realmente não sabia de nada, e ele não gostou daquilo. Não gostou da possibilidade de estar errado sobre aquela mulher, principalmente porque era tarde demais para recalcular a rota. Ele passaria o resto da vida se perguntando o que poderia ter feito de diferente, mas pelo menos conseguiria deixar essa fase da vida para trás sabendo que fez o seu melhor por Sam. Nada mais importava.

— Você já quis me conhecer de verdade? Ou era só... — Por um breve instante, Natalie pousou o olhar sobre a virilha dele e desviou o rosto depressa, mas foi suficiente para fazer com que August se sentisse na gincana da escola outra vez, tentando não ficar excitado. — Ou era só sexo?

Que diabos August deveria responder?

Que ele a viu do outro lado da sala naquela porcaria de evento no Filosuvinhas dos Sabores de Napa e sentiu como se um cupido gorduchinho tivesse acabado de arremessar uma flecha bem no meio do peito dele? Que naquela noite ele tinha ficado com as mãos suando por causa de uma mulher pela primeira vez na vida? Ele já estava naquela zona rural vienense segurando uma cesta de piquenique e um violão. Pelo amor de Deus, ela era tão linda, tão interessante, tão engraçada. Por onde tinha andado durante toda a vida dele?

Mas então, de alguma forma, tudo foi por água abaixo. August deixou o próprio orgulho falar mais alto do que... o quê? O que teria acontecido se tivesse relevado a opinião de Natalie sobre o vinho dele e seguido em frente? E se ele não tivesse interpretado aquilo como uma crítica aos sonhos do melhor amigo? E fazia diferença se perguntar isso àquela altura do campeonato?

Não.

Ele estava sem grana. A vinícola tinha se transformado em um desastre irreversível. August era a grande chacota de Santa Helena e estava arrastando o nome do melhor amigo na lama junto com o dele.

Hora de se mandar, cara.

— Ah, Natalie — respondeu August, levando a mão ao peito. — Meu grande sonho era dançar com você no topo de uma colina enquanto nossos filhos, com roupinhas combinando, brincavam no gramado, como num comercial de margarina. Como foi que você não percebeu?

Por um momento, ela pareceu não entender, mas sua expressão de confusão se desfez e ela recuou. August teve que cerrar os punhos e se controlar para não ir atrás dela.

— Entendi. — A voz de Natalie soou ligeiramente rouca. *Cacete*. — Tomara que você se divirta em casa com seus comerciais de margarina na companhia dos ratos molhados que temperaram o seu vinho. Espero que o trabalho deles seja remunerado.

— Não será minha casa por muito mais tempo. — Ele fez um gesto em direção ao evento atrás deles, que seguia a todo vapor. Mais vinho era servido em bandejas de prata enquanto alguns jurados tiravam fotos com a plateia. — Essa competição foi a gota d'água para mim. Vou partir para outra.

Natalie começou a rir, mas parou assim que percebeu que ele a encarava com o semblante sério.

— Caramba. Você realmente não sabe receber críticas construtivas, hein? — declarou Natalie.

— Aquilo foi uma crítica construtiva para você? — perguntou August, bufando.

— Pensei que soldados da Marinha fossem duros na queda. Vai se deixar abater por um concurso de vinhos?

— O dinheiro não cai do céu para mim como acontece com algumas pessoas desta cidade. E quando digo "algumas pessoas", estou me referindo a você, caso não tenha ficado claro.

A resposta arrancou outra risada de Natalie. Um instante de silêncio se passou, então ela disse:

— Parabéns, August, você me conhece direitinho.

Ela deu meia-volta e se afastou depressa, a saia de couro balançando de um lado para o outro na cena de despedida mais dolorosa do universo.

— Meus sinceros pêsames à próxima cidade em que você vai morar — continuou ela, olhando para trás. — Especialmente às mulheres.

— Pare de dar uma de durona e venha para casa comigo. Você sabe que quer. — Por alguma razão, quanto mais ela se afastava, mais o estômago de August embrulhava. — Ainda dá tempo, Natalie.

Quando ele disse isso, Natalie parou. August prendeu a respiração, percebendo pela primeira vez o quanto queria estar com ela. Talvez até mesmo o quanto *precisava* dela. Natalie se virou, e ele sentiu o sangue congelar.

— Você tem razão, ainda dá tempo — respondeu, mordendo os lábios com um olhar vulnerável que o deixou com um nó na garganta. *Nunca mais vou ser um babaca com essa mulher, nunca mais*. — Ainda dá tempo de mandar você ir para o inferno, August Cates — retrucou ela, agora com uma expressão de fúria.

Ele sentiu o estômago revirar, quase surpreso demais para revidar o ataque.

— Para o inferno? Mas esse não é o seu endereço?

— É isso aí! — Ela nem se deu ao trabalho de virar para trás outra vez. — E foi lá que conheci sua mãe. Ela me disse que preferia morar com o capeta a tomar o seu vinho.

Ele sentiu um aperto no peito cada vez maior à medida que Natalie se afastava, distante demais para ouvi-lo em meio à música que começou a tocar no evento. Ela também estava definitivamente distante demais para que August pudesse tocá-la, então por que os dedos dele formigavam de vontade de fazer isso? As chances de August conquistá-la agora estavam abaixo de zero, assim como as chances que ele tinha de ter êxito como vinicultor. Depois de lançar um último olhar demorado em direção à mulher que ele sabia que tinha perdido, August xingou baixinho, entrou na caminhonete e saiu do estacionamento, ignorando a sensação de estar deixando uma ponta solta para trás.

Capítulo dois

No escuro, Natalie tateou à procura do botão do som e colocou no máximo o volume da sinfonia de chuva e sapos. Julian e Hallie até tentavam fazer silêncio, tentavam mesmo, mas só há um motivo para as molas da cama rangerem às quatro da madrugada. E aquelas molas rangiam pra valer! Natalie cobriu o rosto com um travesseiro e se enrolou nos lençóis, colocando em ação o que ela chamava de Técnica das Capitais. Quando seu irmão e a nova namorada decidiam transar no quarto ao lado do dela na casa de hóspedes que os três dividiam, Natalie tentava repelir aquelas imagens repugnantes listando as capitais de todos os estados norte-americanos.

Montgomery, Juneau, Phoenix...

Nhec nhec nhec.

Já chega.

Natalie se sentou na cama, arrancou a máscara de dormir e aguardou alguns segundos para que a tontura pós-vinho se dissipasse. Chega de desculpas. Precisava criar coragem e ir falar com a mãe. Já era hora de dar o fora de Napa. Ela já tinha passado tempo demais lambendo as próprias feridas, e, embora estivesse muito feliz por Julian ter encontrado o amor da vida dele, não precisava testemunhar o fato estourando os próprios tímpanos.

Ela afastou o cobertor e ficou de pé. Ao se levantar, esbarrou com o quadril na mesinha de cabeceira e derrubou uma garrafa de vinho no chão. Uma das *quatro*, como se Natalie precisasse de mais um indício de que estava usando o álcool como muleta para se esquecer dos problemas.

Quando o mundo finalmente parou de girar, ela se virou para a janela do outro lado do quarto, que dava para a casa principal onde crescera e onde a mãe, Corinne, ainda morava. Era para lá que ela iria naquela manhã. Pedir dinheiro à mãe ia doer mais do que um milhão de picadas de vespa, mas que escolha tinha? Se quisesse voltar para Nova York e abrir uma empresa de investimentos, Natalie precisaria de capital.

Mas com certeza Corinne não facilitaria as coisas. Ela provavelmente já estava sentindo a filha prestes a descer do salto, e, naquele exato momento, esperava por Natalie sentada diante da lareira, vestindo seus melhores trajes. Claro, as duas tinham compartilhado bons momentos desde que Natalie voltara para Santa Helena, mas não era preciso de muito para perceber que ela sempre seria a Maior Vergonha da Vida de Corinne.

Natalie jogou a máscara de dormir nas garrafas de vinho tristes e vazias e se arrastou até o banheiro da suíte. Bom, era melhor fazer isso de uma vez, não? Se Corinne recusasse a proposta, Natalie pelo menos teria o resto do dia para curtir a fossa. E, estando em Napa, uma fossa até que tinha certo charme. Ela encontraria uma degustação de vinhos e atrairia os olhares de todos os presentes, pessoas que jamais saberiam que ela havia sido convidada a deixar o cargo de sócia em sua empresa de investimentos depois de cometer um erro que causara um prejuízo de bilhões de dólares.

Nem saberiam que ela havia levado um pé na bunda do noivo, envergonhado demais para levá-la ao altar.

Em Nova York? *Persona non grata.*
Em Santa Helena? Realeza.

Affff. Natalie tirou a camiseta e entrou debaixo do jato de água quente do chuveiro.

Se ela achava que ser obrigada a ouvir o irmão fazendo aquelas coisas era a definição de fundo do poço, a lembrança da conversa com August Cates a atingiu em cheio para provar que nada era tão ruim que não pudesse piorar.

O dinheiro não cai do céu para mim como acontece com algumas pessoas desta cidade.

Quem dera.

Claro, Natalie não tinha do que reclamar. Ela estava morando em uma casa linda que ficava em uma vinícola. Mas, àquela altura, já estava vivendo de suas economias havia cerca de um mês e, com o dinheiro que restava, não conseguiria abrir nem uma barraquinha de limonada, que dirá uma empresa. Tinha certos privilégios, verdade, mas liberdade financeira era uma questão completamente diferente. Questão essa que ela planejava resolver naquela manhã. E só lhe custaria uma coisa: o próprio orgulho.

O fato de August Cates estar planejando ir embora de Santa Helena não tinha nada a ver com sua repentina urgência de ir embora também. Nadinha mesmo. Aquele troglodita incompetente e as decisões que ele tomava não exerciam influência alguma na vida de Natalie. Então, por que ela sentia como se tivesse um buraco no estômago? O buraco aparecera no dia anterior, assim que August se aproximou da mesa para a avaliação do vinho que ele havia produzido. O homem era do tamanho de uma geladeira, mas sempre tivera certa suavidade no olhar. Era algo sereno e tranquilo que dizia: *Eu já vi de tudo. Eu consigo aguentar qualquer coisa.*

Mas, no momento da avaliação, ela percebeu.

E Natalie ficou surpresa com o quanto isso a desconcertou.

August parecia resignado. Derrotado.

Sozinha ali, secando o cabelo em frente ao espelho embaçado pelo vapor do chuveiro, Natalie não conseguia fingir que aquele buraco no estômago não estava cada vez maior. Para onde August iria? O que ele faria agora que tocar a vinícola estava fora de questão?

E quem *era* August Cates?

Uma parte dela — parte essa que ela jamais mostraria a ninguém — sempre se perguntou se um dia descobriria essa resposta. Por deslize, talvez, ou em um momento de fraqueza.

Será que ela estava apenas esperando esse momento?

Natalie desligou o secador com um movimento brusco, penteou mais uma vez o cabelo escuro e comprido e saiu do banheiro rumo ao armário. Escolheu um vestido preto de mangas longas e mocassins de couro, passou uma camada de batom nude e colocou brincos de ouro. Quando terminou de se arrumar, espiou pela janela do quarto e respirou fundo ao ver as luzes da casa da mãe acesas.

O pior que Corinne poderia fazer seria dizer não, mentalizou Natalie, seguindo pela trilha que contornava o vinhedo perfumado. O sol ainda não havia nascido, mas um brilho dourado sutil começava a iluminar o morro Santa Helena. Quase dava para sentir as uvas acordando e se curvando em direção à promessa de calor vinda lá de cima. Parte de Natalie amava de verdade aquele lugar. Era impossível não amar. O aroma de terra fértil, toda a tradição, toda a magia daquele processo tão complexo. Milhares de anos antes, um grupo de trabalhadores — provavelmente entediados — tivera a ideia de enterrar garrafas de suco de uva para preservá-las no inverno, e assim surgira o vinho, o que comprovava a teoria de Natalie: para encher a cara, bastava querer.

Ela se deteve por um instante no primeiro degrau da escada que levava à casa de Corinne. A beleza do velho mundo estava presente em cada centímetro daquele lugar que um dia tinha sido o lar dela; havia canteiros transbordando com flores verdejantes e cheias de vida no peitoril de todas as janelas, além de cadeiras de balanço convidativas ao redor da construção. Embora a piscina ficasse no quintal dos fundos, podia-se ouvir o som da água mesmo ali, na porta de entrada. Era uma mansão majestosa que sempre impressionava os visitantes da vinícola. O lugar era de fato incrível, mas Natalie tinha mais apreço pela casa de hóspedes em que estava ficando do que pela mansão onde vivera desde que nasceu até o dia em que foi para a faculdade. E, naquele momento, tudo o que aquela casa representava era o obstáculo que ela estava prestes a enfrentar.

Natalie bateu na porta e ouviu passos vindos lá de dentro. No instante seguinte, o olho mágico ficou escuro, a tranca girou e lá estava Corinne.

— Não é possível — disse Natalie, com um suspiro, dando uma olhada naquela figura imponente com cabelo liso preto-acinzentado e a postura perfeita. Até as rugas da mãe pareciam feitas à mão, como se estivessem ali apenas porque Corinne permitiu. — Como é possível que você esteja de pé e completamente apresentável às cinco da manhã?

— Eu poderia perguntar a mesma coisa — respondeu Corinne, sem pestanejar.

— Tem razão — concordou Natalie, entrando na casa antes mesmo de ser convidada. — Mas eu não moro aqui. Você tem um pijama, pelo menos?

— Você veio até aqui para falar de roupa de dormir?

— Não, mas agora fiquei curiosa.

Corinne fechou a porta com firmeza e a trancou.

— É claro que eu tenho pijamas. Normalmente fico de pijama até as sete, mas tenho algumas reuniões on-line hoje de manhã. — Para a surpresa de Natalie, a mãe deixou um sorrisinho escapar por um breve momento. — Seu irmão fechou um novo acordo, agora somos os fornecedores de vinho oficiais de várias casas de festas no litoral da Califórnia. Ele realmente está virando o jogo a nosso favor.

— Está mesmo.

Natalie sentiu uma pontada de orgulho do irmão. Afinal, ele havia superado as próprias questões relacionadas à vinícola e dado a volta por cima. Ao mesmo tempo, porém, ela não conseguia ignorar a melancolia que pulsava em seu peito. Uma vez, uma só vezinha, gostaria que alguém falasse dela da forma que Corinne falava de Julian. Como se ela fosse indispensável. Como se fosse extremamente importante. Como se fosse querida e necessária.

— É difícil dizer não quando ele usa aquela voz séria de professor. Faz qualquer um sentir que está na sétima série de novo.

— Não sei o que Julian está fazendo, mas está dando certo.

Corinne endireitou a postura e avançou pelo hall de entrada, fazendo um gesto para que Natalie a acompanhasse. As duas seguiram até o canto da sala de estar cujas janelas davam para o vinhedo e as montanhas, então se sentaram em lados opostos de um sofá desconfortável que estava lá desde que Natalie era criança. Aquele sofá quase não havia sido usado porque os Vos não costumavam *ficar juntos* no mesmo lugar.

Não por muito tempo, pelo menos.

Então, para não quebrar a tradição familiar, Natalie decidiu ir direto ao assunto e, cruzando as mãos sobre o joelho, virou-se para Corinne.

— Mãe.

Se Natalie tinha aprendido alguma coisa trabalhando no ramo financeiro, era que fazer contato visual com uma pessoa ao pedir dinheiro a ela era importante, então foi o que fez.

— Já é hora de eu voltar para Nova York. Acho que você concorda. Falei com a Claudia, uma das analistas que trabalhavam comigo, e ela gostou da ideia da minha nova empresa. Vamos começar com pouco, vai ser uma empresa pequena, mas nós duas temos conexões boas o suficiente para garantir um crescimento estável. Bastam algumas decisões estratégicas para que...

— Quem diria. — Corinne segurou o queixo entre o polegar e o indicador. — Parece que você anda fazendo telefonemas importantes entre uma bebedeira e outra. Eu não fazia ideia.

Bang. Primeiro golpe.

Tudo bem.

Natalie tinha se preparado para esse tipo de comentário. *Vamos lá*.

Ela manteve a expressão impassível na tentativa de disfarçar o quanto seu coração estava acelerado. Como era possível que ela conseguisse fechar acordos milionários sem pestanejar, mas bastava uma alfinetada de Corinne para começar a suar frio e se sentir como se estivesse pendurada pelo dedo mindinho no topo de um arranha-céu?

Pais e seu talento para traumatizar os filhos.

— Sim, tenho feito algumas ligações — respondeu, com calma. Ela não se deu ao trabalho de negar as bebedeiras porque, bom, vinha bebendo muito, mesmo. — Cláudia já está em contato com um investidor, mas antes que alguém em sã consciência concorde em nos dar dinheiro, precisamos registrar a empresa. Precisaremos de um escritório e de certa influência no mundo dos investimentos, ainda que modesta. Para resumir, preciso de capital.

Natalie ficou em silêncio, tentando disfarçar a respiração ofegante.

Embora ambas soubessem que era só uma questão de tempo até que essa conversa acontecesse, sua mãe não esboçou nem mesmo a mais discreta das reações. Isso também era esperado, embora doesse mesmo assim.

— Mas aposto que você conseguiu guardar pelo menos *um pouco* de dinheiro — sugeriu Corinne em tom brando, arqueando graciosamente a sobrancelha cinza-escura. — Você era sócia de um fundo de investimento extremamente lucrativo.

— Sim, é verdade. Infelizmente, é preciso manter um certo estilo de vida para que as pessoas confiem em um investidor a ponto de dar dinheiro para ele.

— Me parece apenas uma maneira elegante de dizer que você gastava demais.

— É, pode ser.

Caramba. Driblar a própria irritação ia ser ainda mais difícil do que Natalie havia imaginado. Corinne também parecia ter se preparado para a conversa.

— Mas eram gastos necessários. Festas, roupas de grife, viagens e partidas de golfe caras com clientes. Morrison e eu morávamos em um apartamento na Park Avenue. Sem falar no depósito não reembolsável que fizemos para reservar o local da festa de casamento.

Aquela última frase doeu. Doeu lá no fundo.

Natalie tinha sido abandonada por um homem que dissera que a amava.

No entanto, por alguma razão, o rosto de Morrison não surgiu em sua mente. Em vez disso, a imagem que apareceu foi a de August. Ela se perguntou o que ele diria sobre um depósito de seis dígitos para reservar o Tribeca Rooftop. Natalie o imaginou em meio aos convidados. Ele ficaria totalmente deslocado, provavelmente apareceria de calça jeans, boné de beisebol e aquela camiseta cinza da Marinha. Ele acabaria com Morrison em uma queda de braço, também. Por que pensar nisso deu a ela o gás necessário para continuar?

— Bom, para ir direto ao ponto, sim, eu tenho um pouco de dinheiro. Se eu simplesmente estivesse voltando para Nova York, conseguiria bancar um apartamento e viver tranquilamente por alguns meses. Mas não é o que eu quero fazer.

A descarga de adrenalina correndo nas veias dela trazia uma sensação boa. Fazia muito tempo desde a última vez que se sentira assim. Ou talvez, enquanto se afundava na bebedeira, Natalie tivesse anestesiado sem querer a própria ambição na tentativa de adormecer a dor por ter perdido tudo o que lutara tanto para conquistar. Mas ali, naquele momento, toda a sua ambição estava de volta. Era como se ela estivesse em seu escritório todo envidraçado outra vez, ordenando que os analistas sentados nas baias devorassem as bolas dos concorrentes no café da manhã.

— Eu quero voltar melhor do que nunca. Quero que meus sócios percebam que cometeram um erro, quero...

— Quer vê-los pagando a língua — completou Corinne.

— Talvez — admitiu Natalie. — Posso ter cometido um erro grave, mas sei que se Morrison Talbot III tivesse tomado aquela decisão errada, teriam inventado mil e uma desculpas. Ele provavelmente teria sido promovido por ter iniciativa e assumir riscos. Os sócios se reuniram em segredo e votaram para me expulsar. Meus parceiros. *Meu noivo.* — Ela fechou os olhos por um instante para afastar a lembrança do momento de choque quando descobriu. Havia sido traída. — Se você estivesse no meu lugar, mãe, iria querer uma chance de voltar e mostrar a todos do que é capaz.

Corinne a encarou por alguns segundos.

— Talvez eu quisesse.

Natalie respirou fundo.

— Mas, infelizmente, não tenho o dinheiro que você está me pedindo — continuou Corinne, seu rosto ficando levemente corado. — Como você já sabe, a vinícola não está em seu melhor momento financeiramente. Com a ajuda de seu irmão, estamos conseguindo reverter isso, mas pode levar anos até voltarmos a ter lucro. Tudo o que eu tenho é esta casa, Natalie.

— Meu fundo fiduciário — disse Natalie, resoluta, criando coragem. — Estou pedindo para ter acesso ao meu fundo fiduciário.

— Como os tempos mudaram — respondeu Corinne em tom risonho. — O que foi mesmo que você disse assim que se formou em Cornell? Que nunca aceitaria nem mesmo um centavo nosso?

— Tenho trinta anos agora. Por favor, não jogue na minha cara uma coisa que eu disse aos 22.

Corinne suspirou, descansando as mãos sobre os joelhos.

— Você sabe muito bem como isso funciona, Natalie. Seu pai pode dirigir carros esportivos para cima e para baixo na Itália e desfilar por aí como um idiota com mulheres com metade da idade dele, mas ele estabeleceu os termos para retirada do fundo fiduciário e, legalmente e aos olhos do banco, ele ainda está no controle.

Natalie se levantou num salto.

— Os termos do contrato são arcaicos. Como é possível que ainda sejam legais nos dias de hoje? Tem que haver algo que você possa fazer.

A mãe deixou escapar um suspiro.

— Concordo com você, é claro. Mas seu pai teria que assinar quaisquer alterações.

— Eu *me recuso* a me humilhar diante daquele homem, principalmente depois de ele ter nos jogado para escanteio e ter deixado você sozinha para lidar com os prejuízos do incêndio quatro anos atrás.

Corinne voltou a atenção para o vinhedo lá fora, que começava a receber a luz do sol.

— Não sabia que você se importava.

— É claro que me importo. *Você* me pediu para *ir embora*.

— Ah, por favor. Você não via a hora de voltar para aquele hospício que é Nova York — retrucou a mãe.

As duas nitidamente se lembravam do período após o incêndio de maneiras muito diferentes. Discutir sobre o que tinha acontecido da última vez que Natalie estivera em Santa Helena não ajudaria em nada agora.

— Não foi bem assim, mas tudo bem.

Corinne parecia pronta para argumentar, mas logo mudou de ideia.

— Não há nada que eu possa fazer, Natalie. As regras do fundo são essas. O beneficiário deve ter um emprego remunerado e ser casado para que a liberação do dinheiro seja autorizada. Sei que soa extremamente antiquado, mas seu pai é um italiano da velha guarda. Os pais dele tiveram um casamento arranjado. Para ele, isso é motivo de orgulho. Faz parte de uma tradição.

— É machista.

— Eu normalmente concordaria com você, mas os termos são os mesmos para Julian. Quando criou o contrato, seu pai tinha um futuro grandioso em mente. Você e Julian com suas respectivas famílias, os dois assumindo a administração da vinícola. Netos por toda parte. Sucesso. — Ela fez um gesto distraído. — Quando nenhum de vocês demonstrou o menor interesse pelo negócio da família e foram embora, foi como se algo tivesse morrido dentro do seu pai. O incêndio foi a gota d'água. Longe de mim defendê-lo, só estou tentando oferecer outra perspectiva.

Natalie desabou de novo sobre o sofá.

— Por favor, tem que haver algo que você possa fazer. Não posso ficar aqui para sempre — implorou ela.

— Sinto muito que você tenha que passar pela penitência de ficar junto com sua família!

— Você se sentiria da mesma forma se acordasse todos os dias com os barulhos sexuais de Julian e Hallie.

— Meu Deus.

— Pois é, essas são exatamente as palavras que eles gritam quando acham que não estou em casa.

Corinne revirou os olhos, levantou-se e foi até a janela da frente.

— Seria de se esperar que a partida repentina de seu pai fosse abalar a lealdade de amigos e sócios, mas garanto que isso não aconteceu. Eles ainda o colocam em um pedestal. E isso inclui Ingram Meyer.

— Quem?

— Ingram Meyer, um velho amigo de seu pai. Ele é o gerente de crédito da Cooperativa de Crédito de Santa Helena, mas, mais importante, é o responsável por administrar o seu fundo fiduciário e o de Julian. Acredite em mim, ele vai seguir à risca as instruções de seu pai.

O queixo de Natalie parecia tocar o chão.

— Meu futuro está nas mãos de um homem de quem nunca ouvi falar e que nem sequer conheço?

— Sinto muito, Natalie. No fim das contas, a única opção é tentar convencer seu pai a alterar os termos.

— Eu jamais te pediria para fazer isso. — Natalie suspirou. — Não depois da forma como ele foi embora.

Corinne ficou em silêncio por um momento.

— Eu agradeço.

E era isso. Fim de papo. Não havia mais nada a ser dito. Naquele momento, Natalie estava longe de ter um emprego estável e mais longe ainda de se casar. O patriarcado vencia mais uma vez. Ela teria que voltar para Nova York com o rabo entre as pernas e pedir por um cargo de iniciante em uma das empresas que antes eram suas concorrentes. Fariam Natalie comer o pão que o diabo amassou e ela... sorriria e agradeceria. Provavelmente demoraria uma década para juntar o dinheiro necessário para abrir a própria empresa, mas ela conseguiria. Faria isso sozinha.

— Tudo bem. — Natalie se levantou, infeliz e resignada, e alisou o vestido para desamassá-lo. — Boa sorte com as reuniões.

Corinne não respondeu. Natalie saiu da casa, fechou a porta e desceu as escadas de queixo erguido. Ela iria até a cidade, arrumaria o cabelo e faria as unhas. Poderia ao menos estar apresentável quando voltasse para Nova York, certo?

Mas tudo mudou quando voltava de sua manhã de beleza. E essa, como toda boa história, começa com um gato, um rato... e um ex-integrante da Marinha.

Capítulo três

Ele deveria ter fechado a porta.

Agora a porcaria da gata tinha sumido. Ela decidiu dar no pé em protesto ao processo de arrumação de malas, mesmo que August mal tivesse começado. E ele realmente estava *só no início*: tudo o que havia feito até então foi tirar a mala do armário e deixá-la aberta em cima da cama. Depois de cheirar a mala, entrar nela e dar umas voltinhas lá dentro, Pimenta escapuliu para a cozinha. August achou que ela não daria a mínima para aquilo tudo, mas se esquecera da regra número um sobre gatos: mudança = fim do mundo. E eles eram sutis na vingança.

Agora lá estava August, percorrendo o caminho entre o fracasso que ele chamava de vinícola e a estrada, procurando, aos gritos, uma gata surda. Como as coisas haviam chegado àquele ponto?

Pimenta *nunca* saía de casa. Ele sabia disso porque, depois que a gata apareceu do mais absoluto nada e decidiu que August seria seu novo tutor, ele passou duas semanas tentando fazê-la dar o fora. Pelo visto, era só abrir uma mala para se livrar dela.

— Pimenta! — gritou August, com as mãos em concha ao redor da boca. Será que ela conseguia sentir as vibrações sonoras da voz dele? — Você acha que vou te abandonar só porque estou fazendo as malas? Já esqueceu que gastei *oitocentos* dólares no veterinário com você semana passada? Isso não é um sinal de comprometimento? Eu nem sabia que gatos podiam ter gengivite.

Silêncio.

Óbvio.

Aquele serzinho tão peculiar com quem dividia a casa quase não miava, geralmente só no meio da noite, por motivos que August desconhecia. Ele sempre se considerou uma pessoa que preferia cachorros. Não, ele *de fato* preferia cachorros. Gostava apenas *dessa* gata em particular.

Que ingênuo da parte dele.

Mais adiante, perto da estrada, avistou um borrão alaranjado. *Lá está ela.*

August apertou o passo, um pouco apreensivo ao perceber que estavam perto demais da pista. Quando ouviu o ronco distinto de um carro se aproximando, correu até onde ela estava, o suor escorrendo pelas costas.

— Pimenta! — gritou ele, xingando-se mentalmente por ter pegado a mala.

Alguns meses antes, ele havia colocado a caixa de areia de Pimenta na área de serviço e ela ficou três dias sem comer. Pelo visto, August não tinha aprendido a lição. Cães não se comportavam de um jeito tão esquisito, mas ele não tinha um cachorro. Ele tinha uma gata surda que estava a dois segundos de ser atropelada. Pimenta estava andando rápido demais, e ele não conseguiria alcançá-la a tempo. Mas o motorista provavelmente desaceleraria ao avistá-la, não é? Ela era uma gata laranja, afinal.

August sentiu um frio na espinha quando ouviu pneus frearem no asfalto. Ele correu ainda mais depressa, desviando das árvores, até que...

Lá estava aquela gata maluca, de barriga para cima, a dois centímetros do para-choque dianteiro de um carrinho azul, rolando no chão como se risse na cara do perigo. Aparentemente, ela havia acordado e decidido que aquele era um belo dia para matar seu humano do coração, certa de que sairia impune por ser uma coisinha fofa de nariz rosa. Inacreditável.

August estava prestes a ir até a gata para pegá-la e agradecer ao motorista por ser tão cuidadoso quando ouviu um grunhido rouco que o fez congelar.

Natalie?

Apesar de ele nunca ter ouvido Natalie fazer um som como aquele — só em seus sonhos, mas isso não contava —, August soube de imediato que ela era a motorista. Seu corpo entrou em estado de alerta máximo. Tinha passado a noite anterior se revirando na cama, amaldiçoando a si mesmo por não conseguir parar de pensar naquela mulher detestável, ao mesmo tempo que se sentia em um conflito estranho por apenas deixá-la para trás. August não imaginava que a veria de novo, mas lá estava ela, com a gata dele no colo, apertando-a contra o peito e a cobrindo de carinho e pedidos de desculpa enquanto afagava seu queixo.

Ele observou a cena, atônito. A gata se acomodou nos braços de Natalie e o encarou, de cabeça para baixo. A expressão de Pimenta deixava bem claro que ela tinha opções e que lançaria mão delas caso ele desse outro passo em falso, como, por exemplo, escovar os dentes em uma hora do dia que ela considerasse inadequada.

Ele deveria cumprimentar Natalie. Lógico.

Mas não faria mal nenhum aproveitar alguns segundos para admirá-la virada de costas. Era o passatempo favorito dele. Reparar naquelas pernas, especialmente com o vestido que ela estava usando. Os sapatos de bico fino que não eram tão altos, mas o suficiente para manter suas panturrilhas flexionadas. Meu Deus, como eram compridas aquelas pernas. Em seu leito de morte, o último arrependimento de August seria ter perdido a chance de senti-las ao redor do quadril dele. Debatendo-se quando ela estivesse quase lá, depois puxando-o para mais perto no ato final.

— Ai, meu Deus, bebezinho! — Natalie aninhava a gata, balançando-a como se fosse um bebê. — Me desculpe, eu não queria assustar você. Cadê seu dono, hein? — murmurava ela.

— Bem aqui, princesa — disse August.

Natalie se virou e August teve que conter um suspiro. *Caramba*. Ela sempre fora atraente, mas tinha algo ainda mais sedutor nela naquele dia.

— Tem uma coisa preta no seu olho — observou ele.

O corpo dela murchou ao vê-lo, como se ele fosse a decepção em forma humana.

— É delineador, seu brutamontes.

— Por que está usando tanto?

Ela deu de ombros.

— Talvez eu esteja indo para um encontro.

De repente, August sentiu um nó no estômago.

— Com quem?

Pelo amor de Deus. A ideia de Natalie estar indo para um encontro com outra pessoa era pior do que... do que qualquer outra coisa. Só porque *eles* não eram namorados não significava que ela poderia sair por aí tendo encontros com outras pessoas, não é? August *não* estava sendo irracional nem nada do tipo, certo?

Ela balançava a gata como se estivesse tentando niná-la.

— Não estou indo para encontro nenhum — murmurou Natalie. — Fui comprar uma base, mas me prenderam numa cadeira e me encheram de maquiagem.

Ele tentou disfarçar a onda de alívio que tomou conta do seu corpo.

— É que os atendentes sentiram o cheiro do limite do seu cartão de crédito a quilômetros de distância.

Ela abriu um sorriso.

— Você não deveria estar caçando um mamute no meio do mato ou algo assim?

August respondeu com um sorriso irônico.

— Eu deveria estar *fazendo as malas*, mas minha gata fugiu.

Natalie se empertigou, evidenciando seu quadril bem torneado.

— Você espera que eu acredite que essa gata é sua? Espera que eu acredite que tem uma *gatinha de estimação*?

— Na verdade, eu é que sou o animal de estimação *dela*.

Natalie examinou a gata, erguendo-a e inspecionando o corpinho dela.

— Por que ela não está de coleira?

— Olha, não sei se gatos aceitam usar coleira, mas a Pimenta — disse ele, apontando na direção da gata — com certeza não aceita. Ela fingiria gostar da coleira por uma ou duas horas e então eu acordaria no dia seguinte e encontraria uma ameaça de morte escrita com sangue no espelho do banheiro. Assinada com a patinha, ainda por cima.

Aquilo era um vislumbre de sorriso no rosto de Natalie ou ele estava sonhando?

A mulher tinha um sorriso de parar o trânsito. August havia *sentido* aquele sorriso. Já fazia meses desde a noite do encontro, e saber que ele nunca mais experienciaria aquele sorriso de novo era algo que o atormentava. Pelo menos enquanto os dois continuassem se encontrando em Santa Helena. A atração que ele sentia por Natalie era um grande castigo. Mais uma vez, seu pau estragava tudo e estava arruinando a despedida dele naquele exato momento. August *deveria* estar fazendo as malas, começando o processo de esquecer o que poderia ter acontecido se ele tivesse sido menos babaca. Ou se ela fosse uma pirralha menos mimada.

— Ah, bebê. Você só estava querendo fugir do cheiro de meia velha e de cerveja choca, não é? Hein? Pode me falar. — Natalie aninhava a gata e falava com ela com voz de bebê.

— Se estiver tentando virar minha gata contra mim, sinto lhe dizer que chegou tarde.

— Como assim? Ela não gosta de você? — Natalie pareceu surpresa por um momento, mas se recompôs depressa. — Digo... Claro, ela não gosta de você.

— Varia muito. Nunca sei o que vai acontecer no minuto seguinte.

— O que a irritou dessa vez?

Por que ele hesitou antes de responder? August não fazia ideia.

— Eu só peguei a minha mala e ela decidiu se rebelar contra o sistema.

Natalie ficou calada. Provavelmente estava se segurando para não insinuar outra vez que ele era um perdedor.

— Ah.

Alguns segundos se passaram em silêncio, então ela começou a se aproximar para devolver a gata.

— Bem, a última coisa que quero fazer é atrasar sua muito aguardada despedida de Napa.

August reagiu com um sorriso amarelo.

— Mal posso esperar para nunca mais olhar para trás.

— Os deuses do vinho com certeza estão em festa.

— Imagino que você saiba mesmo, já que os deuses do vinho são seus pais.

— Fala sério. Eles nem chegam perto disso.

Natalie tentou passar a gata para August, que a esperava de braços estendidos, mas Pimenta cravou as garras no tecido do vestido preto que ela usava. Natalie tentou soltá-la, sem sucesso. Pimenta não queria deixá-la.

— Não quero machucar as patinhas dela.

August passou a mão no cabelo.

— Ela quer se vingar de mim.

— Ela está grudada no colo da pessoa que você mais odeia. Estou começando a acreditar que essa gata tem um lado diabólico.

Natalie Vos estava longe de ser a pessoa que August mais odiava, mas ele não falou nada. Na verdade, ali, tão perto, o perfume floral que ela usava inebriava o cérebro dele a ponto de August se esquecer por que diabos eles tinham brigado para começo de conversa. Quem poderia guardar rancor de uma mulher tão bonita, que parecia ser tão delicada e que era tão mais baixa do que ele, fazendo-o parecer um ogro? Pelo menos até ela dizer:

— Você vai me ajudar ou vai ficar parado aí feito um palerma?

— Sinto muito, vossa majestade. Sei que está acostumada a ter pessoas se apressando para fazer tudo por você.

— Ah, cala a boca, August. Hoje não.

Ele foi invadido por um sentimento de preocupação do qual não conseguiu se desvencilhar.

— Como assim? Por que "hoje não"? Aconteceu alguma coisa?

Antes que ela pudesse responder, um carro se aproximou da estrada, contornando o veículo de Natalie, que ainda estava parado na pista em direção à Vinícola Vos. Quando Pimenta notou o movimento inesperado pelo canto do olho, ficou assustada e cravou as garras no peito de Natalie.

A mulher uivou de dor.

August experimentou um tipo de pânico que não sentia desde a época na Marinha. Sua garganta se comprimiu em um nó tão apertado que ele mal conseguia engolir.

— Caramba, princesa. Calma aí. — As mãos dele eram como dois pedregulhos inúteis, tateando sem jeito na tentativa de puxar as patas da gata, mas de alguma forma piorando a situação. — Eu só entendo de cachorros, não sei o que fazer.

— Você precisa acalmá-la. — Natalie ofegou quando a gata cravou as unhas ainda mais fundo. — Tranquilize ela.

— Ela não ouve muito bem — explicou August. — E fazer carinho nela é tipo uma roleta-russa, às vezes ela gosta, às vezes responde com a fúria de mil sóis. Não quero piorar a situação.

— Até parece. Você deve estar se divertindo.

— *Óbvio* que não estou, Natalie. — Incapaz de suportar a ideia das garras da gata ferindo a pele de Natalie, August puxou Pimenta, o que acabou rasgando o vestido dela e revelando vários arranhões que sangravam sob o tecido. — Que droga.

Natalie olhou para baixo e estremeceu.

— Está tudo bem.

— Não está, não. — August saiu em disparada em direção ao carro dela, os arranhões surgindo em sua mente toda vez que ele piscava. — Não se mexa.

— Você não manda em mim.

Ele ignorou a resposta e abriu a porta do carro de Natalie com Pimenta rosnando debaixo do braço, muito indignada. Devido à diferença de altura dos dois, August se viu preso entre o banco e o volante do carro até encontrar a alavanca que deslizava o assento para trás. Girou a chave na ignição, engatou a primeira marcha e manobrou o carro até o acostamento, tentando, sem sucesso, ignorar o perfume de Natalie, que tomava conta do veículo. O que havia naquelas sacolas de compras? O conteúdo estava embrulhado em papel de seda, o que significava que as compras deviam ser sofisticadas. Claro que eram.

Então por que Natalie tinha alugado aquela lata velha?

Não podia bancar uma Mercedes ou algo do tipo?

Dizendo a si mesmo para cuidar da própria vida e se concentrar na tarefa que tinha em mãos, August desligou o carro, deu uma última fungada no ar e saiu.

— O que você está fazendo? — interrogou Natalie, com os braços cruzados sobre o vestido rasgado. — Preciso ir para casa.

— Não até eu colocar algo nesses cortes. — Ele passou por ela com o felino chiando a tiracolo. — Venha.

— De jeito nenhum. Pode ir me devolvendo minhas chaves.

— Nem pensar.

— Você acha que vou entrar no meio do mato e ir até a sua casa com você? Que vou ficar sozinha com um homem que não teria hesitado nem por um segundo em me jogar na fogueira na época da caça às bruxas?

Aquilo pegou August de surpresa. Franzindo a testa, ele se virou para Natalie, que parecia desconfiada.

— Você tem medo de ficar sozinha comigo?

Ela não respondeu. Na verdade, parecia não *saber* a resposta. Independentemente do ódio que existia entre eles, aquela incerteza incomodou August.

— Natalie, ver esses cortes em você está me deixando nervoso. É mais provável eu seguir carreira no balé clássico do que machucar você.

Natalie ficou em silêncio, como se processasse o que acabara de ouvir, depois saiu andando na frente.

— Não sabia que o pessoal que gosta de gatos era tão dramático — murmurou ela.

— Só quando nossa integridade está sendo questionada — rebateu August, seguindo-a.

— Desculpe. Vou voltar a questionar apenas sua inteligência.

— Obrigado.

Ele notou que os ombros de Natalie chacoalharam um pouco. Ela estava rindo? Justo quando ele não podia ver o rosto dela?

— Só espero que seu curativo seja melhor do que os vinhos.

— Considerando que já dei pontos em mim mesmo em meio a uma tempestade de areia sem absolutamente nada para aliviar a dor mais de uma vez, eu diria que estou apto a fazer um curativo nesses arranhõezinhos de gato.

Ele sentiu uma onda inevitável de satisfação ao perceber que Natalie tinha ficado impressionada. Já estava de saco cheio de ser visto como incompetente só porque não sabia fermentar um punhado de uvas. Àquela altura do campeonato, faria alguma diferença se Natalie tivesse uma boa impressão dele? Não. Ele iria embora em breve. No entanto, por mais que August tentasse evitar, continuava desejando a aprovação daquela mulher. Mais do que deveria.

Os dois caminharam em silêncio até a casa pequena em estilo californiano, com dois quartos, telhas vermelhas e paredes de estuque bege. O lar temporário de August ficava em uma das pontas da propriedade, e havia dois galpões ao longe. Um deles estava sendo utilizado para degustações às quais quase ninguém comparecia, o outro para armazenamento de barris e produção. Havia fileiras de uvas perfumadas por todos os lados, banhando-se no sol. August ainda se lembrava do que sentira ao chegar ali pela primeira vez, ouvindo Sam cochichar que "era perfeita". E era mesmo. Parecia um pedaço do paraíso que August não teria imaginado nem nos sonhos mais delirantes durante seus dias no deserto. Mas ele simplesmente não tinha a habilidade necessária para fazer com que a vinícola desse certo.

A mulher que estava prestes a entrar em sua casa, no entanto, era a pessoa perfeita para isso.

Ele colocou a chave na fechadura e eles se entreolharam por alguns segundos, o que fez com que August sentisse todos os seus órgãos derretendo e indo direto para os pés. Então *essa* teria sido a sensação de levá-la para casa, de tê-la para si. Os dois teriam sido imbatíveis juntos.

— Só vim pelo curativo — lembrou ela, a voz estranhamente trêmula.

— Sim, eu sei, você deixou isso bem claro.

— Que bom.

— Mas você está encarando minha boca com atenção demais para alguém que só quer um band-aid. — Ele abriu a porta. — Só queria deixar registrado.

Capítulo quatro

Natalie esperava encontrar a casa de ponta-cabeça. Imaginou que haveria caixas de pizza, roupa de academia suada e garrafas de cerveja por todos os lados. Talvez até mesmo lencinhos de papel suspeitos amassados pelo chão. Mas a casinha de August estava um brinco; ela poderia comer direto do chão se quisesse. Havia potes de temperos alinhados em cima do balcão da cozinha ao lado de uma tábua de corte. A cozinha e a sala de estar eram interligadas e o cômodo era pequeno, de modo que uma poltrona king-size era a única mobília centralizada na sala, voltada para a televisão. August conseguira deixar o ambiente acolhedor apenas com um tapete e uma cesta para guardar um cobertor. Era... legal.

Na verdade, a casa dele deixava no chinelo o cemitério de taças de vinho que ela chamava de quarto.

— Está decepcionada por não encontrar um monte de pôsteres colados nas paredes?

— Aposto que estão escondidos nos armários, junto com os ratos — disse ela, distraída, observando a gata se esgueirar para os fundos com um ar de superioridade.

August se virou para olhar o rosto de Natalie e soltou uma risada estrondosa.

— Não acredito. Você está chocada! Você realmente achou que minha casa pareceria uma república, né?

Ele entrou no banheiro, que ficava atrás da única porta no pequeno corredor que levava ao que provavelmente eram os quartos. Depois, acendeu a luz e fez um gesto para que ela entrasse. Natalie se aproximou, mas parou no batente da porta, receosa com a ideia de se espremer em um espaço tão apertado com um homem tão grande. Um homem que ela não conseguia deixar de achar atraente, mesmo ele sendo um traste grosseiro que só sabia criticá-la e parecia fazer um juízo terrível dela.

— Você realmente deu pontos em si mesmo no meio de uma tempestade de areia?

August parou de vasculhar o armário sobre a pia e olhou para Natalie, baixando os braços e segurando uma garrafa de álcool isopropílico.

— Aham.

— Onde?

Ele se virou e apoiou o quadril na pia.

— Por quê? Deseja avaliar minha técnica antes de me autorizar a tocar seu machucado, vossa alteza?

Não. Na verdade, ela estava tentando adiar o momento em que eles teriam que se tocar, porque August a deixara balançada a ponto de Natalie só conseguir pensar nas vantagens de ir para a cama com ele, mesmo depois de mais de um mês de alfinetadas e provocações.

— É sempre bom dar uma olhada no currículo.

— Mesmo que o currículo esteja na parte interna da minha coxa, perto da virilha?

— As duas vezes foram na coxa?

— Não, só uma.

August se virou e levantou a camiseta, exibindo as costas musculosas. Embora não tivesse nenhuma tatuagem ali, trazia a insígnia da Marinha orgulhosamente tatuada em um dos braços.

Não que ela sequer fosse *notar* uma tatuagem diante da enorme cicatriz em um dos ombros dele. Havia um talho profundo em sua carne, preenchido por uma cicatriz irregular e volumosa que parecia muito dolorida.

— Essa é a outra. Não ficou perfeito, mas é que eu estava sem espelho na hora.

— Entendi.

Natalie tentou engolir. Não conseguiu. Meu Deus, aquele homem realmente era do tamanho de um armário. Devia ser horrível ir para a cama com ele. Tenebroso. Um verdadeiro pesadelo.

— Bom, melhor ficar longe de espelhos — continuou ela.

Ele desceu a camiseta outra vez com um riso de deboche.

— Não finja que você não queria subir em mim como se eu fosse uma escada, princesa.

Não era mentira. Mas aquilo ficara no passado. As coisas haviam mudado.

— Pena que você foi abrir a boca, né?

August passou a língua pelo lábio inferior.

— Você teria adorado minha boca.

Natalie tinha a sensação de que a pele dela estava mais quente do que a temperatura do sol.

— Podemos fazer esse curativo logo ou você prefere esperar infeccionar?

Em um piscar de olhos, o sorrisinho petulante de August deu lugar a uma expressão preocupada.

— Tem razão, me desculpe. Venha.

O pedido de desculpas a pegou tão desprevenida que ela entrou aos tropeços no banheiro, atordoada demais para fazer qualquer coisa além de afastar as pontas rasgadas do vestido e vê-lo embeber um chumaço de algodão com álcool. Enquanto o observava, Natalie tentava não notar o cheiro fresco e frutado de August.

— Por que você está cheirando a laranja?

— É o sabonete artesanal que eu uso — explicou ele, concentrado na tarefa.

Com a testa franzida, August limpava os cortes na pele de Natalie. A respiração tranquila e morna dele a arrepiava dos pés à cabeça.

— A única pessoa que gosta do meu vinho está sem dinheiro para comprar, então ela me dá sabonete em troca de uma garrafa de vez em quando.

— E como foi que ela perdeu o paladar? Queimou a língua?

— Engraçadinha.

— Quem é ela?

A pergunta saiu antes que Natalie conseguisse se controlar. Ela parecia uma namorada ciumenta, assim como August quando ela mentiu sobre estar a caminho de um encontro. Ainda bem que aquele homem estava indo embora da cidade, porque a dinâmica entre eles ficava mais confusa a cada dia.

— Quer dizer, não interessa. Não é da minha conta.

— Não mesmo — respondeu ele, devagar, enquanto rasgava duas embalagens de band-aid de uma vez. — Mas vou contar mesmo assim, senão você vai acabar quebrando a pia.

Natalie olhou para baixo e percebeu que estava agarrada à borda da pia como se sua vida dependesse disso. Ela relaxou a mão e soltou o mármore branco o mais rápido que conseguiu.

— É que doeu quando você passou o álcool.

— Sim, claro.

August comprimiu os lábios, contendo o riso, e colocou um dos curativos sobre o peito dela. Ele o fez em movimentos lentos, alisando-o com suavidade de um lado para o outro com o polegar. Os hormônios estúpidos e traiçoeiros de Natalie ganharam vida, como uma planta depois de ser regada. Ela teve que se segurar para não arquear as costas quando ele começou a aplicar o segundo curativo, demorando-se um pouco mais do que no primeiro, quase como se tivesse percebido o nervosismo de Natalie e se divertisse com isso.

— Ela é mãe de trigêmeos, a mulher que me dá o sabonete. Tenho certeza de que qualquer coisa que a deixe bêbada depois de colocar os bebês para dormir vai ter um gosto bom.

— Ah. Teri Frasier? Eu a vi na cidade na semana passada, passeando com os bebês em um carrinho do tamanho de um navio. Nós estudamos juntas.

— Eu sei.

Natalie franziu as sobrancelhas.

— Como você sabe?

August pareceu se arrepender do que disse.

— Vocês parecem ter mais ou menos a mesma idade, então perguntei de você para ela.

— Por quê?

Ele hesitou, e Natalie teve a impressão de que o rosto dele ficou ligeiramente corado.

— Só para puxar papo mesmo.

Em algum momento da conversa, ele chegou ainda mais perto. A lombar de Natalie estava pressionada contra o balcão da pia. O desejo que August despertara meses antes, e que havia sido interrompido, agora estava à flor da pele outra vez. Natalie imaginou a sensação do jeans dele na pele macia do interior de suas coxas. Imaginou August segurando o cabelo dela pela nuca com aquelas mãos enormes. E, assim, finalmente, finalmente, conseguiria tirar aquele imbecil da cabeça. Afinal, ele estava indo embora. Que mal poderia fazer?

Natalie ergueu o olhar para August e levantou a mão na intenção de tocar aqueles braços musculosos cobertos pela camisa dele.

— August, será que...

— Ela comentou que você bebia todas quando era mais nova — interrompeu ele, com uma risadinha.

Natalie congelou o movimento no ar e baixou a mão como se seu braço fosse de chumbo.

Ele percebeu e franziu a testa, analisando o rosto de Natalie.
— Peraí. O que você ia dizer? "Será que" o quê?
— Nada.
— Diga.

Disfarçando o peso desconfortável no peito com um sorriso simpático, ela se afastou dele e saiu do banheiro, mas não sem antes dizer por cima do ombro:
— Boa sorte na vida nova. Vá pela sombra.
— Natalie — protestou August, indo atrás dela. — Espera.
— Não dá. Preciso de um ar fresco. Sua idiotice claramente é contagiosa.
— As chaves do seu carro estão comigo.

Ela parou com a mão na maçaneta da porta, virou-se e estendeu a outra mão.
— Então me dá.

Ele não fez o menor movimento para tirar as chaves do bolso. Em vez disso, apontou para o banheiro com o queixo.
— Você *ia* tocar em mim.
— Pois é. Como você bem sabe, minha vida tem sido uma sucessão de escolhas erradas.

Se o olhar de August era de arrependimento, Natalie não queria saber. Não queria se perguntar por que ele estaria arrependido, porque já havia um nó na garganta e no peito dela.

— Olha, eu tive um dia muito difícil, então se eu estivesse pensando em fazer algo assim, seria apenas pela distração.

Ela esperava que August reagisse à última parte, que tentasse convencê-la a passar as horas seguintes "se distraindo" com ele no quarto. Mas, para sua surpresa, não foi o que aconteceu. Em vez disso, August perguntou:
— Por que o seu dia foi difícil?
— Até parece que vou ficar dando munição para o inimigo.
— Que diferença faz, se eu já estou indo embora?

Boa pergunta.

De repente, Natalie se sentiu desesperada para desabafar. Recusava-se a despejar os problemas dela em cima da felicidade desenfreada de Julian e Hallie, e todos os seus amigos estavam em Nova York; ou, melhor dizendo, seus conhecidos e colegas do mercado financeiro. Eles não a abandonaram depois de ela ter cometido um erro na empresa e ser demitida, mas os e-mails e mensagens começaram a minguar nas últimas semanas. Os amigos foram se afastando aos poucos, o que os deixava com a consciência tranquila e fazia Natalie pensar que não tinha ninguém com quem conversar.

Será que ela poderia se abrir com August?

Apesar da relação conturbada entre os dois, Natalie não conseguia deixar de sentir que eles se conheciam. Aquele homem não era um estranho.

Ela tentou ignorar o conforto provocado por aquela constatação.

Não. Que besteira. Ela iria conversar com ele porque era a chance de finalmente poder desabafar. August iria embora em breve e não poderia usar nada do que Natalie dissesse contra ela.

— Bom... Eu... — Natalie cruzou os braços, perguntando-se por que ele a observava com tanta atenção. — Acho que você vai gostar de saber que hoje eu fui me humilhar pedindo dinheiro para minha mãe. Pedi para que ela liberasse meu fundo fiduciário e ela negou.

Ele franziu a sobrancelha, processando o que ela havia falado.

— Fundo fiduciário? Você não deveria ter tido acesso a isso quando atingiu a maioridade?

— Em muitos dos casos, sim, mas meu pai estabeleceu certas... condições.

— Por exemplo?

Ela ia mesmo contar isso para August? Parecia que sim. E por que não? Nada poderia deixar aquele dia ainda pior, nem mesmo o deboche dele.

— Não só preciso ter um emprego, como também sou obrigada a estar casada para que o administrador do fundo libere o dinheiro. O mesmo vale para Julian.

Cinco segundos se passaram.

— Mentira.

Não era uma acusação. Ele estava... chocado.

— Juro — disse ela, meio cautelosa, torcendo para não estar errada. — Meu pai mora na Itália agora. Basicamente, ele está do outro lado do oceano impondo uma vontade que parece ter vindo direto de 1930. Eu e minha mãe preferimos mergulhar em um lago cheio de piranhas a pedir um favor para ele depois de quatro anos de silêncio. Imagina se ele disser não? O que faríamos com o pouco que resta do nosso orgulho? — Ela deu de ombros. — Além disso, acho que uma parte da minha mãe gosta do fato de Napa ser minha única opção por enquanto.

— Sua única opção? Como assim? — August recuou ligeiramente. — Não me diga que você está... falida.

— Não. *Falida*, falida, não. Mas não tenho dinheiro suficiente para... — Ela fez uma pausa e umedeceu os lábios com a língua. — Estou abrindo uma empresa de investimentos com uma colega em Nova York, e nós precisamos de capital para ganhar a confiança de investidores.

— Era o que você fazia antes, não era? Essas coisas de Wall Street?

Natalie revirou os olhos.

— Sim, *essas coisas*. Nada de mais, só o que movimenta a economia.

Ele bufou, impaciente.

— Você prefere ir morar numa cidade superlotada a ficar na vinícola de seus pais em Napa?

— É complicado.

— Talvez *você* seja complicada.

— Melhor ser complicada do que sem graça.

Ela estendeu o braço e abriu a palma da mão, pedindo a chave do carro, mas ele ignorou.

— *August*.

— Calma aí. — Ele cruzou os braços sobre o peitoral largo e pigarreou. — Você não tem nenhum pretendente, tem? Você se casaria só para ter acesso ao dinheiro?

— Talvez — respondeu Natalie, embora não tivesse considerado essa opção até aquele momento.

Ela estava longe de ter um pretendente. Que diferença fazia?

Era impressão ou Natalie tinha visto uma faísca no olhar de August?

— Não me parece uma boa ideia.

— Eu quero abrir essa empresa. Eu... *preciso* fazer isso. Caso contrário, vou ser conhecida para sempre como um grande fracasso, como alguém que deu errado. Vou ser apenas uma história trágica que as pessoas contam em almoços da firma.

Ela já estava tagarelando demais. Essa última parte podia ter ficado de fora. Era muito íntima. Mas Natalie não podia negar que a pressão no peito dela havia amenizado ao falar sobre aquilo.

— Pode me dar minhas chaves? — pediu ela, agora mais calma. — Preciso ir.

Ainda que parecesse estar com o pensamento longe, August prestava atenção no que ela dizia.

— Sim. Claro.

Ele entregou as chaves, mas quando Natalie se virou para sair, ele a segurou pelo pulso com delicadeza.

— Olha, não sei se isso serve de consolo, mas eu sei o que é fracassar. Torrei cada centavo que eu tinha neste lugar, e o banco praticamente riu da minha cara quando tentei pedir um empréstimo.

Isso chamou a atenção de Natalie.

— Com quem você falou? Por acaso foi com Ingram Meyer?

August refletiu por um instante.

— Foi, ele mesmo.

— Que coincidência. É ele quem administra o meu fundo fiduciário — murmurou Natalie, observando August.

Era como se ela o visse com outros olhos. Ou talvez apenas estivesse vendo August como o vira pela primeira vez, na noite em que se conheceram. Quando ele ainda era um cavalheiro. Quando a atração entre os dois era magnética.

Não. Era como se um fosse o Titanic e o outro, o iceberg gigante.

Ele é o mesmo cara que passou meses sendo um babaca. Escancarando as feridas dela e jogando sal sem o menor remorso. August provavelmente resolvera ser mais amigável para tentar uma chance com ela, mas Natalie não estava disposta a lhe dar esse gostinho. De jeito nenhum. Mesmo sabendo que ela também teria gostado. De algum modo, sabia que gostaria. Mas a química óbvia entre os dois era irrelevante agora. Aquele era o fim do caminho.

— Boa sorte para onde quer que você vá, August — disse ela, desvencilhando-se da mão dele e se esforçando para não demonstrar reação alguma quando o polegar de August roçou o pulso dela. — Se você sentir uma brisa soprar quando estiver indo embora da cidade, são os antepassados do vinho suspirando de alívio pela sua partida.

Ele deu uma piscadela, depois recuou alguns passos com um meio sorriso.

— Tá bom, tá bom. Mas você com certeza ia me beijar lá no banheiro, princesa.

— Se eu te beijasse, seria só para fazer você calar a boca.

Natalie se virou e saiu depressa, para que ele não tivesse tempo de retrucar. Ao passar pela porta, desviou da gata, que aparentemente tinha visto August fazer o curativo e não parecia estar nem um pouco arrependida por tê-la arranhado.

Natalie estava prestes a pegar o caminho que a levaria de volta à estrada quando ouviu August gritar da porta:

— Ainda dá tempo, Natalie — disse ele, repetindo o que dissera na competição do dia anterior.

Quando ela se virou, viu August parado na soleira da porta. Ele estava com os dois braços erguidos acima da cabeça, ocupando toda a passagem, com uma expressão arrogante. Sua camiseta estava levantada e deixava um pouco da barriga à mostra, e os bíceps estavam flexionados, fazendo volume sob o tecido. Ela com certeza não estava ficando com calor.

— Idiota — resmungou Natalie, enquanto August ria.

O riso dele morreu tão rápido quanto começou.

Por que as pernas de Natalie pareciam cada vez mais pesadas à medida que ela se afastava da casa de August e se aproximava do carro?

Se afastar daquele homem deveria fazê-la se sentir livre e tranquila.

E era assim que ela se sentia.

Claro que era.

Natalie engoliu em seco e colocou a chave na ignição. Depois de uma longa pausa em silêncio diante do volante, uma ideia completamente absurda lhe ocorreu. Ela riu, girou a chave e saiu dirigindo pela estrada.

Naquela mesma noite, Natalie resolveu sair de casa sem saber muito bem por quê.

Ela não era do tipo que fazia caminhadas noturnas.

Quando estava em Nova York, seu *modus operandi* era trabalhar feito doida o dia inteiro, depois desabar no sofá com uma taça de vinho após o expediente. Naquela noite, porém, estava sentindo uma agitação inexplicável. Hallie e Julian tinham ido a um encontro duplo com um casal de amigos de Hallie, Jerome e Lavinia, o que significava que tinha a casa de hóspedes inteira só para ela. Deveria ficar em casa, pedir uma quantidade descomunal de comida por delivery e assistir a reprises de *Below Deck*, mas, em vez disso, acabou saindo em direção ao centro comercial de Santa Helena.

Talvez ela estivesse com vontade de curtir a noite, ver pessoas. Dar uma melhorada no humor.

Quando voltou para Napa meses antes, Natalie tentou se distrair do período de fossa tendo vários encontros. No entanto, pouco tempo depois, os encontros tinham perdido totalmente a graça e ela se recusava a tentar entender o motivo. Simplesmente se recusava. Tinha deslizado o dedo para a esquerda tantas vezes sem nenhuma razão específica que ficou de saco cheio e excluiu o Tinder. Agora seu celular estava tão morto e era tão inútil que ela deveria usá-lo como peso de papel ou de porta.

As luzes da Grapevine Way chamavam a atenção de Natalie à medida que ela se aproximava pela trilha de terra, e o vento trazia o som do jazz tocando em um dos muitos cafés. Fazia sentido August perguntar por que ela preferia a cidade àquele vale magnífico de uvas, sol e alegria. Pessoas vinham de todos os lugares para experimentar a felicidade e a exuberância de Santa Helena. Mas quando Natalie entrou na Grapevine e virou à direita, ainda sem ter ideia de seu destino, não sentiu nada. Era uma cidade linda, elegante, convidativa. Uma joia ao pé da montanha.

Mas para Natalie, seria sempre o lugar onde se sentia deslocada.

Ela parou diante da vitrine de uma confeitaria que existia desde sua infância. Já estava fechada, mas, ao espiar pelo vidro escuro, lembrou-se de uma das vezes em que ela e Julian estiveram lá quando eram crianças.

Sempre que Julian passava por ali, era chamado para se sentar à mesa de alguém. Mesmo que o irmão mais velho e futuro professor de história fosse praticamente monossilábico, toda vez que abria a boca dizia algo engraçado ou muito interessante. E, o mais importante, ele era muito gentil. Por ser atleta e um ótimo aluno, todos gostavam dele. A popularidade não era um problema para Julian.

Mas Natalie também conseguia ver a si mesma através daquele vidro, fazendo de tudo para ser notada. Por seus pais, seus colegas de turma na escola, os adolescentes descolados. Por alguma razão, a mesma riqueza que contribuía para a popularidade de Julian parecia contar pontos negativos para ela. Natalie era uma aluna mediana, não muito habilidosa nos esportes. Tinha todo aquele dinheiro à disposição e talvez passasse a vida toda se dando bem simplesmente por ser uma Vos.

Quando percebeu que todos a viam como alguém que só tinha valor por causa do sobrenome, começou a se rebelar. A zoar os amigos. A sempre pagar para ver. Conforme ficava mais velha, era Natalie quem comprava as bebidas e organizava festas que sempre terminavam em confusão. Aquela parecia ser a única forma de fazer com que prestassem atenção nela, ou que pelo menos notassem a sua existência: ser espalhafatosa. Agir feito *louca*. Não adiantava pedir o carinho dos pais. Os dois estavam sempre ocupados, e o pouco tempo livre que tinham para dar atenção aos filhos era gasto com Julian, que sempre ganhava prêmios, medalhas e bolsas de estudo.

Natalie se afastou do vidro e continuou a andar, mais rápido desta vez. Ela não era mais uma criança sedenta por atenção. Depois de uma passagem constrangedora por uma clínica de reabilitação após o ensino médio, aceitou a ajuda da mãe para entrar na Cornell. No entanto, formou-se como a melhor da turma por mérito próprio e se tornou sócia da empresa onde trabalhava sem nenhuma intervenção dos pais. Provou para si mesma que era capaz.

Porém voltar para Santa Helena depois de tudo o que aconteceu a fazia sentir aquela velha comichão sob a pele. Uma vontade de ser maior, melhor, de chamar mais atenção. De fazer algo que trouxesse a aceitação que ela sempre desejou e nunca conseguiu conquistar. Era isso que a empresa que Natalie queria abrir significaria. Um caminho de volta ao topo. Uma maneira de se sentir respeitada novamente.

De repente, ela ouviu uma voz familiar e parou no meio da calçada, fazendo com que um grupo de turistas tivesse que desviar. Mais adiante, estacionado no meio-fio, estava August. Ele colocava caixas e mais caixas de vinho no porta-malas de Teri Frasier, a antiga colega de classe de Natalie e mãe de trigêmeos.

— Tem certeza, mesmo? — perguntou Teri com um riso nervoso, claramente sem acreditar no que estava acontecendo. — Você não deveria vender tudo isso em vez de me dar de graça?

— Já falamos sobre isso, Teri. As pessoas não beberiam o meu vinho nem se fosse a última bebida disponível no meio do deserto. É todo seu.

Ele fez um gesto para o banco traseiro do carro dela, onde, Natalie supôs, os trigêmeos estavam sentados em suas respectivas cadeirinhas.

— Além disso, acho que você merece mais do que qualquer um — continuou ele.

— Aceite um pouco de sabonete, pelo menos — pediu Teri.

— Não, obrigado. Já tenho o suficiente para um ano. — August deu um tapinha no ombro de Teri. — Diga ao seu marido que eu mandei lembranças.

— Pode deixar.

O coração de Natalie parecia prestes a sair pela boca.

Era isso. August estava indo embora de Santa Helena. Estava doando o que restava do estoque de vinho dele, como se não tivesse valor. E não tinha mesmo. Era como beber gasolina que ficou uma semana marinando com cocô de cachorro. Mas ouvi-lo reconhecer isso de forma tão autodepreciativa fez o estômago de Natalie embrulhar.

Ela sentiu um formigamento na ponta dos dedos, como acontecia antes de fechar um acordo importante.

Ai, Deus! Quase podia ver a péssima ideia galopando na direção dela como um dos cavaleiros do apocalipse. A ideia se aproximava cada vez mais, mesmo enquanto Natalie tentava se convencer a nem sequer pensar na possibilidade de... ajudar August e a si mesma no processo. Ela deveria deixá-lo ir embora da cidade e nunca mais pisar em Santa Helena. Os dois eram como água e óleo. Além disso, August tinha um baita ressentimento em relação ao status e aos privilégios que o sobrenome dela carregava naquela cidade, algo que ele jamais conseguiria deixar para trás. E Natalie...

Ela não conseguia pensar em nada mais constrangedor do que oferecer ajuda àquele homem e ser rejeitada. Ao longo de toda a vida, ofereceu-se como amiga, noiva, colega de trabalho, irmã e filha, e em algum momento sua presença — e até mesmo seu amor — fora rejeitada. *Natalie* fora rejeitada. Demitida, abandonada, mandada de volta para a casa da família. E ela nem mesmo gostava daquele homem. Então, por que sentia vontade de vomitar só de pensar que *ele* poderia dizer não?

Por que se importava tanto?

Não faça isso.

Não vale a dor de cabeça.

Natalie deu meia-volta para se esconder e esperar August ir embora, mas, quando Teri deu partida com o carro, ele contornou a caminhonete para chegar até a porta do motorista e a avistou bem quando ela esgueirava o pescoço para espiar se ele já tinha ido.

— Natalie? — Ele parou onde estava, franzindo a testa. — Está fazendo o que escondida no escuro? — August estalou os dedos de modo teatral, como se tivesse acabado de se lembrar de uma coisa. — Já sei, está esperando para devorar a alma de uma criancinha indefesa?

— Exatamente. Espero até que elas tenham se empanturrado de comida e doces o dia todo, e aí eu ataco. — Natalie deu de ombros. — Mas como você tem o QI de uma criança, vai servir.

— Você devorou minha alma meses atrás, princesa.

— Mas me parece que você não é um completo desalmado, já que fez questão de dar a Teri seu estoque de vinho. — Ele se retraiu um pouco diante do inesperado elogio. — Quem diria.

Ele continuou olhando para ela com os olhos semicerrados.

Natalie estava uma pilha de nervos.

Era melhor ir embora.

Em vez disso, ela se aproximou, notando que os músculos do peito de August se contraíram e ele endireitou a postura. Será que ele reagia assim sempre que ela se aproximava? Por que só estava percebendo isso agora? A prova de que ela provocava uma reação nele era o que Natalie precisava para mergulhar de cabeça naquela ideia absurda, porque ao menos sabia que não passava despercebida para August. Mesmo que ele a detestasse, a presença dela o impactava de alguma forma.

— Eu estava pensando...

— Que você queria ter me beijado no banheiro hoje?

— Prefiro beijar um cortador de grama ligado. — Ela percebeu que estava gesticulando exageradamente e cruzou as mãos sobre a barriga. — Na verdade, eu estava pensando que talvez eu possa ajudar você.

Ele soltou um riso debochado e cruzou os braços, apoiando o corpo na carroceria da caminhonete.

— Ah, é mesmo?

Natalie tentou manter uma expressão serena, mesmo que a possibilidade de rejeição estivesse pairando sobre a cabeça dela como a lâmina recém-afiada de uma guilhotina.

— Você comentou que o banco não quis te dar um empréstimo. Quer dizer, que não quis dar um empréstimo para a Adega Zelnick. Mas, hum... — De repente, a ficha caiu e ela percebeu como a ideia era ridícula, mas já tinha começado a falar e agora precisava terminar. — Se eu trabalhasse para você... se tivéssemos um vínculo empregatício... qualquer tipo de vínculo, bom... tenho quase certeza de que eles aprovariam. Como você mesmo já cansou de dizer, meu sobrenome de fato tem certo peso nessa indústria.

Por longos segundos, ele apenas a encarou em silêncio.

— Estou esperando a parte engraçada.

— Não tem parte engraçada, energúmeno. Queria propor...
— Natalie tinha a sensação de que havia engolido um punhado de areia. Seu estômago começou a se revirar. — Queria propor que...

— Puta merda. — August se desencostou da caminhonete lentamente. — Hoje mais cedo você disse que a mamãe e o papai não iriam liberar sua grana a menos que você estivesse casada.

Ele abriu e fechou a boca sem emitir som algum, depois correu a mão pelo cabelo.

— Você está propondo que... — Um lampejo que Natalie não conseguiu decifrar cruzou o olhar de August. — Você está propondo que a gente *se case*?

A forma como ele disse aquilo, como se Natalie estivesse sugerindo que dessem um passeio por um campo minado, a fez vacilar por um instante. O casamento em si *seria* um campo minado. Mesmo que eles fossem...

— Seria um casamento *de mentira* — explicou ela. — Só pelo dinheiro. É claro que não teria nada de romântico nisso. Nós só precisaríamos convencer Ingram Meyer, o homem que pode resolver todos os nossos problemas. Nosso objetivo seria apenas grana.

August estava boquiaberto.

Como ele não disse nada, Natalie ficou nervosa e decidiu preencher o silêncio.

— O encontro de vinhos no trem é amanhã à tarde. Vai ser a volta inaugural depois que o interior foi remodelado. Nós vamos cortar a fita...

— Tá vendo? Vinhos em um trem, fitas inaugurais, remodelação de interiores. É por palhaçadas como essas que eu não via a hora de dar o fora desta cidade.

— Você já deixou bem claro que a cultura de vinhos é algo supérfluo para você, August. Assim como a qualidade de um vinho. Não podemos esquecer. — Ela tentou não desviar muito do assunto. — Enfim. Se estiver interessado na minha proposta, nós podemos... — A coragem de Natalie começava a evaporar diante da perplexidade de August. — Podemos marcar uma reunião com minha família em um ambiente neutro e discutir como proceder.

— Você está falando sério mesmo — disse ele, balançando a cabeça, incrédulo. — Você acabou de me pedir *em casamento*?

Natalie sentiu a alma deixar o corpo e observar a cena de cima. Lá estava ela, pedindo em casamento o homem que tanto detestava. "Desespero" era a única palavra que conseguia encontrar para justificar aquela situação. Não havia opções, não havia saída. E aquele homem provavelmente estava adorando cada segundo daquilo. A qualquer momento, August diria que ela era mais louca do que ele tinha imaginado e daria no pé rapidinho.

Pensar nisso fazia Natalie sentir um aperto no peito.

Céus, ela estava cansada de ser descartada. Não podia permitir que aquilo acontecesse outra vez, sobretudo com August. Seria especialmente doloroso vindo daquele brutamontes. Colocar-se naquela posição diante dele doía mais do que andar sobre brasa.

— Olha, deixa pra lá — disse ela, com a boca seca. — Realmente não quero me casar com alguém que não sabe aproveitar uma boa oportunidade.

Ele soltou uma gargalhada.

— Me casar com *você* é uma boa oportunidade?

Natalie deu meia-volta e saiu em disparada, ignorando a sensação de que estava prestes a sufocar.

Um braço envolveu sua cintura antes que ela conseguisse dar três passos.

— Não fique brava — disse ele alguns centímetros acima da cabeça dela. — Eu só quis dizer que você me esfolaria vivo assim que eu pegasse no sono.

— Nós nem sequer *dormiríamos* juntos, gênio. Seria só no papel.

— E o que eu ganho com isso?

Natalie resistiu à vontade de se aconchegar ao peito dele. O corpo de August era tão *quente*. Ele devia conseguir levantar um carro com aquele braço idiota e cheio de tatuagens. Por que ela ainda não havia se afastado? Ela queria se afastar. Queria mesmo. É que olhar para a direção oposta era... mais fácil. Dessa forma, ela não precisava ver a expressão de desdém e incredulidade no rosto dele.

— Tudo bem, August, vou desenhar para você. Temos um obstáculo em comum: Ingram Meyer. Gerente de crédito do banco, administrador do meu dinheiro e um dos muitos membros do fã-clube do meu pai. Se eu me casar, ele vai liberar meu capital. E quer saber o que você ganha com isso? Se você se casar com uma Vos e trabalhar com ela, vai conseguir seu empréstimo. — Ela fez um gesto na direção da vinícola dele. — Com a minha ajuda, você poderia continuar produzindo vinho. Talvez até um vinho que não seja intragável. Não quer que sua vinícola dê certo?

— Eu queria — disse August, com a voz rouca e as sobrancelhas franzidas. — É claro que eu queria. Mas fui obrigado a aceitar que essa é a única coisa que eu não sei fazer.

— Você também não sabe tomar um banho decente.

— Eu não devo cheirar tão mal assim — disse ele ao pé do ouvido de Natalie, com a boca quase roçando a pele do pescoço dela.

Ela sentiu o hálito quente de August descendo pela gola da camisa. E aquele braço... Os músculos dele estavam tensionados bem no local onde o antebraço tocava a barriga de Natalie, e ela sentia a tensão em certas partes do corpo por tabela.

— Se meu cheiro fosse ruim, você não estaria derretendo em mim tipo um sorvete em dia de verão.

Natalie se desvencilhou dele como se tivesse levado um choque, tentando fazer com que o próprio corpo esfriasse só com a força da mente. Não deu certo. A respiração de August estava acelerada também?

— Olha, se quiser ir embora de Santa Helena, não vou te impedir.

— Esse era o plano.

— Planos podem mudar.

August grunhiu.

— Você quer mesmo colocar a mão nessa grana.

— Eu *quero* um novo começo.

Natalie se permitiu ser vulnerável por um instante. Talvez porque já tivesse feito a proposta a August, ou por não ter nada a perder depois de já ter se humilhado diante de Corinne. Qualquer que fosse o motivo, ela falou sem medo.

— Preciso recomeçar. Não posso ficar aqui, vivendo à sombra da minha família. Do meu irmão. É como se eu fosse outra vez aquela garota de dezessete anos que as pessoas simplesmente toleravam. Longe daqui, sou melhor do que isso. Sou alguém. Longe daqui, tenho meu valor.

Natalie conseguiu ouvir quando August engoliu em seco.

Droga. Ela havia passado dos limites.

Tinha acabado de se expor completamente para August. E já que ele claramente não gostara da proposta, Natalie precisava sair dali quanto antes para que aquele homem não tivesse tempo de usar tudo aquilo contra ela.

— Boa sorte, August — disse, afastando-se e dando as costas para ele. — Teria sido divertido fazer da sua vida um inferno.

— *Natalie.*

Ela não parou. Não queria que aquele homem, entre todas as pessoas possíveis, tivesse a chance de dispensá-la. O orgulho de Natalie estava destruído, mas ela ainda podia juntar os caquinhos. No entanto, enquanto voltava depressa para a casa de hóspedes da propriedade de sua família, se perguntou por quanto tempo aguentaria.

Capítulo cinco

August ajeitou a gravata no retrovisor da caminhonete com uma careta enquanto uma banda marcial arruinava "America the Beautiful" lá fora. Do outro lado da rua, o estacionamento da estação de trem havia sido completamente transformado, com duas tendas de teto alto e um imenso carpete azul-royal cobrindo o asfalto. Garçons de smoking andavam de um lado para o outro servindo vinho em bandejas de prata e aperitivos para convidados bem-vestidos.

Inacreditável. Todas aquelas pessoas estavam reunidas para prestigiar um trem que servia vinho. Tecnicamente, qualquer trem no mundo poderia fazer isso, mas aqueles idiotas engomadinhos procuravam qualquer desculpa para calçar seus sapatinhos ridículos e passar horas comentando sobre o aroma de casca de laranja das bebidas que produziam. August não via a hora de nunca mais ter que ouvir a palavra "retrogosto", mas lá estava ele, prestes a participar daquele circo.

Tudo por causa de uma mulher.

Mas não era qualquer mulher. Era Natalie Vos.

Pelo amor de Deus, eu só posso estar ficando maluco.

E ele estava mesmo preocupado com sua sanidade desde a noite anterior. Depois que Natalie foi embora, August entrou na caminhonete e ficou sentado lá, sem ligar o motor. Uma hora se passou. Duas. Então, depois de uma série de palavrões cabeludos demais até para os padrões da Marinha, ele deu partida e voltou para a vinícola, um lugar que pensou que nunca mais veria. Havia planejado conduzir a venda pela internet com um agente imobiliário enquanto passava um tempo no Kansas, perto dos pais, se reerguendo.

Estava em paz com o fato de que jamais conseguiria produzir um vinho bom o suficiente para honrar a memória de Sam, e já havia aceitado as coisas como elas eram; tinha dado o melhor de si, mas uvas simplesmente não eram a especialidade dele. August estava exausto, e não restara mais nada a fazer.

Até a noite anterior, quando Natalie apresentou uma nova oportunidade.

E agora ele não conseguiria mais ir embora com a certeza de que fizera tudo o que estava ao seu alcance para realizar o sonho de Sam. Havia recebido uma nova chance, então precisava aproveitá-la, ou a culpa e a certeza de que deixara algo inacabado o assombrariam pelo resto da vida.

E aquela mulher. Ela o assombraria também.

Natalie precisava de acesso ao fundo fiduciário. Ele podia ajudá-la a conseguir isso.

August queria acreditar que aceitaria ajudar qualquer mulher que precisasse driblar um contrato antiquado como aquele, mas, no fundo, sabia que só faria aquilo por Natalie. O que diabos essa mulher tinha de tão especial? Toda vez que os dois estavam juntos, ele sentia um frio na espinha, suas mãos suavam. Seu pau implorava para que August fosse um pouco mais legal para que ele pudesse enfim ter a chance de ver a luz do dia em algum momento. Ou, melhor dizendo, ver o escuro do quarto de Natalie. Eles brigavam como se odiassem um ao outro, mas, inexplicavelmente, August sabia que teria se ajoelhado diante dela na noite anterior.

Longe daqui, sou melhor do que isso. Sou alguém. Longe daqui, tenho meu valor.

Depois que o choque de ouvir aquela confissão passou, August ficou *furioso*.

Quem tivera coragem de fazer Natalie se sentir daquela forma?

Há quanto tempo ela se sentia assim e por que ele não sabia disso?

Na verdade, era ridículo se surpreender por não saber o que se passava com ela. Devia haver inúmeras coisas que August não sabia sobre Natalie Vos. O relacionamento dos dois não tinha muito espaço para conversa. Ainda assim, ele deveria ter notado essa insegurança. Deveria ter notado que era melhor para ela não estar ali. Era para ele ter percebido isso. Ter calado a porra da boca e prestado mais atenção.

Como Natalie deixara bem claro, era tarde demais para que houvesse qualquer tipo de relação romântica entre eles. Era inegável que existia uma atração mútua, mas ela provavelmente preferiria arrancar as próprias mãos a tocá-lo. Ainda assim, August não poderia dar as costas para Natalie. Em especial depois de ela ter se esforçado para deixar o orgulho de lado e pedir ajuda. Ele jamais se perdoaria se fizesse isso.

Então, vestido com um terno justo e quente, August atravessou a rua, rangendo os dentes, à procura da deusa de cabelo escuro como a noite com quem jamais transaria, mas que, pelo visto, estava prestes a se tornar sua esposa, porque ele parecia ter ficado completamente maluco. Estava tão abafado debaixo da tenda que August começou a suar assim que colocou os pés lá. Por que aquelas pessoas insistiam em fazer festas para celebrar um punhado de uvas fermentadas? Será que nunca tinham ouvido falar em beisebol? *Esse*, sim, era um bom motivo para se reunir debaixo daquele sol escald...

Natalie.

Bem ali.

Golpe. Baixo. Como sempre, August precisava pressionar a palma da mão com o polegar quando a via. Natalie tinha olhos astutos e uma boca macia. Ele nunca havia sentido a necessidade de descrever os traços de uma mulher antes. O máximo que fazia era notar a cor do cabelo e dos olhos. Castanho. Azul. Loiro. Verde. Simples assim.

Por outro lado, nada em Natalie era simples. O rosto dela tinha mil expressões acontecendo ao mesmo tempo, e, por alguma razão, August queria reparar em todas. Às vezes parecia entediada, então começava a apertar os lábios sem parar e ele percebia que ela estava, na verdade, tentando esconder a ansiedade. Outras vezes, ela franzia as sobrancelhas como se estivesse preocupada com alguma coisa, e de repente erguia o queixo como se não estivesse nem aí para nada. Natalie não era uma mera combinação de cores, e sim um caleidoscópio em constante mudança que August não conseguia parar de olhar.

Naquele dia, no entanto, a cor roxa era a que estava em evidência: em um mar de tons neutros, ela se destacava com um vestido curto lilás. Gola alta, decote nas costas e uma saia leve e esvoaçante. Ao observar as pernas longas e ágeis de Natalie, August engoliu em seco, nervoso, sentindo o pomo de adão contra a gola da camisa. Ele podia vê-las emaranhadas nos lençóis dele. Podia vê-las se abrindo, tensionando, sendo pressionadas contra o colchão.

Essas imagens nunca se tornariam realidade, e mesmo assim ele adoraria que alguém tentasse impedi-lo de se meter em um casamento falso com aquela mulher caleidoscópica.

Ao se aproximar, percebeu que Natalie estava com a mãe, o irmão e uma moça loira, que devia ser a namorada de Julian. Os quatro conversavam em voz baixa e seguravam taças de vinho, aparentemente alheios ao fato de que, por serem da lendária família Vos, todos os convidados estavam de olho neles. Eram elegantes, sofisticados. Uma dinastia discreta que talvez já houvesse tido dias melhores, mas que ainda era imponente.

Talvez fosse divertido corromper essa imagem por um tempo. Divertido ou não, era o que estava prestes a acontecer.

Porque, se Natalie estava desesperada a ponto de fazer aquela proposta para August, ela acabaria encontrando outra pessoa se ele recusasse, e pensar *nisso* fazia a cabeça dele querer explodir. Talvez imaginá-la com outro tivesse sido exatamente o que o levara a agir de maneira tão impulsiva. Ela havia sugerido que os dois tivessem uma conversa civilizada sobre o possível casamento, não? Infelizmente, August não tinha nada de civilizado, e ia ser divertido lembrá-la disso. Pegá-la desprevenida.

Quando ele estava a mais ou menos dez metros de distância, Natalie notou a sua presença. A taça de vinho que segurava congelou a centímetros da boca, e ela ficou inquieta sobre os sapatos de salto alto. Desconcertada, tomou um pequeno gole da bebida, parou e olhou para ele. August teria rido se não estivesse prestes a finalmente, *finalmente* beijá-la outra vez.

— Oi, querida. Desculpe o atraso — disse August com suavidade, tocando a bochecha de Natalie e puxando-a para perto, como se beijá-la fosse algo natural.

Mas na verdade, o perfume floral de Natalie quase fez com que sua língua saísse da boca em questão de segundos. Ele se permitiu se deliciar com o prazer de ver aqueles olhos dourados se arregalarem em choque, e então não conseguiu sentir nada além de alívio. Sim, alívio. Os lábios dela enfim tocavam os dele.

Perfeita como sempre. Resistente no início, depois suave.

Graças a Deus.

A intenção de August era só tirar uma onda, deixá-la em choque, talvez até castigá-la por ter duvidado que ele teria coragem, mas então Natalie suspirou contra sua boca e ele observou de perto quando os cílios dela tremularam, sentindo uma pontada de desejo. Os dois fecharam os olhos ao mesmo tempo e mergulharam, ainda que por um segundo, em um universo só deles, de lábios grudados e respiração irregular que dizia que *aquilo estava longe de ser o suficiente*. Mas eles não estavam em um lugar apropriado para que algo mais pudesse acontecer, então August interrompeu o beijo e entrelaçou os dedos nos de Natalie, piscando para ela quando ninguém os olhava, e se esforçou para lembrar que aquilo não era real. Era só um inimigo ajudando o outro.

Sim. Claro.

— Eu... hã... — Natalie se recompôs e olhou brevemente para a mãe, cujas sobrancelhas estavam quase chegando na raiz do cabelo. — A-August... Achei que... achei que você tinha dito que não conseguiria vir.

— August? Que formalidade é essa? — disse ele, cutucando o quadril dela alegremente. — Lá em casa você me chama de "meu Adônis".

Natalie ficou irritada na mesma hora, mas ao menos a mudança brusca de humor permitiu que ela se concentrasse, e essa era a intenção de August.

— É um apelido carinhoso para quando estamos sozinhos — respondeu com um sorriso exagerado. — Tipo quando chamo você de "bafo de esgoto" e "parasita".

August riu.

— O senso de humor dessa mulher é demais — disse ele ao grupo, pegando distraidamente uma taça de vinho de uma bandeja que passava e tomando um longo gole.

O silêncio caíra como uma cortina pesada, não apenas entre os cinco, mas em todo o evento. Até aquele exato segundo, August não tinha a *intenção* de deixar Natalie envergonhada. Aquilo foi meio que uma reviravolta de última hora em seu plano, resultado da frustração sexual dele e do fato de ela realmente acreditar que ele era um brutamontes mal-educado. Ele podia não ser de uma família famosa em Santa Helena, mas não era um idiota. Tentar sair por cima era uma forma de garantir que ela enxergasse isso.

Após quinze segundos sem ninguém comentar a chegada dele, a loira — Hallie? — quebrou o silêncio.

— Bom, acho que falo em nome de todos quando pergunto... O que está rolando aqui?

August fingiu surpresa e deu uma leve balançada em Natalie, que estava com os ombros rígidos.

— Linda! Você não contou para eles?

Ele bebeu o restante do vinho e entregou a taça para um homem que pareceu confuso ao aceitá-la. *Ops, não era um garçom.*

— Natalie e eu estamos juntos. Assim como um bom Cabernet, queríamos ter um tempo para respirar, por isso fomos discretos, mas pensei que aproveitaríamos a ocasião para contar para todos hoje. — Ele sorriu para Natalie. Ela parecia estar prestes a degolá-lo com as próprias mãos. — Você disse que não queria mais esconder nosso amor. Lembra? Você disse: "Quero gritar aos quatro ventos, meu Adônis!"

Ela deixou escapar um som que era algo entre uma risada e um rosnado.

— Acho que não usei essas palavras...

— Usou, sim. Literalmente.

— Acho que eu estava delirando de febre — disse Natalie, fuzilando August com os olhos dourados.

Ele tinha que admitir que aquela ceninha era meio excitante.

— É muito comum delirar de febre — continuou ela. — Há alguns casos raros em que as pessoas até *assassinam* seus parceiros durante um delírio febril. Você sabia disso? É bom lembrar.

August inclinou a cabeça para trás e riu.

— Você me mata de rir. Essa é uma das mil e uma razões pelas quais mal posso esperar para chamar você de minha esposa.

Era possível ouvir um alfinete caindo no chão.

— Como é que é? — perguntou Corinne suavemente, embora seu rosto tivesse ficado alguns tons mais pálido. — Ele disse "esposa"?

— Pois é, foi o que eu ouvi — respondeu Julian, com olhos atentos que iam da irmã para August. — E você, Hallie?

— Não quero me meter — respondeu ela, mas depois completou: — Mas se foi isso mesmo o que você disse, consigo um desconto para os arranjos de flores da festa.

Com exceção do breve sorriso que Julian dirigiu à namorada, o clima na tenda era de tensão. Certo, August tinha ido longe demais. Ele estava se divertindo às custas de Natalie, mas agora o semblante dela era de arrependimento e pânico.

Por sorte, ele tinha se lembrado de um pequeno detalhe na noite anterior e começou a tatear os bolsos à procura do anel, nervoso.

Corinne o interrompeu, colocando-se entre ele e Natalie, e agarrou os dois pelo braço.

— Ouçam bem. Vocês acabaram de mexer em um vespeiro. Essa situação é muito delicada, vocês entendem? — Ela lançou um olhar para August. — É óbvio que para você isso não passa de uma piada, mas um casamento falso pode causar danos irreversíveis ao nome de nossa família.

Corinne olhou para Natalie com uma postura tão hostil que August sentiu vontade de protegê-la.

Mas ele suspeitava que a matriarca tinha algo importante a dizer. Algo que ele precisava ouvir.

— Ingram Meyer está aqui hoje. Ele sempre está presente. *Está em todo lugar.* Ele tem olhos e ouvidos em toda Santa Helena e leva muito a sério o trabalho no banco. Se ele sequer desconfiar que o relacionamento de vocês é de fachada, vai bloquear seu dinheiro mais rápido do que o tempo que você levou para bolar esse plano idiota, Natalie.

Um pouco nervoso, August deu uma olhada pela multidão e bingo: lá estava o agente de crédito, alto, magro e pálido, usando chapéu de palha. O cara que mal tinha olhado a solicitação de August antes de fechar a porta na cara dele. O mesmo homem que tinha o destino de Natalie nas mãos.

Corinne continuou, sussurrando baixo:

— Deixe isso de lado agora ou se comprometa a levar isso a sério. A tarefa não é convencer apenas o banco, mas a cidade inteira, porque as notícias voam em Santa Helena. Isso significa morar juntos, serem vistos juntos em público. Precisaremos organizar uma festa de verdade. Se é o que você quer, faça direito. Comece agora. Do contrário, corre o risco de manchar a reputação de toda a família e fazer com que fiquemos conhecidos como um bando de vigaristas.

August se perguntou se seria tarde demais para sair e ensaiar uma nova chegada.

Natalie parecia retraída, como de costume, mas seu rosto estava totalmente pálido, e August se odiou por ter causado aquilo.

Por que você faz essas coisas?

Mas ele não tinha tempo para autocrítica, porque teve a sensação de que Natalie estava a segundos de desistir. E como não estaria? Quem confiaria algo tão importante a alguém que entrou naquela tenda parecendo um touro numa loja de porcelana?

August não podia deixar essa chance escapar. Seu pênis/sua intuição diziam que ele se arrependeria para sempre.

Então, o mais rápido que conseguiu, August tirou a caixinha do anel do bolso da calça e se ajoelhou.

Natalie cambaleou e, por um momento, pareceu prestes a perder o equilíbrio, mas August a segurou depressa com a mão livre. Ela prendeu a respiração e olhou de August para a aliança, e depois... para August de novo. Por um momento, não havia mais ninguém ao redor. Apenas os dois. Ele ficou ligeiramente surpreso com o aperto no peito, ao mesmo tempo que estava secretamente grato pelo nervosismo. Natalie merecia que o homem que estava prestes a pedir sua mão em casamento estivesse nervoso, ajoelhado diante dela. Não merecia?

É claro que merecia.

— O que eu quis dizer, Natalie, é que gostaria de saber se você me dá a honra de ser a minha esposa.

Ele abriu a caixa de veludo preto com o polegar sem desviar os olhos dela. Jesus, será que havia a mínima chance de ela dizer sim agora? O coração dele disparou, entalando na garganta.

— Estou pedindo para que você passe o resto da vida tentando não me matar durante um delírio febril. Por favor.

Aquilo era um sorriso no canto da boca de Natalie?

Ele tinha conseguido consertar as coisas?

O tempo parou enquanto ela olhava para o anel, franzindo as sobrancelhas. Será que estava considerando o pedido de casamento? *Anda, Natalie, pelo amor de Deus.* August sentiu o suor escorrer pela coluna. Já tinha estado em missões de vida ou morte menos estressantes do que aquele momento.

Por fim, ela umedeceu os lábios e estendeu a mão esquerda, sussurrando:

— Não posso prometer nada sobre a questão do assassinato.

O coração de August voltou ao peito e sua audição voltou ao normal. Quando foi que os sons ao redor haviam ficado tão distorcidos? Nem todo o autocontrole do mundo conseguiu fazer com que os dedos dele não tremessem quando tirou o pequeno anel de diamante da caixa e o colocou no dedo de Natalie. *É tudo mentira*, lembrou a si mesmo mais uma vez depois de ficar de pé, encarando o rosto atônito dela. Por instinto, August puxou Natalie para um abraço, e foi pego de surpresa quando ela o abraçou de volta.

As pessoas ao redor estavam aplaudindo. Até mesmo a família de Natalie. Quando isso começou?

Na verdade, todos estavam aplaudindo, menos Ingram Meyer.

O homem observava a cena por cima da taça de vinho, semicerrando os olhos.

Faça direito. É por ela.

— Obrigada — sussurrou Natalie, aninhada no ombro de August. — Precisava agir como um idiota quando chegou aqui? Mas, no geral, acho que... Obrigada.

— Podemos negociar meus direitos conjugais agora?

Parabéns. Parece que você não aprendeu nada. O pau de August realmente sempre estragava tudo.

— Não — disse Natalie.

— Valeu a tentativa.

Ela exibiu um sorriso doce.

— Por que não tenta ir para a casa do...

Uma voz invadiu a tenda e interrompeu Natalie, mas August tinha uma boa ideia de como aquela frase terminaria. Natalie se mexeu e os dois soltaram o abraço, mas ela deixou August segurar sua mão quando os dois se viraram para encarar o homem que agora falava em um microfone na extremidade ensolarada da tenda. Ele usava um chapéu-coco antigo e um cravo na lapela, e August revirou os olhos com tanta intensidade que ficou com medo de entrarem nas órbitas.

— Bem-vindos à celebração de reabertura do Trem de Vinhos do Condado de Napa, fundado em 1864. É um prazer tê-los a bordo como nossos primeiros passageiros neste novo e elegante ambiente. Muitos dos acessórios vintage e os painéis de madeira hondurenha são réplicas fiéis...

Várias pessoas ficaram empolgadíssimas com aquela informação.

Em Santa Helena, a mera menção da palavra "vintage" causava um alvoroço.

— ... No entanto, essas características foram restauradas, recuperando sua elegância original. — O homem com o microfone esticou o pescoço e examinou a multidão. Por que ele parecia olhar diretamente para August e Natalie? — Fiquei sabendo que tivemos um pedido de casamento surpresa... Bem, aqui vai mais uma surpresinha, o casal de pombinhos está com sorte. Não há cenário mais romântico do que o entardecer em Napa a bordo do nosso luxuoso trem. E adivinhem? — Ele fez uma pausa teatral. — Este é o momento perfeito para anunciar a inauguração do assento especial de lua de mel no segundo andar.

Um cantinho luxuoso com cúpula de vidro exclusiva para o casal, chamado de Ninho dos Pombinhos. Já temos nossas cobaias perfeitas, não é mesmo?

— Ah, não, não — disse Natalie, educadamente. — Não precisa...

— Nós aceitamos! — interrompeu August, causando uma onda de gargalhadas.

August apertou a mão de Natalie, que enterrou as unhas na palma da mão dele.

Alguém tirou uma foto.

Capítulo seis

O grupo entrou no trem, subindo um por vez os degraus atapetados. Natalie sentia a orelha arder, e com razão: um pouco atrás dela, Corinne a observava como um gavião, assim como seu irmão e Hallie. Ingram Meyer com seu chapeuzinho moda praia vinha logo atrás, e ele não fazia questão de disfarçar que também estava de olho em August e Natalie. Parecia tão desconfiado que suas sobrancelhas quase se tocavam; era nítido que ele não estava convencido de que os dois formavam um feliz casal de noivos.

Talvez aquilo fosse impossível, no fim das contas.

Talvez fosse uma grande perda de tempo.

— Isso é loucura — sussurrava Natalie. — Estou ficando louca.

August se abaixou para ficar na altura do rosto dela. *Não olha pra boca dele.* Natalie se recusava a pensar na onda de euforia que sentiu quando os lábios deles se tocaram. A reação irracional de seu corpo àquele homem deveria ser a última preocupação de Natalie no momento. Deveria ser completamente ignorada, porque não importava nem um pouco. O plano devia ser um simples acordo de negócios e já estava enfrentando problemas. Talvez nem sequer fosse viável.

— O que é loucura? — perguntou August.

— Isso. Eu. Pedir sua ajuda. Você só quer se divertir às minhas custas.

Ele baixou o olhar por um instante.

— Admito que exagerei agora há pouco. Mas eu... Eu nunca me sinto à vontade nesses ambientes.

— Então você deixa todo mundo desconfortável para compensar?

— Exato.

— Pelo menos você é um babaca sincero.

— Já pode colocar isso nos votos do nosso casamento — murmurou ele, esfregando a nuca com a mão livre. — Olha, já passou. Vou ser melhor daqui pra frente.

Natalie fechou os olhos, consciente de que Corinne os observava. É claro que a mãe tinha sacado o esquema logo de cara. Natalie nunca conseguiria mentir para ela, mesmo com o fundo fiduciário em jogo. Corinne era como um polígrafo humano no qual Natalie reprovava desde que era criança.

Esse baseado não é meu, mãe.
O polígrafo determinou que isso é mentira.

Natalie tentou dar um sorrisinho para a mãe por cima do ombro e recebeu um olhar impassível de volta. Ingram Meyer assistia à conversa, tomando notas mentais com os olhos astutos. Pelo visto, ele realmente via tudo. Quem poderia ser considerado seus olhos e ouvidos na multidão e na cidade? Qualquer um? Convencê-los daquele noivado ia ser muito mais complicado do que ela imaginava.

— Acho que é tarde demais, Adônis — murmurou ela, voltando o olhar para Ingram. — Parece que já era.

August balançou a cabeça.

— Nós vamos conseguir.

— Duvido muito. Espero que você consiga reaver o dinheiro que pagou pelo anel.

Uma linha de preocupação surgiu na testa de August. A mão gigante dele começou a suar. Ele estava preocupado? Óbvio que sim. Queria o empréstimo do banco tanto quanto ela queria que o dinheiro dela fosse liberado.

Os dois estavam quase chegando nas recepcionistas quando um passageiro passou por eles em direção à saída, empurrando Natalie contra o corpo quente de August. Graças ao pôr do sol que se aproximava, o ar estava esfriando. Natalie havia esquecido sua jaqueta de seda preta no carro, e o calor que emanava de August contra seus braços arrepiados era maravilhoso. Como ela não se afastou, ele se aproximou lentamente e a abraçou, pousando o antebraço na parte inferior das costas dela.

— Quer minha jaqueta? — perguntou ele, a voz rouca, com a boca no cabelo de Natalie.

Natalie sentiu aquela temida pulsação entre as coxas e encolheu os dedos dos pés dentro do sapato.

— Claro, que surpresa. Depois de me pegar desprevenida, de me envergonhar em público e de me pedir em casamento do mais absolutamente nada, você decidiu que quer ser um cavalheiro.

— Você vai ficar chateada para sempre, Natalie?

— Isso foi há dez minutos! — sussurrou ela, furiosa. — Nós poderíamos ter tido uma conversa civilizada e combinado tudo. Mas não, você tinha que sair por cima.

— Me desculpe, está bem? Era o que você queria ouvir? Estou arrependido. — August fez um gesto com o queixo em direção à entrada do trem. — Você quase disse não.

— Eu *deveria* ter dito não. — Natalie balançou a cabeça. — Eu deveria simplesmente engolir meu orgulho e pedir para o meu pai alterar os termos do fundo fiduciário.

August ficou tenso da cabeça aos pés. Um longo intervalo se passou enquanto as palavras de Natalie pairavam no ar entre eles.

— Ei. — Ele aproximou a boca do ouvido dela. — Nós estamos juntos nessa. Pare de falar em desistir, estou levando isso a sério agora.

— Você acha mesmo que vai conseguir levar esse plano a sério? Porque, de acordo com minha mãe, vamos ter que morar juntos, August. Para que as pessoas acreditem que o casamento é real *e* para conseguirmos o empréstimo. E tudo o que você quer fazer é me ridicularizar. Eu não confio em você. — O coração dela pareceu despencar dentro do peito. — Meu Deus, onde eu estava com a cabeça?

Para a surpresa de Natalie, August pressionou a testa contra a dela.

— Natalie.

— O quê?

Três segundos se passaram. Quatro.

— Nunca mais, *nunca* mais vou deixar você na mão. Entendido?

O corpo dela reagiu de um jeito estranho àquela promessa inesperada. O suor gelado das mãos de Natalie diminuiu e seus batimentos cardíacos lentamente voltaram ao normal. Ela se viu até mesmo concordando com a cabeça; como poderia agir de outra forma, já que nunca o tinha visto tão sério nem ouvido aquele tom de honra em sua voz? Aquele era August, soldado da Marinha.

Ainda assim, Natalie não estava 100% pronta para confiar nele de olhos fechados. Não depois de tudo o que acontecera, não depois daquele show que ele acabara de dar.

— Certo. Vamos ver.

— Sim, *você* vai ver mesmo — reafirmou ele sem hesitar. — Agora, você vai me acompanhar até o Ninho dos Pombinhos ou não?

Quando eles tinham ficado tão perto assim?

Mais importante ainda, quando foi que ela se colocou na ponta dos pés para que seus braços pudessem alcançar o pescoço dele? Ela começou a tentar se afastar, mas August balançou a cabeça.

— Se eu fosse seu noivo de verdade, é assim que eu abraçaria você — disse ele, baixinho, só para ela ouvir — O tempo todo. Portanto, é assim que vamos ficar.

— Tá.

Seu peitoral largo estava a centímetros da boca de Natalie e ela sentiu um estranho impulso de cravar os dentes ali. Ela podia até desconfiar de que ele iria gostar. *Nem pensar. Nada disso.*

— Mais tarde podemos estabelecer algumas regras básicas e pensar em um cronograma para nossos objetivos. Mas, antes de mais nada, quero deixar bem claro: não vai rolar sexo. Zero.

— Você *deixou* bem claro, princesa. — Ele acariciava Natalie com o polegar, fazendo-a se arrepiar até o último fio de cabelo. — Você poderia me lembrar por que não podemos transar?

A voz de August vacilou quando ele pronunciou a palavra "transar" bem no ouvido de Natalie, e um suspiro ficou preso na garganta dela.

— As razões mudaram, obviamente, considerando esse nosso acordo genial. Limites que precisam ser muito claros se tornariam... confusos... se chegássemos aos finalmentes. Mas a lógica por trás disso é a mesma. Não posso baixar a guarda perto de você.

Ele flexionou a mão junto à lombar de Natalie.

— Você sempre baixa a guarda durante o sexo?

— Olha... *sim*. — Ela refletia sobre a resposta enquanto a dizia em voz alta. — Bom, mais ou menos. Mas definitivamente não posso fazer isso com alguém que adora apontar meus defeitos e rir das minhas inseguranças. Isso seria autossabotagem.

August franziu a testa.

— Você também aponta meus defeitos. Não seria autossabotagem para mim também?

— Você é homem. Estaria fazendo sexo. Não se importaria com isso.

— Faz sentido. — Ele semicerrou os olhos. — Então está dizendo que você se *importaria*?

— Estou dizendo que eu me odiaria depois que você virasse para o lado e começasse a roncar.

— E como você tem certeza de que não viraria para o outro lado para roncar também?

— Bom, infelizmente não vamos descobrir.

— Estou disposto a aceitar qualquer coisa neste momento para te deixar satisfeita, Natalie, mas não vou concordar com a regra de não transar. Lamento muito. Nós dois somos adultos e, se ambos queremos algo, deveríamos poder fazer isso sem ter que consultar um livro de regras imaginário. — A respiração de August acelerou, e ele puxou Natalie mais para perto. — Se você me disser com todas as letras que não quer, vou respeitar. Mas se você quiser foder, isso vai acontecer. Fim de papo.

Droga. Ela voltou a sentir a pulsação entre as pernas, dessa vez acompanhada de uma sensação quente e úmida.

Aquilo pareceu ter ativado uma hipersensibilidade em todas as zonas erógenas do corpo dela. Os ossos dos quadris, a parte interna dos tornozelos, o pescoço, os seios.

O tempo parecia se arrastar.

— Ah, aqui estão eles — cantarolou uma voz masculina atrás de Natalie.

Ela se virou e viu o responsável pelo trem do vinho se aproximar, com um chapeuzinho na cabeça.

— Os pombinhos recém-noivados. Venham comigo, venham comigo.

Natalie finalmente se soltou de August e seguiu o homem, o ar frio fazendo seus braços se arrepiarem mais uma vez.

— Vou levá-los até o Ninho dos Pombinhos — anunciou ele.

— Pruuuu — chilreou August no ouvido dela, imitando um pombo moribundo — Pruuuu.

Natalie deu uma cotovelada na barriga de August, que deu uma risadinha.

Logo depois, ele cobriu os ombros de Natalie com a própria jaqueta.

Nunca mais vou deixar você na mão. Entendido?

Aquelas palavras ressoavam sem parar na cabeça de Natalie enquanto subiam para o segundo andar do trem. August não *estava* falando sério, não é? De jeito nenhum. Só estava dando a Natalie uma falsa sensação de segurança. Ainda assim, não conseguia parar de pensar naquela promessa tão intensa, feita com tanta seriedade. Era quase como se ele tentasse gravar aquelas palavras no cérebro dela. No entanto, August havia deixado algo implícito, enterrado nas entrelinhas.

Mas não. *Até parece.*

O homem os conduziu até a extremidade mais distante do segundo andar do trem e parou em frente a uma cadeira giratória de veludo vermelho. A poltrona tinha encosto alto e laterais curvadas para maior privacidade, e podia ficar de frente para o vagão ou para a janela, dependendo de como fosse posicionada. Com um sorriso empolgado, o gerente apertou um botão e uma pequena lareira ganhou vida sob a janela panorâmica que emolduraria a vista das colinas de Napa durante a viagem.

Mas...

— Só tem uma cadeira.

— Ah, é mesmo? — O homem fingiu surpresa. — Mas com certeza cabem duas pessoas direitinho. Não querem tentar?

— Você não reparou no tamanho desse cara? — Natalie apontou para August com o polegar. — Ele parece o abominável homem das neves. Não caberia nisso nem se sentasse sozinho.

O homem pareceu desconcertado por um segundo, mas se recuperou depressa e fez um gesto de despedida, puxando a aba do chapéu.

— Vou deixá-los à vontade — disse ele, indo embora, claramente convencido de que estava fazendo um favor ao casal.

Mas Natalie precisava admitir... o cenário era tão romântico que chegava a enjoar. O pôr do sol em tons de cor-de-rosa e dourado iluminava a poltrona de veludo enquanto a lareira crepitava. Havia uma garrafa de vinho já aberta em uma mesinha lateral, além de duas taças. Se o relacionamento com August fosse real, ela seria obrigada a ovular.

Natalie se virou para ele para dizer que se sentariam nas poltronas normais, como os passageiros que agora subiam para o segundo andar. Mas antes que pudesse abrir a boca, ele se acomodou na poltrona, esticou as longas pernas e deu um tapinha na coxa.

— Seu trono a aguarda, princesa.

— Nem morta. Eu não vou sentar... — Percebendo que os outros passageiros a ouviam, ela diminuiu o volume de sua voz até se tornar um sussurro. — Eu não vou sentar no seu colo neste motel sobre trilhos. O que eles acham que vai *acontecer* aqui?

August observou as amplas laterais da poltrona. Eram curvadas para dentro e obviamente serviam para bloquear olhares curiosos.

— Bom, no mínimo uns amassos.

Não acredito que meus mamilos estão formigando.

— Se você tentar alguma coisa, eu arranco seus dedos.

— Tá bom, tá bom — suspirou ele, passando a mão pela gravata. — Mas você pode me dar uma apalpada se quiser.

— Acho que você quis dizer "dar uma estrangulada".

August riu outra vez e, após um momento, inclinou-se para a frente.

— Natalie — disse ele, colocando a língua na parte interna da bochecha —, assim não vamos convencer ninguém.

Natalie ouviu uma risada familiar vindo da escada. Quando se virou, viu os cachos loiros de Hallie no meio da multidão de recém-chegados ao segundo andar, o que significava que seu irmão estaria logo atrás. Hallie conversava com a dona da loja de donuts da cidade, Fudge Judy, uma britânica que adorava uma fofoca. Todos em Santa Helena frequentavam a loja dela, desde os adolescentes até o prefeito. Atrás delas estavam donos de outros comércios e senhoras elegantes, todos ansiosos para dar uma olhada no casal que havia acabado de noivar. Se ela fosse fria com o suposto noivo, todos iriam notar e comentar. E aquilo poderia chegar aos ouvidos de Ingram Meyer.

Natalie olhou para August, que observava a lareira. Ela tivera que decidir sobre o pedido de casamento dele em uma fração de segundo. *Ou você mergulha de cabeça e tenta fazer um negócio convincente... ou cancela tudo agora mesmo — e volta à estaca zero.* Natalie encarara August, ajoelhado diante dela com uma expressão séria e esperançosa, e sentira algo se agitar dentro do peito, algo intenso que não soube identificar, mas que a fez escolher a primeira opção. E agora os dois estavam noivos perante a elite de Santa Helena.

O casamento tinha sido ideia dela. August chegara do nada e a pegara desprevenida lá fora, mas e agora? Se ela não engolisse o orgulho, o plano iria por água abaixo antes mesmo de começar.

No setor financeiro, o lema dela sempre fora *tudo ou nada*.

Obviamente, nem sempre a coisa acabava bem, considerando que tinha dado tudo de si e depois voltado para casa de mãos abanando.

As incertezas sobre o acordo se acumulavam, mas aquela era a solução para o seu problema. Uma saída. E se Natalie não a agarrasse com unhas e dentes, perderia a chance. Em meio à multidão, ela encontrou os olhos de Hallie. Um instante depois, quando viu o irmão se aproximar, ocorreu a Natalie que, se ela manchasse o nome da família, todo o trabalho árduo que ele vinha fazendo para reerguer a vinícola iria por água abaixo.

Ela não podia fazer isso. Nem pensar.

Não havia margem para erro.

Natalie respirou fundo e deixou a bolsa na mesinha lateral. Hesitou por um momento, mas, em seguida, sentou-se meio de lado no colo de August. Ele foi pego de surpresa, porque havia imaginado que ela ficaria de pé durante todo o trajeto ou se sentaria em outro lugar. Erguendo as sobrancelhas, ele logo pousou a enorme mão na parte inferior das costas de Natalie.

— Acho que é melhor eu ficar de boca fechada — observou August, falando baixo. — Assim não corro o risco de dizer algo que estrague tudo.

— Essa seria a coisa mais inteligente que você poderia fazer.

— Pois é, viu só? Estou noivo há vinte minutos e já sou um novo homem. — Pelo reflexo da janela, Natalie viu os olhos de August percorrerem o pescoço dela. Sentiu o coração dele acelerado contra as suas costas. — Mas não posso deixar de comentar que...

— Você não aprende, né?

— ... que talvez você esteja com medo de me beijar.

Natalie fixou o olhar nele, o pulso acelerando com a proximidade entre seus corpos. Seu rosto não estava a mais do que alguns centímetros de distância do de August, que apoiou a mão nas costas dela de forma protetora, com os dedos ligeiramente curvados, como se quisesse puxá-la para mais perto, acomodá-la em seu colo. A barba por fazer estava mais visível agora e começava a escurecer a mandíbula de August. Sua gravata estava ligeiramente torta. Era um soldado brutamontes forçado a vestir um terno e se casar. Tudo isso por ela. Com ela.

Gostando ou não, agora eles formavam uma equipe. E Natalie tinha a sensação de que a próxima coisa que sairia da boca dele reforçaria, sem dúvidas, que ela *não* gostava daquilo.

— Por que eu teria medo de beijar você? Além de por conta desse seu jeitinho detestável, é claro.

August deu de ombros de um jeito arrogante.

— Porque você tem medo de gostar.

— Você acha mesmo que vou cair nessa? — rebateu Natalie.

— Só estou dizendo a verdade. Você não quer me ver nem pintado de ouro, mas, se me beijasse, acabaria se esquecendo disso.

— Esquecer que você é insuportável? — zombou ela. — Acho bem difícil.

Como se para desafiar Natalie, um apito alto soou e o trem deu um tranco para a frente, jogando-a contra o peito de August e fazendo com que deslizasse completamente para o colo dele. Ela ficou irritada ao descobrir que os dois se encaixavam perfeitamente. August assobiou por entre os dentes e tirou a mão das costas de Natalie para agarrar o braço de veludo da poltrona.

— Olha, já vou avisando, eu vou ficar duro.

— Está de brincadeira? — O volume na braguilha da calça de August cresceu depressa, fazendo Natalie ruborizar. *Você não está excitada. Você não está excitada.* Talvez, se ela continuasse repetindo esse mantra, ele se tornasse verdade. — Você está na seca, por acaso?

— Não faria diferença se eu estivesse há dez minutos sem transar ou em celibato há dez anos, ainda ficaria duro com a sua bunda numa posição dessas, Natalie. Mas, sim, já que tocamos nesse assunto, estou na seca, sim. E você?

Ela não conseguiu esconder a surpresa pelo fato de ele ter admitido isso em voz alta e acabou respondendo com sinceridade, sem nem pensar.

— Também. Você *ia* ser meu estepe.

— Seu estepe? — perguntou ele bruscamente, os músculos do peito enrijecendo.

Ah, é verdade. Ele não sabia. Claro que não. Por que saberia?

— Eu estava noiva. — Natalie se esforçou para manter o tom descontraído. — Em Nova York. Agora não estou mais.

Demorou um instante para que August processasse a informação. Um verdadeiro desfiladeiro se formou entre as sobrancelhas dele.

— Por quê?

— Não quero falar disso, tá bom? Pelo menos não agora.

Os dedos longos de August se flexionaram nas costas dela.

— Ele ainda faz parte da sua vida?

— Não. — Por alguma razão, Natalie sentiu que deveria olhá-lo nos olhos para responder. — Não. Você e eu acabamos de ficar noivos, August. É óbvio que ele não está na minha vida.

O alívio pareceu fazer com que as pupilas de August se dilatassem.

— Que bom.

— Que bom?

Vários segundos se passaram novamente, e Natalie se viu observando o recuo bem no meio do lábio inferior dele. A barba por fazer aparecendo logo acima do lábio superior, mais firme. E por que diabos era tão irritantemente sexy que os pés dela não tocassem o chão enquanto ela estava sentada no colo dele?

— Sim, foi o que eu disse. Que bom — repetiu August, com um brilho nos olhos. — Não quero competição pela minha falsa noiva.

— Entendi. — A pontada de decepção que ela sentiu foi bastante dolorosa. — Pois é, não vai precisar se preocupar com isso.

Um músculo estalou na bochecha dele.

— Que bom.

— Pare de dizer "que bom".

— *Que ótimo.*

Havia uma tensão entre eles, e Natalie não conseguia identificar a origem. O tesão — da parte dele, *não* dela — era a resposta óbvia, mas parecia haver algo mais. Ela estava sendo desafiada de alguma forma, isso era evidente. August se inclinou, aproximando a boca até ficar a poucos centímetros da dela. Os dois estavam completamente escondidos do resto do vagão. Napa dançava em todo o seu esplendor, banhada pelo pôr do sol, com as vinhas serpenteando em direção às colinas e à luz natural que se esvaía, mas ela não conseguia se dar conta de nada disso. Apenas o hálito daquele homem em sua boca e a força dele a envolviam.

— Só para deixar claro, Natalie, eu não teria nenhum problema em me defender de um playboyzinho que usa mocassim.

Por favor, me diz que minhas paredes vaginais não se flexionaram.

— Pelo amor de Deus, você está querendo competir para ver quem mija mais longe com uma pessoa que nem sequer está aqui.

Por que ela estava respirando tão rápido?

Natalie gaguejou, e August continuou chegando mais perto. Ele segurou o quadril dela com as mãos abertas e a apertou, aproximando a boca até que os lábios dos dois estivessem quase se tocando.

— Eu sou seu estepe, então?

— Por isso ficou emburrado?

— Quem disse que fiquei emburrado?

— Sua cara.

Os lábios deles estavam quase corados agora.

— Talvez eu esteja frustrado por ter perdido a chance de ajudar você a superar o término do seu noivado.

— Eu *já* superei.

— Então prove, princesa.

Muito sutilmente e apenas por um instante, a língua de August tocou os lábios de Natalie e os dedos dele percorreram a parte interna de suas coxas.

— Convença este trem cheio de amiguinhos esnobes entendidos de vinho de que você não vê a hora de subir ao altar comigo.

Que filho da mãe.

— Até hoje, ninguém em Santa Helena bateu meu recorde de doses tomadas em uma festa. Foram dezesseis seguidas, August. Eu não morri por um milagre. Antes de mim, o recorde era de quinze.

— Parabéns, fico orgulhoso. Mas por que está me contando isso?

— Para que você entenda que eu nunca perco. Não quando sou desafiada.

August sentiu uma agitação no peito.

— Colocar a boca na minha não é perder.

Bem devagar, ela enrolou a gravata de August em seu punho e usou seu corpo para empurrá-lo contra o encosto da poltrona, virando-se de modo que seus seios ficassem encostados no peito dele.

— Tem certeza disso?

— Nunca tive tanta certeza na vida — respondeu August, confiante.

Mas quando ela se mexeu um pouco em seu colo, ele engoliu em seco.

— Porra.

Foi a última coisa que ele disse antes de Natalie beijá-lo com vontade. Seus lábios molhados se arrastavam de um lado para outro, provocando-o, dando um gostinho do que poderiam fazer em outro lugar. E, levando em consideração a ereção de August sob a bunda de Natalie, ele também estava pensando nisso. E muito. Ela segurou o queixo dele, puxando-o para baixo, abrindo a boca dele, conseguindo acesso para lamber fundo, uma, duas, três vezes, com calma, saboreando seu gemido caloroso e sentindo os músculos dele ficarem tensos a ponto de estalar.

— Já entendi o que você está fazendo — disse August, contra a boca de Natalie. — Você vai fazer eu explodir de vontade e depois vai me deixar na mão, não é?

— Parabéns — respondeu ela, ofegando. — Você não é tão idiota quanto parece.

August levantou o queixo dela, os olhos vidrados em sua boca.

— Você está subestimando o quanto eu adoro um desafio, princesa.

Ela não cometeria aquele erro de novo.

Antes que Natalie percebesse o que estava acontecendo, os dedos de August se embrenharam em seu cabelo e se fecharam, segurando-o e inclinando a cabeça dela para trás. Deixando o pescoço de Natalie exposto. E então... Nossa. Meu Deus. Os dentes, a ponta da língua e os lábios de August se moveram, traçando um caminho sensual pelo pescoço dela, depois ele fez o mesmo do outro lado e seguiu para um ponto atrás de sua orelha que a fez ter um espasmo tão forte nos pés que um de seus saltos caiu no chão do trem com um baque.

— Não acredito que você esperou até estarmos em um trem cheio de gente para me beijar de novo. — Ele mordiscou o lóbulo da orelha de Natalie. — Vai ver você fez isso de propósito, porque sabe exatamente o que estaríamos fazendo se estivéssemos sozinhos.

— Brigando?

— Fodendo. — August traçou um círculo atrás da orelha de Natalie com a ponta da língua, depois voltou à boca e sugou os lábios em um beijo intenso. — Mas eu começaria com dois dedos bem fundo entre as suas pernas até você estar bem molhada e pronta pra aguentar levar com força.

Mais espasmos vaginais. Acompanhados de um gemido involuntário que ela tentou disfarçar com uma tosse.

E falhou miseravelmente.

Parecia que o jogo estava virando depressa demais.

Ela podia imaginar os dois em uma cama bagunçada, August por cima, metendo com força, ela com os tornozelos entrelaçados em suas costas musculosas. Ambos agitados, suados, tentando superar um ao outro. Seria *alucinante*, mas ela se arrependeria depois. Natalie não podia ceder àquele homem que a considerava uma pirralha mimada.

Era hora de recuperar a vantagem.

— Talvez eu estivesse mais no controle da situação — sussurrou ela, traçando com o dedo um caminho pela camisa de August até a fivela do cinto, satisfeita em ver que ele estava ofegante. — E talvez seja tão bom que você nem queira chegar até o fim.

— Princesa, eu deitaria em uma cama cheia de lâminas de barbear para ir até o fim com você. — Ele deixou escapar um grunhido. — Pare de mexer essa bunda gostosa, ou eu juro por Deus que...

— O quê? — Ela prendeu o lábio inferior dele entre os dentes e rebolou os quadris, deleitando-se ao ver os olhos de August perderem o foco por um instante. — O que você vai fazer?

— Chorar, provavelmente.

Ela soltou uma risada genuína.

De olhos fechados, ele sorriu contra a boca de Natalie.

Algo inesperado se agitou no peito de Natalie, e seus lábios paralisaram em meio ao beijo. O que diabos estava acontecendo? Nada, sob hipótese alguma, deveria estar ocorrendo no espaço entre seu cérebro e sua vagina. Ele estava prestes a ir embora da cidade. *Já estaria* longe se não fosse pela oferta de Natalie para ajudá-lo a conseguir o empréstimo. August a considerava uma garota rica e mimada. Os dois nem sequer estavam em um relacionamento de verdade, e ele já tinha uma péssima opinião formada sobre ela. Seria um desperdício de tempo e energia tentar provar que ele estava errado, principalmente quando o acordo entre eles colocava em jogo tanto dinheiro.

Seria desperdício de saliva.

— Vem aqui — pediu ele, rouco, olhando para ela. — Pode me torturar, eu aguento.

De pé. Ela precisava se levantar.

Os dois com certeza tinham sido vistos se beijando pelo reflexo da janela. O propósito do Ninho dos Pombinhos já havia sido alcançado. Então por que ela estava se inclinando outra vez, desejando a maciez dos lábios de August e a maneira como as mãos dele percorriam a pele dela lentamente, como se memorizando a curva de sua cintura, o formato de seus joelhos, tudo?

A boca de Natalie estava a meio centímetro da de August e seu coração batia forte. A distância entre eles era cada vez menor. Aquele beijo seria apenas por prazer. Para explorar. Seria por eles. Desesperada, ela se esforçou para lembrar todas as vezes que August a ofendera por beber muito, ou a maneira como ele a havia constrangido em público, mas tudo o que conseguia sentir era o coração dele acelerado dentro do peito quase em harmonia com o dela.

— Natalie.

Ela levou cinco segundos para perceber que se tratava da voz de sua mãe. De onde estava vindo? Levantou a cabeça e se inclinou para o lado, e lá estava Corinne, de braços cruzados, olhando para ela com uma expressão impassível.

— Ai, meu Deus — sussurrou. — Minha mãe me flagrou com um cara. Será que eu embarquei sem querer num trem de volta ao ensino médio?

— Podemos conversar em particular, por favor? — continuou Corinne.

— Só um minuto.

Natalie se escondeu na privacidade da cadeira, ganhando tempo até que seu rosto voltasse à temperatura normal.

A cabeça de August caiu para trás em um gemido.

— Jesus Cristo — disse ele, suspirando.

— Acho que ela está mais para Anticristo.

August deu uma gargalhada.

— Vou precisar de um minuto... ou de sessenta. Para acalmar os nervos.

— Quer dizer que *eu* te deixei nervoso? — provocou Natalie, piscando repetidas vezes de maneira novelesca.

— Natalie...

Ela aproximou a boca do ouvido de August. Quando falou, seu hálito quente o fez arrepiar e agarrar a lateral do vestido dela:

— Parece que desta vez eu ganhei, seu besta.

O queixo de August estalou.

— Desta vez.

— Esta vez foi também a *última*. Já provamos nosso ponto.

— Infelizmente, meu ponto ainda precisa ser provado — disse ele, fazendo um gesto com a cabeça em direção à própria virilha.

Natalie segurou o riso.

— Nojento. Se recomponha enquanto eu falo com minha linda mãe — ordenou ela, olhando para Corinne.

Corinne revirou os olhos e saiu andando na frente.

Natalie a seguiu, sorrindo e agradecendo às pessoas que a parabenizavam conforme ela passava. Assim que chegaram em um canto tranquilo do vagão, Corinne manteve um sorriso sereno no rosto, mas era impossível não perceber a acidez em seus olhos.

— Você não acha que teria sido bom avisar sua família com antecedência antes de nos envolver nesse seu teatrinho?

— Sim, acho. Essa era a minha intenção...

— Em um intervalo de apenas trinta minutos, você e esse brutamontes nos transformaram em motivo de piada.

De repente, o sangue de Natalie começou a ferver.

— Ele é um veterano de guerra, um soldado da Marinha. Nunca mais fale dele dessa maneira.

A mãe fechou a boca em um movimento repentino de espanto, mas logo se recompôs. Natalie, no entanto, não. Desde quando ela defendia com tanto fervor o homem que deveria ser seu inimigo? Ela o insultava até cansar, mas quando outra pessoa fazia isso ela ficava furiosa?

— Você jogou vinho na cara dele na competição há dois dias. Não acha que todos na cidade sabem disso? Não acha que todos estão se perguntando como vocês puderam passar de inimigos a noivos de uma hora para outra?

O rosto de Natalie ficou quente. Nesse ritmo, acabaria arranjando uma queimadura de primeiro grau.

— Casais brigam. Você deveria saber disso melhor do que ninguém. Não é tão difícil engolir a ideia de que estávamos no meio de uma discussão.

A mãe de Natalie balançava a cabeça antes mesmo de ela terminar.

— Você vai humilhar a família, assim como fez na época do colégio.

Natalie recuou como se tivesse levado um tapa e acabou se chocando com força contra um objeto imóvel. Assustada, inclinou a cabeça e viu August atrás dela, franzindo a testa, primeiro para ela e depois para Corinne.

— Você está bem, princesa?

Corinne soltou uma risada de deboche ao ouvir o apelido. Natalie observou a mãe travar uma guerra interna entre as boas maneiras e a frustração evidente. Para surpresa da filha, a frustração venceu. Em vez de apertar a mão de August e dizer algo para amenizar a situação desconfortável como normalmente faria, Corinne passou por eles com um sorriso amarelo e foi se juntar a um grupo de pessoas em uma conversa chata sobre os acessórios restaurados do trem.

— Você ouviu a conversa? — perguntou Natalie, sem se virar.

Um segundo se passou.

— Um pouco.

Pelo tom áspero dele, Natalie deduziu que August tinha ouvido a parte sobre ela ter humilhado a família.

— Que maravilha. Falei cedo demais. — Ela não sabia o que fazer com os braços. Cruzá-los. Deixá-los pender ao lado do corpo. Pousá-los sobre a barriga. — Parece que hoje você venceu.

Eles ficaram em silêncio por um momento. Então, August a surpreendeu ao segurar sua mão e levá-la de volta ao Ninho dos Pombinhos. Sentou-se na poltrona e a puxou para o colo dele. Natalie não tinha energia para tentar se esquivar ou para fingir que o calor de August não era bem-vindo. Assim, um instante depois, ela estava com a cabeça aninhada sob o queixo dele e com as pernas sobre as suas coxas, observando Napa passar em silêncio do outro lado da janela.

— Vamos declarar empate — murmurou August.

Sentindo o choque de uma vida inteira, Natalie fechou os olhos e assentiu.

De repente, a voz de August soou suave em seu ouvido:

— Vou alugar um smoking e você vai colocar um vestido bonito. Ou uma calça. Tenho muito apreço pelos meus testículos, então longe de mim querer dizer o que você tem que vestir, só queria deixar claro que adoro suas pernas. Muito. Para mim, elas deveriam estar em um museu. — Natalie fungou em agradecimento e ele deu um tapinha carinhoso no topo da cabeça dela. — Vamos trocar votos e depois vou te levar para minha casa, para morar com minha gata psicótica. Talvez a gente até una forças tentando nos defender de toda aquela malignidade felina. Se conseguirmos sobreviver um ao outro, e a Pimenta, vamos levar isso até o fim, até que você tenha dinheiro para abrir sua empresa. Combinado?

Será que alguém já havia se esforçado para tranquilizá-la dessa forma?

Talvez Julian, quando ela voltou para casa se sentindo completamente deslocada em Santa Helena. Mas o empenho do irmão não mexera tanto com ela. Não daquela forma.

Que irônico que August fosse o responsável por acalmá-la depois de ter passado tanto tempo tirando-a do sério.

— Sim, combinado — concordou Natalie, pousando a mão no peito dele. — E seu empréstimo também.

Ele demorou um instante para responder.

— Sim, princesa. Isso também.

Natalie não moveu a mão ao sentir as batidas do coração de August enquanto o trem avançava contra o céu infinito. Depois de um tempo, ele descansou o queixo no topo da cabeça de Natalie. Talvez aquilo não fosse tão ruim, afinal.

Hahaha.

Capítulo sete

𝓡ostos familiares sorriam para Natalie na tela do computador. Toda vez que acessava as redes sociais dos colegas de Nova York, sentia que não conseguia reconhecer nem mesmo seus nomes. As fotos dos ex-colegas de trabalho no terraço de algum prédio tinham sido tiradas no dia anterior, talvez enquanto dava uns amassos em seu arqui-inimigo a bordo do trem do vinho, mas era como olhar para fotos de um passado distante.

Quanto mais tempo Natalie passava longe de Nova York, mais essas pessoas e seus programas glamourosos se tornavam estranhos para ela. A euforia após uma negociação bem-sucedida, a adrenalina causada por um *opening bell* — as lembranças que ela tinha dessas coisas estavam começando a desaparecer, assim como o cheiro dos charutos da vitória. Essas partes de sua vida estavam ficando nebulosas, e Natalie as queria de volta. Mais nítidas. Queria viver tudo aquilo outra vez, *pessoalmente*.

Quando chegou em Santa Helena, estava morrendo de medo de ficar de fora. *Preciso voltar o mais rápido possível. Não posso deixar que se esqueçam de mim.* Esse sentimento ainda estava lá, batendo forte em seu peito, mas a urgência tinha começado a sumir, e isso não podia acontecer. Cinco minutos em Nova York equivaliam a cinco anos em outros lugares. As pessoas se esqueciam, os negócios mudavam. Pessoas importantes eram abandonadas como se nunca tivessem existido.

Ela merecia estar naquele terraço, deveria participar daquele brinde. Comemorar uma negociação arriscada que agregou valor aos cofres e zeros às telas. Quando era ela quem adicionava aqueles zeros, era aceita. Fazia parte da equipe vencedora.

Mas em Santa Helena?

Ela não passava de uma garota desastrada e caricata.

Embora no dia anterior, por um breve período, ela tivesse estado em uma equipe de duas pessoas. E com August, o mais inesperado dos aliados. Talvez fosse por isso que ela havia acordado tão cedo outra vez, tentando reunir imagens para traçar uma linha do tempo em sua mente. Tinha sido fácil demais estabelecer uma trégua com August e simplesmente... se deixar levar. Sentir-se confortável com aqueles braços grandes segurando-a pelo quadril, o queixo dele descansando no topo da cabeça dela, o carinho no cabelo de vez em quando.

Aquilo era só fachada?

Natalie suspirou e clicou em algo que deveria evitar como maionese em self-service num dia de calor.

O Instagram do ex-noivo.

Ela hesitou um pouco, mas de repente lá estava ele, jovem e engravatado, no esplendor de seu charme. Natalie sentiu um gosto azedo na boca com a lembrança do ex pedindo calmamente o anel de noivado de volta e explicando que, embora a amasse, não podia deixar que o relacionamento dos dois custasse a carreira pela qual havia trabalhado tanto.

E permaneceu calmo, até demais, quando pediu que ela fosse embora.

August não terminaria com ela dessa maneira — isto é, se eles estivessem *realmente* juntos, não apenas fingindo. Haveria gritos, portas batendo e insultos de ambos. Seria um caos. Por que ela estava pensando nisso? Além do mais, por que de repente estava reparando nos ombros de Morrison e pensando que os ombros do falso noivo eram três vezes maiores? Não era uma competição...

Natalie respirou fundo quando uma nova imagem surgiu na tela. Ele havia acabado de postar uma nova foto. Era Morrison na varanda onde Natalie costumava tomar café da manhã, com vista para a região sul do Central Park. Ao lado dele estava uma mulher loira, muito familiar, de roupão branco, tomando suco verde e revirando os olhos como se não quisesse ser fotografada. O nome dela era... Krista, não era? Natalie a conhecia.

Era filha de um dos membros da diretoria.

Ele tinha feito um upgrade.

Sentindo-se sem ar, Natalie fechou o laptop com força. Ela se levantou e deu a volta na cama. Não estava triste. O estrago já estava feito e, para ser sincera, tinha sido a parte mais fácil de se consertar. Mas a autoestima dela era outra história, e agora estava levando outra pancada, um martelo invisível a achatava como um pedaço de carne entre duas folhas de papel filme.

— Respire fundo — murmurou para si mesma, esticando os braços acima da cabeça e baixando-os lentamente.

Para cima, para baixo.

Ela poderia transformar em algo positivo a descoberta chocante de que o noivo já havia seguido em frente. O que não mata fortalece. O fato de seu ex estar dormindo com a linda filha de um bilionário só tornaria seu retorno ainda mais satisfatório. Ela voltaria a pertencer ao grupo. Não exatamente como antes, mas com uma vida semelhante. Recuperaria a sensação de ser relevante. De ser importante.

Natalie decidiu tomar uma xícara de café antes de ir para o chuveiro, então abriu a porta do quarto de hóspedes e saiu o mais silenciosamente que pôde para não incomodar Julian e Hallie, que dormiam no quarto do outro lado da cozinha. Ela estava rezando para que eles não acordassem, do contrário, a cama estaria rangendo em dez segundos e, para ser sincera, testemunhar o orgasmo alheio era a última coisa de que precisava naquela manhã.

Colocou uma cápsula na cafeteira, ajeitou a caneca e puxou a alavanca para baixo, selecionando o botão do café mais forte.

Por que o rosto de August foi a primeira imagem que lhe veio à cabeça, literalmente cinco minutos depois de descobrir que o ex estava namorando outra pessoa? Natalie não sabia a resposta. Mas, sem dúvida, era um sinal para restabelecer os limites entre os dois. Por mais que estivessem juntos por uma causa maior em público, em particular, o passatempo favorito dele era desprezá-la por ter nascido em berço de ouro, enquanto ele passara por dificuldades.

Embora, na verdade, ela não soubesse *muita* coisa sobre a vida de August.

Talvez devesse descobrir. Só para o caso de alguém perguntar.

Natalie provavelmente deveria saber pelo menos o *básico* sobre o falso noivo.

— Psiu. — O chamado veio da escuridão.

Natalie cambaleou até a gaveta de facas, parando apenas quando Hallie entrou na cozinha usando uma camiseta de Stanford que ia até os joelhos.

— Pelo amor de Deus — ofegou Natalie, levando a mão ao peito, certa de que estava prestes a ter um infarto. — Onde você estava com a cabeça para entrar quieta assim? Quase joguei uma faca de açougueiro em você.

Hallie pressionou um dedo contra os lábios.

— Shhh.

Natalie inclinou a cabeça.

— Agora você está me assustando de verdade.

— Desculpe. Não quero acordar o Julian — sussurrou Hallie, aproximando-se, descalça. Cada unha dos dedos dos pés estava pintada de uma cor e uma tornozeleira tilintava suavemente.

— Jura? Porque parece que você raramente deixa ele dormir.

A namorada de seu irmão ficou levemente ruborizada, mas não se deixou abalar pela insinuação. Pelo contrário, parecia estar bastante focada para as seis da manhã.

— Podemos conversar?

— Hum...

O que estava acontecendo? Natalie pegou a caneca e tomou um gole do café para acordar, depois foi à geladeira buscar leite.

— Claro. O que houve?

Fosse qual fosse o motivo para aquele encontro antes do amanhecer, Hallie estava falando muito sério.

— Queria oferecer meus serviços.

Natalie a olhou de canto de olho enquanto colocava um pouco de leite no café.

— Para quê?

Hallie franziu a testa como se a resposta fosse óbvia.

— Para o casamento falso, é claro. Estou aqui para ajudar.

— Não vá se descuidar e falar dessa forma por aí. Há olhos e ouvidos por toda parte em Santa Helena. — Natalie fingiu um arrepio teatral. — Vamos casar só no cartório, mas se você quiser preparar um buquê...

Hallie a interrompeu com uma risada.

— No cartório. Que engraçado. Você não ficou sabendo que sua mãe vai exigir um casamento completo?

O sorriso de Natalie desapareceu e uma onda de pânico fez seu estômago se revirar.

— Mas ela jamais conseguiria planejar um casamento dentro do prazo que precisamos. Não é? O que ela disse?

— Sua mãe disse a Julian para alugar um smoking até sábado — contou Hallie, com toda a calma do universo. — E então ela teve que desligar o telefone porque o pessoal do bufê estava na outra linha.

— Bufê?

Natalie quase engasgou. Deveria ter imaginado que aquilo aconteceria. Corinne jamais aceitaria uma simples cerimônia no cartório, não quando a pompa e a tradição do nome Vos estavam em xeque.

O que August diria sobre aquilo?

E por que pensar no nome dele a transportou de volta ao trem, onde ele a envolveu com calor e a tranquilizou, sussurrando palavras suaves em seu ouvido, os braços fortes dando a ela a sensação de leveza? Ele a fez se sentir quase... em paz. Protegida. Como o mesmo homem que a fazia querer gritar igual a uma alma penada também conseguia deixá-la daquele jeito? Natalie não fazia ideia. Mas o que August a fizera sentir continuava no corpo dela feito tatuagem.

— Também ouvi alguma coisa sobre o aluguel de estruturas. Tipo tendas *gigantes*. — Hallie inclinou a cabeça, mas era difícil dizer se ela estava com pena ou animada. — Querendo ou não, você vai receber o pacote completo de um casamento em Napa. Corinne está tentando usar a influência dela para conseguir tudo a tempo. Mas eu também quero participar. Sou uma agente do caos, Natalie. Não consigo evitar, o perigo me atrai.

— Como posso confiar que não mandaram você falar comigo? — Natalie semicerrou os olhos, observando Hallie por cima da borda de sua caneca. — Você está usando uma escuta, Welch?

Sem pestanejar, a namorada do irmão levantou a camiseta de Stanford e revelou uma calcinha com estampa de arco-íris e um par de peitos magníficos. Depois, baixou a camiseta outra vez.

Natalie resmungou enquanto tomava mais um gole de café.

— Que tipo de serviços você oferece?

— Arranjos florais, é claro. — Hallie deu um passo à frente. — E literalmente qualquer outra coisa mais... apimentada. Ou seja, se estiver pensando em uma despedida de solteira, conte comigo.

— Você é meio doidinha, né, Hallie?

— Eu escrevi cartas como uma admiradora secreta para o seu irmão e fiquei com ciúmes quando ele escreveu de volta.

— Bem lembrado. — Natalie tamborilava na caneca com o dedo. — Não vai me perguntar por que vou forjar um casamento com uma pessoa que já chamei de "fimose inflamada"? Ou já sabe o motivo?

— Julian e eu estávamos conversando sobre... você sabe... — As bochechas de Hallie ruborizaram tão depressa que era de admirar que tivesse sobrado algum sangue no resto do corpo. — Sobre casamento. Eu e ele. E ele mencionou alguma coisa sobre um dinheiro que seria liberado quando isso acontecesse. Ele... bom, ele me perguntou se eu acho uma boa ideia ele investir o dinheiro na vinícola. Quando for a hora.

Natalie sentiu uma pontada no peito.

— Bom, Julian é muito mais altruísta do que eu.

— Não — disse Hallie, balançando a cabeça. — Ele só está em uma posição melhor para ajudar neste momento.

— Eu ajudaria se me pedissem, se eu imaginasse que precisam da minha ajuda. — Ela interrompeu o que estava dizendo com um aceno e forçou um sorriso. — Vou aceitar a ajuda, sua desmiolada. Alimentarei sua fome de caos, contanto que você mantenha meu segredo entre a família.

Hallie fechou os olhos lentamente, pressionando as mãos contra o peito na altura do coração.

— Obrigada. Assim eu me declaro sua fiel escudeira.

— Só não espere que eu te chame assim.

Natalie desligou a cafeteira e se dirigiu até o corredor, levando a caneca. Antes de voltar para o quarto, parou em frente a Hallie, que estava quase pulando de animação.

— Meu irmão não sabe onde se meteu, né?

— Na verdade, sabe sim. — Os olhos de Hallie brilhavam. — Ele está muito ciente de que sou uma agente do caos e me ama mesmo assim. Talvez o doido seja ele.

— Talvez — murmurou Natalie, balançando a cabeça. — Já disse que gosto de você?

— Também gosto de você. — Hallie piscou e voltou para a escuridão, sussurrando: — Vamos tocar o terror.

Natalie ficou olhando para o escuro por um longo tempo, sentindo a culpa começar a fazer cócegas em sua garganta. Havia arrastado a família inteira para aquela farsa, e agora Hallie *também*? Ela permitiria que aquela mentira virasse uma bola de neve, transformando-se em mil outras, sendo que tudo aquilo poderia ser evitado se ela engolisse o orgulho e telefonasse para o pai?

Deixou a cabeça pender para trás e soltou um suspiro silencioso em direção ao teto. Era só um telefonema. Ela ia conseguir. De preferência, antes que causasse mais problemas ou envolvesse mais pessoas. Mas, cara, ia ser uma droga.

Natalie rabiscava furiosamente em um bloco de anotações, arrastando a ponta da caneta de um lado para o outro num papel azul que aos poucos ia ficando preto. No ouvido, o som de uma ligação chamando para a Europa. Ela começou a suar frio, olhou para o relógio e calculou a diferença de fuso outra vez. A Itália estava oito horas à frente, seria tardezinha. Ela não fazia ideia do que o pai andava fazendo, nem mesmo se ele ainda tinha o mesmo número de telefone, mas não queria olhar para trás dali a dez anos e se arrepender por não ter tentado evitar uma catástrofe.

— Alô.

Seco. Sem emoção alguma. Aquele era o pai dela.

Não havia ninguém no mundo mais intimidador, e olha que ela já tinha lidado com alguns bons figurões do mundo financeiro. Dalton Vos tinha um olhar penetrante e estava sempre com pressa, sempre atrasado para algo, como se tivesse medo de não ter tempo de deixar sua marca no mundo. Antigamente, seu maior objetivo era tornar sua vinícola a mais lucrativa de Napa. Depois que conseguiu, ficou de saco cheio. De Santa Helena. De sua família.

Ele não conseguia aceitar o incêndio de quatro anos antes, não aceitava que um desastre natural pudesse afetá-lo. Depois de terminar o casamento com Corinne e entregar a Vinícola Vos, mudou de obsessão e passou a investir em uma equipe de Fórmula 1, gastando uma quantia descomunal de dinheiro que certamente teria sido de grande ajuda para a vinícola.

Ao se lembrar do que Dalton havia feito com a mãe, Natalie soltou a caneta e endireitou a postura.

— Oi, pai, é a Natalie.

— Eu sei, vi que era o seu número — disse ele, quase distraído. — Como você está?

— Bem. Estou em Santa Helena.

— Ah. — Uma breve pausa. — Como está Corinne? Exausta, imagino. Não é nada fácil administrar uma vinícola, como tenho certeza de que ela já percebeu.

— Na verdade, ela está ótima.

Natalie não hesitou na resposta. Claro, a relação dela com a mãe era conturbada, mas não havia a menor chance de ela deixar aquele homem pensar que fazia alguma falta ou que as coisas estavam piores sem ele. Qualquer mulher que se preze teria feito o mesmo.

— Está melhor do que nunca — continuou.

Ele não respondeu. Natalie podia ouvi-lo digitar algo do outro lado da linha.

Indiferente e evasivo como sempre.

Ela precisava ir direto ao ponto antes que começasse a ficar com raiva.

— Estou ligando porque surgiu a oportunidade de abrir minha própria empresa de investimentos em Nova York. Minha colega, Claudia, e eu estamos abrindo uma filial...

— Eu sei que você foi demitida, Natalie. Soube do erro que quase destruiu a empresa em que você trabalhava no início do ano. — Ele pigarreou e Natalie ouviu uma cadeira ranger. — Continuo sendo um ávido investidor. A empresa pode ter tentado abafar o caso, mas meu corretor conseguiu descobrir os detalhes dos bastidores.

A náusea tomou conta de Natalie como uma névoa pairando sobre um lago, e ela logo começou a sentir uma dor aguda se formando bem no meio da testa. Seu pai sabia que ela havia sido demitida e seguiu a vida normalmente, como se nada tivesse acontecido. E por que ela esperaria algo diferente? *Recomponha-se. Segure a onda.*

— Sim, pois é. Foi um tropeço, mas já estou de pé. Na verdade, já estou me recuperando disso, e por essa razão...

— Por essa razão você está me ligando para pedir dinheiro.

— Sim. — Ela respirou fundo, tentando manter no estômago o café que tinha tomado. — É por isso. Estou ligando para falar sobre meu fundo fiduciário. Acho que você vai concordar que, nos dias de hoje, as cláusulas estão totalmente defasadas.

— O dinheiro é meu, Natalie. Cabe a mim decidir como distribuí-lo. Se você tivesse tomado decisões mais sensatas, não estaria nessa situação.

— O que espera que eu diga? Que estraguei tudo? Eu sei que estraguei.

Não diga mais nada. Ele só precisa ouvir que estava certo. Era muito frustrante dar esse gostinho a ele, mas ela precisava manter o objetivo em mente.

No entanto, seu pai decidiu *apelar*.

— Talvez o casamento não seja uma ideia tão obsoleta. Talvez você tenha mais sucesso como dona de casa do que no setor financeiro, Natalie.

Em outras palavras, volte para a cozinha.

Todos os pelos de seu corpo se arrepiaram.

— Para ser sincera, pai, não acho que um homem que abandonou a própria esposa esteja em posição de exaltar as virtudes do casamento.

Dalton bufou e logo em seguida a linha ficou muda.

Ela fechou os olhos e largou o telefone no colo.

O casamento definitivamente ia acontecer.

Capítulo oito

August secou o suor da testa com a mão e jogou uma chave inglesa no chão.

Abandonar a vinícola e nunca mais ter que ver aquela prensa horizontal na vida parecia uma boa ideia. Depois que vendesse a propriedade, aquele pedaço de sucata passaria a ser problema de outra pessoa. Mas lá estava ele, consertando aquela porcaria pela milésima vez.

E perdendo tempo em mais uma tentativa inútil de fazer vinho.

Talvez dessa vez seu Cabernet acabasse causando a morte de alguém.

August foi até o balcão do lado direito do galpão e pegou uma garrafa de água, tomando boa parte em um só gole e despejando o restante sobre a cabeça. Suspirando, ele se recostou na bancada e olhou ao redor, demorando-se na fileira de barris de carvalho onde estavam as uvas em fermentação e o suco proveniente delas, que, em teoria, deveria envelhecer e se transformar em vinho.

Mas a verdade é que ele não via a hora de deixar aqueles barris no passado. Havia cultivado as uvas, colhido cada uma com as próprias mãos e acreditado que, se conseguisse encontrar a manipulação certa de levedura, as coisas acabariam funcionando. Certo?

August bufou, lembrando-se de todas as pessoas que ele vira cuspir o vinho como se tivessem acabado de tomar uma colherada de remédio amargo. Ele estava tão otimista quando começou. Acreditava que a vinícola viveria lotada de pessoas bebendo o vinho com o nome de seu melhor amigo no rótulo. Em algum lugar, de alguma forma, Sam acompanharia tudo e faria aquela combinação de risadas e palmas que August conseguia ouvir em seus sonhos.

Mas o sono dele fora interrompido por outra pessoa na noite anterior. Natalie. Mais especificamente pela lembrança dos dois compartilhando o Ninho dos Pombinhos.

Lembranças *vívidas* que estavam deixando seu pênis muito infeliz.

A forma como a bunda dela se encaixava em seu colo chegava a ser criminosa.

August jogou a cabeça para trás e grunhiu. Por que ele não podia apenas gozar e acabar logo com isso? Ele queria. Muito. O fato de estar no jardim normalmente não o impediria de se masturbar, se necessário — e, pelo amor de Deus, parecia que nunca tinha sido tão necessário quanto naquele momento. De um jeito muito estranho, porém, sua cabeça de cima parecia querer bombardeá-lo com pensamentos nada sensuais, interrompendo todo o processo masturbatório.

August não gostava de se lembrar da maneira como Natalie tinha ficado chateada com as palavras da mãe.

Ele gostou muito de como ela se enroscou nele buscando conforto — não tinha como evitar —, mas não gostou nem um pouco do motivo que levou Natalie a fazer isso. Vê-la triste fazia seu pênis amolecer antes mesmo de conseguir pegar embalo. *Que inferno.*

Quando a razão do desconforto dele apareceu na porta do galpão segurando um caderno como se estivesse entrando em uma sala de reunião, August congelou, observando-a atentamente. Será que continuava chateada por conta da noite anterior ou já estava melhor?

Porque seu pau não tinha ideia de como deveria agir.

Ele teve uma resposta quando Natalie torceu o nariz.

— Estou sentindo seu cheiro horrível daqui.

Definitivamente já estava melhor.

Com uma risada forçada, ele pegou a chave inglesa do chão.

— Você não deve estar familiarizada, mas o trabalho braçal é assim. Você já tinha visto isso ao vivo ou só em filmes?

Ela respondeu com um longo suspiro.

— Eu cresci numa vinícola, seu babaca. Sei muito bem o que é trabalho braçal.

— Não. Você sabe o que é ver *outras pessoas* fazendo trabalho braçal.

Natalie abriu a boca para responder, mas a fechou com a mesma rapidez, evitando o olhar de August. Ele imediatamente desejou retirar o que tinha dito. Por que continuava fazendo isso? Por que os dois sempre brigavam? Era culpa dela ou dele?

— Vim falar sobre... nossos votos matrimoniais — anunciou ela com um sorriso despretensioso. Mas August percebeu uma vulnerabilidade no olhar dela que fez a garganta dele apertar. Estava perdido com aquela mulher caleidoscópica. — A menos que você tenha pensado melhor e resolvido desistir.

— Não vou desistir.

Ela respirou fundo, e August teve vontade de sacudi-la. Ou de beijá-la. Ou de outra coisa.

— Está usando um caderno para cuidar do planejamento? Agora a coisa ficou séria.

— Acho que você deveria vestir uma camisa. A menos que tenha rasgado todas as suas imitando o Hulk na frente do espelho, claro.

— Pois é, diferente de você, não uso meu espelho para perguntar se sou mais bonita que a Branca de Neve.

— Muito engraçado. Tome cuidado com maçãs envenenadas depois que a gente se casar. Talvez eu queira ficar com este lugar e fazer um vinho decente, para variar.

— Você quer dizer que contrataria pessoas para fazer um vinho decente por você?

— Melhor do que teimar em fazer sozinha sem entender nada do assunto.

— Você acha que consegue fazer coisa melhor, princesa? Porque, até onde eu sei, você não conhece nada sobre a produção ou o envase do vinho da sua família. Você só entende de degustação.

O semblante dela se fechou.

Natalie foi de uma postura animada para uma expressão robótica em uma fração de segundo.

E o cérebro de August, o de cima, tentou se lembrar das outras vezes que ele fez piada com a bebedeira de Natalie. Ela sempre reagiu dessa forma? Sim... August desconfiava de que sim, mas era difícil dizer, já que os dois viviam trocando farpas.

— Quer que eu pare de encher o saco com essa coisa da bebida? — perguntou ele, aproximando-se. — Posso fazer isso.

Ela abriu o caderno na primeira página e fingiu escrever alguma coisa, embora August pudesse ver que a caneta ainda estava com a tampa.

— Eu não ligo. Tudo o que você diz para mim entra por um ouvido e sai pelo outro.

— Não, as piadas sobre bebida incomodam você, sim.

— Você está criando uma tempestade em copo d'água.

— Eu vou parar.

— Agora estamos estabelecendo limites para insultar um ao outro?

— Sim. Parece que sim. Nunca tive a intenção de ferir seus sentimentos.

Isso pegou Natalie desprevenida. E chamou sua atenção. Excelente.

— Então qual *é* a sua intenção?

— Você está tão determinada a me rebaixar que acho que só estou tentando fazer com que você desça do salto para que...

— Para que você possa me levar pra cama? Nossa, como você é previsível.

— Para que a gente fique no mesmo nível.

— O nível sendo a sua cama.

— Também.

Ou uma poltrona aconchegante em um trem. Não que ele pudesse dizer isso sem que Natalie o crucificasse.

No entanto, August poderia resolver aquele problema, não?

Ela não deveria ter que estar sempre na defensiva quando os dois estivessem juntos. Isso o incomodava muito. Ele gostava bem mais da ideia de Natalie sentada no colo dele, sentindo-se protegida.

— Sua mãe disse algo ontem à noite... sobre um incidente que aconteceu quando você estava no ensino médio.

Todos os músculos de Natalie pareceram se contrair. Ela claramente não esperava que ele fosse tocar naquele assunto — e estava pronta para vestir mais uma armadura. Mas August não estava disposto a permitir.

— Natalie, quando eu tinha dezessete anos, arrotei a música "Wanted Dead or Alive", do Bon Jovi, inteirinha em um microfone. Foi durante um show de talentos do meu colégio e eu estava de peruca e de meia três quartos. Não estou aqui para julgar você.

Ela soltou uma risada aliviada.

— Aposto que você ficou em último lugar.

— Sou um artista incompreendido.

Natalie estudou August com o olhar, tentando imaginar a cena, e comprimiu os lábios para reprimir um sorriso. Ela parecia hesitante. Então, com um movimento brusco de ombros, confessou:

— Costumo usar o álcool como muleta para enfrentar as coisas. Mas isso é óbvio. Quem não faz isso na vida adulta?

Ela mordeu a parte interna da bochecha, e sua expressão alternou entre uma gama de emoções tão depressa que August teve dificuldade para acompanhar. Caramba, que mulher.

— Mas na época do ensino médio era para chamar atenção. Julian conseguia isso com muita facilidade, com suas conquistas no colégio e seu jeito perspicaz de encarar as coisas. Eu não tinha nenhuma dessas qualidades, e acho que entrei em pânico. Comecei a me sentir invisível. Quando eu bebia muito e agia de maneira imprudente, as pessoas ao menos me notavam. Elas me achavam divertida. Eu era a alma da festa.

August se segurou para não dizer que as pessoas que não prestavam atenção nela eram um bando de imbecis. Tinha medo de acabar soando errado e que isso fizesse com que ela se fechasse outra vez. August era especialista em dizer a coisa errada na hora errada, e só Deus sabia o quanto os dois já tinham se estranhado por conta disso.

Mas isso não o impedia de querer defendê-la. Ou talvez de abraçá-la outra vez.

— Meus pais me mandaram para uma clínica de reabilitação por duas semanas. Eles queriam me dar um susto. Eu já tinha passado dos limites. Acho que a gota d'água foi quando pintei um 69 gigante no campo de futebol antes de um jogo importante.

— Mandou bem.

Os dois tocaram os punhos em um soquinho.

Depois pareceram chocados por terem feito isso.

— Minha reputação estava começando a afetar a vinícola. Parece familiar? — Natalie sorria, mas olhava para o punho com curiosidade, como se ainda estivesse absorvendo o fato de que trocara aquele gesto com August. — A estratégia deles funcionou. Fiquei com medo de verdade depois que fui para a clínica.

Aquelas palavras, ditas de uma forma tão pragmática, deixaram August indignado.

— *Quem* deixou você com medo? — indagou, exaltado.

— Eu. — Natalie franziu a testa. — Eu mesma. Quando eu já não podia mais me esconder atrás de todas aquelas festas, tive que olhar para mim mesma. Precisava descobrir o que eu sabia fazer. *Além* de virar uma dose atrás da outra.

August queria pegar Natalie no colo e abraçá-la, fazê-la jurar por tudo o que era mais sagrado que ninguém tinha feito nada com ela na clínica de reabilitação, mas o que ela estava contando era importante. Ele precisava *ouvir* em vez de apenas reagir.

— Então, quando faço piadas dizendo que você bebe vinho demais, você fica chateada — concluiu ele, bem devagar, processando a informação — porque quer ser reconhecida pelas outras coisas que faz bem, tipo o lance de Wall Street?

Natalie não escondeu a satisfação.

— Parabéns pelo raciocínio afiado, campeão.

August respirou fundo.

— Ufa, foi difícil. Está saindo fumaça da minha cabeça?

— Sim. Acho bom chamarmos os bombeiros. — Ela abriu um sorriso contido. — Enfim. É isso. "O lance" de Wall Street também não está indo tão bem agora, então quando você brinca com a coisa da bebida...

— Faz você se lembrar de como era ter dezessete anos, quando álcool e festas eram tudo o que você tinha.

— E não é muito legal. — Natalie ruborizou. — Me sentir assim.

August sentiu que tinha acabado de engolir uma bola de fogo.

— Não gosto de saber que você fica assim. Que eu fiz você se sentir assim. Me desculpe.

Ele chegou mais perto e levantou o queixo de Natalie, prestando atenção nas linhas suaves do pescoço dela e na maneira como as pálpebras pareceram ficar pesadas ao sentir o toque de August. Como ele podia estar sempre brigando com uma mulher tão delicada?

— Chega de piadas sobre álcool.

— E o resto ainda está valendo?

— Bom, eu ainda tenho que dar o troco por você ter questionado minha inteligência.

Por alguns segundos, Natalie encostou o rosto na palma da mão dele e suspirou, antes de balançar a cabeça e dar um passo para trás.

— Acha que podemos não brigar por meia hora e planejarmos uma cerimônia civilizada? Porque Corinne está...

— Sim, senhora — respondeu August devagar, seguido de uma piscadela. — Mas vou continuar sem camisa. De nada.

— Tenha dó. — Ela agitava a mão na frente do nariz. — Esse *cheiro* está de matar.

— Trabalho duro tem seu preço. Você saberia disso se tentasse um dia.

— Posso tentar cavar um buraco bem grande para jogar você dentro.

— Contanto que você me jogue um fardinho de...

August estava prestes a sair do galpão e congelou onde estava, sentindo o sangue gelar. Ao mesmo tempo, seus olhos começaram a arder e seu corpo entrou em posição de sentido. Ele levou a mão à testa em continência. Aquilo não era necessário, não no ambiente onde estavam. Ele nem sequer estava de uniforme. Mas a força do hábito o fez agir automaticamente quando viu seu comandante caminhando pelo gramado na direção dele.

— Senhor.

— Descansar, Cates.

August baixou o braço. Ele se forçou a encarar o homem, embora um buraco estivesse sendo aberto em seu estômago.

— Não sabia que viria.

— Você sabe que gosto de fazer surpresas.

August forçou uma risada, mas a voz estava trêmula. Quase três anos haviam se passado desde a última vez em que vira o comandante, e isso tinha acontecido nas piores circunstâncias possíveis: o funeral de seu filho e melhor amigo de August, Sam.

Embora fosse extremamente difícil encará-lo, August não permitiu que seu olhar vacilasse quando o homem se aproximou, mas notou que o comandante Zelnick observava o vinhedo com evidente curiosidade.

De repente, August ficou superalerta em relação à presença de Natalie. Tê-la presente naquele reencontro era o mesmo que deixá-la fazer uma incisão do pescoço à barriga de August e inspecionar tudo lá dentro. Ele estava completamente exposto e vulnerável, não tinha como se esconder.

August se virou com sutileza, encontrou o olhar interessado de Natalie e estendeu a mão para ela sem saber ao certo por quê. Apenas pareceu natural tranquilizá-la de que a presença inesperada de um estranho não era uma ameaça, ou talvez ele quisesse sentir o calor dela contra a palma de sua mão subitamente úmida. Ela não hesitou nem por um segundo antes de segurar a mão de August. A briguinha foi logo deixada de lado. Era interessante como eles conseguiam virar essa chave com tanta facilidade. O que isso queria dizer?

— Então este é o lugar que você construiu para meu filho. — O comandante Zelnick parou e colocou as mãos atrás das costas. Seu tom era mais firme do que nunca, mas havia afeto em sua voz. — Tive uma semana de folga e finalmente decidi vir ver com meus próprios olhos.

Meu Deus, August quase tinha deixado tudo para trás dois dias antes. Por necessidade, é claro. Se não fosse por Natalie, contudo, o homem teria chegado e se deparado com uma vinícola abandonada.

Ele a puxou para mais perto sem pensar.

— Sim, para Sam. Mas ainda precisa de muito trabalho. — August conseguiu superar o nó que sentia na garganta. — Senhor, gostaria de apresentar Natalie Vos. Minha noiva.

Mentir para seu comandante não era a melhor das ideias, mas as palavras saíram de sua boca antes que August pudesse refletir. Estavam ali, pairando no ar como se fossem verdade.

— Natalie, este é o comandante Brian Zelnick.

Zelnick acenou com a cabeça, visivelmente impressionado, e um pouco surpreso.

— Prazer em conhecê-la, Natalie.

É claro que ele ficou surpreso. Natalie não era apenas bonita e sofisticada, mas também emanava elegância e sucesso. Em outras palavras, não era o tipo de mulher que ficaria com um fanfarrão barulhento que gostava de exibir as próprias cicatrizes de batalha por aí e era conhecido como "Berrante" entre os colegas da Marinha.

— O prazer é meu — respondeu ela, voltando a encarar August de imediato.

Ele percebeu que ela queria fazer perguntas sobre Sam e pressionou levemente o polegar na parte interna do pulso de Natalie, torcendo para que ela entendesse o que aquilo significava. Que ele explicaria mais tarde. E, de alguma forma, ela compreendeu e respondeu com um breve aceno de cabeça.

— Vou deixar vocês à vontade para conversar — disse ela, virando-se para August em seguida. — Estarei lá dentro.

Natalie teve que puxar a mão três vezes até August perceber que ele ainda a estava segurando. Ele a soltou por fim, e os dois homens a observaram caminhar para a casa.

August e o comandante se viraram ao mesmo tempo, como se fossem um, e andaram lado a lado em direção ao limite das videiras, sentindo o aroma terroso da vegetação e das uvas que uma leve brisa levava até eles.

Uma gota de suor escorreu pela têmpora de August enquanto ele esperava o comandante falar.

O homem já havia assegurado mais de uma vez a August que não o culpava pelo que acontecera com Sam. Mesmo assim, August precisava se controlar para não pedir que ele repetisse aquelas palavras. Sentia a necessidade de ouvi-las, mas mesmo assim elas não faziam diferença. Havia deixado o amigo morrer a dez metros de distância dele.

Dez metros.

— Agradeço muito pelo que fez aqui, filho — disse Zelnick, com a voz mais grave do que antes. — Sam teria gostado também.

August pigarreou alto.

— Para ser sincero, sou péssimo nisso, senhor. Acho que ele provavelmente estaria morrendo de rir.

O comandante riu.

— Fiquei sabendo. Sei que não tem sido uma boa experiência para você. Esse é o outro motivo que me trouxe até aqui. — O comandante ficou em silêncio por um momento. — Você sempre foi como um aríete. Derruba a porta, faz perguntas depois. Só que algumas coisas na vida exigem paciência e diligência. Mas você já deve estar aprendendo essa lição, se conseguiu conquistar aquela mulher.

Paciência e diligência.

Será que era disso que ele precisava com Natalie?

August memorizou as duas palavras e as guardou para depois.

— Você está dizendo que não posso esperar que tudo seja perfeito logo de cara — concluiu August. — Que isso leva tempo.

— Exato.

Zelnick cruzou os braços e afastou os pés, adotando uma postura que era tão familiar para August e o lembrava tanto de Sam que ele teve que desviar o olhar.

— Dito isso, sei que dedicar tempo a um projeto como este custa dinheiro. Muito dinheiro. É por isso que estou aqui para investir.

Capítulo nove

Natalie espiava pela janela enquanto Pimenta se enroscava em suas pernas. Com os dedos inquietos no parapeito, ela observava a curva que descia pelas costas de August. Demorou um momento para perceber que estava desenhando a forma exata da cicatriz do ombro direito dele e parou na mesma hora, afastando-se das cortinas. Voltou a se aproximar e a olhar para fora de novo.

Então este é o lugar que você construiu para meu filho.

Espera aí. Como assim?

O que ela tinha perdido?

E por que aquela nova informação estava dando um nó no estômago dela?

Uma ideia lhe ocorreu e ela se afastou da janela outra vez. Após hesitar por um instante, marchou para a cozinha e começou a vasculhar os armários. Estava procurando uma garrafa de vinho. Talvez a resposta para aquele enigma estivesse no rótulo que ela nunca se preocupara em ler com atenção.

Nada. Não havia uma única garrafa do vinho de August na casa; ele tinha se desfeito de todas.

Natalie pegou o celular e fez uma pesquisa no Google com o nome da vinícola. Várias resenhas críticas apareceram. Seu olhar se fixou nas palavras *intragável, fermentado em um balde de chorume, é melhor jogar pelo ralo.* Mas é claro que August não tinha um site. Ela havia acabado de passar para a segunda página de resultados do buscador quando a porta se abriu e August apareceu, aquele corpo grande bloqueando quase toda a luz do sol.

Ele parecia aflito.

Natalie não se mexeu, apenas o acompanhou com o olhar enquanto ele entrava e fechava a porta, absorto em pensamentos, e fazendo as tábuas do assoalho rangerem com seus passos pesados. Ao longe, ouviu-se o motor de um carro dando partida. O comandante já estava indo embora?

— Está tudo bem?

August parou no corredor que levava ao quarto.

— Sim. Tudo bem.

Ele olhou brevemente para ela por cima do ombro.

— Obrigado por ter reforçado a história do noivado na frente do comandante. Ele vai contar para todo mundo na base que vou me casar com uma mulher linda.

August seguiu pelo corredor, deixando aquele elogio desconcertante pairando no ar. Natalie sentiu um arrepio. Ele estava diferente. Isso a fez se lembrar da tarde do concurso de degustação de vinhos, de como ele tinha se fechado dentro da própria cabeça sem conseguir encontrar a saída.

Ela foi atrás dele e o encontrou no banheiro. Quando Natalie abriu a porta, ele estava de pé diante do espelho, com as mãos apoiadas na pia e a cabeça baixa.

— Quem é Sam?

Depois de um momento, August levantou a cabeça e se virou para ela com uma expressão de exaustão.

— Era meu melhor amigo. Ele... morreu em combate. Sam foi morto durante uma invasão. Ele foi o último a chegar. *O último.* Ainda não entendo como não vimos o alvo descendo a escada. Disseram que foi por conflito de informações, como se isso ajudasse.

Natalie mal se arriscava a respirar enquanto tentava digerir tudo aquilo. August continuou, tamborilando na lateral do armário do banheiro.

— Sam sonhava em ser produtor de vinho. Ele era muito zoado por isso, todo mundo o chamava de "Almofadinha de Napa". Mas ele levava isso a sério, queria sair da Marinha um dia e comprar uma vinícola pequena, como esta. Esse sonho é dele, não meu. Eu sou só o cara estragando tudo.

Natalie sentiu o estômago embrulhar. Todas as coisas terríveis que já tinha dito para ele voltaram à tona como se ela as estivesse repetindo naquele momento. Seu coração estava na boca.

— August...

— Você tinha razão. — Ele se afastou da pia abruptamente e sua risada rouca preencheu o pequeno banheiro. — Estou fedendo demais. Vou tomar um banho rápido e depois conversamos sobre as coisas do casamento, tudo bem?

Ele não esperou por uma resposta, apenas se inclinou para o box e girou a torneira do chuveiro. O som da água batendo na parede de azulejos interrompeu o silêncio. Sentindo o corpo inteiro dormente, Natalie saiu do banheiro e fechou a porta. A dor da culpa afetava cada um dos órgãos dela e a fazia sentir que seu corpo era feito de chumbo. August estava sendo ridicularizado por todos ao redor enquanto tentava realizar o sonho do melhor amigo?

Pensar nisso era doloroso demais, quase insuportável.

Natalie ainda segurava a maçaneta do banheiro. De repente, pareceu que observava a cena do alto enquanto girava a maçaneta e abria a porta, entrando outra vez no espaço agora tomado pelo vapor do chuveiro. *O que estou fazendo? Não faço ideia.* Mas sabia que tinha sido extremamente injusta com o homem do outro lado da cortina do box. Ele estava sofrendo muito depois de uma conversa dolorosa... e ela queria confortá-lo. De qualquer maneira.

E talvez aquela fosse *a única* maneira possível naquele momento?

Natalie puxou a camiseta da barra da saia e a tirou por cima da cabeça, depois se despiu da saia, a soltou no chão e tirou as sandálias. Seus dedos hesitaram por um momento no fecho da frente do sutiã antes de abri-lo, deixando os seios à mostra no banheiro quente e enevoado. Ela precisava tanto tocar August que se esqueceu de tirar a calcinha verde-menta. Caminhou lentamente até a cortina e a abriu, entrando no box.

Ou melhor, espremendo-se no box. August, como sempre, ocupava quase todo o espaço.

Ele estava de pé com a cabeça sob o jato de água, mas o som da cortina abrindo e a imagem de Natalie entrando no chuveiro fez os músculos de seus ombros se flexionarem dramaticamente. Ele se virou com uma expressão incrédula.

— Natalie? O que você está...? — Se ele fosse um cachorro de desenho animado, sua língua teria rolado para fora da boca. — São seus *peitos*?

— Não, são de outra pessoa.

Aparentemente, o sarcasmo nem fez cócegas. Ele estava ocupado demais encarando os peitos de Natalie.

— Meu Deus do céu. São incríveis — balbuciou ele. — Minhas bolas nunca ficaram tão pesadas tão rápido. Tenho certeza de que cada gota de sangue do meu corpo foi lá pra baixo. Peraí... Preciso de alguns segundos, senão vou desmaiar.

Isso não era problema.

August fechou os olhos, mordendo o lábio inferior. Nesse momento, Natalie teve a oportunidade de olhá-lo com atenção, começando pela parte superior de seu corpo torneado de militar. Ela observou o peito dele, coberto de pelos escuros, desceu pela barriga definida até... epa. As bolas de August não eram a única coisa que estava inchada. Se a vida no mundo financeiro não desse certo, Natalie poderia seguir carreira como encantadora de serpentes. Ela sentiu o sexo dela pulsar e ficar úmido, quente e pronto. Para ser sincera, sabia que aquela excitação não era um sentimento novo. Aquela atração física vinha sendo alimentada havia meses. Ela não conseguia parar de pensar naquilo, não conseguia dormir à noite. Era maravilhoso enfim parar de lutar contra o desejo, deixar o coração acelerar e o corpo amolecer e saber que o alívio estava a caminho para ambos. Finalmente. *Finalmente.*

— Certo — disse August, com um suspiro. — Já estou bem.

A boca de August encontrou a de Natalie com força. Afoito, ele a puxou para um beijo que a fez gemer contra os lábios dele. Ela se apoiou no peitoral de August, arranhando-o em meio aos pelos.

— Retiro o que eu disse. Eu não estou bem. Estou muito melhor do que bem.

— Você vai se sentir melhor ainda quando estiver dentro de mim — sussurrou Natalie, sentindo a respiração ofegante de August em seu rosto e descendo a mão pela barriga dele. — Já era hora, não era, meu amor?

— Meu amor? — August segurou o punho de Natalie antes que ela tocasse sua ereção. — Espera aí. O que está acontecendo aqui, Natalie?

— Eu...

Ela tentou se desvencilhar do aperto de August, mas sem sucesso. De testa franzida, ele a encarava em meio ao vapor do chuveiro.

— Eu quero você. É isso. Nós queremos um ao outro.

— Sim, isso é óbvio. Mas por que agora?

Natalie abriu a boca, mas não conseguiu dizer nada.

— É por causa do que eu te contei? — Devagar, August levantou os braços de Natalie e os segurou acima de sua cabeça, aproximando-se até que a boca dele estivesse a centímetros da dela. — Acha que quero que você transe comigo por pena, princesa?

Ainda que aquilo não fosse totalmente verdade, Natalie ficou irritada por ter sido pega no pulo.

— Estou sentindo seu pau duro feito uma pedra contra o meu umbigo. Então sim, parece que você quer.

— É que já faz um tempo, ele está confuso. — August pressionou a testa contra a de Natalie, olhando-a no fundo dos olhos. — Você também deve estar, se acha que vou deixar você jogar na minha cara que só transou comigo porque estava com pena de mim. Não vai rolar.

— Esse tempo todo... Você estava tentando fazer uma coisa nobre — disse ela, em um sussurro acelerado.

August cerrou a mandíbula.

— E o que isso tem a ver com a gente?

Os dois estavam com o rosto tão próximo um do outro que era impossível dizer quem inspirava e quem expirava. Natalie sabia apenas que o peito dela doía tanto quanto a região entre suas pernas, ávida por August. Ele estava tão duro que ela quase conseguia sentir o tesão e a sede em cada átomo do corpo dele.

— Não posso comer você pelos motivos errados. — August levou a boca ao pé do ouvido de Natalie, passando os lábios por sua orelha e depois afundando o rosto em seu cabelo. — Mas eu venderia minha alma para arrancar essa sua calcinha e brincar com você, Natalie. Nunca ter feito você gozar é uma coisa que me tira o sono. *Você tem noção?* É a primeira coisa em que penso quando acordo de manhã. Nunca fiz Natalie gozar. Dia oitenta e dois *sem* fazer aquelas pernas gostosas tremerem, se debaterem e derrubarem o abajur da minha mesa de cabeceira com um chute descontrolado. É enlouquecedor. Todo santo dia.

Natalie estava se esforçando para entender o que ele dizia. Eram palavras muito provocantes. Seu corpo respondia muito bem a elas. Ela não conseguia raciocinar direito, era como se seu cérebro estivesse entorpecido.

— Você... você não quer que eu faça você...

— Gozar? Quero. Mas em outro momento. Quando o motivo para isso não me deixar tão irritado. — O dedo de August deslizou para dentro da calcinha de Natalie, passando pelo elástico e ficando um pouco acima de sua entrada. Ela gemeu e deixou a cabeça cair contra a parede. — Quer que eu tire sua calcinha?

— Sim — apressou-se ela, com a voz trêmula.

Natalie não deveria odiar a maneira vulgar como ele falava com ela? Ela não costumava odiar? Quando é que aquela vulgaridade começou a ter um efeito quase alucinógeno?

— Sim... Eu quero — repetiu ela.

Com um grunhido que fez Natalie estremecer dos pés à cabeça, August agarrou o tecido da calcinha com tanto ímpeto que ela achou que ele fosse rasgá-la, mas, em vez disso, August a desceu com um único puxão, arfando tanto quanto ela.

Os gemidos de Natalie se intensificaram quando aquela mão enorme de dedos grossos subiu por suas coxas e segurou sua boceta com vontade, massageando-a e fazendo com que ela entrasse em um espiral de expectativa enquanto ele a encarava.

— Estou pensando nisso há meses. Não conseguia acreditar que tinha jogado minha chance no lixo.

Natalie estava literalmente rangendo os dentes.

— Você tem outra chance agora.

— Não — grunhiu ele.

August abriu Natalie com o dedo do meio e a penetrou tão fundo e tão rapidamente que ela gritou, ficando na ponta dos pés enquanto ele a empurrava contra a parede com o próprio corpo, a boca colada na de Natalie.

— Não — continuou. — Agora eu quero muito mais de você.

— Por favor. Por favor. Por favor.

A água morna caía por cima dos ombros dele e escorria pelo corpo de Natalie e por entre as pernas dela, onde encontrava a mão de August, que entrava e saia devagar, bem devagar. Ele não tirava os olhos de Natalie, como se estivesse atento a cada reação, por menor que fosse, e disposto a explorá-la. Entrava mais fundo quando ela gemia e desacelerava quando ela começava a ofegar e a rebolar os quadris.

— Por favor, August. Por favor. Eu preciso.

— Eu vou te dar. Eu sempre vou te dar. Mas quero aproveitar você mais um pouco.

Ele levou o polegar ao clitóris intumescido de Natalie e o massageou, fazendo-a arquear as costas e se contorcer contra a parede, revirando os olhos.

— Meu Deus. Você é tão linda, Natalie. É tão macia. Adoro imaginar sua mão espalhando hidratante pelo corpo... — Ele lambeu o ombro de Natalie, subindo pelo pescoço dela e chegando até a curva de sua mandíbula, tudo isso enquanto ainda a penetrava profundamente com o dedo. — Nossa, como você é gostosa. Entrar em você deve ser o paraíso.

Ela estava prestes a explodir. As safadezas que August dizia combinadas com seu toque eram enlouquecedoras. Natalie não esperava que ele fosse tão... *experiente*, e a prova de que ele sem dúvida já tinha feito aquilo antes a deixou irracionalmente irritada, a ponto de morder o lábio inferior de August quando ele tentou beijá-la.

— Você é bom demais nisso — disse, arfando. — Eu amo e odeio isso ao mesmo tempo.

Observando-a com a testa franzida, August tirou o dedo médio de dentro dela e, com a ajuda do dedo anelar, começou a massagear o clitóris de Natalie, a princípio devagar, depois com mais pressão. Mais rápido. Arrancando um gemido agudo de Natalie que ela poderia jurar que viera de outro lugar e de outra pessoa.

— Me diga por que você odeia o fato de eu ser bom nisso — exigiu August, roçando os lábios na boca de Natalie de um lado para o outro. — Diga e eu continuo assim até suas pernas ficarem bambas.

— Não quero c-cair.

— Você quer, sim. — Mais rápido. *Meu Deus*. — Você sabe que eu vou te segurar.

— Sei? — perguntou ela em meio a um gemido.

Ele mordeu o queixo de Natalie.

— Claro que sabe.

Que droga. Ela sabia mesmo. Mas como podia ter tanta certeza? A razão não era óbvia, nada daquilo era óbvio, exceto talvez o fato de que um pavio havia sido aceso e o fogo vinha correndo pelo chão em direção à dinamite que era o corpo de Natalie, prestes a explodir.

August desacelerou os movimentos e Natalie choramingou.

— Quer que eu continue? — perguntou ele, com a boca no pescoço de Natalie.

— Se você parar agora, eu te mato.

August inseriu ligeiramente a ponta dos dedos dentro dela e a penetrou mais fundo.

— Então me responda, Natalie — ordenou, dessa vez contra a boca de Natalie enquanto ela emitia um *grito silencioso*, prestes a chegar lá. — Somos só eu e você. Você não gosta de pensar em como eu aprendi a tocar uma mulher. É isso?

Sim. Aquilo era ciúme? Ela não sabia dizer, já que não sentia nada parecido desde a época do colégio. Ao menos não em relação a algo que não fosse seu emprego.

— Não vou dizer isso em voz alta.

— Seu rosto já fez isso por você.

Imersos no vapor do chuveiro que tomava todo o banheiro, os dois estavam ofegantes, e seus corpos, escorregadios. August introduziu o terceiro dedo em Natalie, engolindo o gemido dela em um beijo. Ele se movimentava dentro dela enquanto sua falsa noiva se entregava cada vez mais, até que encontrou um ponto que Natalie nunca havia percebido o quanto era sensível. August fazia movimentos precisos e, de repente... *Não. Não. Não.* Ele pressionou a palma da mão sobre o clitóris de Natalie, botando cada vez mais pressão até que ela sentiu as nádegas coladas contra a parede do chuveiro.

— Eu nem consigo me lembrar de como é querer qualquer outra boceta que não a sua, princesa. Só a sua. Eu nem olho para os lados. Não há exceções. Entendido?

Aquilo estava muito próximo de uma promessa de fidelidade, e a sensação de alívio e satisfação que tais palavras causaram em Natalie era perigosa naquelas circunstâncias. Sozinhos no chuveiro, tendo apenas um ao outro de testemunha. Aquilo tornava a promessa real, não uma farsa. Para piorar, ela não deveria estar se esticando para encontrar a boca dele, não deveria estar beijando August como se quisesse recompensá-lo por ter dito aquilo enquanto os dedos dele entravam e saíam de dentro dela. August começou a penetrá-la mais depressa para acompanhar o ritmo de suas línguas, até que Natalie não conseguiu mais se concentrar no beijo e jogou a cabeça para trás, chamando pelo nome de August em um gemido sufocado enquanto o orgasmo se aproximava.

— August. Assim. Assim. *Continue.*
— Muito bem. Goza pra mim.

O pedido dele era uma ordem. Suas pernas *cederam* como ela havia temido que aconteceria, e Natalie nem ao menos conseguiu ficar constrangida quando August passou o braço esquerdo pelas costas dela para segurá-la. Ela estava ocupada demais tendo espasmos da cabeça aos pés, chegando ao êxtase no orgasmo mais intenso de que conseguia se lembrar. Mas August soube o que fazer. Com destreza, parou de se movimentar e a segurou firme, pressionando a palma da mão contra a boceta de Natalie, que pulsava contra a fricção do toque dele. Ele também gemia contra os lábios dela como uma fera satisfeita, como se fosse ele a ter um orgasmo e não Natalie.

Tão sexy. O fato de ele estar tão dedicado ao prazer de Natalie era absurdamente excitante para ela.

E inesperado.

Toda a situação, e o próprio August, estava se revelando uma grata surpresa.

Quando Natalie começou a se acalmar, o contato da boca dela entreaberta com o ombro de August começou a parecer algo assustadoramente íntimo. O toque delicado dos lábios de August na têmpora de Natalie era... carinhoso?

Epa. O que tinha acabado de acontecer? Transar com August não fazia parte do plano. Eles deveriam ter um relacionamento de mentira.

Mas o corpo molhado e entrelaçado dos dois dizia que aquilo era qualquer coisa, menos de mentira.

Eles iam se casar para que Natalie pudesse ter acesso ao fundo fiduciário e para que August pudesse conseguir um empréstimo para investir em sua vinícola. Era um acordo puramente financeiro. O que significaria se eles firmassem aquela união estando em um relacionamento de verdade? Isso tornaria o casamento real? *Legítimo?*

Um sentimento verdadeiro entre ela e August Cates.

Aquela era a coisa mais absurda que Natalie conseguia imaginar.

Primeiro porque precisava voltar para Nova York. Tinha pausado a própria vida até que estivesse pronta para recolher os cacos do que ela havia construído. Segundo, porque os dois acabariam assassinando um ao outro.

E, terceiro, Natalie havia acabado de levar um pé na bunda do ex-noivo sem qualquer aviso prévio; ela fora abandonada na calçada como o lixo do dia anterior. E já estava pensando em se abrir para *aquele* homem? Tão cedo? E justamente para aquele homem, que fazia questão de apontar os defeitos de Natalie em toda e qualquer oportunidade? Não. Seria mais fácil entregar o seu diário e um megafone nas mãos de August de uma vez.

Claro, era inegável que eles se sentiam atraídos um pelo outro. Isso não estava em discussão.

Mas ela já tinha matado essa vontade, certo?

Sim...

Sim.

Cem por cento.

Mas, infelizmente, Natalie ainda sentia August duro contra a barriga, ainda sentia a boca dele se aproximando da dela.

Os olhos de August estavam tomados pelo desejo. Se ele a beijasse, ela mergulharia nele mais uma vez e se esqueceria de todos os pensamentos lúcidos que acabara de ter. Ela não podia ter uma quedinha pelo marido falso; isso certamente terminaria em problemas. Problemas que poderiam obrigá-la a ficar em Santa Helena, onde ela nunca, jamais, sob hipótese alguma, se sentiria mais do que uma adolescente deslocada.

Mas August ainda precisava matar a vontade dele, não?

Do contrário, apenas um lado sairia bem resolvido da situação. Restaria uma ponta solta.

Eles ainda não estariam quites.

Natalie ficou na ponta dos pés e encontrou a boca de August outra vez, descendo a mão pela barriga dele — e, mais uma vez, ele segurou o punho dela um segundo antes do destino final.

— Você não sabe disfarçar como acha que sabe — murmurou August. — Prefiro continuar de pau duro a deixar você me tocar só para retribuir o favor.

Ela sentiu uma pontada de pânico. Primeiro porque aquele homem realmente não deixava nada passar, e isso a fazia se sentir nua de diversas formas. E também porque... Natalie estava sentindo uma urgência genuína de proporcionar a ele o mesmo prazer que ele tinha dado a ela.

— Retribuir favores não é justamente como sexo funciona?

Ele balançou a cabeça.

— Não é como vai funcionar entre nós.

— "Entre nós"? — O pânico cresceu no peito de Natalie. Eles de fato tinham passado dos limites, principalmente considerando o quanto ela gostara de ouvir a palavra "nós". *Você precisa segurar a onda.* — Vamos com calma, amigão. Nosso casamento é só de fachada.

August analisou se Natalie estava firme antes de soltá-la, depois apoiou a mão sobre a cabeça dela, cercando-a contra a parede.

— Acho que você não pensou nisso antes de entrar no chuveiro comigo só de calcinha.

— Não se preocupe, não vai acontecer de novo.

Completamente encharcada e com o cabelo molhado grudado no rosto, Natalie saiu do chuveiro e começou a recolher as roupas jogadas no chão do banheiro.

— Espera aí. Podemos rebobinar um pouco? — pediu August atrás dela, xingando baixinho. — Não consigo conversar de barraca armada. Inclusive, eu nunca tive esse problema até conhecer você. Você deu pane no meu sistema.

Ele tirou uma toalha de um gancho na parede e a enrolou em volta da cintura, depois passou as mãos pelo cabelo molhado em um gesto impaciente.

— É que... Olha, pra mim é difícil esse lance de... pena. Ser alvo de *pena* porque Sam morreu. Entende? Nunca consegui aceitar isso de ninguém, mas é mais difícil vindo de você.

Natalie parou no meio do movimento para fechar o sutiã.

— Por que é mais difícil vindo de mim?

— Não sei. Sempre ralei para conseguir tudo o que tenho e aprendi a sentir orgulho do meu esforço. Do perrengue diário. E o pessoal de Napa despreza isso.

— E para você eu sou o grande símbolo deste lugar.

August esfregou o rosto.

— Que merda. É melhor eu calar a boca até o sangue voltar para a minha cabeça de cima. Só estou piorando as coisas.

— Você acha que eu não sei o que é trabalhar duro? Acha que não me esforço?

É melhor parar por aqui. Ela precisava urgentemente calar a boca. Natalie tinha um objetivo e estava focada em alcançá--lo; não havia tempo para distrações ou desvios. Mas já estava de saco cheio de ter que lidar com August insinuando o tempo todo que ela era mimada e que não sabia o valor de um dia de trabalho, sobretudo depois da conversa que tivera com o pai.

— Eu conseguiria transformar a Adega Zelnick em uma vinícola operacional com uma safra decente em um piscar de olhos.

August se enrijeceu.

— Olha, o empréstimo é uma coisa, mas não quero que você se meta na administração da vinícola. Isso é coisa minha. Estou fazendo por Sam. Não pedi sua ajuda para produzir o vinho dele. — Em seguida, completou baixinho e em tom contrariado: — Por favor, fique longe do galpão. Tudo bem?

Os dois não concordavam em nada, então por que a recusa de August em aceitar a ajuda de Natalie foi o que mais doeu?

— Preciso estar oficialmente empregada na Adega Zelnick para cumprir todas as regras para liberação do meu dinheiro — lembrou ela, tentando disfarçar o quanto estava sentida. — E me contratar, ter meu nome atrelado à vinícola, vai *ajudar você* a conseguir o empréstimo. Detesto essa dinâmica disfuncional tanto quanto você, mas vamos tentar tirar proveito disso. Use meu conhecimento a seu favor.

Natalie o encarou, tentando comunicar pelo olhar o quanto a ajuda dela seria importante.

— Não vou pedir outra vez, August — continuou ela. — Não gosto de ficar me repetindo.

— Tem certeza? Você já me chamou de idiota pelo menos umas noventa e quatro vezes.

Dito e feito. As palavras de Natalie tinham entrado por um ouvido e saído pelo outro.

— Há exceções para toda regra.

— Que bom. Especialmente se existe uma regra que me proíbe de beijar minha esposa de mentirinha.

— Pois existe, sim.

— Mal posso esperar para quebrar essa regra.

— Eu quebro seu nariz antes que isso aconteça — retrucou ela, apertando as sandálias contra o peito e saindo do banheiro.

— Peraí — bradou August, indo atrás de Natalie com passos pesados e molhados. — Pensei que íamos falar sobre as coisas do casamento. A que horas nos encontramos no cartório sábado?

— Isso não vai acontecer.
— *O quê?*
Natalie olhou para trás. August parecia nervoso.
— Então é assim? Você quer desistir? Eu estraguei tudo?

De vez em quando, August deixava escapar um comentário que fazia Natalie perceber que havia uma sensibilidade debaixo daquela armadura. Por que ele tinha que deixar isso transparecer? Esse jeito de August fazia Natalie ter vontade de, ao mesmo tempo, se jogar naqueles braços enormes e bater na cabeça dele com uma frigideira.

Droga. De repente a raiva que ela estava sentindo diminuiu vertiginosamente.

Natalie acelerou o passo, indo em direção à porta.
— Não esquenta, a gente ainda vai se casar. — Ela parou. — Queria sua opinião sobre o nosso cronograma. Todo mundo ficou sabendo da briga em público e do noivado, a cidade inteira deve pensar que temos um relacionamento conturbado e que o casamento não vai durar. Um mês deve ser tempo suficiente para atingirmos nossos objetivos antes de...

August semicerrou os olhos.
— Antes de quê?
— Antes de encerrarmos isso. Legalmente.

Ele não respondeu.
— Um mês, então? Estamos de acordo? — pressionou Natalie.

Como August permaneceu em silêncio, ela não teve escolha a não ser interpretar a falta de resposta como um "sim". O que mais ele poderia propor? Que ficassem casados por *mais tempo*?

— Bom, hum... Minha mãe tomou as rédeas do planejamento. Por isso vim falar com você. Tradição, manter as aparências... Essas coisas são importantes para ela. Provavelmente será o evento mais pomposo que a cidade já viu. Cisnes, harpas, canapés em pratos dourados, a coisa toda. Você vai ter que alugar um smoking. — Natalie se deteve à porta. — Eu entendo se você mudar de ideia.

Passaram-se uns cinco segundos.

— Quero contratar um DJ. Meu único pedido é a música "Brick House".

— Ai, meu Deus. — Tentando disfarçar o alívio que sentiu, Natalie abriu a porta e desceu as escadas, rindo. — *Por quê?*

August respondeu com um sorriso.

— Você vai ver.

Natalie parou ao lado de seu carro e se virou para admirar August só de toalha na porta de casa. A luz do sol batia diretamente sobre o Everest que era o peitoral dele, e havia uma ereção muito proeminente debaixo do tecido branco. O mais impressionante de tudo era a falta de pudor de August, que nem sequer fingia ter a intenção de esconder qualquer coisa.

— Sim para o DJ. Nem pensar para a música — disse ela com a boca seca, abrindo a porta do carro com mais força que o necessário.

— Natalie — chamou August antes que ela tivesse tempo de entrar no carro.

— Oi.

— Podemos mencionar banhos conjuntos nos nossos votos?

— Não. E, de verdade, por que você faria isso? — Natalie fez um sinal com a cabeça em direção à virilha de August. — Não acabou muito bem para você.

Ele apoiou as mãos no batente da porta acima da cabeça.

— Você está indo embora descalça e com o batom borrado. Eu tomaria banhos como esse pelo resto da vida.

— Idiota — murmurou Natalie, entrando no carro e batendo a porta.

Mas, por alguma razão absurda, ela estava sorrindo ao girar a chave e dar partida.

Capítulo dez

A última pessoa que August esperava ver ao abrir a porta de casa na manhã seguinte era Corinne Vos. Certo de que a aparição daquela mulher era fruto de sua imaginação, ele piscou várias vezes e esfregou os olhos, mas Corinne continuou ali, de braços cruzados e cara de poucos amigos, bloqueando a passagem e impedindo-o de sair para a academia que ele tinha construído atrás do galpão.

August observou o rosto dela em busca de algo que lembrasse Natalie, mas não encontrou nada. Talvez houvesse um vestígio da energia caótica da filha no fundo do olhar dourado da matriarca, mas a soberba falava mais alto.

— Como está nesta bela manhã, sr. Cates?

Boa pergunta. A palavra "confuso" veio à mente.

August passara boa parte da noite andando de um lado para outro, se perguntando se havia feito a coisa certa ao aceitar o investimento de duzentos mil dólares de seu comandante. Ele não queria privar o homem da chance de apoiar o sonho do filho, mas August estava ciente de que aceitar o investimento significava que ele não precisava mais de um empréstimo. O que tecnicamente queria dizer que ele não precisava mais se casar com Natalie.

O casamento seria apenas para que ela pudesse receber o dinheiro do fundo fiduciário.

Como Natalie se sentiria se soubesse disso?

O instinto de August dizia que ela não ficaria muito feliz. Ela com certeza preferiria mudar a caixa de areia de Pimenta de lugar a ficar em dívida com ele. Se August contasse sobre o investimento do comandante, Natalie desistiria — e ele não queria vê-la metendo os pés pelas mãos. Ela *precisava* do dinheiro e ele queria ajudar. E se Natalie se casasse com outra pessoa? Alguém que *de fato* se beneficiaria da influência da família dela?

August sentiu um gosto amargo na boca.

Talvez, nesse caso, fosse melhor deixar algumas coisas não ditas.

Pelo menos até o momento certo.

— Estou bem — respondeu ele, finalmente. — E você?

— Estou bem, na medida do possível — respondeu Corinne, aliviando um pouco a ansiedade de August.

— Gostaria de entrar?

— Não. — Ela espiou o interior da casa por cima do ombro de August. — Estou bem aqui fora, obrigada.

É claro que Corinne não queria entrar para um cafezinho. Aquela mulher provavelmente nunca havia entrado em um lugar que não tivesse uma equipe completa de funcionários, sem falar de móveis *sofisticados*. Ela suspirou no ar frio da manhã e fez um gesto para o galpão.

— Ia começar a produção mais cedo? Podemos conversar enquanto você trabalha.

— Na verdade, não, só vou começar mais tarde. Tenho uma academia improvisada atrás do galpão. — Ele apontou com o queixo na direção da academia, embora não fosse possível ver o espaço de onde os dois estavam. — É lá que começo o dia.

— Uma academia ao ar livre dentro de um vinhedo. Que curioso. — Corinne deve ter piscado os olhos umas seiscentas vezes. — Bem, não quero atrapalhar sua rotina tão peculiar.

Ele não conseguiria manter uma conversa enquanto erguia e empurrava um pneu de um lado para outro, então balançou a cabeça e imitou a postura dela, cruzando os braços e recostando-se na grade da varanda.

— A senhora veio aqui falar sobre a Natalie.

— Sim. — Ela o analisou por um longo momento. — Sei o que você deve pensar de mim. Que sou controladora, que sou arrogante. E, bem, para ser franca, tenho certeza de que me acha uma megera.

— Não vou fingir que gostei da maneira como você falou com a minha... com Natalie. Mas não a conheço o suficiente para afirmar qualquer coisa, sra. Vos.

— Você teria motivos para pensar que sou uma megera, sejamos sinceros. E talvez eu seja mesmo. — Corinne fez uma pausa, descruzou os braços e depois cruzou as mãos na altura da cintura. — Mas isso não significa que não quero o melhor para meus filhos. Posso demonstrar de um jeito estranho, mas a felicidade deles significa muito para mim. Especialmente desde que eles voltaram para casa, eu... — Ela pigarreou e levantou o queixo. — Bem, ando mais cautelosa com os dois. Porém nem sempre é fácil reverter os danos. Por exemplo, é muito difícil retirar anos de críticas, que, diga-se de passagem, eu achava que eram construtivas, em vez de apenas demonstrar apoio. Mas estou tentando fazer isso com Natalie. À minha maneira.

Falar sobre Natalie sem que ela estivesse presente para responder por si mesma parecia desleal, e August não gostava disso. Quanto mais Corinne falava, mais culpado ele se sentia.

— E que maneira é essa?

Silêncio.

— Acho que ainda estou descobrindo — respondeu Corinne, alisando a manga da camisa.

August não disse nada.

— Sempre imaginei que ela encontraria o próprio caminho longe de Napa. E isso *de fato* aconteceu por um tempo. Por outro lado, este lugar e minha família foram minha âncora quando eu tinha a idade de Natalie. Talvez ela precise estar aqui. Talvez precise entender que raízes não são arrancadas com tanta facilidade como acontece em Nova York. Raízes familiares são mais profundas do que isso.

Droga. O que havia feito Natalie ir embora de Nova York?

August teve que se segurar para não fazer perguntas, mas não queria desenterrar uma história que Natalie não estava pronta para contar. Pensou nela no banheiro, ouvindo-o falar sobre Sam. Lembrou-se da forma como ela tentou confortá-lo. E se ele pudesse fazer o mesmo por ela? August daria a Natalie tudo de que ela precisasse, emocional e fisicamente, sem nem pestanejar.

Talvez precise entender que raízes não são arrancadas com tanta facilidade como acontece em Nova York. Aquelas palavras pairavam no ar, ocupando cada centímetro do espaço entre August e Corinne.

— Talvez eu não saiba demonstrar afeto tão bem, mas estou *aqui*. Ela sabia que podia voltar para casa. Estou aqui e minhas raízes são profundas. Em algum momento, Natalie vai perceber que nem todo mundo arranca as próprias raízes e vai embora, mas me parece que um casamento falso, sem valor e sem compromisso, teria o efeito oposto.

O coração de August se acelerou. Ele tinha usado toda a sua astúcia no dia anterior para tentar discutir os problemas de Natalie com o álcool, mas se esforçaria nessa conversa.

— Se puder dizer exatamente o que deseja, sra. Vos, eu ficaria muito agradecido — disse, por fim.

A mulher inclinou a cabeça.

— Eu deveria pôr um fim nisso agora mesmo. Esse casamento surgindo do nada e a inevitável separação precoce que está por vir têm o potencial de envergonhar a família e acabar com a reputação que trabalhei tanto para manter nos bons e maus momentos. Houve uma época em que a nossa reputação era tudo o que tínhamos. Uma farsa como essa pode nos transformar em motivo de chacota. — Ela torceu as mãos. — Eu vou pagar o serviço de buffet hoje. Mas antes que eu gaste uma fortuna em frutos do mar, o que você diria se eu oferecesse uma certa quantia para que você fosse embora e nunca mais voltasse?

— Eu diria que você pode queimar o seu dinheiro — respondeu August, sem pensar duas vezes. Não era necessário. — E que frutos do mar são uma boa ideia.

— Por algum motivo, eu sabia que essa seria sua resposta. — Corinne semicerrou os olhos. — Naquele dia, no trem, eu percebi... alguma coisa diferente na forma como você age com minha filha. Não sei dizer ao certo o que é. Talvez esteja apenas tentando proteger seu investimento? Afinal, se casar com uma Vos é algo que chama muita atenção por aqui.

August abriu a boca sem saber ao certo o que estava prestes a falar, só tinha certeza de que não gostava de ouvir alguém se referindo a Natalie como um investimento. No entanto, antes que pudesse dizer qualquer coisa, Corinne levantou a mão para interrompê-lo.

— Por alguma razão, essa teoria não me convenceu. Então vim aqui fazer uma pergunta muito simples. Se sua resposta for satisfatória, vou pagar o buffet do casamento e até me emocionar durante a cerimônia.

— Pode perguntar o que quiser — replicou ele.

August a encarava com firmeza. Estava pronto para qualquer coisa. Certa vez, caminhara trinta quilômetros em um breu total depois de ser picado por uma cobra. Seu comandante fora cordial durante a visita ao vinhedo, mas havia um tempo perguntara a August se ele tinha um monte de merda no lugar do cérebro. Nenhuma pergunta era capaz de assustá-lo.

— Você gosta de verdade da minha filha?

Bom, talvez aquela pergunta fosse capaz.

Ele gostava de verdade de Natalie?

August sentiu vontade de rir.

Poderia apenas ter dito que sim. Teria sido mais do que suficiente. E seria verdade, não havia dúvida quanto a isso. Mas, por alguma razão, e isso provavelmente tinha a ver com os seus sentimentos por Natalie, ele queria que Corinne gostasse dele, fosse ele um genro de mentira ou não. Na verdade, naquele momento, ele nem sequer queria que o acordo fosse falso. August queria, talvez até mesmo precisasse, que alguém o achasse digno de Natalie.

— Eu sinto muita coisa por sua filha. E, me desculpe por dizer, mas desejo está no topo da lista. — Corinne revirou os olhos e ele se apressou em continuar: — Mas isso é só o começo. Eu me preocupo de verdade com Natalie, sabe?

Foi como se aquela confissão tivesse aberto uma torneira. O restante apenas jorrou.

— Às vezes, quando Natalie está triste, eu implico com alguma coisa só para causar uma discussãozinha e ver de novo aquele brilho nos olhos dela. Quando isso acontece, acho muito mais fácil me concentrar. Não vou mentir, às vezes ela me irrita, mas, na maior parte do tempo, tenho que me segurar para não morrer de rir. Ela é muito engraçada. Consegue arrancar minhas bolas só com palavras e eu a respeito muito por isso, mesmo quando estou irritado. Faz sentido?

O rosto de Corinne permaneceu impassível, exceto por uma sobrancelha que subia lentamente.

— Não sei o que mais posso dizer, apenas que... se alguém a machucar, eu vou perder o controle. Juro por Deus. Minha cabeça dói só de pensar. Tenho até medo de descobrir o que aconteceu em Nova York, porque... — *Consegui segurar a onda até agora, mas se eu descobrir que alguém a magoou, Natalie vai perceber o quanto me preocupo com ela.* — Como eu disse, não gosto que ela fique triste. Prefiro que esteja com raiva do que sofrendo, e eu sou muito bom em deixá-la irritada. Mas também gostaria muito que ela se sentisse *feliz* ao meu lado, não só irritada. Para ser sincero, isso seria maravilhoso. Fazer Natalie feliz é uma missão para a qual eu quero partir e nunca mais voltar. Fugi muito do assunto?

Por longos segundos, não se ouviu nada além do som do vento.

— Acho que já tenho a resposta que eu estava procurando.

Jesus, Corinne soou ameaçadora.

— Isso é bom ou ruim?

— Veremos.

— Você é sempre enigmática assim?

Aquilo foi o lampejo de um sorriso? Sim. Parecia ser. Por uma fração de segundo, ele conseguiu enxergar algo de Natalie no rosto de Corinne, e seu coração começou a bater mais forte.

— Você não vai tentar impedir o casamento, vai?

August prendeu a respiração depois da pergunta.

— Não sei — respondeu Corinne, virando-se e caminhando em direção ao Lexus prata. — Será que vou?

— Estou vendo que Natalie teve a quem puxar.

Corinne parou ao lado do carro, parecendo admirada e ligeiramente satisfeita.

— Obrigada.

August balançou a cabeça.

Depois que a futura sogra foi embora, ele passou muito mais tempo do que costumava virando o tal pneu.

— Bem-vinda à sua despedida de solteira oficialmente não oficial.

Natalie olhou para Hallie, tentando entender as palavras que saíam de sua boca. Tinha acabado de entrar em um bar chamado Jed's, que era meio longe de tudo; ficava uns três quarteirões depois da Grapevine Way. Até alguns segundos antes, quando parou em frente à fachada rústica e confirmou o endereço, ela nem sabia que aquele lugar existia. Antes que pudesse responder, um baque forte ecoou pelo estabelecimento, fazendo Natalie se virar com um pulo.

— Meu Deus, aquele cara acabou de arremessar um machado?

— Sim! — respondeu sua cunhada, batendo palminhas. — É um bar de arremesso de machados. Eu estava morrendo de vontade de vir aqui e essa é a oportunidade perfeita.

Ela enroscou o braço no de Natalie e a puxou pela multidão. As pessoas usavam jeans, camiseta e chinelo, e Natalie começou a se sentir bastante ridícula com seu vestido longo de seda preta e suas sandálias decoradas com pedraria.

— Minha amiga Lavinia conseguiu uma mesa para nós lá no fundo, onde é mais tranquilo, para podermos conversar sobre os detalhes de sábado. O grande dia!

— Ótimo — disse Natalie. — Não vou arremessar machados.

— Você vai mudar de ideia depois de um ou dois drinques.

— Claro, diminua minha destreza mental e meus reflexos e depois coloque uma arma afiada na minha mão. O que poderia dar errado?

Antes que Hallie pudesse responder, uma mulher apareceu e a puxou para um abraço. O cheiro intenso de açúcar e chocolate que ela emanava fez as papilas gustativas de Natalie formigarem.

— Ora, ora, aí está a futura noiva — cumprimentou a mulher, com um sotaque britânico carregado. — Achei que teríamos strippers também, mas pelo visto viemos apenas ser fatiadas ao meio por esses machados.

Natalie riu.

— Acho que as duas coisas juntas seriam perigosas.

A mulher jogou o cabelo loiro para trás.

— É verdade. Não podemos correr o risco de decepar perus antes de um casamento, querida. Dá azar.

Hallie guiou as duas até uma mesa no canto.

— Natalie, eu ia te apresentar a Lavinia, mas acho que vocês já se conheceram bem.

— Por falar em perus — continuou Lavinia, sentando-se na cadeira de frente para Natalie —, é bom não ter nenhum por perto, para variar. Os rapazes que se danem, esta noite é das garotas.

— Como conseguiu escapar do meu irmão? — perguntou Natalie a Hallie, sorrindo.

— Na verdade, ele está sequestrando August neste exato momento.

— August? — repetiu Natalie.

Ela não via August desde aquele fatídico banho. Depois disso, ele tinha mandado mensagem pedindo ajuda para escolher o smoking. "Que cor você prefere, roxo ou azul-bebê?", perguntara August. Natalie respondera "O importante é ser um que venha com babador, porque eu já sei que você vai se sujar todo no jantar", seguido de um emoji de vômito. Ele também mandara um meme sobre casamento forçado que mostrava uma mulher segurando uma espingarda apontada para as costas de um homem no altar. *Um caso de esposa ou morte*, dizia a legenda.

Ridículo. Mas...

Por que ouvir o nome dele fez Natalie se sentir empolgada pela primeira vez em dias?

As duas mulheres a encaravam.

— Hum... — Natalie cruzou as pernas depressa. — Me pergunto se é possível sequestrar um soldado de elite da Marinha.

— Talvez ele vá por conta própria quando descobrir que se trata da despedida de solteiro dele. — Hallie pareceu refletir por um momento. — Bom, eu não diria "despedida de solteiro", porque...

— Porque, conhecendo meu irmão, eles provavelmente vão ficar vendo TV e comendo sanduíches de presunto.

— Julian está mais aberto a tentar coisas novas — contestou Hallie, ruborizando logo em seguida. — Não me contou para *onde* iriam, mas imagino que seja um lugar tranquilo onde ele possa ameaçar seu noivo em paz.

Natalie franziu a testa.

— Ameaçar?

— Sabe como é — disse Hallie enquanto acenava para a garçonete. — Aquele papo de "se magoar minha irmã eu mato você".

— Ah, sim — zombou Natalie. — Isso é a cara de Julian.

— É mesmo! — concordou Hallie, claramente sem perceber o sarcasmo da cunhada.

Nos últimos quatro anos, os dois mal tiveram contato. Eles não se falaram quando Natalie anunciou o noivado com Morrison, tampouco quando Natalie conquistou a posição de sócia na empresa em que trabalhava. As ligações se limitavam a ocasiões obrigatórias, como aniversários e Natal. Julian nem ao menos curtia as postagens de Natalie no Instagram. Na infância, ele tinha sido o irmão protetor dela, defendendo-a de homens indesejados, ainda que de um jeito brusco e pouco caloroso. Mas, quando Natalie saiu da reabilitação aos dezessete anos, tornando-se motivo de vergonha para a família enquanto Julian já estava vivendo uma vida exemplar em Stanford, ela deduziu que o sumiço do irmão era uma forma de rejeição da parte dele. Ou, ainda pior, uma prova de que ele simplesmente não se importava.

E, apesar de todos os esforços de Natalie, ela nunca conseguiu reverter aquela rejeição, nem de Julian, nem dos pais. Nem mesmo quando as notas dela melhoraram e ela entrou em Cornell, ou depois de ter subido na hierarquia no clube do bolinha que era o mundo financeiro de Nova York, ou após comprar um apartamento no Central Park South com Morrison. Fora preciso dividir a casa de hóspedes com o irmão para que ela se desse conta de que Julian tinha os próprios problemas para resolver. Isso não justificava a ausência dele, mas agora ela o entendia melhor.

Estou feliz que você esteja aqui comigo.

Natalie ainda conseguia ouvir as breves palavras ditas pelo irmão enquanto caminhavam juntos até a casa principal certa noite, pouco mais de um mês antes. Na verdade, foi bem na noite em que ela conheceu August no festival Filosuvinhas. Até então, Natalie não tinha se dado conta de como estivera sedenta por qualquer migalha de afeto vinda da família. Saber que o irmão havia tirado a noite de quinta-feira para passar um tempo com August... era importante para ela. Muito importante.

Mesmo que Julian estivesse apenas obedecendo à namorada.

Elas passaram as horas seguintes falando sobre os planos para o casamento. A pedido de Corinne, Natalie e August se casariam ao pôr do sol no jardim da frente da casa principal, que tinha vista para o vinhedo. Seria o casamento dos sonhos se fosse de verdade. Hallie havia se superado com os arranjos de flores e criado um esquema de cores de muito bom gosto, uma mistura de creme e carmesim com alguns detalhes em fita preta. De alguma forma, ela captara em cheio o estilo de Natalie sem que a cunhada precisasse dizer uma palavra. Corinne havia se encarregado dos preparativos da cerimônia, e uma tenda para a recepção já estava sendo montada e decorada. O único pedido de Natalie fora "Nada muito grande, por favor", e obviamente havia sido ignorado.

Hallie mexeu em seus papéis.

— Não sei se há alguma música específica que você gostaria que o DJ tocasse...

— Qualquer coisa, menos "Brick House". Por favor.

— Olha só, uma antiplaylist! — disse Lavinia, erguendo seu quarto martíni. — Gostei de ver. Mas pode acrescentar "Mambo No. 5"? Ninguém nesse mundo fica bem dançando essa música. Ah, e precisamos de Abba, pelo amor de Deus. E acho que é isso. Abba.

— "Abba, pelo amor de Deus." Anotado — registrou Hallie alegremente em um dos papéis. — Também preciso saber que música você e August gostariam de dançar.

Natalie sentiu o corpo entrar em combustão.

Dançar com August, juntinhos.

Na frente de todos.

Talvez ela nem sequer tivesse que fingir gostar disso.

— Que tal "You're So Vain"?

Hallie torceu o nariz.

— Da Carly Simon?

— Essa mesma.

Satisfeita com sua escolha e já imaginando a cara que August faria, Natalie sorriu para si mesma e tomou mais um gole de sua bebida. Mas o líquido não chegou a descer pela garganta, porque a porta se abriu e August entrou ao lado de Julian.

Uau. O lugar inteiro tinha ficado em silêncio ou o som dos batimentos cardíacos desenfreados dela estava abafando o barulho e as risadas ao redor? Seu irmão por si só teria causado um alvoroço ao entrar em qualquer bar, com a postura nobre e a expressão sempre irritada. Natalie tinha que admitir que Julian era muito bonito.

Mas August...

Ele entrou no Jed's com um ar de perigo que ela nunca havia notado. Talvez na noite em que se conheceram, quando ela viu a tatuagem da Marinha e imaginou que ele era do tipo forte, habilidoso e heroico. Mas desde então aquele homem havia se transformado no engraçadinho falastrão por quem ela sentia uma atração avassaladora. Natalie deveria ter achado irritante o fato de ele ter entrado no bar como se quisesse bancar o macho alfa. Todo arrogante e enorme, examinando o lugar em busca de problemas — e das saídas de emergência. *Ah, é mesmo, você está prestes a se casar com um soldado de elite da Marinha.*

Havia algumas dezenas de mulheres no bar, mas o olhar dele não se deteve em nenhuma delas.

Até pousar sobre Natalie.

Bom... Eles estavam ferrados.

Ela já tinha tomado dois drinques, e a lembrança dos dedos habilidosos de August estava muito fresca na sua memória.

Além disso, Natalie detestava admitir, mas algo que só podia ser alegria saltou dentro de seu peito quando seu noivo de mentirinha apareceu. Como se uma parte reprimida dela estivesse feliz em ver aquele idiota.

— Não acredito que ele escolheu o mesmo bar que eu. — resmungou Hallie, à esquerda de Natalie. — Daqui a pouco ele vai fazer um piercing no septo e começar a usar vape.

— Bom, não vou ficar aqui segurando vela. — Lavinia terminou de beber e deixou o copo vazio em cima da mesa. — Está na hora da transa bimestral com meu marido.

Ela cumprimentou os rapazes ao se dirigir para a porta, gritando em meio ao barulho:

— Nos vemos sábado, no casamento. Já sei que serei a única de chapéu, já que vocês, norte-americanos, se recusam a respeitar a majestade.

— Tchau, Lavinia — despediu-se Hallie, chamando a atenção de Julian.

Os olhos de Julian se iluminaram e ele caminhou até Hallie com um sorriso no rosto, como se estivesse levitando, hipnotizado. Por mais que ouvir o irmão e a namorada batendo a cabeceira da cama contra a parede todas as manhãs a tivesse traumatizado para sempre, Natalie ficou meio derretida com a reação do professor certinho ao ver a jardineira destrambelhada. Mas enquanto Julian e Hallie se cumprimentavam com murmúrios silenciosos à sua esquerda, ela só conseguia enxergar August. Até porque a cabeça dele quase batia na luminária baixa que pendia do teto.

Era impossível que uma criatura daquele tamanho passasse despercebida, e parecia que ser um homem-geladeira era um grande sucesso de público. Pelo visto, ele fazia o tipo de muitas mulheres que estavam no bar.

Natalie tentou não se deixar afetar, tentou de verdade, mas quando uma garota começou a se abanar enquanto olhava para

August, ela se viu obrigada a levantar da cadeira e dar um beijo surpresa no noivo.

— Oi — cumprimentou-o, animada, jogando o cabelo para trás. — Você veio.

— Vim. — O olhar dele alternava entre a boca e os olhos de Natalie. — Pode fazer isso outra vez? Fui pego desprevenido. Minha língua está pronta agora.

— Talvez não seja um momento apropriado para usar a língua.

— E quando vai ser?

Natalie jogou a cabeça para trás e grunhiu em direção ao teto.

— Não se passaram nem trinta segundos de conversa e já estou exausta.

— Se você está exausta agora, espere até ver como vai ficar depois das linguadas.

— Por tudo o que é mais sagrado, nunca mais diga a palavra "linguada".

August riu e, com muita naturalidade, acomodou a mão na cintura de Natalie, acariciando-a na altura das costelas com o polegar como se fizesse aquilo o tempo todo. Ela queria afastar a mão dele, porque aquele simples toque estava enrijecendo seus mamilos. Por mais irônico que fosse, no entanto, era por esse mesmo motivo que ela queria que a mão dele ficasse exatamente onde estava.

— Devo me preocupar por estarmos em um lugar com tantos machados disponíveis?

— Sim. — Ela cortou o ar com a mão. — Cuidado com o peru, Cates.

Ele estremeceu, olhando por cima do ombro bem quando alguém arremessou um machado de maneira lamentável, errando o alvo por uns sessenta centímetros.

— Você não é a única pessoa com quem preciso me preocupar, princesa. Tenho certeza de que Julian enterraria um machado desses nas minhas costas a qualquer sinal de desentendimento.

Seja legal comigo pelo menos hoje, tá bom? Sou jovem demais para morrer.

— É só não dizer "linguada" outra vez.

Uma garçonete parou sorridente diante deles com um bloco de anotações em mãos, e August pediu uma caneca de cerveja Blue Moon.

— O que meu irmão disse a você? — perguntou Natalie.

Ela tentou parecer descontraída, mas deve ter falhado, porque August começou a olhá-la com mais atenção.

— Coisas de irmão.

— Não sei o que isso significa.

— Como assim?

Natalie deu de ombros.

— Não somos muito próximos. Ele nem sequer conheceu Morrison, muito menos o ameaçou com um machado.

— Parece que sou especial. — August soltou um longo suspiro. — E pode deixar, não vou perguntar sobre o ex-noivo.

— É melhor, mesmo. Não é uma história legal.

Natalie ouviu um ronco baixo vindo de August.

Aquilo era um... *rosnado*? O que estava acontecendo?

Natalie não sabia, mas era melhor mudar de assunto. Seu ex-noivo era a última pessoa sobre quem ela queria falar.

— Então, sobre o casamento...

— Hoje não foi a primeira vez que Julian ameaçou me dar uma surra. Sabe quando você jogou uma bebida na minha cara? Ele disse que quebraria meu nariz se eu falasse com você daquele jeito de novo. Foi aí que comecei a gostar dele.

— Sério? — Natalie riu, mas a voz saiu trêmula com o nó que se formara de repente em sua garganta. — Não sabia disso.

— Pois é.

Seu futuro marido a observava de perto, como se pudesse enxergar tudo o que se passava na cabeça dela e achasse fascinante. August devia estar apenas coletando informações para usar contra Natalie na próxima discussão deles, que, na melhor das hipóteses, ocorreria em, no máximo, cinco minutos.

— Ele se preocupa com você, Natalie. Sua mãe também. Mas parece que vocês querem esconder o amor que sentem um pelo outro. Por que fazem isso?

— Não sei — disse ela na defensiva, mas também estava sendo sincera. Ela *realmente* não sabia. — Sua família fica o tempo todo dizendo que se ama?

— Não o tempo *todo*, mas a gente diz, sim. Em cartões de aniversário, por exemplo. Ou quando minha mãe bebe todas no Ano-Novo, fica sentimental e começa a falar pelos cotovelos. — Ele aceitou a cerveja trazida pela garçonete e tomou um longo gole, fitando um ponto invisível por cima do ombro de Natalie. — Mas acho que, para meus pais, era mais importante que eu soubesse que eles tinham orgulho de mim. Quando eu era mais novo, passei as férias todas trabalhando para poder comprar um Honda Accord caindo aos pedaços. Quando assinei a papelada, eles disseram mil vezes que estavam muito orgulhosos. Quando me alistei na Marinha foi a mesma coisa. Parando agora para pensar, acho que esse era o jeito deles de dizer "eu te amo".

Natalie ficou incomodada ao perceber o quanto queria que August continuasse falando sobre a própria família. Mas querer conhecer o passado da pessoa com quem ela se casaria era saudável e normal, não era?

— O que é mais importante para você? O amor ou o orgulho?

Ele a encarou.

— Responde você primeiro.

Era maluquice ter uma conversa profunda como aquela em um bar barulhento? Talvez sim. Mas, por alguma razão, não parecia estranho. Não havia formalidades com aquele homem; quando Natalie se dava conta, já estava mergulhando de cabeça.

— Acho que... orgulho é mais importante para mim. Orgulho é algo que você mantém para si. Às vezes o amor que você dá é jogado fora. As pessoas podem ser descuidadas com o amor, mas não conseguem afetar seu orgulho ou usá-lo de forma leviana. O orgulho é só seu.

Algo na postura de August mudou. Ele inflou o peito e endireitou os ombros como se estivesse se preparando para uma luta. Em nome dela?

— Seu ex não foi cuidadoso com você.

Ele não estava perguntando, mas afirmando.

Frustrada por se sentir à vontade para compartilhar coisas tão íntimas com August, Natalie pegou a bebida e encarou o fundo do copo por um instante. Então tomou um gole, molhando a garganta e sentindo a atenção dele o tempo todo.

— Sua vez. Amor ou orgulho?

— Amor — respondeu no mesmo segundo.

Por que algo dentro dela desabrochou como uma flor ao ouvir aquela resposta?

— Sério? — A voz de Natalie saiu mais esganiçada do que a de um adolescente entrando na puberdade. — Você acabou de me contar toda aquela história sobre o carro e sobre como sua família valoriza o orgulho.

— Eu sei. — Ele parecia pensativo. — Mas o amor me parece mais importante agora.

Não pergunte por quê.

— Por quê?

— Porque consigo perceber que você não acredita no amor. E quero que acredite.

Natalie definitivamente não deveria perguntar o porquê daquilo. Nem tentar entender se havia algo nas entrelinhas.

— Muito generoso da sua parte — respondeu, agitada, sentindo que uma enxurrada de palavras estava por vir sem que ela pudesse controlar. — Bom, acho que as duas coisas estão conectadas no fim das contas, não? Afinal, amar significa abrir mão do próprio orgulho.

August olhou para Natalie como se ela tivesse acabado de dizer algo muito inteligente.

— Caramba. Sério?

— Sei lá, August. Sou expert no assunto, por acaso?

Ele continuou a encará-la. O olhar de August se demorou tanto que Natalie começou a ficar inquieta.

— Que foi?

— Quero saber exatamente o que aconteceu em Nova York.

Natalie balançou a cabeça.

— Não.

— Quem quer jogar um machadinho? — cantarolou Hallie, aproximando-se com o rosto corado. Julian vinha logo atrás com uma expressão convencida. — Podemos nos dividir em times. Casal contra casal.

— Tenho uma ideia melhor. — Natalie deixou o copo na mesa e puxou Hallie pela cintura. — Mulheres contra homens.

Um sorriso surgiu no canto da boca de August.

— Quem sou eu para contrariar?

— Batalha dos sexos! — exclamou Hallie, flexionando o bíceps. — Vamos nessa.

Julian e Hallie foram reservar uma pista para o quarteto e deixaram August e Natalie para trás, olhando um para o outro em meio à multidão crescente.

— Que tal uma aposta para deixar a disputa mais interessante? — perguntou ele. — Não que eu já não vá sair vitorioso só por ver você arremessar um machado usando esse vestido.

— Já sei qual vai ser seu presente de casamento. Um treinamento sobre assédio sexual.

O rosto de August se iluminou.

— Vamos trocar presentes?

Natalie abriu a boca para chamá-lo de idiota outra vez, mas um grupo de pessoas logo atrás dela avançou sem avisar e ela acabou tropeçando e caindo para a frente. August se moveu como um raio, segurando-a pela cintura com o braço livre sem derramar uma única gota de cerveja. Natalie conseguiu driblar o tombo, mas acabou com o rosto pressionado contra August, seu nariz bem no meio daquele peitoral, e o cheiro de sabonete cítrico e creme de barbear nublou seu raciocínio por um instante. Tudo ficou ainda mais confuso quando ele a puxou para mais perto de forma protetora, fazendo cara feia para as pessoas atrás dela.

— Tudo bem, princesa?

— Sim, tudo bem.

Ela respirou fundo mais uma vez, de maneira discreta, para sentir o cheiro de August. Ou talvez não tão discretamente, porque um vestígio de sorriso se formou nos lábios dele.

Natalie enfim conseguiu se afastar e começou a alisar a parte da frente do vestido, um pouco constrangida ao ouvir o tremor em sua voz ao dizer:

— O que é que você estava falando sobre apostas?

Capítulo onze

 $\mathcal{E}$is uma verdade universal: ninguém é capaz de tomar boas decisões sob o efeito de álcool. Na realidade, as pessoas procuravam lugares como aquele quando *queriam tomar* decisões questionáveis. Deixar a responsabilidade de lado por um tempo e brincar com o destino. Pois lá estavam eles, em um bar de arremesso de machados. August, que passara por treinamentos extensivos com diversos tipos de arma, estava plenamente ciente dos potenciais riscos daquele lugar e, por isso, tinha que se controlar para calar o impulso de jogar Natalie nos ombros e tirá-la dali. Vê-la tão exposta a todas aquelas lâminas o inquietava de um jeito impossível de ignorar.

O crescente sentimento de proteção que August sentia pela noiva dizia a ele que...

Aquilo não era passageiro.

Eles não eram.

Sinto muito, princesa. Eu não queria estar no seu lugar.

Aquela mulher era seu destino. Parte dele soube disso na noite em que se conheceram, quando ela o fez gargalhar e o deixou com tesão ao mesmo tempo. E ela estava tão linda ali, na frente dele, com aquela maquiagem escura nos olhos e aquele cabelo meio bagunçado pós-sexo, como se tivesse acabado de sair dos lençóis. Será que foi de propósito? Porra. August estava disposto a ficar uma década sem ver jogos de beisebol para segurá-la pelo cabelo naquele momento, aproximá-la de seu rosto para apreciar aquela boca de perto.

Isso sem falar naquelas pernas.

Se alguém se atrevesse a segurar um machado a menos de dez metros das pernas de Natalie, seria arremessado pela janela. E o rosto dela? August adorava admirar os traços caleidoscópicos daquela mulher conforme se iluminavam e escureciam e depois mudavam por inteiro. O rosto de Natalie o fazia perder completamente o rumo.

A verdade era que ele sentia nos ossos a certeza de que dali a cinquenta anos ainda iria querer olhar para aquele rosto.

Ele sabia que estava faminto por essa oportunidade.

August era protetor por natureza e por profissão, mas o jeito como se sentia em relação à segurança de Natalie estava em um nível totalmente diferente. Ele não se preocupava apenas com a segurança física dela, mas também com sua segurança emocional. Preocupava-se com o coração de Natalie. *Sou responsável.* Mas, como em qualquer operação, August precisava mergulhar e descobrir com o que estava lidando. Precisava de informações.

Só assim a história deles passaria de algo passageiro para algo permanente.

Se Natalie soubesse que ele tinha aceitado o investimento do comandante e que estava se casando com ela apenas para que *ela* alcançasse seus objetivos — e, é claro, porque ele não suportava a ideia de nunca mais vê-la —, ela o esfaquearia. Por isso, August manteria a informação em segredo por enquanto. Pelo menos até que Natalie parasse de odiá-lo.

Afinal, amar significa abrir mão do próprio orgulho.

As palavras se repetiam na cabeça dele. Será que estava pronto para deixar de querer ter sempre a última palavra quando se tratava de Natalie? Talvez não completamente. Baixar a guarda perto dela poderia fazer com que August acabasse com as duas bolas amputadas, mas isso não significava que ele não poderia tentar.

— August? — chamou Natalie, agitando a mão na frente do rosto dele. — Batalha dos sexos? A aposta? Alô?

— Sim. A aposta.

Se o time dos homens vencer, você aceita envelhecer ao meu lado.

Não. Muito arriscado.

— Se nós vencermos, você me conta o que aconteceu em Nova York.

Também era arriscado, mas era tarde demais, ele não tinha conseguido segurar a própria língua. Além disso, August de fato queria saber o que levara Natalie a voltar para Napa. Ela se esquivava tanto do assunto que só poderia ser algo sério.

Natalie fechou a cara quando ele lançou o desafio, mas, quase que imediatamente, endireitou os ombros e o encarou com um olhar determinado.

— Tudo bem. Mas, se eu ganhar, você tem que me deixar ajudar você na produção de vinho.

Não. De jeito nenhum.

Natalie tinha zombado tanto de sua péssima produção que deixá-la entrar no santuário que era a vinícola faria August se sentir em carne viva.

— Você quer mesmo ajudar ou só está tentando provar que tem razão?

Ela franziu os lábios, fingindo considerar a questão.

— Os dois.

Deixe-a ajudar. Qual é o problema?

Produzir aquele vinho era o presente dele para Sam. Era mais do que um presente, na verdade, era também um pedido de desculpas por ter deixado o amigo morrer. Era a penitência de August, um assunto delicado, e por isso uma tarefa que deveria ser só *dele*. Algo que *ele* precisava fazer. Ninguém mais.

— Peça outra coisa. Qualquer coisa.

Em vez de reclamar, Natalie pareceu intrigada.

— Hum... Ok, tá bom. Durante o mês em que estivermos casados, você não pode falar um "a" do tempo que eu demoro para me maquiar.

— Combinado.

Graças aos céus ela não insistiu na questão do vinho. August não queria explicar em voz alta por que estava tão na defensiva.

— Mas nós temos que nos beijar para selar a aposta.

— Você não pode sair inventando regras do nada, seu palerma. Vamos selar a aposta com um aperto de mão.

— Parece que está com medo — zombou ele, tomando um gole de cerveja.

— Ah, eu estou com medo? — *E por falar em orgulho...* — Se bem me lembro, eu tive muita coragem quando entrei naquele chuveiro. Ou você já esqueceu?

Peitos.

Peitos lindos. Magníficos.

— Não, princesa. Essa lembrança agora está impressa no meu DNA. Vou levar aquela cena comigo para a vida após a morte.

Ela jogou o cabelo para trás.

— Ótimo.

Era para ser um gesto atrevido, mas August percebeu que Natalie ficara levemente corada.

Será que ela havia gostado de saber que ele se lembraria daquele banho por toda a eternidade?

Claro que sim.

— Vem aqui me dar um beijo.

Natalie bufou, agarrando a frente da camisa dele e puxando-o para baixo. Ela hesitou antes de se tocarem, olhando para a boca de August e umedecendo os próprios lábios com a língua.

— Tá bom — concordou ela, como se não fosse nada de mais.

No entanto, segundos antes de suas bocas se encontrarem, ela olhou nos olhos dele e percebeu que estava muito errada.

Aquilo estava longe de não ser nada de mais. Os dois se beijaram no meio do bar como se estivessem sozinhos. August colocou a cerveja na mesa mais próxima para enfim entrelaçar todos os dedos no cabelo de Natalie e desfrutar daquela boca. Língua, lábios, dentes. Ele usou tudo o que tinha à disposição para fazê-la gemer enquanto exploravam um ao outro, intensa e profundamente. *Vou conseguir me aproximar de você*, era o que ele tentava dizer com aquele beijo. *Vou me casar com você e vou fazer isso dar certo.*

Quando interromperam o beijo para respirar, Natalie estava sem fôlego. August também. Sempre que eles se beijavam, ele precisava de mais. *Mais* dela.

Natalie inspirou fundo, puxando o ar para os pulmões com os lábios separados dos de August por apenas alguns centímetros.

— É melhor a gente parar...

— Antes que eu leve você para o banheiro e arranque essa calcinha de novo? — Ele passou o polegar pelo lábio inferior de Natalie. — Sim, acho melhor a gente parar.

Natalie afastou a mão de August e cambaleou em direção à cabine de arremesso.

— Estávamos só selando a aposta.

— Se você está dizendo, princesa.

August pegou a cerveja e a seguiu.

Ele fez o primeiro arremesso sem nem sequer largar a caneca. Olhou bem no fundo dos olhos de Natalie e acertou em cheio. Ela e Hallie o encaravam, boquiabertas, enquanto ele esvaziava o copo de cerveja.

— M-mas... Você... — gaguejou Natalie.

August apontou para o próprio peito.

— Eu era da Marinha. Esqueceu? — Ele fez um sinal para a garçonete com a caneca de cerveja vazia. — Se eu puder dar um conselho, nunca faça uma aposta com um de nós. Principalmente quando há armas envolvidas. Onde você estava com a cabeça?

— Bom, eu ainda não tentei — disse Natalie, entrando na área de arremesso de machados, uma plataforma separada do bar. — Ainda posso ganhar.

— Claro — apoiou Hallie, dando tapinhas de incentivo nas costas da cunhada. — Manda ver, Natalie. Nunca devemos subestimar a sorte de principiante.

— Ou uma mulher com o orgulho em jogo — complementou August, sorridente.

Parabéns, campeão, está fazendo um ótimo trabalho para fazer esse relacionamento funcionar.

— Uma mulher *lindíssima* — acrescentou ele rapidamente.

Natalie olhou para August como se ele tivesse enlouquecido. E talvez tivesse mesmo, afinal, a estava provocando enquanto ela tinha um objeto afiado em mãos.

Sob o olhar de August, que aproveitou para dar uma espiadinha na bunda dela, Natalie ergueu o machado no ar e o arremessou no meio do alvo. Ela se iluminou. Seu queixo caiu, a luz transbordando de seus olhos. Chocada, levou as mãos à boca, como uma mulher faz quando é pedida em casamento. Como ela mesma talvez fizesse se August não tivesse transformado o pedido em uma grande piada.

Que droga.

O bar inteiro não passava de um borrão ao redor deles enquanto Natalie comemorava.

Pule nos meus braços. Por favor. Por favor.

Spoiler: ela não fez isso.

Ela lançou um olhar convencido para August e foi se posicionar do outro lado, bem longe dele.

— Pode vir para cá, por favor, Natalie?

— Por quê?

— Porque há machados voando pelos ares aqui.

— Parabéns pela observação minuciosa — retrucou ela. — Estou bem aqui.

— Por favor? Prefiro estar perto para poder me jogar na sua frente se necessário.

O rosto de Natalie se suavizou por um momento, então ela revirou os olhos e se aproximou, parando ao lado dele por pura falta de opção, já que o bar estava lotado na área de arremesso. Assobiando distraído, August ergueu o braço e o acomodou em volta dos ombros dela, que lhe lançou um olhar de reprovação, mas, felizmente, não tentou se afastar. Os dois ficaram lá, como se fossem um casal de verdade, assistindo à tentativa de Hallie, cujo machado quase foi parar no teto, e depois a de Julian, que arremessou o machado quase na mosca, logo no segundo círculo menor (a leve imperfeição pareceu irritá-lo).

— Nem todo herói acerta no primeiro arremesso — brincou August, dando um tapinha amigável no ombro do professor.

— Há diferentes tipos de heróis — comentou Natalie, chamando a atenção dele.

— Ah, é?

Natalie pareceu querer retirar o próprio comentário. Julian e Hallie também pareceram surpresos com a declaração. Talvez até um pouco desconfortáveis?

— Quer dizer... — Natalie pigarreou. — Meu irmão. Ele... me resgatou do incêndio. — Ela sorriu, mas o sorriso não chegou aos seus olhos. — Eu nunca te contei isso?

August não conseguiu ouvir mais nada depois daquelas palavras.

— *Que incêndio?*

— Pare de gritar — sussurrou Natalie, cutucando as costelas de August com o cotovelo.

Ele estava gritando?

— Que incêndio? — repetiu August, mais baixo dessa vez, sentindo-se *sufocado*.

Todos ficaram em silêncio. Julian de repente pareceu interessadíssimo nas regras de arremesso de machado fixadas na parede e se pôs a lê-las de braços cruzados, como quem admira pinturas em um museu.

— Foi há quatro anos — começou Hallie, em tom cuidadoso.
— Você não se lembra do incêndio que atingiu Napa? Causou muitos danos à Vinícola Vos. Julian e Natalie estavam visitando a propriedade quando aconteceu. Eles conseguiram ajudar os pais e os funcionários a sair, e conseguiram salvar muitos equipamentos, mas Natalie ficou presa...

— Calma. Espera aí. — August estava começando a suar. — Natalie? Presa num *incêndio*?

— Você está bem? — perguntou Natalie.

— Sim. — Não estava. Nem um pouco. — Como você ficou presa?

— Era o que Hallie estava tentando contar — disse ela.

— Desculpa, é que foi muita informação de uma vez só.

Ele secou a testa com a barra da camiseta, tão nervoso que mal notou o olhar sugestivo de Natalie quando sua barriga ficou à mostra.

— Pode me contar o resto agora. Estou tranquilo — pediu August.

Nunca vou estar "tranquilo" o bastante para ouvir isso.

August reparou que Julian tinha parado de ler as regras e o analisava com atenção. E quem poderia culpá-lo? August estava perdendo a calma, não suportava a ideia de Natalie correndo perigo em um incêndio. Sério? A porra de um *incêndio*? Ele nem sequer estava no país naquela época, mas a milhares de quilômetros de distância, longe demais para ter feito qualquer coisa.

— O fogo se alastrou muito mais rápido do que qualquer um imaginava. Horas mais rápido do que o normal. — Um sulco se formou entre as sobrancelhas escuras de Julian. — Ela ficou presa no galpão enquanto transportava equipamentos para o caminhão. A única entrada foi bloqueada pelas chamas.

— Mas Julian chegou a tempo. Ele entrou, cobriu meu rosto e me tirou de lá. — August não percebeu como estava tenso até

Natalie o cutucar e ele quase tombar para o lado. — E que bom, porque hoje estou viva e posso fazer você perder a aposta.

Hallie assobiou e ergueu a taça de vinho.

— É isso aí.

August mal conseguiu sentir o machado na mão ao levantá-lo. Ele o girou algumas vezes e, quando olhou para baixo, percebeu que tremia. Merda.

— Hã... Alguém mais quer tentar?

— Ninguém pode pular a vez — avisou Julian, apontando para as regras.

Já que não tinha escolha, August se certificou de que nenhuma pessoa estava por perto e arremessou o machado, observando-o aterrissar no círculo mais distante do alvo com um gosto amargo na boca. Ninguém disse nada quando ele se afastou e fez um gesto para que Natalie jogasse. Ela olhou para ele com curiosidade enquanto se aproximava da barreira, pegando o cabo do machado. Dessa vez, acertou o anel do meio, seguida por Hallie, que fez a mesma coisa. Julian acertou em cheio. Eles conversavam e planejavam a próxima rodada, mas August não conseguia se concentrar, tudo o que via era Natalie encurralada e assustada. Precisava respirar um pouco de ar puro. Imediatamente.

— Já volto. — August tentou sorrir, mas tinha certeza de que parecia estar prestes a vomitar. — Vou dar um pulinho lá fora.

— Ei. — Antes que ele pudesse dar um passo, Natalie estendeu a mão e o agarrou pelo pulso. — Está bravo porque perdeu a aposta?

— Que aposta?

Natalie olhou para ele, agora alerta.

— Ok, vamos — disse ela, abrindo caminho pela multidão em direção à porta e arrastando August junto. — Você não parece bem. Ou talvez esteja fingindo amnésia porque sabe que perdeu a chance de me encher o saco quando eu passar trinta minutos me maquiando.

August precisava se recompor.

— Não, eu me lembro.

Eles saíram para a tarde gelada na calçada do Jed's. Os resquícios de luz solar depois do pôr do sol conferiam ao céu um tom violeta. Ou talvez ele estivesse mesmo passando mal. Quase dava para sentir um *cheiro* violeta no ar, se é que isso era possível.

— É que eu queria ganhar — continuou August.

— Ok, o que aconteceu? — perguntou Natalie.

— Não sei lidar muito bem com o sentimento de impotência. Foi assim que me senti quando ouvi a história do incêndio. — Ele olhou Natalie dos pés à cabeça, controlando-se para não tocar nela. — Você ficou bem? Teve alguma queimadura?

Ela abriu a boca. Fechou. Ajustou a postura.

— Não. Só fiquei com muito medo no dia. Tripliquei os cuidados com os meus detectores de fumaça depois disso, mas ficou tudo bem.

— Que bom.

August ficou quieto por um instante, depois perguntou:

— Como pode duvidar de que seu irmão ama você se ele entrou em um galpão em chamas para te salvar?

Ele esfregou o rosto com a mão trêmula, pensando que precisava agradecer a Julian. Ele *faria isso* assim que voltassem para o bar.

Na verdade, August ia convidar Julian para ser padrinho do casamento.

— É que... ele é assim mesmo. Sempre faz o que é certo. — Natalie estava ruborizando. — Ele teve um ataque de pânico horrível logo depois. Sofre com ansiedade desde criança, e eu acabei piorando tudo porque não prestei atenção.

— Realmente, Natalie, quanta imprudência da sua parte. Da próxima vez, é melhor tentar prever o incêndio.

— Usando um argumento lógico para fazer eu me sentir melhor? Uau. Isso é jogo sujo até para você. — Natalie abriu um sorriso de cumplicidade para mostrar a August que estava brincando, o que fez o coração dele derreter. — Passei anos acreditando que ele me culpava pelo incêndio. Mas isso não é verdade. Ele me *disse*. E estamos bem agora que passamos um tempo juntos.

— Mas?

Natalie levantou o rosto.

— Como sabe que tem um "mas"?

— Estou lendo a sua mente.

Ela olhou para August, meio hesitante.

— Minha família não é muito afetuosa, mas eles já eram assim antes de mim. Agora minha mãe e Julian estão se aproximando e a única afastada sou *eu*. Aí eu fico pensando "ei, lembra que vocês me disseram pra tomar jeito e me virar sozinha? Pois é, eu fiz isso". Só que ninguém... ninguém pareceu notar ou se importar. E agora eu tenho que me virar do avesso para me reaproximar? Não. Eu encontrei o que eu estava buscando em outro lugar. Por um tempo, pelo menos. Preciso disso de volta.

— Em Nova York.

— Sim. Por isso vamos nos casar. — Ela estava inquieta. — Podemos voltar lá para dentro agora?

— Não. — Ele deu um passo em direção a Natalie.

Aquelas revelações fizeram August passar a vê-la com novos olhos. Ainda como uma mulher forte, mas ferida. *Cuide dela*. Era o que ele queria fazer, mas não sabia como.

— Eles deveriam ter notado — continuou August. — Ninguém deveria deixar de notar você.

Isso a pegou desprevenida, e ela balbuciou um "obrigada" desajeitado.

— Deve ser difícil querer dar orgulho para a família ao mesmo tempo que tenta manter uma certa distância para preservar a própria individualidade. É preciso muito equilíbrio.

August teve vontade de compartilhar um pensamento que parecia íntimo demais. Era sobre seu melhor amigo, portanto o primeiro instinto era guardar para si. Mesmo assim, forçou-se a falar, ainda que fosse como puxar arame farpado pela garganta.

— Sam tinha bastante dificuldade com isso, já que era filho do comandante. Os dois tiveram que deixar a relação pai e filho de lado para que não houvesse nenhuma distração. Esse tipo de emoção pode acabar causando a morte de alguém no nosso trabalho, sabe? Mas quando eles tiveram tempo para respirar e se reaproximar, não foi tão fácil. Provavelmente porque perceberam como era simples... se afastar. Entende?

— Sim — sussurrou Natalie. — É exatamente isso.

Caramba, August tinha dado uma dentro? Será que ele conseguiria *ajudá-la* de verdade apenas sendo sincero? O arame farpado ainda estava lá, assim como o desejo de guardar todas as lembranças de Sam, mas ele estava determinado a ajudar Natalie a se sentir melhor. E se para isso precisasse se abrir e falar um pouco sobre o melhor amigo, era o que ele faria. Pelo menos naquela noite.

— É por isso que Sam e eu éramos tão próximos. Ele ficava com minha família nos feriados e coisas do tipo. Minha mãe mandava cartões de aniversário para ele com notas de vinte dólares dentro, meu pai o levava para pescar mesmo quando eu não estava. Éramos quase irmãos.

A emoção brilhava nos olhos de Natalie

— Você ficou surpreso ao ver o pai dele naquele dia?

— Surpreso é pouco. — August sentia a cicatriz do ombro latejar. — Eu me aposentei mais cedo da equipe depois que perdemos Sam. Simplesmente não consegui continuar. — *Não depois do que eu deixei acontecer.* — O comandante e eu não brigamos depois disso, mas... não sei. Ele não parecia aceitar que eu fizesse algo tão drástico por causa de Sam enquanto ele planejava ficar exatamente no mesmo lugar. Faz sentido?

Natalie pareceu pensar no assunto por um momento, o que o agradou. Depois disse:

— Sim. Faz.

— Eu queria que Sam estivesse aqui para ver o quanto o pai dele se importava e sempre se importou. Queria que ele estivesse aqui para... — A voz de August falhou e ele fez um gesto no ar indicando ele e Natalie.

— Para o casamento — completou ela.

August pigarreou com força.

— Isso.

A noite vibrava ao redor deles, e o burburinho vindo de dentro do bar fazia com que a calçada parecesse ainda mais silenciosa. Íntima. August não conseguia decifrar a expressão de Natalie, mas achou que havia um vislumbre de admiração.

— Fui desligada da minha empresa em Nova York — confessou ela. — Coordenei uma operação muito ruim que fez a empresa perder *muito* dinheiro, o suficiente para comprar três ilhas particulares e ainda dar uma festa. Minha reputação foi por água abaixo. Eu era a sócia mais jovem, a única mulher. Da noite para o dia, passei a ser vista como um risco e um problema, então eles me demitiram. Depois disso, meu noivo terminou comigo porque eu já não me encaixava em nosso mundo. — Ela deu de ombros. — Foi isso o que aconteceu em Nova York.

Droga. August não conseguia imaginar aquela mulher errando a cor do esmalte que escolhia para pintar as unhas, muito menos cometendo um equívoco que custasse algumas mansões a um monte de engravatados. Mas o que mais o incomodava era a pergunta: que homem em sã consciência deixaria *Natalie Vos* escapar?

Ele queria vociferar coisas horríveis — "aquele filho da puta covarde" era uma delas —, mas Natalie estava vulnerável naquele momento. Até August reconhecia que não era hora para ameaças e raiva, embora quisesse muito expressar sua opinião sobre o que acontecera com ela. Mesmo assim, controlou a explosão de adrenalina e manteve a voz o mais firme possível.

— Se esse cara desistiu assim tão rápido, Natalie, ele nunca teve integridade suficiente para merecer você, para começo de conversa. — August manteve a expressão séria. — Ainda bem que você me encontrou.

Um sorriso trêmulo se formou nos lábios de Natalie.

Ele sorriu de volta.

August não sabia dizer ao certo, mas desconfiava que os dois haviam tido algum progresso naquela noite. Ele aprendera uma coisa: quando compartilhava algo com Natalie, ela compartilhava algo de volta. August precisava se lembrar disso, porque queria saber tudo o que se passava na cabeça dela. Queria muito. Mas, naquele momento, ele iria apenas aproveitar a alegria do progresso que fizera com uma mulher que já o chamara de erva-daninha de esgoto.

— Devemos celebrar essa conversa tão importante com um beijo? Talvez um carinhozinho? — Ele ergueu as mãos com as palmas viradas para ela. — Ou carinhos mais intensos. Topo qualquer um.

Natalie revirou os olhos, passando por ele a caminho da porta do bar.

— E eu aqui achando que talvez fosse possível manter um diálogo com você.

August chegou por trás dela e beijou seu pescoço.

— Eu disse que não ia te decepcionar.

Natalie o empurrou.

— Sua definição de decepção é impressionante.

— Eu sei de uma coisa em que não decepciono — provocou August, mexendo as sobrancelhas. — O que me diz, hein?

— Digo isso — respondeu Natalie, mostrando o dedo do meio.

— Interessante. — Ele deu uma piscadela. — Eu bem me lembro de como você gosta de um dedo do meio.

O grunhido de Natalie se misturou à risada estrondosa de August enquanto os dois voltavam para o bar.

Capítulo doze

— Desculpe, eu entendi direito? Você disse que tem um investidor em potencial?

Natalie caminhava pela Vinícola Vos e parou bruscamente quando sua ex-colega e futura sócia, Claudia, jogou aquela notícia bombástica em cima dela. Logo depois, no entanto, Claudia começou a gritar com alguém por ter roubado seu táxi enquanto Natalie prendia a respiração a mais de quatro mil quilômetros de distância.

— Claudia?

— Estou aqui. Espere só um pouco, vou pedir um Uber.

Vinte e seis segundos depois, ela estava de volta.

— William Banes Savage. Ganhou dinheiro com tecnologia na década de 1990. Tem algo a ver com processadores Pentium, como se alguém soubesse que porra é essa. Agora ele está velho e entediado, tem muito dinheiro para gastar e quer se enturmar com os jovens. Se você puder vir até a próxima sexta-feira, consigo marcar um jantar.

— Na próxima sexta-feira? Tipo, daqui a uma semana? — O vinhedo ao seu redor pareceu quase um planeta alienígena quando Natalie ouviu os sons de Nova York do outro lado da linha. — Vou me casar amanhã.

— *Se casar?* — Claudia engasgou. — Pra quê?

— Para ter dinheiro para o aluguel do nosso novo escritório. Para poder comprar equipamentos. Para levar o cara do processador Pentium para jantar...

— Sim, sim, já entendi a ideia. Então ele é rico?

Por que tinha contado sobre o casamento para Claudia? Agora as duas estavam falando de August da mesma forma como falaram de William Banes Savage, como se ele fosse um meio para atingir um fim, e Natalie não gostava disso. August significava muito mais do que isso. Na noite anterior, depois de voltar do bar de arremessos de machado, ela ficou acordada na cama pensando no que ele tinha contado sobre Sam. Pensou também no que August dissera em relação à família dele, sobre como os amava. Como os valorizava. Qual seria a sensação de ser tão importante para August?

— Isso não vem ao caso — respondeu Natalie, tentando mudar de assunto. — Marque a reunião para a próxima sexta-feira e eu farei o possível para estar presente. Na pior das hipóteses, cancelamos e dizemos a Savage que tenho compromisso com alguém mais importante. Ele não vai descansar até conseguir falar comigo.

— Uau, Anna Delvey. Parece que a Natalie que eu conheço está de volta.

— Eu nunca fui embora. — Natalie sorriu friamente.

— Meu Uber chegou. Aviso quando tiver mais detalhes. Tchau.

— Tchau.

Natalie ficou um tempo encarando o telefone, tentando acalmar a inquietação estranha no estômago. Algumas semanas antes, teria vendido a alma pela chance de voltar para Nova York e se encontrar com um possível investidor. Seu fundo ajudaria a abrir a nova empresa, mas elas precisavam de influência, de alguém que embarcasse na empreitada e dissesse a outros investidores que Natalie e Claudia não eram apenas uma aposta segura, mas uma escolha brilhante e promissora.

Mas ela deixaria Napa apenas seis dias depois do casamento?

Claro, não iria embora *para sempre*. Ficaria fora por pouco tempo, queria apenas falar com William Banes Savage. Será que conseguiria sair de Santa Helena por alguns dias sem que todos ficassem sabendo? Será que viajar sozinha menos de uma semana depois de se casar faria o casamento parecer ilegítimo?

Como August se sentiria em relação a isso?

Natalie engoliu em seco e continuou caminhando em direção ao seu destino: a adega da vinícola.

De todo modo, eles não tinham uma lua de mel planejada, e negócios eram negócios.

Mais cedo ou mais tarde, Natalie iria embora de vez, e August estava muito ciente disso. Esse tinha sido o acordo, aquela era uma situação temporária.

Ela entrou na unidade de produção, sorrindo para os funcionários. Depois de passada a surpresa por verem-na ali, eles acenaram com a cabeça e voltaram ao trabalho. A colheita tinha sido concluída no final do verão, seguida pela prensagem das uvas. Agora, no outono, eles estavam na fase de fermentação, uma ciência muito cuidadosa que podia levar meses. Havia fileiras e mais fileiras de barris empilhados, e os funcionários mexiam meticulosamente o fermento natural para evitar que se acumulasse no fundo dos recipientes de madeira, dando oxigênio ao vinho e cultivando o sabor.

Natalie passou por eles e foi até o fundo das instalações, onde abriu uma porta de metal para começar uma longa descida de quatro lances de escada de pedra. Quando chegou na base da escada, o cheiro de umidade fez cócegas em seu nariz. Lá estavam milhares de garrafas de vinho envelhecidas, junto com mais barris. Havia também algumas mesas, para os visitantes que, além de ficar bêbados no saguão, quisessem explorar o resto da vinícola.

A Adega Zelnick tinha uma cave como aquela? Ela ia se lembrar de perguntar a August. Muitas vinícolas de Napa tinham, embora variassem de tamanho. Talvez ele pudesse levá-la para conhecer a adega dele. Não que ela quisesse ficar sozinha no escuro com aquele homem, era apenas uma curiosidade *profissional*, já que agora Natalie era, tecnicamente, funcionária da vinícola.

Seu coração saltou quando ela ouviu vozes vindas do fundo da cave. Corinne e... Julian?

— É um serviço de imagem que captura fotografias aéreas do vinhedo, tudo em alta resolução — explicou Julian. — Assim podemos entender melhor o nível de estresse hídrico das videiras. Isso pode nos dar muita informação em relação a sabores inconsistentes, métodos de irrigação...

— Estou com medo de perguntar o preço desse serviço — interrompeu Corinne.

— Essa despesa está se tornando algo essencial em muitas vinícolas — respondeu Julian, com a calma e a articulação de sempre. — A longo prazo, isso na verdade ajudará a reduzir os custos, porque os recursos passam a ser alocados nos lugares certos, em vez de serem desperdiçados.

— Parece ótimo — comentou Natalie, surgindo de trás de uma prateleira de barris. — Quando vocês começaram a se encontrar em cavernas subterrâneas como se fossem vilões de histórias em quadrinhos?

Corinne pareceu surpresa ao ver a filha ali, mas Julian apenas olhou para Natalie com curiosidade.

— Você não deveria estar fazendo a última prova do vestido? — questionou Corinne. — Não é fácil encontrar um alfaiate disposto a fazer alterações em um vestido de noiva praticamente da noite para o dia.

— Não se preocupe, o alfaiate acabou de me espetar da cabeça aos pés — disse Natalie, voltando a atenção para Julian.

Ela estava se esforçando ao máximo para não deixar transparecer a sensação de ter sido excluída de uma reunião de família — o que acontecia o tempo todo, agora que o irmão estava envolvido nas operações da vinícola. Era como se Natalie fosse invisível.

— De que serviço de imagens você estava falando? Parece interessante.

Antes que Julian pudesse responder, Corinne falou novamente.

— Você ainda não explicou o que está fazendo aqui embaixo.

Natalie deu de ombros.

— Não sei. Só vim pelo silêncio.

Em parte, aquilo era verdade. Quando criança, ela gostava de se esgueirar até a adega e se sentar encostada na parede fria de pedra. Ficava ali horas e horas, imaginando um grupo de busca sendo convocado para encontrá-la quando dessem por falta dela lá em cima. Natalie fantasiava sobre como todos se sentiriam aliviados quando a encontrassem: os pais a abraçariam e a fariam prometer nunca mais sair sem dizer a ninguém aonde ia.

Essa fantasia nunca se tornou realidade, mas imaginar aquela cena a fazia se sentir bem.

Naquela tarde, no entanto, Natalie não tinha ido à adega para criar cenários imaginários em que os familiares procuravam por ela, preocupados, segurando tochas acesas e gritando seu nome. Não. Tinha ido até ali para refletir. Horas antes, Natalie havia parado para comprar duas garrafas de vinho, mas acabou indo embora de mãos abanando. Beber tinha se tornado um meio de fugir dos problemas. No entanto, não bebia havia semanas. Em breve, o fundo fiduciário seria liberado e ela precisaria estar com a cabeça limpa para aproveitar a oportunidade. Sua única oportunidade.

— Hum — disse Corinne, observando-a como um cientista examinaria uma lâmina de vidro. — Quer voltar mais tarde para falar sobre os preparativos do casamento? Não sei se você se lembra, mas vai se casar amanhã.

Natalie teve a impressão de ter visto um breve sorriso no rosto da mãe, o que era estranho. Deus era testemunha que Corinne não estava *feliz* com o casamento dela e de August.

— Claro. Posso vir depois do jantar.

A mãe inclinou a cabeça.

— Ingram Meyer foi o primeiro a confirmar a presença. Seu dinheiro está nas mãos dele, não se esqueça. Não passará uma boa impressão se parecer não ter ideia do que vai acontecer amanhã.

Era por isso que ela bebia.

— Certo, entendi. — Antes que Corinne pudesse lembrá-la de outras responsabilidades, Natalie continuou a falar: — Estou fazendo as malas para deixar a casa de hóspedes. Hoje de manhã Hallie se ofereceu para levar minhas coisas até a casa de August enquanto eu fazia a prova do vestido, então tenho certeza de que a missão foi cumprida prontamente.

Julian soltou uma risadinha. Sua namorada não se importava muito com a ideia de tempo, relógios ou calendários. Por isso, a mania que ele tinha de programar cada segundo do dia se atenuara drasticamente, e Julian parecia muito mais feliz assim. Tinha dispensado a gravata e estava até usando chinelos.

Antes que Natalie pudesse comentar a escolha de calçados do irmão, Corinne pigarreou.

— Bom, Natalie, agora estamos falando de negócios.

Natalie estampou um sorriso no rosto, tentando não deixar transparecer a mágoa por ter sido dispensada.

— Julian, quando tiver um tempo, me diga o nome do serviço de imagem de que você estava falando. Fiquei curiosa.

— Fique aqui e participe da conversa — convidou ele, olhando, confuso, de Natalie para Corinne. — Ainda nem comecei a explicar sobre os métodos de detecção de doenças.

— Melhor não. Sou jovem demais para morrer com tamanha animação. — Natalie riu, levantando as mãos e recuando. — Tudo bem. Vejo vocês lá em cima.

— Natalie — chamou Julian quando ela alcançou a escada.

Mas o sorriso de Natalie começava a minguar, então ela continuou andando como se não tivesse ouvido o irmão.

Tudo bem.

A noite de sexta-feira da próxima semana estava chegando. Ela daria a volta por cima.

Era evidente que, ali, jamais conseguiria fazer isso.

August apoiou uma foto de Sam na lápide, sentou-se e abriu uma cerveja gelada.

— Saúde, meu amigo.

Ele acordou ainda mais cedo do que o normal para ir até o Cemitério Nacional do Condado de San Joaquin, onde Sam fora enterrado. Ligar para os pais para contar sobre o casamento havia sido divertido. Divertido como um tratamento de canal. Seus ouvidos ainda zumbiam com o grito indignado da mãe. A família de August estava em um cruzeiro rumo ao Alasca, o que ele nem sabia que era possível, e obviamente não dariam conta de chegar a Santa Helena no dia seguinte. Ele só tinha conseguido preservar o que restava da audição porque prometera levar Natalie até o Kansas para conhecê-los quanto antes.

Talvez devesse abrir um buraco e se enterrar ali mesmo, porque não sabia quando ou *se* conseguiria fazer isso, mas pensar na possibilidade era agradável. Considerando que as duas eram duras na queda, Natalie e sua mãe provavelmente bateriam de frente em algum momento, e August mal podia *esperar* para ver isso.

Ele se apoiou no punho esquerdo, segurou a cerveja com a outra mão e tomou um gole, traçando o nome na lápide com os olhos.

— Vim aqui pedir uma coisa importante. Você me acompanha até o altar?

Sam o olhava da fotografia, sorridente. August tinha tirado aquela foto no final do primeiro dia do treinamento em que se conheceram. O amigo parecia cansado na imagem, mas alegre também, como se estivesse aliviado por ter conseguido passar pelas primeiras vinte e quatro horas.

— Calma aí, como assim só a noiva caminha até o altar? — disse ele, fingindo surpresa. — Que injusto. Então quer dizer que aprendi a desfilar à toa?

Ele ficou calado por um minuto, tentando imaginar o que Sam diria.

— Natalie? É... Pois é. — August suspirou. — Ela é areia demais para o meu caminhãozinho. Lembra que eu dizia que nenhuma mulher ia conseguir me levar no papo? Essa levaria. E sem fazer esforço algum.

O vento soprava no cemitério ensolarado e as folhas das árvores farfalhavam.

— Como é? Acha que eu estou caidinho? — August sorriu e tomou outro gole da cerveja. — Não me lembro de ter pedido a sua opinião.

Ele pigarreou e mudou de tom.

— Mas, falando sério, ando completamente perdido. Estou tentando abrir a porcaria da vinícola que você queria, mas sou péssimo nisso. E do nada tenho até uma gata. Não ria. — A cerveja tinha deixado um gosto azedo em sua boca. — Você era muito bom em coisas que eu não era. Ensinei você a pescar, você me lembrava quando era hora de comprar meias novas. Eu te avisei que aquele bigode te deixava com cara de assassino, você me convenceu a não me meter com bitcoin. E agora parece que falta alguma coisa. Só que...

August secou os olhos e mudou de posição.

— Eu não me sinto tão deslocado quando ela está por perto. Tem sempre tanta coisa acontecendo, é um malabarismo constante. É como se... — Ele parou para refletir por alguns segundos. — Sabe o que você sentiu quando eu tirei essa foto? A sensação de que a parte difícil já tinha passado? Eu sinto isso com Natalie. Ou, sei lá, que isso é possível com ela. Não sei dizer. Sinto que, se nos esforçarmos para superar os momentos difíceis, toda a tensão que a gente viveu para chegar ao outro lado... vai parecer um motivo de alegria mais do que qualquer outra coisa.

August prestava atenção no som do vento.

— Sim, e para completar ela é de parar o trânsito, seu salafrário. É a mais gata de todas. Não tente nenhuma gracinha.

August deitou a garrafa vazia de cerveja na grama e decidiu fazer a mesma coisa, acomodando-se com a bochecha no gramado.

— Eu sabia que você perguntaria sobre o vinho mais cedo ou mais tarde. Como eu disse, não está dando certo. A colheita é a parte mais fácil. Você colhe as uvas à noite, conserva tudo em uma temperatura baixa. Depois esmaga as uvas. Sim, deixei os talos e a casca durante a fermentação para ressaltar os taninos. Estamos falando de um Cabernet, eu não sou *tão* ruim assim, espertinho. Foi na parte dos barris que me atrapalhei no ano passado. Você sabia que as pessoas colocam clara de ovo, argila, enxofre e todo tipo de coisa para realçar o sabor da uva? Não existe uma receita correta, é tudo na base de tentativa e erro. Você é que era bom para essas coisas. Não sirvo para isso.

August se virou de costas e olhou para as nuvens. Ele suspirou quando pensou ter visto uma que tinha o formato da boca de Natalie.

— Se você estivesse aqui, sei o que estaria dizendo. "Peça ajuda, August." — Ele sentiu um nó repentino na garganta. — É estranho. Eu sei que deveria, mas não consigo. Eu é que tenho que fazer isso por você. Assim como eu é que deveria ter te protegido. Mas fracassei. Me desculpe.

Quando sua voz falhou, August soube que era hora de ir embora.

Ele pigarreou de novo e se sentou no chão, depois pegou a foto e a dobrou antes de devolvê-la ao bolso.

— Volto em breve para te pentelhar. — Ele deu um soquinho amigável na lápide. — Amo você, Sam. Torça por mim.

Capítulo treze

Aquela festa era o oposto do que Natalie tinha imaginado para o próprio casamento.

Ela havia planejado algo mais sofisticado para o casório com Morrison. Seria chique, black-tie, tocaria jazz e o lugar estaria cheio de lustres. A cerimônia seria no terraço, ao anoitecer, seguida de champanhe e confraternização com colegas. Porque, sim, ela usaria o casamento para fazer *networking*. E, de certa forma, estava fazendo o mesmo ali, casando-se em nome do retorno ao mundo financeiro. Ao mundo cruel, acelerado e detestável que era o mercado de investimentos.

Mas ela nunca, nem sequer uma vez, imaginou que se casaria em Santa Helena, no jardim onde uma vez acordou embaixo de um monociclo tombado ao som de Ludacris. Não era uma reclamação — a paisagem era incomparável. O Monte Santa Helena servia como pano de fundo ao longe, banhado pelo sol, e o vinhedo parecia estar no auge, com fileiras verdejantes entremeadas pelo belo marrom-escuro da terra e o brilho da luz da tarde.

Natalie caminhava pela tenda onde a celebração aconteceria à noite. Era menor do que havia imaginado, com base na descrição da mãe, graças aos céus.

Tinha conseguido convencer Corinne a fazer uma lista de convidados enxuta, e, pela primeira vez, isso não foi motivo de discussão. Apenas um homem da lista importava: Ingram Meyer. Pelo menos para Natalie e August. Para Corinne, o casamento era tanto uma questão de imagem quanto uma forma de ajudá-los. Não era?

Natalie avistou Hallie um pouco adiante, andando de um lado para outro de short jeans rasgado e um top azul-celeste. Ela prendia ramos coloridos e volumosos de rosas carmesim nas cadeiras do corredor onde a cerimônia começaria em cerca de uma hora. Natalie ainda nem tinha colocado o vestido.

O cabelo e a maquiagem estavam prontos, a própria Natalie havia se encarregado desses detalhes. Todo o resto também estava encaminhado; só precisava subir no altar e formalizar aquele casamento de mentirinha.

Só teria que aguentar aquele dia e ficar casada por um mês para legitimar a relação e não manchar o nome da família. Depois disso, daria no pé.

Natalie levou alguns segundos para perceber que estava procurando por August no pátio.

Faltava apenas uma hora para a cerimônia; ele já não devia estar lá?

Será que tinha mudado de ideia?

Tudo parecia bem quando se viram pela última vez, duas noites antes, no bar de machados. O que significava que ela o chamara de energúmeno incontáveis vezes e August fizera barulhos de beijo até ela bater a porta do Uber na cara dele. Tudo perfeitamente normal.

O engraçado foi que, ao considerar a possibilidade de August ter desistido, Natalie não pensou logo no dinheiro. Na verdade, ficou... preocupada? Pensando que talvez estivesse sendo difícil para ele realizar o casamento sem Sam?

Ela colocou a mão no bolso do roupão e tirou o celular, passando o polegar pela tela. Será que deveria ligar para August?

Perguntar se ele precisava conversar? Apenas uma semana antes, a ideia de manter uma conversa longa com o pior produtor de vinhos do mundo teria sido ridícula. Não que agora eles fossem melhores amigos, mas conversar com August não era tão ruim quanto antes. Era legal poder ser má e sarcástica à vontade, já que ele não deixava barato. Natalie não precisava fingir. Ela havia contado até mesmo sobre os problemas da família e se sentido mais leve depois.

Talvez aquele casamento de mentira não terminasse na Terceira Guerra Mundial.

Não seria fácil, é claro, mas existia uma chance de eles não se matarem.

Quando Natalie estava prestes a ligar para o noivo desaparecido, a caminhonete de August entrou no estacionamento, levantando uma nuvem de poeira. Todos no gramado pararam e se viraram quando ele saiu do veículo fazendo carinho na cabeça de um gato alaranjado que carregava aninhado junto ao peito.

Pimenta tinha vindo e usava um terninho para gatos.

Natalie se escondeu atrás da tenda para rir antes que August a visse, depois se controlou e foi até eles assim que ouviu o noivo cumprimentar Hallie.

Quando August a viu, deu um pulo para trás e segurou a gata na frente do rosto.

— Natalie, não! Eu não posso ver você antes do casamento!

Ela rogou aos céus pedindo paciência.

— Você não pode me ver de *vestido*, August.

Mesmo assim, ele não abaixou a gata.

— Esse não é o vestido?

— É um robe.

— Ahhhh. — Ele colocou Pimenta no peito outra vez. — Que seja. Você está linda.

Natalie balançou a cabeça. Era uma pena que vários funcionários do bufê e várias pessoas da cidade estivessem por perto, arrumando mesas, arranjos e taças de champanhe.

— Você também está muito bonito de terno.

O detector de mentiras determina que... aquilo era verdade.

August Cates estava muito atraente. Forte. Totalmente à vontade com o corpo enorme, os músculos acentuados à perfeição sob o paletó e a calça preta engomada. Natalie percebeu que ele havia se barbeado, mas ainda assim a barba já estava aparente na mandíbula delineada e sobre o lábio superior, fazendo com que a gravata-borboleta parecesse mais suave. Como se pudesse ser tirada a qualquer momento. Ele também tinha tentado domar o cabelo, mas o vento que entrara pela janela da caminhonete parecia ter desmanchado qualquer tentativa que tivesse sido feita. E, com toda a sinceridade, quem se importava com cabelo quando os ombros de August acomodariam facilmente uma família de quatro pessoas?

Ele se aproximou, acariciando as costas da gata.

— Gostou de me ver de terno, hein, princesa?

Natalie sorriu, torcendo para que o calor em suas bochechas não as estivesse deixando vermelhas.

— Que bom que você apareceu.

— Quer dizer que você estava preocupada? — provocou August.

— Com a possibilidade de você ter escorregado em uma poça de sua própria baba e batido a cabeça? Sim, eu estava.

August exibiu um sorriso cheio de dentes brancos.

— Você conseguiu um vestido de pele de dálmatas assim, tão em cima da hora?

— Estava pronto há séculos, na verdade. Só me faltava um bom noivo. — Ela abriu um sorriso — E com "bom", quero dizer vivo, com batimentos cardíacos.

— Uau, Natalie, você sabe mesmo como fazer um Adônis se sentir especial.

— É claro. Você não merece menos no dia do nosso casamento.

Depois de se certificar que os dois estavam em pé de igualdade dentro daquela bolha segura de briguinhas, Natalie se sentiu confortável para tirar um objeto do bolso do roupão e estendê-lo para August.

— Você comentou sobre presente de casamento e eu preparei uma coisa. É só uma *lembrancinha*, mesmo. Como você disse, foi em cima da hora e... — *Pare de falar abobrinha.* — Encontrei seu perfil no Facebook. Sei que você não posta nada há uns sete anos, mas vi uma foto de Sam e...

Ela parecia incapaz de parar de se mexer enquanto August virava a foto laminada na mão, lendo as palavras impressas no verso, depois a virava outra vez. Ele não disse nada, apenas olhou com as sobrancelhas franzidas para o pequeno cartão.

— É o hino da Marinha dos Estados Unidos — disse August em voz baixa, finalmente encarando-a.

— Sim. — Ela ajeitou uma mecha solta de cabelo e a prendeu de volta no coque. — Tive que procurar no Google, é claro. Não sei hinos de cor.

— Natalie...

— Sam não pode estar aqui hoje, mas você pode colocar isso no bolso e... Não sei. Talvez você sinta que ele está presente. Pelo menos um pouco. Como eu disse, é só uma lembrancinha...

Em um movimento ágil, August pressionou a boca com firmeza na dela e a interrompeu no meio da frase, prolongando o beijo por longos minutos nos quais nenhum dos dois parou para respirar.

— Não — disse ele, afastando a boca da de Natalie, mas permanecendo perto. Tão perto que inclinou a cabeça dela para trás e lhe deu outro beijo. — Não é só uma lembrancinha, princesa.

Ela não conseguiu pensar em uma resposta adequada para aquilo, e falar parecia impossível. Então, Natalie apenas assentiu, sentindo a pressão no peito aumentar quanto mais August a encarava.

— Seu presente está lá em casa — disse ele, guardando a foto no bolso com muito cuidado.

— Que ótimo. — Natalie teve que se lembrar de engolir, porque sua garganta estava completamente seca. — Mal posso esperar para abrir meu lubrificante de loja de conveniência. De que sabor você comprou?

— Frutas tropicais, é claro.

— Que pena que nunca vamos usar.

— É verdade. — August a olhou da cabeça até a altura do nó do roupão. — Você não vai mais precisar de ajuda com lubrificação, agora que pode olhar para mim.

— Que romântico. Se tivéssemos escrito nossos votos, você poderia adicionar essa parte.

— Quem disse que eu não escrevi os meus?

Natalie congelou, apreensiva. Ele estava brincando, né?

— Você escreveu?

August ergueu uma das patas de Pimenta como se a gatinha acenasse para Natalie e passou por ela em direção à casa.

— Não sei. Será que escrevi?

— August!

— Nos vemos no altar, Natalie.

O noivo de Natalie tinha acabado de sair do campo de visão dela quando o celular vibrou em seu bolso.

Ao ver o nome do pai na tela, o agradável frio na barriga que estava sentindo depois da conversa com August se evaporou. Não podia ser coincidência ele ligar bem no dia do casamento. Natalie se dirigiu até uma pequena tenda ligeiramente afastada que parecia ter sido armada para guardar casacos e atendeu.

— Oi, pai.

Ela escutou alguém falando em italiano do outro lado da linha, e, em seguida, a voz de Dalton se fez ouvir com nitidez.

— Natalie. — Ele deu um suspiro longo, em tom de resignação. — Cancele esse showzinho ridículo agora mesmo. O que as pessoas vão pensar se eu não estiver presente no casamento da minha própria filha?

Natalie ficou sem palavras.

— Quem contou para você que vou me casar? Minha mãe com certeza não foi.

— Tenho muitos amigos. A pergunta mais adequada seria: quem *não* me contou?

— Deixa eu ver se entendi: você está mais chateado com a chance de isso pegar mal para você do que com o fato de você ser tão distante da família que nem sequer foi *convidado* para o casamento da própria filha?

Dalton suspirou de novo, mas foi interrompido por alguém falando em italiano, dessa vez uma mulher, e parou para respondê-la. Antes que o pai retornasse à ligação, Natalie já sabia que não teria uma resposta satisfatória para a pergunta que havia acabado de fazer, mas não estava preparada para a proposta que ele lançaria.

— É realmente assim que você quer lidar com as coisas, Natalie? — Ele pausou do outro lado. — Tudo bem. Cancele o casamento e eu libero seu dinheiro.

— Você... — Natalie ficou sem reação. — Não entendo. Por que quer fazer isso agora? O que fez você mudar de ideia? — O chão de repente pareceu instável, e ela se sentou sobre um dos caixotes que havia na tenda. — É só por causa da sua reputação em Napa? Você nem *mora* mais aqui e ainda está preocupado com a possibilidade de as pessoas pensarem que sua filha está se casando por dinheiro?

— Se casando com um *zé-ninguém* por dinheiro — corrigiu o pai, cruel. — Um zero à esquerda que é motivo de piada por não saber diferenciar uma uva de uma azeitona. Um sujeito como esse se misturando ao *meu* legado.

— Na verdade, é o *meu* legado — retorquiu Natalie, entredentes. Ela foi tomada por uma raiva tão violenta que quase se desequilibrou sobre o caixote. — É a minha vida.

A melhor saída era se casar com August. Natalie se odiaria pelo resto da vida se cedesse e escolhesse a opção mais fácil depois de serem abandonados por Dalton sem qualquer pedido de desculpa ou sinal de arrependimento. No entanto, o ressentimento que guardava do pai não foi a única coisa que a impediu de aceitar o acordo. Natalie sentiu uma náusea inexplicável ao pensar em cancelar o casamento; seria possível que estivesse realmente feliz em subir ao altar por causa do homem que estaria lá, esperando por ela?

Ela não pretendia responder isso de forma definitiva. Nem para si mesma.

Sabia apenas que aquele sujeito que ela chamava de pai não iria insultar um homem que cancelara os próprios planos de sair da cidade para ficar e ajudá-la.

Isso era inadmissível.

— E sinto muito por decepcionar você, Dalton, mas meu casamento é de verdade. August Cates é uma pessoa incrível. Você sabia que ele se mudou para Santa Helena para abrir uma vinícola em homenagem a um amigo? Esse era o sonho do amigo de August, que morreu antes de conseguir realizá-lo. August está fazendo isso parar honrar a memória de um amigo querido, apesar de ser péssimo em produção de vinhos. Mas é claro que não espero que você compreenda um ato nobre e íntegro como esse. Você fazia vinho porque queria ser o melhor, ele faz para realizar o sonho de uma pessoa especial. August... August me ouve e tenta me entender mesmo quando eu mesma não consigo. Ele quer que eu acredite no amor. Ele disse isso. Com todas as letras.

Natalie se levantou e começou a andar de um lado para outro.

— Ele é confiável. E engraçado. Ele é uma das únicas pessoas no mundo que conseguem me fazer rir. Eu não preciso fingir. E ele é importante para mim.

Aquilo realmente estava acontecendo? Natalie ia mesmo se casar com August ainda que estivesse prestes a voltar de vez para Nova York? Sim. Parecia que sim.

— Não vou cancelar o casamento para que você libere o dinheiro — continuou. — Suas regras são completamente imbecis, mas, pelo visto, vou segui-las. Vou me casar com August.

— Minhas regras podem ser imbecis, mas você vai se arrepender de fazer isso. Se recusar minha proposta, vai ter que convencer Ingram Meyer de que você e esse seu noivo não são uma dupla de picaretas. E, pode acreditar, não vai ser fácil.

— Que bom. Não vejo a hora. *Arrivederci*, pai.

As palmas das mãos de August começaram a suar no instante em que ouviu as primeiras notas da marcha nupcial.

Beleza. Isso estava acontecendo mesmo.

Ele estava prestes a se casar. August nunca tinha imaginado como seria o próprio casamento, mas sempre pensou que seus pais estariam presentes na cerimônia. Sam também. Ele imaginava que haveria muito mais pessoas com uniformes da Marinha e menos pessoas com lencinhos de pescoço. Não conhecia muito bem ninguém ali. Julian estava à sua direita, encarando-o com um olhar sisudo de professor que fez August entrar em pânico. Será que ele havia se esquecido de fazer a lição de casa?

August estava prestes a se casar e precisava que alguém o tranquilizasse, precisava de alguém para chacoalhá-lo e lembrá-lo de que ele estava se casando com uma mulher deslumbrante. Porque ele estava.

Era disso que ele realmente precisava. Ver Natalie. Ela o conhecia de verdade. Os dois *se conheciam* de verdade. Ali, naquela tenda, ela era sua melhor amiga. Para o bem ou para o mal.

Vai dar certo. Não vai?

Claro que vai, respondeu a voz de Sam na mente de August. *Você é teimoso demais para não fazer dar certo.*

August colocou a mão no bolso e sentiu a foto do amigo. Seus batimentos cardíacos se acalmaram quando ele tocou o plástico rígido.

Nossa.

Minha... nossa.

August já estava nervoso, mas, quando Natalie apareceu, ele literalmente ficou sem ar. Ela já estava lindíssima apenas com o robe de cetim. Mas por que ele estava ficando emocionado com a porra de um vestido? Aquele pedaço de tecido não tinha significado algum para ele.

O vestido parecia caríssimo e era longo, fluido, um pouco transparente na parte de baixo e brilhante na parte de cima. Não tinha alças, apenas uma fileira de contas brilhantes que empurrava os seios de Natalie para cima.

Como ficar tranquilo vendo Natalie daquele jeito? A combinação do vestido com o cabelo e a maquiagem... ela era uma noiva perfeita.

E era a noiva *dele*.

Ela caminhava em direção a ele sobre um longo tapete de cetim, sozinha, sem nenhum homem a acompanhando. Será que estava confortável com a ideia de ir sozinha até o altar? August gostaria de ter conversado sobre isso com ela. Julian podia ter acompanhado Natalie, não? Ou talvez ela *quisesse* fazer isso por conta própria? O irmão de Natalie estava de frente para Hallie, que segurava um buquê de rosas e gipsófilas delicadas, parecido com o de Natalie, mas bem menor.

Sua futura esposa estava na metade do caminho até o altar e ficava mais bonita a cada passo. Até os sapatos dela eram brilhantes.

A música se intensificou e August sentiu um nó na garganta.

Como ele havia chegado até ali? *Como?* Não tinha a menor ideia, mas sabia com toda a certeza que não gostaria de estar em outro lugar nem por todo o dinheiro do mundo.

Principalmente quando os olhos de Natalie encontraram os dele e se demoraram, como se ela estivesse procurando apoio.

Ela estava nervosa. August, por sua vez, sentia o suor escorrer pelas costas, então sabia exatamente qual era a sensação. Os dois compartilharam um suspiro exagerado enquanto se entreolhavam e...

Pelo amor de Deus, ele estava chorando?

Sim. Seus olhos estavam marejados para valer, em um nível que não adiantaria piscar para afastar as lágrimas.

Natalie desacelerou o passo, parecendo atônita.

— Desculpe. — August riu, esfregando os olhos com a manga do terno. — Quem aí está cortando cebolas, hein?

Os estranhos que estavam na tenda riram — com exceção de Julian. August podia sentir o olhar do futuro cunhado fuzilando suas costas. Corinne estava sentada na primeira fila com Pimenta enrolada aos pés. Ela olhou de August para Natalie, e, por alguma razão, seus ombros pareceram relaxar. August teria dado um milhão de dólares para descobrir o que foi que ela viu, porque ele não tinha ideia do que estava acontecendo. Seu coração batia cada vez mais acelerado.

Natalie o havia presenteado com uma foto de Sam.

Ela imprimiu a foto, pesquisou o hino e mandou plastificar. Até receber o presente, August não sabia do quanto precisava daquilo. Ele apertou a fotografia outra vez, e isso o acalmou. Tinha alguém ali para protegê-lo. A pessoa em quem August mais confiara na vida... estava presente. Mesmo que não fisicamente, pelo menos no coração. E tudo isso graças à mulher diante dele.

A mulher que segurava o buquê com tanta força que parecia prestes a esmagá-lo.

Você precisa acalmá-la.

— Você está gostosa demais — disse August.

Natalie pareceu querer bater na cabeça dele com o buquê.

Mas ao menos suas mãos relaxaram.

Não tinha jeito. Ele estava rendido.

Capítulo catorze

Natalie observava, em pânico, enquanto August desdobrava algo que tirara do bolso. Era um papel pautado cheio de palavras rabiscadas, setas para lá e para cá e anotações nas margens.

Aquilo parecia ser um rascunho de jogadas feito por um técnico de futebol antes da partida.

O que diabos ele ia dizer?

E, mais importante, ela *realmente* havia recusado a oferta de ter acesso ao fundo fiduciário e continuar solteira? Com o dinheiro em mãos, poderia até ter reembolsado Corinne pelo serviço de bufê. Claro, a desistência de última hora não teria ajudado em nada o relacionamento com a mãe ou a reputação da família Vos, mas as duas coisas já não andavam bem das pernas para começo de conversa.

E, no entanto...

Se ela tivesse pegado o dinheiro e dado no pé, teria perdido a visão de August em frente a um altar — um altar montado de última hora, mas dava no mesmo — olhando para ela vestida de noiva com total e descarada admiração. Não era todo dia que uma mulher vivia um momento como aquele.

E, *meu Deus, como ele estava lindo.* A presença de August preenchia todo o espaço — ele era como um monólito robusto esperando-a no altar.

Tudo o que Natalie dissera ao pai era verdade. E agora?

Ela seguiria em frente e cumpriria o que os dois haviam combinado. Devia isso a August. Ele merecia.

Mas isso era tudo o que ela poderia oferecer e tudo o que ele deveria esperar.

Eles estavam mais ou menos na metade dos votos tradicionais quando August pigarreou e puxou o papel amassado, alisando-o sobre a coxa. Pelo canto do olho, Natalie notou que a mãe se remexia na cadeira, nervosa. Ela sabia que August era um homem imprevisível que nem sequer tentava esconder o desdém pela elite de Santa Helena, e todos os convidados do casamento se encaixavam nesse perfil, inclusive Ingram Meyer.

August pegou o microfone, e o cerimonialista se virou confuso para a organizadora do casamento, que deu de ombros. Então, pigarreou em cima do microfone, emitindo um chiado pela tenda, causando certo burburinho.

— Natalie Vos. Uau. Aqui estamos nós. Nos casando. — Ele virou o papel para Natalie de modo que ela pudesse ver que ele tinha escrito exatamente aquelas palavras antes de voltar a ler. — Prometo ficar do seu lado em todas as discussões, a menos que você esteja discutindo comigo, aí é cada um por si. Mas o que estou tentando dizer é que nós até podemos brigar... — Ele espiou os presentes com um olhar incisivo. — Mas se alguém tentar brigar com você, vai se ver comigo.

Ai... meu Deus. Por que os olhos de Natalie estavam ardendo?

Aquilo nem mesmo era real. Por que o discurso de August parecia... importante? Por que o dia inteiro parecia importante?

— Também prometo protegê-la de hoje em diante. De garras de gato a incêndios e pessoas bêbadas com machados. Você sempre vai estar segura comigo. É só me chamar. Onde quer que você esteja, eu estarei lá com você.

Tinha mais.

Metade de uma página inteira. Mas ele não conseguia continuar. Talvez porque os convidados estavam em silêncio, talvez por ter ficado envergonhado. Fosse qual fosse o motivo, August tossiu, dobrou o papel às pressas e enfiou os votos de volta no bolso.

— É isso. Podemos continuar agora — disse ele com um breve sorriso, entregando o microfone de volta.

Mas Natalie largou o buquê de flores, deu um passo à frente e o beijou na boca, bem ali, diante de todos, com as mãos sobre as lapelas do paletó de August.

— Está me beijando porque eu disse que você está gostosa, princesa? Porque eu estava falando sério, você está mesmo.

— Pelo amor de Deus, cala a boca.

— Sim, senhora.

Ela o beijou novamente, ignorando a curiosa ardência em seus olhos. O beijo começou a ficar mais intenso, até que August apertou a cintura dela e, de pálpebras semicerradas, os afastou com um assobio entre os dentes.

Eles terminaram de recitar as palavras que os tornaram oficialmente marido e mulher, mas, graças ao modo como August a olhava, Natalie gaguejou em cada frase.

Mais uma coisa que August não sabia sobre casamentos: pelo visto, os noivos não passavam muito tempo juntos depois da cerimônia.

Não sozinhos, pelo menos.

Todas as outras pessoas estavam roubando o tempo de Natalie, e ele nem fingia não estar com ciúmes. Sempre que a conseguia para si, alguém aparecia para puxar papo. Homens, mulheres, crianças. Até a gata ficou no colo dela por um tempo, de barriga para cima, como uma rainha preguiçosa.

E era *óbvio* que todos iam querer falar com a esposa dele. Ela parecia um anjo perfeito.

Dali a sessenta anos, quando August pensasse no dia do casamento, ele se lembraria disto: de andar para cima e para baixo atrás de Natalie, tentando ficar sozinho com ela na tenda à luz de velas. Para que ele pudesse... o quê?

August nem sequer sabia se o casamento significava algo para Natalie, não da mesma forma que significava para ele. Se os motivos dela iam além do fundo fiduciário, não estava claro. Mas August queria saber o que ele significava para aquela mulher toda vez que olhava para ela. A partir daquele dia, faria tudo o que estivesse ao seu alcance para descobrir.

Do jeitinho dele, é claro.

— É um prazer vê-lo novamente, sr. Cates. Em circunstâncias melhores, é claro — disse alguém à sua direita.

August se virou e deu de cara com Ingram Meyer em carne e osso, segurando um prato de bolo. Quem usava chapéu de palha em um casamento? Ele estava tentando lançar moda ou algo assim?

August apertou a mão livre do homem.

— Sim, acho que da última vez que nos encontramos você me disse para ir pela sombra quando saí do banco.

— Você também não foi muito educado, se bem me lembro, mas isso são águas passadas.

Ingram o olhava com atenção demais para o gosto de August, mas ele não disse nada. Era importante para Natalie que eles causassem uma boa impressão naquele cara. Ingram tinha o controle do fundo fiduciário de Natalie. August não queria arruinar as chances dela.

— Está gostando da festa?

— Estou. Corinne sempre se supera. — O homem fez uma pausa. — Mas geralmente não em um prazo tão curto.

Um arrepio subiu pela nuca de August.

— Natalie e eu ficamos muito felizes com o que Corinne fez aqui.

— Imagino. — Ingram inclinou a cabeça para a esquerda. — E como foi que você e Natalie Vos se conheceram?

— Natalie Cates — corrigiu August, forçando um sorriso amarelo. — A gente se conheceu no Filosuvinhas. — Ela estava linda naquela noite. E todas as noites desde então. Naquela época, porém, não havia um pingo de ódio entre os dois, apenas a empolgação do flerte. — Natalie estava lá para representar a vinícola...

— E tinha bebido vinho demais, como todos fazemos nesses eventos — completou Julian, aproximando-se de surpresa à esquerda de August, dando-lhe um aceno breve com a cabeça. — Um blogueiro de vinhos estava tentando tirar uma foto da Nat bêbada, mas August entrou na frente da foto.

Eu fiz isso?

Parecia que sim. A noite inteira era um borrão. Ele não se lembrava de nada além dela.

A maneira como Natalie sorria. Seu perfume floral.

Como ele ficou balançado quando a viu pela primeira vez e nunca mais se recuperou.

— Naquele momento, eu soube que ele sempre estaria por perto — concluiu Julian, levantando a taça e compartilhando um sorriso fugaz com August. — E eu estava certo.

Ingram observava os dois com atenção.

— Que história bonita.

Com toda a calma do mundo, o homem deu uma mordida no bolo, mastigando-o enquanto olhava para a multidão.

— Corinne me convidou para jantar com vocês na segunda-feira à noite. Estou ansioso para saber mais sobre como essa união surgiu. — Ele puxou a aba do chapéu de palha, despedindo-se de Julian e August. — Aproveitem a noite.

— Você também — respondeu August com um sorriso forçado.

— Que velho sacana — murmurou Julian.

— Pois é. Alguém precisa encontrar uma princesa para beijá-lo e transformá-lo em sapo de novo — concordou August, esfregando a nuca. — Obrigado pela ajuda, cara. Eu não me lembrava de todo aquele lance com o blogueiro.

— Mas eu sim. — Julian girava o vinho na taça. — Também me lembro de quando Natalie jogou vinho na sua cara e você só ficou bravo consigo mesmo por ter começado a discussão para começo de conversa.

— Isso é bem a minha cara.

Julian balançou a cabeça e soltou um suspiro.

— Você está apaixonado por ela.

Um nó se formou na garganta de August no mesmo instante. A música pareceu entupir seus ouvidos.

Será que *estava mesmo* apaixonado por Natalie? August não sabia ao certo. Se a chave para a felicidade dela estivesse no fundo do oceano, ele arranjaria nadadeiras e óculos de proteção para ir buscar. Se ela ficasse doente, ele construiria um hospital com as próprias mãos ao menor sinal de espirro. Se ela pedisse para ele se vestir de Burro do Shrek no Halloween para que ela pudesse se vestir de Dragão, ele já teria aceitado antes de ela terminar a frase. Tudo isso era amor?

Para August? Sim.

Ele a amava. Com todas as forças.

Mesmo desconfortável, Julian passou o braço brevemente sobre os ombros de August.

— Eu confio em você. — Julian voltou a se afastar. — E sei que Natalie não teria feito isso a menos que enxergasse alguma coisa nisso tudo.

— Obrigado, Julian — balbuciou August, sentindo a língua mais pesada do que chumbo.

— E se você a magoar, eu quebro seu nariz.

— Eu entendi a ameaça nas duas primeiras vezes.

Quando Julian voltou para perto da namorada, August pegou um prato de comida pela metade em uma das mesas e o atacou com um garfo minúsculo. Robalo gelado não era o negócio mais apetitoso do mundo, mas ele já tinha comido coisa muito pior.

Como ele conseguiria chamar a atenção de Natalie? O que ele...

A cabine do DJ soltou uma preguiçosa nuvem de fumaça sobre a pista de dança.

August sorriu enquanto mastigava, finalmente pensando em um plano.

Poucos minutos depois, os primeiros acordes de "Brick House" começaram a tocar. Natalie teve um espasmo nos ombros e se virou na mesma hora, fuzilando August com os olhos. Ele deu apenas uma piscadinha.

Quando a letra da música começou, August entrou na pista de dança e apontou para a nova esposa, como se a estivesse convidando e desafiando ao mesmo tempo. Em um primeiro momento, teve certeza de que ela arremessaria na cabeça dele o objeto mais pesado que tivesse por perto, mas, para sua surpresa e felicidade, ela se juntou a ele no centro da pista, arrancando aplausos dos convidados já embriagados.

— Tá de brincadeira? — questionou Natalie por cima da música.

August desabotoou o paletó com um floreio e o deixou cair na pista de dança, arregaçando as mangas em seguida. Então, começou a dançar, embora até mesmo ele admitisse que "dançar" era uma palavra forte para se referir à série de giros e movimentos exagerados que estava fazendo. August tinha criado a coreografia anos antes, como uma forma de animar sua equipe quando ficavam longe das famílias por muito tempo. A dança era muito ridícula, mas a cara *dele*, o que não se podia dizer sobre aquela festa.

Exceto por Natalie.

Aquela mulher, sim, era a cara dele. Por isso August estava ali.

— Não vou dançar isso — gritou ela, tentando se fazer ouvir em meio ao som alto.

— Fala sério! A letra foi *escrita* para você — respondeu ele, aproximando-se.

— Eu nem era nascida quando a letra foi escrita.

— O The Commodores deve ter previsto a sua chegada. — Ele segurou o punho de Natalie e a girou, vislumbrando o início de um sorriso. — Já eu... eu não consegui prever a sua chegada — disse August contra o pescoço de Natalie.

Ela olhou nos olhos de August, franzindo a testa como se estivesse tentando decifrar se ele a estava provocando ou não.

— Só vou dançar com você agora porque minha mãe escolheu a música de *Dirty Dancing* para nossa primeira dança. Não sei com o que ela estava na cabeça. Todo mundo espera um salto no fim dessa música, ou um *flash mob*. Ela claramente não pensou direito.

— Que bom, assim eu saio ganhando. Que música *você* escolheu? Calma, vou adivinhar. — August coçou o queixo como se não tivesse passado horas pensado sobre isso. — Já sei. "You're So Vain".

Natalie ficou de queixo caído.

— Sabia. Vamos lá.

August começou a executar passos de dança relativamente complexos, não porque era bom naquilo, mas porque Natalie estava quase cedendo e começando a mexer os ombros no ritmo da música. Quando se permitia entrar na onda de August, ela se divertia como se não houvesse nenhuma outra preocupação no mundo.

— Mas, só para constar, eu te seguraria se você saltasse no fim da música de *Dirty Dancing*.

Natalie balançou a cabeça.

— Tem uns vinte quilos de pedrinhas de cristal neste vestido. Você desmaiaria com o peso.

— Eu sou conhecido por levar pancadas na cabeça sem desmaiar.

— Vamos testar essa teoria?

— Não, mas a gente pode testar o salto quando chegarmos em casa.

Eles estavam conversando no meio da pista de dança, e August tinha certeza de que Natalie não fazia ideia de que estava dançando. Como se ele já não achasse aquela mulher atraente além da compreensão humana, ela também ficava linda se mexendo daquele jeito. Sem esforço, relaxada e sexy. No ritmo. Como isso era justo?

— Você está propondo que, depois de beber litros de champanhe, a gente volte para casa para tentar fazer o salto de *Dirty Dancing*?

Ele piscou para ela.

— Isso aí, princesa.

Natalie riu.

— Espero que você esteja pronto para passar a lua de mel no pronto-socorro.

— De repente a gente consegue um tempinho a sós na enfermaria.

— Tá bom. Vai sonhando, Cates.

— Vou sonhando com *você*, Cates.

Natalie teve um sobressalto.

— Meu Deus. Agora sou Natalie Cates.

August sentiu a gravata-borboleta muito apertada de uma hora para outra.

— Até que soa bem.

A música chegou ao refrão, e os dois estavam cada vez mais imersos nos passos dos anos 1960. *Droga!* Enquanto dançavam, August se apaixonava cada vez mais por ela. Seus amigos da Marinha a adorariam. Eles beijariam o chão que ela pisava por colocá-lo na linha e, ao mesmo tempo, fazê-lo se sentir mais ele mesmo.

— Vamos fazer o salto.

— De jeito nenhum.

— Está com medo?
— Sim, de cair e ter traumatismo craniano.

August abriu um sorriso convencido.

— Acha mesmo que eu derrubaria você, minha amada *esposa*?

Dessa vez, os olhos de Natalie brilharam quando ela riu, fazendo August se derreter. Mas ele se perguntou se ela riria se soubesse que ele estava falando muito sério. Natalie continuou dançando por mais alguns segundos, depois revirou os olhos.

— Tudo bem, vamos tentar. Mas se eu me machucar, você vai cuidar de mim dia e noite até eu me recuperar.

— Eu faria isso mesmo que você não estivesse machucada.

Se a música não estivesse tão alta, August teria certeza de ter ouvido Natalie engolir em seco.

— Faria o quê? Cuidaria de mim dia e noite?

— Sim. Pelo menos até eu te irritar e você me proibir de entrar no quarto. Mas, vamos ser sinceros, mesmo que eu me comporte bem, as chances de isso acontecer são grandes.

Natalie, mordeu o lábio para reprimir um sorriso. Os dois estavam tão perto que August podia notar o espaço entre os dentes dela e uma gotinha de suor escorrendo pelo seu pescoço, prova irrefutável de uma boa sessão de dança. Ele segurou a cintura de Natalie, e os dois balançavam no mesmo ritmo. Para completo desespero de August, as pálpebras de Natalie ficaram pesadas quando eles se tocaram, e sua respiração se tornou irregular.

— Se o salto não der certo, viro seu mordomo. Mas se der...

Ele a segurou na altura do quadril, puxando-a para mais perto pela saia do vestido de noiva.

— O quê? — sussurrou Natalie.

— O prêmio será uma noite de núpcias de verdade.

Natalie soltou uma risada incrédula.

— Para *você*, com certeza é um prêmio.

August aproximou a boca do ouvido dela e se deixou inebriar pelo seu perfume.

— É verdade. Não vejo a hora de chupar você, princesa.

Natalie respirou fundo contra o pescoço dele, fazendo-o suar ainda mais.

— É esse o prêmio que você quer? — perguntou Natalie, com a voz fraca.

— Uhum.

August deslizou as mãos até a parte inferior das costas dela e a apertou contra o corpo dele, fazendo-a sentir os batimentos de seu coração.

— Mas, para ser justo, vai ser um prêmio para nós dois. Primeiro, eu finalmente, *finalmente*, vou poder sentir seu gosto, Natalie. — Os dois estremeceram. — Segundo, toda vez que você olhar para mim, vai lembrar que eu sei direitinho onde fica seu clitóris e sei muito bem o que fazer com ele.

A música terminou.

Natalie deu um passo para trás, ruborizando, e levou um susto quando as pessoas começaram a aplaudir. August, por sua vez, ficou muito feliz com o fato de que, ao se assustar, Natalie instintivamente o procurou, segurando a sua camisa em uma reação automática. Antes que ela pudesse se recuperar e se afastar de novo, August passou o braço ao redor de sua cintura e a puxou para mais perto, inclinando-se e beijando seu cabelo enquanto o fotógrafo do casamento tirava fotos.

Já era, dizia o coração de August. *Vocês estão nessa juntos.*

Os aplausos e assobios cessaram e Natalie se afastou, deixando a pista de dança com um olhar cauteloso na direção de August. Correção: *ele* estava nessa.

Para tirar seu coração da forca, ele ainda precisava convencê-la a embarcar nessa também.

Começando com o salto de *Dirty Dancing*. *Jesus.*

Ao sair da pista, ele tirou o celular do bolso e imediatamente abriu o Google.

Capítulo quinze

A viagem de limusine de volta para a casa de August foi curta, mas intensa.

Na verdade, naquele dia, *tudo* o que envolvia aquele homem poderia ser classificado como intenso.

Não dava nem para culpar o champanhe — ela havia passado tanto tempo falando com os convidados que não tinha conseguido beber nem duas taças. Depois que eles saíram e todos jogaram arroz sobre o casal, August a puxou para o colo dele no banco de trás da limusine para tirar os pequenos grãos do cabelo de Natalie e roçou os dedos em sua nuca sem parar. Para manter o controle, ela se arrastou para o lado dele no banco, fingindo estar contrariada.

Mas o estrago já estava feito.

Natalie estava excitada.

E não era uma simples atração, era uma chuva de meteoros de hormônios como ela nunca tinha sentido na vida. Nem por seu ex-noivo, nem por ninguém.

Ela precisava acabar com aquilo logo.

O casamento tinha acontecido por uma razão: dinheiro. Aquilo acabaria mais cedo ou mais tarde e, com sorte, os dois se despediriam em uma situação melhor do que quando começaram.

Eles não estavam em uma relação de longo prazo, e adicionar as complicações do sexo era uma ideia muito, muito ruim.

E seria pior ainda se o sexo acabasse sendo bom.

O que Natalie faria, nesse caso?

Não finja que não sabe que seria bom.

O fato de August ter mencionado o clitóris dela era um presságio extremamente positivo. Não era uma palavra que normalmente estava na boca de um homem — antes ou durante o ato —, a menos que ele valorizasse o prazer da mulher tanto quanto o próprio. Natalie nunca imaginou que o soldado-geladeira que tinha conseguido se sujar com a cobertura do bolo, embora tivesse comido de garfo, pudesse ser esse tipo de cara.

Por outro lado, talvez fosse um sinal de que ele era *mesmo* excelente em... dar prazer?

— Você está pensando em como vai ser quando eu te chupar, não está? — perguntou August, do outro lado da limusine, a gata dormindo profundamente entre seus pés, ronronando alto o bastante para abafar o barulho do motor do veículo. — Como você acha que vai ser? Estou pensando nisso há mais de um mês.

A limusine parou em frente à casa dele e o motorista desceu, seus passos no cascalho fazendo barulho no silêncio repentino.

— Acho que devemos adiar isso até que ambos estejamos totalmente sóbrios.

Uma sobrancelha se ergueu.

— Você tomou uma, talvez duas taças de champanhe, Natalie.

Será que ele realmente tinha prestado tanta atenção assim?

— Se isso é verdade, por que estou considerando aceitar reproduzir uma dança perigosa que tem sexo oral como prêmio?

August sorriu.

— Talvez você esteja embriagada com o meu carisma.

— Não. — O coração idiota de Natalie não desacelerava por nada. *Desacelera!* — Com certeza não é isso.

A porta da limusine se abriu e August saiu, com a gata em um braço, estendendo a outra mão para ajudar Natalie a descer. Ele a soltou por um instante, deu uma gorjeta de vinte dólares ao motorista e depois segurou novamente a mão de Natalie para levá-la até a porta de casa.

— Você disse que tinha um presente de casamento esperando por mim — comentou ela, desconfiada. — Tem um balde de água precariamente equilibrado em cima da porta, prestes a cair na minha cabeça?

— Nem eu sou burro o suficiente para estragar a maquiagem de uma mulher no dia do casamento dela — respondeu ele, bem-humorado. — A propósito, se você consegue falar a palavra "precariamente", com certeza está sóbria.

August colocou Pimenta no chão, fez carinho atrás das orelhas e destrancou a porta, abrindo-a com um empurrão. Natalie se distraiu observando a gata desaparecer na escuridão e não percebeu a intenção de August até ser tarde demais.

Ela estava nos braços dele, sendo carregada porta adentro.

— Isso é muito desnecessário.

— É tradição na cultura Adônis.

Ela bufou e tentou não rir.

— Natalie... — Ele parou no meio da cozinha, ainda a segurando sem nenhum sinal de esforço, o que fez com que as chances de Natalie sair vitoriosa da aposta parecessem mínimas. — Pensei no seu presente antes de você me dar o meu. A foto de Sam. Eu fui um pouco lento e não percebi que nós estávamos nos aproximando.

— Não estamos...

— Estamos, sim. — O tom de August era definitivo. — Estamos.

Um silêncio carregado tomou conta do ar ao redor deles.

— Certo.

— E eu meio que só tenho um pedaço de papel para te dar.

— Hã?

August por fim a colocou no chão, parecendo frustrado.

— Sou péssimo com presentes. Juro. Quando eu tinha sete anos, dei uma panqueca para minha mãe no Dia das Mães. Só que eu me planejei com muita antecedência, então deixei a panqueca embrulhada no meu armário por três semanas. E hoje em dia não sou muito melhor do que isso.

Ele fez um gesto para o quarto dela. A porta estava aberta, e ela viu uma moldura apoiada na mesinha de cabeceira.

— Eu emoldurei um canhoto de ingresso do Filosuvinhas. Sabe, o evento em que nos conhecemos? — August balançou a cabeça. — Mas acho que você provavelmente prefere esquecer aquela noite.

Natalie sentiu a boca seca.

— Não. Aquela noite foi boa — murmurou ela, lembrando-se da primeira vez que o viu com o avental que dizia BEIJE O VINICULTOR. Ele tinha uma risada estrondosa e era pelo menos dois palmos mais alto do que todos os presentes. — Mas você era expositor, não precisava de ingresso. Onde conseguiu esse?

Ele deu de ombros.

— Talvez eu tenha pedido a ajuda de algumas pessoas. — Ele tossiu. — Tipo, algumas dezenas delas.

Caramba.

— Vamos fazer o salto — interrompeu Natalie, surpreendendo os dois.

— Uau. — A voz dele passou de surpresa para rouca. — Você muda de assunto muito rápido.

E como mudava. Minutos antes, ela estava decidida a redefinir os limites entre os dois. Agora, estava jogando o bom senso no lixo por causa de um ingresso emoldurado.

Talvez essa atração irritante por August tivesse simplesmente chegado a um nível febril. Acrescente o fato indiscutível de que um casamento em Napa poderia comover até um cadáver, quanto mais uma mulher de sangue quente, e sua imunidade a ele era quase nula. Por qualquer que fosse o motivo, Natalie queria uma desculpa para August tocá-la, e aquela era a oportunidade perfeita, mesmo que ela acabasse em uma maca na parte de trás de uma ambulância.

Mas isso não vai acontecer.
Você sabe que não vai.

August não a deixaria cair. Jamais. Fim da história. Era por isso que ela queria tentar o salto? Por gostar de como ele a fazia se sentir fisicamente segura? Talvez. Provavelmente. Era revigorante ter essa confiança em outra pessoa. Uma raridade. Então, Natalie recuou até o outro lado da cozinha para ter espaço suficiente para correr, tomou impulso e foi.

Ela correu na direção dele com um vestido de noiva e usando salto alto.

O homem nem sequer piscou.

Ele simplesmente a pegou pela cintura e a levantou sobre a cabeça, girando-a em um círculo lento e lhe dando um sorriso torto.

— Não fale nada — sussurrou ela. — Não estrague o momento.

— Ninguém deixa Natalie de lado — disse August com uma risada contagiante que colidiu com o gemido dela. — Já parei, já parei.

— Tarde demais, já me arrependi.

— Não se arrependeu, não.

— Não... — suspirou Natalie quando August a colocou no chão, sentindo o coração acelerado. — Não mesmo.

A boca dele estava perto. Muito perto. August acariciava a maçã do rosto dela com a ponta dos dedos, os lábios dos dois gravitaram em direção ao do outro até que eles estivessem respirando o mesmo ar.

— Ganhei — sussurrou ele, tocando a boca de Natalie com a língua. — Prometo que vai ser como se nós dois tivéssemos vencido. Tudo bem?

Ela estava assentindo?

Natalie deixou que ele a pegasse pela mão e a conduzisse pelo corredor, passando pelo banheiro até o quarto dele. August a puxou para dentro, chutando a porta para fechá-la com uma batida. E então eles estavam se beijando. Mas será que "beijando" era a palavra mais adequada para descrever a forma como os dois se devoravam? Uma confusão de mãos procurando, agarrando e explorando enquanto a língua dele penetrava fundo na boca de Natalie, fazendo-a delirar.

August a colocou na cama e a deitou com a cabeça em um travesseiro. Seu corpo pesado a segurou sobre o colchão como se Natalie pertencesse para sempre à cama dele. E, naquele momento, pertencia.

Ele não perdeu tempo e encontrou a boca dela outra vez. Seu nariz se chocou com o de Natalie enquanto as mãos dele puxavam cada vez mais a bainha do vestido de noiva, avançando pelas panturrilhas, pelos joelhos. *Meu Deus.* Quando a saia pesada raspou nas coxas dela, August ergueu os quadris para tirar o tecido de baixo dela, encaixando a pélvis entre as pernas de Natalie. *Pressionando.* Ambos xingaram, e a respiração de Natalie escapou em um tremor.

— Eu quero transar — ofegou ela, torcendo os punhos nas laterais da calça do smoking dele, puxando-o com força. Quase que para dentro dela. Saboreando a rigidez do corpo de August. — Eu nunca deixo de tomar a pílula um dia sequer e quero transar.

O rosto dele se enterrou no pescoço dela com um rosnado abafado.

— Natalie, eu quero tanto foder você que não sei como aguentei até agora. — Ele mexeu os quadris, e a fricção fez a visão de Natalie escurecer. — Mas, mesmo que fosse a melhor foda da sua vida, você ainda se odiaria depois. Até que eu tenha certeza de que você vai acordar ao meu lado sem arrependimentos, você só terá a minha língua.

Aquele era um bom argumento.

Se ela quebrasse a regra de não fazer sexo na primeira noite, na primeira hora, não conseguiria deixar de pensar que havia tomado uma decisão precipitada. Ou diria a si mesma que tinha sido a primeira e única vez e que isso não poderia acontecer mais. August não queria que ela se arrependesse.

E era impressão de Natalie ou August já estava falando como se fosse haver uma próxima vez?

Uma mistura de pânico e alívio a deixou ofegante.

Lógico que ele estava falando de vezes futuras.

Que homem *não* gostaria de ter esse tipo de benefício, em qualquer relacionamento que fosse?

Os pensamentos dela evaporaram quando ele agarrou o sexo dela com vontade, passando o dedo médio pela calcinha, bem no meio. Separando-a, deixando-a molhada.

— Eu sei que você adoraria ser penetrada, mas prometo que o que vou fazer hoje será um grande prêmio de consolação.

Aquilo não era novidade para ela. Alguns homens já tinham dado o melhor de si lá embaixo. Técnicas mirabolantes, brinquedos e, uma vez, até lubrificante comestível entrou para jogo, mas sem sucesso. Apenas lençóis grudentos e o cheiro artificial de banana pairando no ar de seu quarto por uma semana. Mas ela se lembrou da maneira como August a havia tocado no chuveiro e de como havia se sentido, então se preparou, agarrando os lençóis. Estaria pronta desta vez.

— Nossa... *nosssssa...* — exclamou, trêmula, quando August a beijou e a acariciou.

Ele puxou a calcinha dela até os tornozelos, jogou-a no chão sem cerimônia e depois enterrou o rosto entre as coxas de Natalie como se estivesse competindo em um concurso de comer tortas. O gemido de August era meio de alívio, meio de tesão. Natalie sentia a barba por fazer dele contra a pele macia do interior de suas coxas, o hálito quente. Rápido. Antes do que ela havia imaginado.

— Juro, Natalie, não tem um momento do meu dia em que eu não esteja pensando na sua boceta. Eu já te chupei tantas vezes nos meus sonhos que o August imaginário está com a mandíbula travada. Agora finalmente estou vendo você de verdade. E minha imaginação não fez jus nem nos meus melhores sonhos. — Ele passou a língua ali pelo meio e recuou um pouco, lambendo os próprios lábios e balançando a cabeça. — É mil vezes melhor do que eu imaginei.

Ele abriu os botões da camisa com agilidade e a jogou no chão, tirando a camiseta branca apertada pela cabeça. A flexão rígida dos músculos dele fez com que Natalie agarrasse os lençóis com mais força e cravasse os saltos do sapato no colchão.

— Nossa — disse Natalie, atordoada. — Esqueci de tirar os sapatos.

August afastou as coxas dela e se posicionou bem em frente, apoiando um dos joelhos na cama, empurrando-a para frente.

A boca aberta dele encontrou a carne de Natalie e ele a chupou *inteira*, gemendo antes de mergulhar a língua nela, percorrendo-a da entrada ao clitóris, onde a atenção demorada dele a fez revirar os olhos. A língua de August acariciou o clitóris dela como se fosse a coisa mais saborosa que já havia provado. Sem pressa, com toda a habilidade do mundo. Droga. *Droga.*

No espaço de um minuto, a reação de Natalie passou de um otimismo cauteloso para total e completa entrega. Ela estava em uma montanha-russa, subindo na vertical até o ponto mais alto dos trilhos, preparando-se para o mergulho. Sentiu o estômago leve e uma vibração delicada começou bem lá no fundo, em um lugar onde ela nunca tinha sentido. Não seria como um de seus orgasmos solo, não é? Estava crescendo, crescendo, e ela se sentia prestes a ser engolida. *Céus.*

— August, por favor — choramingou, soltando os lençóis para segurar o cabelo dele e manter sua cabeça onde estava, embora ele claramente não tivesse intenção de sair dali. — Assim. Continue assim. Bem aí. Isso.

Ele assentiu, apertando a coxa dela. Por que aquela confirmação íntima era tão sexy?

Bem aí.

Não acredito que estou tão molhada.

August dava tudo de si, usando a lubrificação dela a seu favor. Ele a penetrou com dois dedos enormes enquanto passava a língua em seu clitóris. *Meu Deus.* O que ele estava fazendo com ela?

— Por favor, amor — choramingou Natalie, sem ter ideia de quem estava chamando de amor.

Ainda assim, ela repetiu isso na respiração seguinte, afinal, do que mais ela chamaria um homem que a fazia se sentir daquele jeito? Seu corpo inteiro estava quente como a superfície do sol. Os joelhos tremiam. A garganta estava tensa, como se ela tivesse acabado de sair de um show do Harry Styles. Será que ela estava gritando? Ela estava gritando naquele momento?

— Mais forte, amor. Por favor. Por favor.

O que ela estava pedindo?

Natalie não fazia ideia.

Mas August obedeceu, retirando quase completamente os dedos, depois enfiando-os bem fundo e mantendo-os ali enquanto a chupava com mais intensidade. Pontos de luz apareceram diante dos olhos de Natalie, formando constelações inteiras no teto, e ela inclinou a cabeça para trás, deixando que o prazer a invadisse. Hedonismo absoluto. Não havia outra forma de descrever aquilo.

Com mechas do cabelo de August entre os dedos, ela rebolava contra a boca dele. August manteve a língua firme, adaptando-se rapidamente, confiando que Natalie sabia o que queria naquele momento de euforia, também conhecido como o melhor clímax de sua vida. Ela estava tremendo e gemendo baixinho quando finalmente saiu daquela onda.

August beijou a parte interna das coxas de Natalie, parecendo já estar pensando no segundo round. Seus músculos dos ombros estavam contraídos, como se ele apenas esperasse o sinal verde.

— Nem pensar — murmurou ela, levando uma das mãos à testa, tentando acalmar a respiração.

De jeito nenhum poderia deixar que ele fizesse aquilo outra vez. Quem sabe o que a Natalie embriagada de tesão seria capaz de fazer? Primeiro round: chamá-lo de amor. Segundo round: pedir para ter um filho dele.

— Por mim tanto faz se for menino ou menina, contanto que venha com saúde — disse August, rindo.

Certo. Que ótimo. Ela estava pensando alto.

Como era possível que aquele homem tivesse embaralhado o cérebro dela daquela forma?

August beijava as coxas de Natalie com um sorriso.

— Você é muito convencido, né? — disse ela, ainda sem fôlego, o que tirou a seriedade daquela reprimenda, já que seu tom saiu mais bajulador do que crítico.

Ela não podia deixar a noite terminar daquela forma.

August estaria em vantagem e isso seria insuportável. Natalie tinha ficado completamente fora de si, e ele não perderia nenhuma chance de lembrá-la como ela havia entrado em erupção como o Vesúvio, o chamado de amor *e* ficado totalmente sem forças. Minutos haviam se passado e as pernas de Natalie ainda estavam moles, apoiadas nos ombros de August. Como aquilo foi acontecer?

Só havia uma maneira de equilibrar a balança.

— Você acha que não consigo fazer você me chamar de amor?

Ele interrompeu as carícias na parte interna do joelho dela.

— Natalie...

O corpo cansado de Natalie de repente ganhou vida. Ela tirou as pernas dos ombros de August, se ajoelhou e virou de costas para ele.

— Pode abrir o zíper do vestido?

— Eu... eu não... — A voz de August era mais grave que a de um barítono. — Talvez não seja uma boa ideia.

— Eu precisei de ajuda para entrar neste vestido. — Ela piscou para ele inocentemente. — Agora preciso de ajuda para tirá-lo. Simples assim. Além do mais, é tradição.

August arqueou a sobrancelha ao ouvir a última palavra.
— Sério?
Ela assentiu com seriedade, virando-se de costas de novo.
As mãos quentes de August tocaram os ombros de Natalie. Ele hesitou, com os dedos sobre o zíper.
— O que exatamente você está usando por baixo do vestido?
— Nada excitante.
O ceticismo de August era evidente.
— Eu sei quando você está mentindo.
Natalie zombou.
— Sabe nada.
— São os únicos momentos em que você parece estar relaxada.
Ela franziu a testa. Será que era verdade?
— Vou perguntar outra vez: o que tem por baixo desse vestido, princesa? Preciso estar preparado.
— Meu sutiã sem alças e minha calcinha. Pelo amor de Deus! Você está agindo como se estivesse com medo de encontrar um atirador de elite.
— Que seria tão perigoso quanto um sutiã sem alças, até onde eu sei.
— Abra logo o zíper do vestido, seu mala sem alça. Senão eu vou dormir com ele. — Ela olhou para ele por cima do ombro e decidiu apelar. Forçou um sussurro, tentando parecer o mais indefesa possível: — Por favor, August. Preciso muito da sua ajuda...
Os lábios dele se separaram em um longo suspiro, os olhos escureceram.
— Venha aqui — cedeu, puxando-a para trás em seu colo e abrindo o zíper devagar. — Deixa comigo.
Na mosca.
Assim que August abriu o zíper, Natalie empurrou o vestido para baixo, levantando os quadris para se livrar do tecido pesado. Com o pé, ela empurrou o vestido para fora da cama,

deixando-o cair no chão como uma pilha de marfim. Depois, soltou o corpo no colo de August, provocando um grunhido da parte dele.

— Não me passou despercebido que você ficou seminua no meu colo de repente — murmurou ele.

— Ah, você notou?

— Tradição coisa nenhuma, você me enganou.

Natalie sentiu o hálito quente de August em seu pescoço.

— Que maldade da minha parte. — Ela rebolou em cima de August. — Como posso me desculpar?

— Natalie... — advertiu ele, entredentes. — Eu já disse, não vamos transar...

— Você pode tocar meus peitos.

— Por dentro do sutiã ou por fora?

Natalie sentia o peito de August se movendo em uma respiração irregular.

Ela sorriu. *Peguei você.*

Natalie puxou o sutiã para baixo e guiou as mãos de August. Ficou surpresa ao perceber que ele não agarrou ou tocou seus seios com muita força. Provavelmente já tinha passado da hora de Natalie parar de se surpreender com August.

August massageava com delicadeza os mamilos dela, passando os polegares sobre eles, de um lado para outro, começando a lamber e dar mordidas leves no pescoço de Natalie. *Nossa.* Se ela não mantivesse o controle da situação, poderia muito bem se render e abrir mão de qualquer chance de ainda sair na vantagem.

Natalie saiu do colo de August e se ajoelhou, permitindo-se um segundo para saborear a reação dele ao olhar para seus peitos...

E então ela o empurrou de costas. Depois, passou a mão pela virilha dele, por cima da calça, massageando-o vigorosamente.

— Minha vez.

— Boquete? — perguntou August, rouco. Ele estava nitidamente esperançoso, e perplexo ao mesmo tempo.

Ela assentiu.

— Caramba. Meu Deus.

Um tremor violento percorreu seu corpo gigante, e ele se deixou cair na cama, seu peito musculoso subindo e descendo em um ritmo acelerado.

— Já estou fodido mesmo — murmurou, mais para si próprio.

August começou a tirar o cinto.

A cena não deveria ter sido tão excitante. Não mesmo.

Mas aquelas mãos grandes mexendo na fivela de metal e a flexão do abdômen dele deixaram a língua de Natalie pesada dentro da boca.

Ela beijou a barriga de August, mordendo a área que descia em V rumo à virilha.

— Morda com mais força — pediu ele, respirando com dificuldade, soltando o cinto. — Mais forte, por favor.

Meu Deus. Quando August lhe implorou que mordesse com mais força, ela sentiu seu corpo inteiro responder.

Natalie respirou fundo e avançou, cravando os dentes no quadril dele, provocando um grito de August que ressoou por todo o seu corpo.

— Porra, isso — rosnou ele. Houve uma breve pausa antes de August levantar a cabeça para encará-la. — Mas não morda meu pau, lógico.

Natalie deu uma risadinha.

Ele sorriu de volta. Um soldado grande e com cara de mau com um inconveniente lado encantador. Naquele momento, Natalie sentiu uma pontada de afeto tão preocupante no peito que decidiu fechar os olhos. Ela lambeu os músculos que corriam ao longo das laterais do corpo de August e depois desceu até o umbigo, abrindo caminho por entre os pelos grossos de seu ventre. Ela mergulhou a mão direita dentro da calça de August e... tudo bem, Natalie já esperava por isso.

É claro que era grande. *Ele* era todo grande.

Mas ela mal conseguia fechar a mão em volta dele.

— Faça do jeito que der — ofegou August, uma das mãos nos lençóis, a outra segurando a lateral do rosto dela.

Mas ele não estava tentando pressionar a cabeça dela para baixo. Era quase como um gesto de gratidão antecipada. *Meu Deus, Natalie está prestes a me chupar. Meu Deus.*

Será que ela já tinha se sentido confiante durante o sexo antes? Sempre achou que sim. Até gostava de pensar em si mesma como uma pessoa ousada.

Mas agora, com aquele homem quase hiperventilando ao pensar na boca dela, Natalie se sentia sedutora, se sentia como uma deusa, tão confiante em si mesma e no prazer iminente de August que quase ronronou quando tirou o pênis dele pela abertura da calça.

— Uau — sussurrou, engolindo em seco. — Uau.

August pareceu ficar ainda mais duro e teve um espasmo no quadril. Soltou um palavrão.

— Essa é a reação que todo homem espera em uma noite de núpcias — disse ele.

Como Natalie havia planejado manter a vantagem?

Ela não conseguia se lembrar dos detalhes do plano. Só conseguiu se abaixar e passar a língua pela extensão daquele membro grosso, observando de perto quando os músculos das coxas de August se contraíram em resposta. Ele ofegou em mais um espasmo. E tinha sido apenas uma única lambida.

Ela nunca tinha segurado os testículos de um homem antes, mas o instinto a fez tocar os de August, então rolou as bolas suavemente na palma da mão. Na verdade, Natalie não conseguiria evitá-las, porque elas eram, por falta de uma palavra melhor, proeminentes.

— *Caralho*. Desculpe, você vai ouvir muito xingamento esta noite. Assim. *Porra*. Agora dê uma apertadinha. Massageie com mais força. Isso... Assim... Agora faz isso de novo enquanto coloca essa boca gostosa no meu pau. *Isso*.

A confiança de Natalie disparou ainda mais. August estava realmente gostando de tudo o que ela estava fazendo. Não precisava se perguntar se a língua estava no lugar certo ou se o toque estava muito agressivo, porque ele reagia de uma forma clara que dizia *Porra, nunca fui tocado tão bem, nunca senti nada tão gostoso.*

O medo da rejeição ou de críticas que sempre a acompanhava simplesmente... desapareceu.

Isso deixou Natalie ainda mais afoita para dar prazer a August, com os lábios indo além do que ela achava possível, sem se preocupar se sua saliva estava escorrendo ou se era estranho gemer enquanto o chupava. Como se o prazer fosse dela.

Mas não era? Com ele?

Opa.

Calma, vamos com calma.

— Me chame de amor — sussurrou ela, roçando delicadamente os dentes da base até a ponta do pau e passando a língua em movimentos circulares em volta da cabeça inchada. — Mas só se você quiser gozar.

— Amor, linda, princesa, amor da minha vida, eu vou fazer o que você quiser, vou dizer o que você quiser, mas não pare. Por favor, não pare. Estou quase lá.

Ok, é claro que ele não estava falando sério com aquela parte do *amor da minha vida*. Era só coisa de momento. Então por que isso fez com que ela quase o engolisse inteiro, sentindo o coração pulsar nas têmporas? Os lábios de Natalie se esticaram ao redor do pênis de August, e, quando a cabeça tocou o fundo da garganta dela, ele ergueu os joelhos em um tranco e a mão que estava no rosto de Natalie afundou em seu cabelo, arruinando o penteado do casamento em segundos.

— Porra, Natalie — gemeu ele, rangendo os dentes. — *Caralho.*

O punho dela se moveu para cima e para baixo em movimentos rápidos, sentindo que ele estava quase lá. Ela ainda estava gemendo?

Você tem que se controlar. Não está *tão* gostoso assim.

Mas estava. O gosto de August era diferente de tudo o que ela já tinha sentido.

O cheiro do sabonete cítrico emanava dos pelos pubianos de August, e ela só podia estar delirando, porque tinha certeza de que ele tinha quase o mesmo gosto daquele aroma. Inexplicavelmente, Natalie soube que nunca mais deixaria de comprar laranjas no mercado.

— Se você não quiser engolir, agora é o momento de parar. — August arfava, com os músculos da garganta tensionados. — Mas, por favor, continue. Não pare agora. Por favor, amor. Mas se você quiser parar, por favor, me deixe gozar nos seus peitos. Estou pedindo como um cidadão que já serviu bravamente pelo nosso país.

É claro que ela não iria parar.

Não quando ele a fazia *sorrir* durante um *boquete*.

Aquilo merecia um prêmio, e Natalie estava prestes a entregá-lo.

Ela continuou masturbando August, a boca descendo um pouco mais para acompanhar cada movimento de sua mão. Ouvia-o arfando, o gemido crescendo em seu peito. Ele alternava entre fechar os olhos com força e levantar o pescoço para ver a boca de Natalie o engolindo, levando-o até a garganta e depois voltando. Enfim, as veias do abdômen dele saltaram e ele... *urrou*. O nome dela.

O esperma de August atingiu o fundo da garganta de Natalie, e ela precisou se esforçar para engoli-lo rapidamente, com a mão ainda ocupada em seu pênis agora escorregadio. August estava segurando o cabelo dela, mas dava para perceber que ele resistia ao impulso de empurrar a boca dela para baixo a fim de mantê-la ali. E, considerando o quanto ele estava excitado, Natalie achou o gesto estranhamente terno. Será que ela estava ficando maluca?

August pareceu perder todas as energias e soltou o braço sobre a cama.

Seu pênis continuou semiereto, macio e molhado, e, de alguma forma, ainda convidativo.

— Não acredito que você acabou de fazer isso por mim — disse ele, ainda ofegante, esticando-se para puxá-la para seu peito. — Natalie, o jeito que você...

August balançava a cabeça, passando as mãos pelo cabelo, parecendo totalmente atordoado.

— Inacreditável.

Ela sorriu, satisfeita, pousando a mão sobre o peito de August e deitando a cabeça em seu ombro.

Apenas por um segundinho, só até eles se recuperarem.

— Olha, eu tenho cerca de oito segundos até ficar completamente inconsciente, graças a você. Mas quero usar esse breve tempo para te pedir para ficar. Durma aqui. Comigo. — Ele beijou a testa de Natalie, demorando-se ali por alguns instantes. — É o lugar mais seguro do mundo.

Ela ignorou o aperto no peito.

— Só pela tradição.

— Sim, pela tradição — concordou August.

Eles apagaram menos de dez segundos depois.

Capítulo dezesseis

August saiu da cama com um sorriso no rosto e teve que se esforçar muito para conter o impulso de assobiar enquanto se vestia. Aquele sim era um bom pontapé inicial de um casamento: uma competição de sexo oral em que ninguém saía perdendo.

Ainda não havia nem sinal do sol, pois August tinha acordado com as galinhas. Pensou em preparar ovos para o café da manhã, fazer exercícios atrás do galpão e mandar ver na produção, mas, antes de começar a fazer tudo isso, parou aos pés da cama para apreciar a vista. Olhar alguém dormindo era sem dúvida algo muito estranho de se fazer, mas ninguém o culparia por parar e admirar a bunda da própria esposa, certo? Ela estava logo ali, sem calcinha nem nada.

— Como é que não vou olhar? Virei padre, por acaso? — resmungou ele, saindo para a cozinha depois de uma última e prolongada olhada.

No maior silêncio possível, August se serviu de um copo de suco de laranja, fez cinco ovos mexidos e os devorou em poucas garfadas logo em seguida. Ele parou de mastigar quando ouviu um ronco vindo do quarto. Não se lembrava de ter ouvido roncos na noite anterior, mas dificilmente se lembraria, já que tinha apagado por completo após receber o melhor boquete de sua vida.

Então Natalie roncava. *Que bom.* Os dois tinham isso em comum. August, inclusive, já tinha sido comparado pelos colegas a um trator com problemas no escapamento.

Ainda sorrindo, ele colocou a tigela de ovos na pia e lavou o copo do suco de laranja. Deu um *high-five* no ar e saiu para o jardim da frente, trancando a porta e conferindo-a duas vezes, agora que tinha uma mulher a quem proteger. Esticando um braço sobre o peito para alongar os músculos, dirigiu-se à área de exercícios improvisada, acendendo a luz dos fundos dentro do galpão.

Começou a se exercitar com a barra de elevação.

Primeiro dia como um homem casado.

A química sexual entre os dois era intensa. August queria mais do que qualquer coisa no mundo voltar para a cama e acordar Natalie com um beijo, depois encaixar-se entre as pernas dela para suar até que ela tivesse um orgasmo. *Esse* era o exercício que August realmente queria fazer. Mas alguma coisa ainda não o deixava ir até o fim com Natalie, não até que estivessem na mesma página. Ele não sabia como ia se sentir se transassem enquanto ela ainda agisse como se o casamento dos dois fosse uma farsa.

Não. Na verdade, ele sabia exatamente como se sentiria.

Arrasado.

Era nítido que August estava cada vez mais apaixonado pela esposa. Aquele maldito cupido tinha plantado uma flecha dupla bem no meio de seu peito. Das duas, uma: ou ele morreria com um coração perfurado ou ganharia uma nova razão para viver.

Você já está vivendo por ela e sabe disso.

August desceu da barra de elevação suspirando e seguiu pelo gramado até o rack de agachamento que comprara da academia da cidade quando eles renovaram os equipamentos. Abaixou a cabeça e apoiou a barra pesada sobre os ombros, depois deu um passo atrás e iniciou a série de agachamentos.

Ele e Natalie não estavam em situações tão opostas, estavam?

Tinham dormido de conchinha, grudados um no outro. Talvez ainda precisassem resolver muita coisa antes de terem um casamento sólido — ou "real", que seja —, mas Natalie se sentia confortável ao lado dele, não? Na pior das hipóteses, ela ao menos confiava em August o suficiente para dormir tranquila ao lado dele.

Mas August queria que ela confiasse plenamente nele quando estivesse acordada também.

Queria isso com todas as forças.

O que a impedia de chegar lá?

A missão dele era descobrir esse obstáculo e eliminá-lo, qualquer que fosse.

August havia acabado de colocar a barra de agachamento sobre o suporte quando o celular tocou. Ele franziu a testa pensando em quem ligaria tão cedo e tirou o telefone do bolso de trás. Seus ombros imediatamente ficaram tensos ao ver o nome do comandante na tela.

— Senhor — respondeu ele, depressa, endireitando a coluna de modo automático. — Bom dia, senhor.

— Cates. Peço desculpas por ligar na manhã seguinte ao seu casamento, sei que deve estar ocupado.

Quem me dera. August suspirou mentalmente, espiando de canto de olho a janela do quarto. Ninguém ficaria sabendo se ele fosse até lá e desse mais uma olhadinha naquela bunda.

— Sem problemas, senhor.

— Estou ligando para avisar que a transferência deve cair hoje. Duzentos mil. — O homem fez uma pausa e pigarreou. — Fiz o investimento em nome de Sam.

August sentiu um frio na barriga.

— Isso é... — Que droga. Até respirar doía. — Você conhecia Sam há muito mais tempo do que eu, claro, mas acho que... Sei que isso significaria muito para ele, senhor.

— Eu posso ter conhecido Sam há mais tempo, mas, infelizmente, acho que não o conhecia melhor do que você. O sonho do vinhedo foi algo que nunca entendi. Ou nem sequer *tentei* entender, acho.

A natureza das palavras do comandante deixou claro que aquilo não era algo fácil de se admitir. Ter conversas difíceis não era do feitio dele, muito menos uma que envolvesse um assunto sensível como o filho.

— Talvez esta seja minha maneira de remediar isso. Depois do que aconteceu.

August inclinou a cabeça para trás e respirou fundo.

— Vou fazer o melhor que puder com o dinheiro, senhor. Não sou muito bom nisso, não como Sam teria sido, mas vou tentar deixar vocês dois orgulhosos.

— Não tente, Cates. Consiga.

A determinação enrijeceu os músculos de August.

— Sim, senhor.

O comandante desligou. Por um bom tempo, August ficou parado com o celular na orelha. *Não tente, Cates. Consiga.*

E era exatamente o que ele faria. Iria parar de brincar e começaria a criar um legado duradouro em nome de Sam. Para honrá-lo. O amigo merecia. Esse era o dever de August, e não havia mais ninguém disposto a realizar aquele sonho, a se dedicar com afinco. A responsabilidade estava em seus ombros, e ele precisava se esforçar mais para transformar tudo em realidade.

A porta da casa se abriu e lá estava Natalie, com o cabelo emaranhado e o lençol enrolado em volta do corpo como uma toga. Ela olhou para ele do outro lado do pátio, em meio à neblina.

— Acho que estou tendo um sonho muito estranho. — Ela bocejou. — Levantei da cama para ir ao banheiro no meio da madrugada e você estava se exercitando.

— Você não está sonhando. — August flexionou os bíceps. — Você realmente se casou com isso aqui.

— Não. — Ela esfregou os olhos e August sentiu uma fisgada de afeto. — Ainda está escuro aqui fora.

— São cinco horas da manhã, mais ou menos. — Ele caminhou pelo gramado em direção a Natalie, sentindo o estômago se revirar de culpa depois do telefonema do comandante. — É o horário em que eu acordo.

— Ah. — Outro bocejo, maior dessa vez. — Nesse caso, eu quero o divórcio.

— Infelizmente não vou assinar a papelada.

O sorriso de Natalie era doce e sonolento.

— Tudo bem. Vou ter que partir para o arsênico, então.

— Vai ter que aprender a cozinhar, se pretende me envenenar com arsênico, princesa.

Natalie ruborizou, e August estava prestes a pedir desculpas quando ela disse:

— Não *acredito* que dormi com você.

— Nós ainda não dormimos juntos. Quando isso acontecer, você vai saber.

Por quê? *Por que* ele não conseguia parar de alfinetá-la? Seu cérebro tentava fazê-lo calar a porra da boca, mas não estava funcionando.

— Então acho que nunca saberei — respondeu Natalie, dando de ombros. Ela olhou o celular, ainda na mão direita de August.

— Você estava falando com alguém?

— Não.

Merda.

August sentiu o café da manhã voltando à garganta.

Ele logo pensou em como consertar a mentira. Tudo o que precisaria fazer era contar a ela sobre o investimento do comandante.

Fácil.

Moleza.

Ele simplesmente diria a Natalie que tinha se casado porque gostava dela. Explicaria que havia se casado porque a amava e que só queria ajudar, não por causa da influência da família dela com o gerente de crédito. Ela aceitaria superbem e com certeza não daria um chute no saco de August.

Os dois se entreolharam em silêncio, ambos com a testa franzida. Natalie olhou outra vez para o celular na mão de August: ele estava mentindo, e ela sabia.

Conserte isso antes que não tenha mais volta.

Fazê-la perder a confiança nele era pior do que aguentar um momento de raiva, não era?

— Natalie, tenho que...

— Vou para Nova York — disse ela, de uma vez só. — Daqui a cinco dias.

— O quê?

Sem responder à pergunta, Natalie deu meia-volta e bateu a porta, deixando-o sozinho no frio. Aquilo tinha mesmo acabado de acontecer? *O que estava rolando*, afinal? Eles tinham feito sexo oral menos de seis horas antes, e agora tudo parecia ir por água abaixo. A trégua tácita e curta que haviam estabelecido estava se esvaindo.

— *Natalie*, volte aqui — rosnou August, entredentes, entrando na casa atrás dela.

Ele chegou a tempo de vê-la bater a porta do quarto, varrendo o chão com o lençol branco que arrastava atrás de si e com o qual a gata brincou antes de correr para a escuridão.

August sabia que Natalie havia se trancado lá dentro, mas tentou girar a maçaneta mesmo assim.

— Abra.

— Por quê? — gritou ela, do lado de dentro do quarto.

— Você não pode simplesmente soltar a bomba de que vai para Nova York e depois sair, fazendo mistério.

— Eu é que faço mistério?

— Certo. — Ele apoiou as mãos na porta, desejando que aquela madeira pesada evaporasse. — Me desculpe por insinuar que você não sabe cozinhar.

— Eu não sei mesmo — respondeu Natalie, baixinho, ou pelo menos foi o que August entendeu.

Aquela admissão sussurrada fez a garganta de August pegar fogo.

— Natalie, por favor. Só quero conversar com você.
Silêncio.
Ela não está brava porque você disse que ela não sabe cozinhar, idiota. Ela está te dando um gelo porque você mentiu e ela é mais do que inteligente o bastante para perceber isso.
— Eu estava falando com meu comandante.
August se atrapalhou com o celular, tentando abrir o registro de chamadas. Assim que conseguiu, ajoelhou-se e passou o telefone por baixo da porta.
— Nós dois estamos acostumados a acordar cedo — explicou.
Quanto mais o silêncio se prolongava, mais ele queria bater a cabeça contra a porta. Então, finalmente, ouviu as tábuas do assoalho rangendo do outro lado e notou um movimento de sombras pela brecha por onde passara o celular. August respirou fundo e fechou os olhos, sentindo o aperto em seu peito diminuir. Precisava contar o resto, confessar o motivo da ligação do comandante, mas antes havia uma coisa a ser esclarecida.
— Você achou que eu estava falando com outra mulher ou algo assim?
Só se fosse no dia de São Nunca. Todas as outras mulheres haviam se tornado completamente invisíveis depois que August conhecera Natalie.
— Não — respondeu ela, na hora. Ele relaxou os ombros. — Eu não pensei isso.
August encostou a testa na porta.
— Que bom.
— Mas, tecnicamente... nós somos casados só no papel. Acho que você poderia. Certo?
Os ombros dele voltaram a se retesar, acompanhados por uma forte onda de negação que o tomou por inteiro.
— Errado. Só existe você para mim. — Admitir aquilo em voz alta foi como saltar de paraquedas e aterrissar em uma nuvem fofa. — E só eu existo para você.

— Até o fim do nosso acordo.

— É — respondeu August, cerrando a mandíbula. — Por favor, abra a porta.

Passaram-se alguns segundos.

— Prefiro não abrir.

August inspirou lentamente pelo nariz e depois soltou o ar.

— Amor.

Ela estava respirando depressa do outro lado?

— Essa palavra virou um código secreto ou algo do tipo?

— Sim. Porque nós dois achamos que é melosa demais, não achamos?

Ela concordou murmurando alguma coisa.

— Então, se eu estiver disposto a me humilhar a ponto de dizer isso, significa que estou falando sério. E vice-versa. — Um segundo tenso se passou. — Amor.

— Ah, tenha dó — resmungou Natalie, abrindo a porta e jogando o celular para August, quase soltando o lençol sem querer e perdendo a única coisa que cobria seu corpo.

Ela se recompôs depressa, mas August não estava prestando atenção em nada além da palidez no rosto de Natalie. Algo estava diferente. Ela não estava mais tão à vontade com ele como antes, apesar de tentar fingir um ar descontraído.

— Olha, eu exagerei. — Natalie passou os dedos pelo cabelo. — Morrison vivia escondendo as coisas, e acho que isso acabou se tornando uma questão para mim. Fomos contratados pela mesma empresa ao mesmo tempo, então, no começo, existia muita competição entre nós. Na verdade, era assim o tempo todo. Ele gostava de comparar portfólios, mas só quando estava em vantagem. Quando estava por baixo, não me dizia nada. Escondia dinheiro, insistia em manter as finanças separadas. Mas enfim. Não importa.

O chão havia se transformado em areia movediça e August estava afundando. Essa história parecia bem familiar.

— Acho que importa, sim.
— É. Talvez.
Natalie pensou por alguns segundos.
— Meu pai também está me manipulando por causa do dinheiro. Acho que por isso eu fico desconfiada quando as pessoas usam dinheiro como arma ou não são transparentes sobre a própria situação financeira. Me faz pensar no que mais podem estar escondendo, sabe? Falar a verdade é sinal de bom caráter. — Ela acenou com a mão. — Mas, como eu disse, exagerei. Você só estava fazendo uma ligação.

August sentiu vontade de vomitar. Que merda. O ex de Natalie tinha feito joguinhos com dinheiro. Seu pai fazia o mesmo. Agora ele estava escondendo duzentos mil dólares dela, quantia também conhecida como a suposta razão que o fizera entrar nesse casamento falso para começo de conversa. A união dos dois só tinha acontecido porque ele dissera que era um vinicultor falido.

Mas isso já tinha deixado de ser verdade havia quase uma semana.

Desde antes mesmo da festa de casamento.

O que Natalie faria se ele contasse a verdade agora? Nada de bom sairia daquela situação. Ela já falava em ir para milhares de quilômetros dali e ele ainda nem tinha confessado.

— Que conversa é essa de você ir para Nova York?
— Vou jantar com um investidor.

August recuou um pouco, notando a maneira como ela segurava o lençol, feito um escudo, e odiando isso.

— Por que você precisa de um investidor se seu fundo fiduciário está prestes a ser liberado?

— O fundo é um bom começo, mas com outras fontes de dinheiro poderíamos nos posicionar pra valer. Um investidor importante atrairia outros.

— Você vai embora seis dias depois do nosso casamento. O que acha que vão pensar?

August não dava a mínima para o que iam pensar, mas estava disposto a dizer qualquer coisa para impedi-la de deixar Santa Helena quando o casamento dos dois ainda era tão incerto.

— Só vou passar uma noite fora. Ninguém vai perceber que saí da cidade.

— Eu vou.

Natalie analisou o rosto dele.

— Entendi. Imagino que você queira agilizar o empréstimo. Vou fazer um telefonema na segunda-feira para agendar uma reunião.

— Não — disse August rápido demais, pigarreando.

Será que consigo ir mais além do fundo do poço? O que mais August poderia fazer a não ser guardar para si os verdadeiros motivos que o levaram a se casar com Natalie? Era mais do que óbvio que ela estava cem passos atrás. Quando o assunto era o relacionamento dos dois, eles nem de longe estavam na mesma página. Se dissesse a verdade, Natalie desistiria de tudo de vez.

— Digo, vamos jantar com Meyer na casa da sua mãe na segunda-feira à noite. Posso fazer isso lá.

Natalie absorveu aquela informação e assentiu, depois umedeceu os lábios com a língua.

— Ok. Pode ser, também.

O coração de August martelava no peito e seus braços ansiavam por abraçá-la. Era nítido que havia uma nova distância entre os dois e ele detestava aquilo, mas a situação já estava um pouco melhor do que quando ela abriu a porta. Não estava?

August precisava testar aquela teoria ou não teria sossego, não conseguiria relaxar nem por um minuto.

Ele apoiou o antebraço na porta e se inclinou devagarinho, aproximando-se da boca de Natalie. Quando August virou levemente a cabeça, ele encostou o nariz no dela, roçando seus lábios de uma forma que fez com que ambos respirassem mais rápido.

— Não vá para Nova York, princesa.

Natalie se aproximou e as bocas dos dois se encontraram, famintas, os lábios se abrindo, as línguas explorando. Durou um segundo. Então ela se afastou, deixando August em riste e com a respiração ofegante.

— Vejo você quando amanhecer de verdade, August.

Natalie bateu a porta. Outra vez. E August não conseguiu deixar de se preocupar com a possibilidade de uma porta emocional ter sido fechada entre eles também.

Capítulo dezessete

Natalie acordou pela segunda vez naquele dia, já no meio da tarde, sentindo-se desnorteada e com os olhos pesados. A discussão com August nas primeiras horas da manhã parecia um sonho, mas a sensação de náusea servia para lembrá-la de que havia sido real. Tentara funcionar como um ser humano antes de tomar café, antes que seu cérebro acordasse por completo, e acabou agindo de forma ridícula.

Realmente tinha saído batendo os pés porque August não quisera falar sobre um simples telefonema? *Meu Deus.* O casamento devia ser um acordo de negócios, um acordo proposto por ela, ainda por cima, mas logo no primeiro dia Natalie já estava agindo como uma esposa ciumenta.

Além disso, tinha dormido *na cama dele.*

Aquilo não poderia estar mais distante de um acordo de negócios.

O nervosismo e a necessidade urgente de distração forçaram Natalie a sair do amontoado aconchegante de lençóis onde pegara no sono por volta das seis da manhã. Devagar, ela abriu a porta do quarto de hóspedes e espiou o corredor, dando de cara com Pimenta, que a olhava com curiosidade de cima da mesa da cozinha. Nenhum sinal de August. Graças a Deus.

Ela precisava acordar de verdade e recuperar as faculdades mentais havia muito perdidas antes de interagir com o marido de novo.

Natalie voltou para o quarto para pegar roupas e o nécessaire, depois se fechou no banheiro que compartilhava com August, suspirando ao se ver cercada por um intenso perfume cítrico e pelas lembranças da última vez que estivera no chuveiro com ele. Cenas de nudez bombardearam sua mente e ela se atrapalhou ao girar o registro para abrir o chuveiro, deixando a temperatura da água escaldante sem querer.

Ela tomou o banho normalmente, permitindo-se sentir o cheirinho do sabonete artesanal de August enquanto refletia sobre seu novo papel como esposa de mentirinha e funcionária da Adega Zelnick. O emprego não precisava ser apenas no papel — ela poderia contribuir para o lugar ter sucesso de verdade. Tinha no mínimo um mês inteiro para ajudar August com o pontapé inicial de sua produção.

Natalie desligou o chuveiro, saiu do box e vestiu um short e uma camiseta folgada de mangas compridas. Depois, voltou para o quarto, secou o cabelo e se dirigiu ao galpão de produção com um objetivo em mente: encontrar uma maneira de ajudar. Ela poderia apenas ficar trancada no quarto de hóspedes e rezar para que seu fundo fiduciário caísse logo na conta, mas tinha zombado tantas vezes das tentativas de August de fazer vinho sem saber que sua causa era nobre que agora se sentia no dever de ajudá-lo. E talvez ela quisesse mesmo participar de alguma forma, talvez a felicidade de August fosse importante para ela.

Natalie parou na entrada do galpão. August estava diante da fileira de barris, mexendo a levedura. A temperatura lá dentro estava um pouco quente para aquela época do ano e isso podia estar afetando o processo. Tudo bem que ele não tinha o orçamento para uma refrigeração mais adequada, mas eles certamente poderiam encontrar uma maneira de resfriar um pouco os barris. Será que August havia testado o teor de nitrogênio das uvas?

August se virou de repente e sua expressão passou de surpresa para um pouco cautelosa.

— Desculpe, o que foi que você disse?

Aparentemente, Natalie tinha um novo hábito: expressar seus pensamentos em voz alta sem estar ciente disso.

— Eu só queria saber se você já testou o teor de nitrogênio. Das uvas.

Ela queria se aproximar. Queria dar uma olhada nos barris e nas ferramentas sobre a mesa, só para entender a forma como August trabalhava, mas os músculos rígidos nos ombros dele criavam uma barreira invisível. Ou talvez fosse só imaginação.

Claro, ele tinha pedido que ela mantivesse distância dali, mas isso foi antes do casamento, em meio a uma discussão. Será que August estava falado sério?

— Hum... — Ela endireitou a postura e tentou outra vez. — Depois de quanto tempo após a primeira trasfega você removeu a camada de borra grossa do vinho?

— Borra? — Depois do que pareceu uma eternidade, August pigarreou e continuou. — Você está falando daquela camada grossa de sei lá o quê que apareceu na superfície depois que eu prensei as uvas e coloquei nos barris?

Ela expirou.

— Isso.

O fato de estarem na mesma página fez August relaxar.

— Não sei bem. Acho que... mais ou menos uma semana.

Problema número um detectado: as borras grossas devem ser removidas depois de um dia, no máximo dois. Mas ela não disse isso em voz alta, apenas assentiu quando ele olhou para ela por cima do ombro.

— Eu posso cuidar disso, Natalie — disse August. — Pode deixar. Volte para casa se quiser, ou...

— Ah. — Natalie foi pega desprevenida. Estava acostumada a viver em pé de guerra com August, mas ele nunca a havia dispensado daquela forma. — Pensei que íamos falar sobre os problemas que você está tendo com a produção.

— É que... — Ele tossiu. — É que eu sinto que preciso fazer isso sozinho. Por Sam. É minha responsabilidade. Eu *quero* que seja minha responsabilidade.

Natalie tentou ignorar o golpe. Assim como Corinne e Julian, August estava fazendo as coisas do próprio jeito, e isso não a incluía. Ela não era bem-vinda. Ambos os vinhedos poderiam estar afundando, completamente no vermelho, e ainda assim a ajuda dela não era necessária. A história se repetia. Mas por que doía mais com August? Ela estava acostumada a ter seus esforços desprezados pela família, mas August... Ele deveria *querer* a ajuda dela. Aquilo a magoava, mesmo que ela compreendesse que a tristeza dele por Sam o fazia agir de maneiras que ninguém poderia entender por completo.

Deixando os próprios sentimentos de lado, Natalie tentou enxergar as coisas do ponto de vista de August. Ele tinha embarcado naquela missão por causa do melhor amigo; era a única pessoa que sabia o que Sam queria.

— Nunca perdi ninguém tão próximo, mas acho que o luto pode ser expressado de muitas maneiras diferentes.

August pareceu se curvar, olhando para Natalie com uma discreta gratidão.

— Eu não falava com os rapazes sobre a morte de Sam. Não contei a ninguém que eu estava vindo comprar o vinhedo, só ao comandante. Não queria que nenhum deles pedisse para se envolver. Que merda, né? — Ele coçou o pescoço. — É que eu era mais próximo dele do que de qualquer outra pessoa e...

— Você quer carregar todo o fardo sozinho.

— Acho que sim. Se eu dividir com alguém, vai ser como se eu estivesse me esquivando da minha responsabilidade. Então quero fazer tudo sozinho.

Natalie ficou impressionada com a intensidade da empatia que sentia por alguém que antes havia considerado um ogro sem educação. Ela ainda considerava, de vez em quando.

— Você acha que ele gostaria que fosse assim? Que você fizesse tudo sozinho?

August já estava assentindo, mas interrompeu o gesto.

— Não — respondeu ele, soltando o ar pelo nariz. — Ele com certeza não gostaria. Mas isso não muda nada.

— Pois é — disse Natalie em tom suave. — Você tem que fazer como acha que é certo, August. Você é o único que sabe tudo o que isso significa.

Eles se entreolharam por alguns segundos antes que Natalie se desse conta de que era ela quem estava sobrando na situação. Será que August estava esperando que ela fosse embora para poder continuar? A possibilidade fez com que se atropelasse ao tentar falar.

— Enfim. Vou deixar você voltar ao trabalho. Desculpe por ter dado uma de esposa ciumenta hoje de manhã.

— Eu gostei de você ter sido uma esposa ciumenta. — Ele pensou um pouco e se corrigiu logo. — Não. Calma. Não foi o que eu quis dizer. Eu não gostei do fato de você ter sentido ciúme, mas adorei perceber que você espera mais de mim.

Um peso se deslocou lentamente da garganta de Natalie e foi direto para o peito.

August dizia coisas muito impactantes às vezes, e falava sério.

Mas aquele cabeça-dura não conseguia enxergar que o simples fato de *deixá-la ajudar* seria a coisa mais impactante de todas. E explicar isso a ele o obrigaria a se abrir antes que ele estivesse pronto para fazer isso. Talvez ele nunca estivesse.

— Bom, tudo bem — disse Natalie.

As barreiras que ela estivera sonolenta demais para erguer na conversa da madrugada agora estavam funcionando a todo vapor, graças os céus. Natalie deu um passo para trás, saindo do galpão de queixo erguido.

— Vou dar uma volta. Preciso ligar para Claudia...

— Espere um pouquinho — pediu ele, mexendo sem jeito na longa colher de pau. — Posso ir com você, te apresentar a propriedade.

— Não, obrigada. Posso ir sozinha. — Antes de ir embora, ela se lembrou de algo e estalou os dedos. — Ah, já ia me esquecendo. Você tem uma cave por aqui?

— Hum, sim... — Ele passou o pulso pela testa, mas as sobrancelhas permaneceram franzidas. — Sim, tem uma entrada na parte de trás do galpão de eventos. Ou do que *deveria ter sido* o galpão de eventos.

— Você fez um evento.

— E vendi menos três garrafas de vinho. Nem sei como isso é possível.

— Metade de uma foi jogada na sua cara.

— Menos três garrafas e meia de vinho. Vou com você.

Ela fez um gesto de "não precisa".

— Eu consigo achar sozinha.

— Não vou lá embaixo há meses, mas sei que não tem luz e que as escadas são íngremes... — August começou a abanar as axilas. — Estou suando só de pensar em você lá sozinha. Um segundo e eu termino aqui.

— Não seja ridículo. Eu sei me virar numa adega subterrânea. E tenho lanterna no meu celular.

— Me espere — rosnou August.

— Não.

Toda aquela briga parecia ter algo nas entrelinhas, e ela havia acordado naquela manhã — pela segunda vez — decidida a descomplicar o relacionamento dos dois. Quanto mais tempo passava com August, no entanto, mais complexas as coisas pareciam ficar, e eles estavam casados fazia menos de vinte e quatro horas.

Santo Cristo.

Ele a seguiu pelo caminho de terra entre os dois galpões, tirando as luvas e o avental de couro e os deixando pelo chão. Que ridículo.

Natalie acelerou o passo.

August se apressou para acompanhá-la.

E de repente as coisas perderam o sentido de vez e os dois começaram a correr.

— Fala sério, Natalie.

Ela dobrou a esquina do galpão de eventos e avistou uma escada de concreto com um corrimão de metal enferrujado.

— Por que você não consegue entender que não quero companhia?

— Pena que você não tem escolha.

— Eu gosto de ficar sozinha quando estou na adega. — Aquilo soou confuso aos próprios ouvidos e ela tentou esclarecer. — A adega da família Vos, quero dizer.

Ele estava a poucos passos dela agora.

— Quanto tempo você passa lá embaixo? — August a alcançou. Malditas pernas compridas. — E por que diabos você vai lá?

— Não importa.

— Parece que importa, sim.

— Não. — Natalie parou abruptamente no topo da escada e se virou para encará-lo. — Quer dizer... não importa. O fato de eu estar lá embaixo. Ninguém nunca nota que eu sumi.

— *Eu* notaria, cacete — vociferou August.

Natalie sentiu vontade de dar um soco nele. Com força. Era muito frustrante vê-lo sendo tão carinhoso e protetor ao mesmo tempo em que *não fazia ideia* de que não compartilhar sua dor e a produção do vinho com ela a magoava. E desde quando permitia que ele tivesse esse poder sobre ela? Como ele conseguia se infiltrar nela e mudar as coisas de lugar daquela forma?

— Você não é tão perspicaz quanto pensa — disse Natalie, empurrando-o para fora do caminho e descendo as escadas de concreto rumo à entrada da cave.

Depois de um momento, ele a seguiu, e Natalie pôde sentir o pobre cérebro masculino de August fazendo hora extra e praticamente soltando fumaça. Quase deu um pouquinho de pena. Quase.

Natalie abriu a porta devagar e foi recebida pelo cheiro de terra e mofo. Como aquela adega subterrânea não era usada havia algum tempo, o ar estava mais empoeirado do que o normal, mas a escuridão fria e familiar era bem-vinda mesmo assim. Ela ligou a lanterna do celular e iluminou à frente, constatando que August estava certo — as escadas pareciam mesmo traiçoeiras, mas estavam secas, e o corrimão não estava tão enferrujado quanto o do lado de fora, então Natalie se sentiu segura o bastante para se aventurar adega adentro, descendo lentamente.

— Natalie... — chamou August, a voz ficando mais grave. — Espere. Acho que eu deveria descer primeiro.

— Eu juro que está tudo bem. Não tenho medo de morcego.

— *Morcego?*

— Claro. Eles adoram lugares assim. Pode até ser que a gente encontre uma colônia inteira aqui embaixo...

— Você está indo rápido demais. Espere um pouco.

Natalie ignorou o tom estranho na voz de August e girou a lanterna para a esquerda, revelando uma sala longa e oval. Havia estantes repletas de teias de aranha forrando a parede, todas vazias, e garrafas de vinho inutilizadas estavam espalhadas pelo chão de pedra. Mais adiante existia um segundo cômodo escuro que parecia ser um pouco menor.

— August, isso é incrível. Você poderia ajeitar essa adega e fazer festas particulares aqui. Ou transformá-la em um depósito. Há tantas técnicas diferentes...

Natalie parou quando percebeu que August não falava nada havia alguns minutos. Ela se virou, usando a lanterna para iluminar o rosto dele. Ao fazer isso, deparou-se com um homem pálido feito vela. Seus olhos estavam fechados e ele suava frio.

— August — disse Natalie, de repente apreensiva.

— Desculpe. Não estou gostando disso. Eu não gosto...

Ele tocou o peito, quase como se esperasse encontrar algo lá. Depois tateou pela cintura e pela parte externa da coxa. Ela percebeu que August estava procurando uma arma, mas lógico que não encontrou nada.

Foi então que Natalie começou a enxergar aquela situação com outros olhos. Eles estavam em meio à escuridão quase total, entrando em um ambiente desconhecido. Talvez aquilo o lembrasse de seus dias de combate.

Talvez aquilo o fizesse se lembrar... do que acontecera com Sam.

— Natalie, eu só preciso que você saia daqui, tudo bem? — pediu ele, hesitante.

— Sim. Sim, claro.

Ela se pôs a subir as escadas o mais rápido possível, mas August a alcançou no meio do caminho e a pegou no colo, correndo pelo resto do trajeto até a luz do sol. Ele subiu os degraus externos de concreto, dois de cada vez, até suas pernas parecerem prestes a ceder. Ainda com Natalie nos braços, ele se ajoelhou sobre a grama e ela o abraçou. Natalie o envolveu com cada centímetro de seu corpo, sentindo os olhos ficarem marejados.

— Me desculpe. Eu sinto muito. Eu... eu nunca pensei que a adega subterrânea pudesse trazer más lembranças...

— E nem deveria pensar. — A voz de August soava abafada contra o ombro dela. — *Não quero* que você tenha esse tipo de pensamento trágico.

Natalie envolveu o pescoço de August com os braços e aos poucos conseguiu puxá-lo para baixo, fazendo com que os dois se deitassem de lado sobre a grama. A camiseta dele estava encharcada de suor e seu coração ainda batia acelerado.

— Eu não deveria ter entrado lá. Só estava tentando ajudar sem atrapalhar você.

August suspirou contra o cabelo de Natalie e a puxou mais para perto.

— Você não me atrapalha, mas agradeço mesmo assim.

Ela acariciou as costas de August com a ponta dos dedos, sentindo os músculos dele relaxando sob o toque.

— Isso já tinha acontecido?

— Não. — Ele aninhou a parte de trás da cabeça de Natalie com a mão e segurou o rosto dela contra o pescoço, como se a posição o reconfortasse. — Não. Eu fui embora depois que Sam morreu. Nunca mais estive em combate. Não conseguiria. De vez em quando, tenho alguns sonhos, mas não tenho flashbacks de guerra nem ataques de pânico. Nada fodido assim.

— Não é fodido — respondeu Natalie, séria.

Ele bufou, dando a entender que não acreditava naquilo.

Depois de um longo momento, a pulsação de August começou a desacelerar e ele disse:

— Produzir vinho era o maior sonho de Sam. Era algo que ele queria muito. Eu... eu já falhei com ele uma vez, Natalie. Não deveria ter deixado que ele morresse. Eu deveria ter protegido Sam. — August engoliu em seco. — Ele não teria me deixado morrer.

As lágrimas de Natalie encharcavam o ombro da camiseta de August.

— Eu não sou soldado, August, e não sei nada sobre guerra, mas sei muito sobre o seu caráter. E sei que se você suspeitasse que alguém que você ama está em perigo, não mediria esforços para salvar essa pessoa. Não tenho a menor dúvida disso. — Ela beijou a pele salgada dele. — Não foi culpa sua.

Os dois ficaram abraçados sob o sol da tarde. Natalie afastou a tristeza por August ter recusado sua ajuda para o mais longe possível, abrindo espaço para a empatia e a compreensão. E para um sentimento inédito que chegou sem pedir licença e era assustador demais para ser colocado em palavras.

Capítulo dezoito

Chegou o dia do jantar na casa de Corinne.

August nunca imaginou que estaria tão animado.

Ele e Natalie estavam vestidos de maneira casual, ainda que sóbria, quando saíram juntos de casa e se despediram de Pimenta.

August abriu a porta do carro para que Natalie entrasse no banco do carona equilibrando uma torta. Aquele era o tipo de noite que fazia o casamento parecer real, o que ele adorava, especialmente porque os dois não haviam se tocado ou conversado muito desde o dia anterior.

Quando ele perdeu o controle na adega subterrânea.

Sim, de fato não houve muita conversa desde que passaram horas grudados do lado de fora do galpão, respirando o mesmo ar. No entanto, houve incontáveis trocas de olhares. Muitos suspiros quando um passava pelo outro na cozinha ou no caminho para o banheiro, ansiando pelo toque.

August sabia muito bem que Natalie estava esperando que ele tomasse uma atitude, e foi uma tortura não a levar para a cama, mas se o dia anterior tinha provado alguma coisa, era que ele queria Natalie em sua vida de vez, então precisava levar aquele período a sério e não se distrair com o corpo dela. August queria passar os sessenta anos seguintes com Natalie, não apenas sessenta minutos. De que outra maneira deveria se comportar se a ideia de vê-la sofrer fazia cada molécula do corpo dele se contorcer?

Ir até a adega subterrânea tinha sido estranhamente semelhante a entrar no esconderijo com Sam três anos antes. O mesmo ar empoeirado, o silêncio e a escuridão. E tudo o que August conseguia pensar era que *não podia perdê-la também. Simplesmente não podia.*

Seria bom demais fazer amor e esquecer todos os obstáculos no caminho da felicidade, mas, se ele fizesse isso, acordaria um dia e Natalie estaria indo embora para Nova York. Seu pênis estaria feliz, mas ela, nem perto de amá-lo ou de acreditar que os dois tinham um futuro.

Do jeito que as coisas estavam indo, as músicas bregas dos anos 1980 já estavam se compondo sozinhas, mas quem poderia culpá-lo quando Natalie estava tão linda no banco do carona, com o joelho esquerdo balançando para cima e para baixo em um gesto ansioso que ameaçava derrubar a torta?

— Ei. — August tirou a mão do volante e tocou o joelho dela, o que acabou sendo um grande erro, porque, senhor Deus todo-poderoso, ela era macia e aquele joelho cabia perfeitamente na palma da mão dele. *Foco.* — Você está nervosa porque Ingram Meyer vai estar lá? Vai dar tudo certo, Natalie. No final da noite, ele vai ter tanta certeza de que nos casamos por amor que vai nos enviar um segundo presente de casamento. Vamos torcer para que seja um conjuntinho de fondue.

Natalie parecia estar prestes a revirar os olhos, mas, em vez disso, fitou August de canto de olho.

— Um daqueles bem moderninhos?

Ele deu um tapa no volante.

— Será que não ganhamos um?

— Hallie levou nossos presentes para casa, abriu e arrumou tudo. Acho que não. Mas não duvido que ela tenha roubado um presente nosso. Uma vez ela roubou uma loja de queijos em plena luz do dia. — Natalie assentiu solenemente quando ele levantou a sobrancelha, incrédulo. — Como você tem tanta certeza de que vamos convencer Meyer?

Porque se esse homem não consegue ver que eu morreria por você, ele é cego.

— Sou ótimo nesses jantares. Embora no Kansas a gente chame isso simplesmente de churrasco mesmo.

Ela riu.

— Jantar com minha mãe é muito diferente de relaxar com uma cerveja gelada no quintal de alguém.

— Vai ser difícil, então? — Seu cérebro implorou para que ele não fizesse a próxima pergunta, mas ele a fez mesmo assim. — Você já trouxe seu ex-noivo para jantar com Corinne?

— Morrison? Não.

— *Uhul.* — August deu um soco tão espontâneo no ar que quase bateu no vidro da caminhonete. *Calminha.* — Digo, que bom que você não teve que passar por todo o processo de separar o cara da sua família também. Você sabe como é isso. Não se termina apenas com uma pessoa, mas com a família e os amigos dela também. É uma bagunça.

Natalie se limitou a olhar para August.

Em algum momento ela indagaria o que tinha sido aquela comemoração, mas simplesmente perguntou:

— Você já fez isso? Já teve muitos relacionamentos sérios?

De alguma forma, August teve a sensação de que aquele era um assunto perigoso.

— Meu pai dizia que as mulheres fazem perguntas que não querem que sejam respondidas, e cabe a nós descobrirmos quais são seguras ou não. Mas sempre erramos.

Natalie riu de novo, equilibrando a torta no colo.

— O que você está insinuando? Que na verdade eu não quero saber sobre suas namoradas anteriores?

— É que eu sei como é, princesa. Quero saber sobre esse idiota do Morrison tanto quanto quero um grampeador apontado para as minhas bolas.

— Mas você perguntou.

— É que agora moro com uma mulher. Talvez ela esteja me influenciando.

— Que seja. Só responda à pergunta — disse Natalie com um risinho.

Ah, não. Aquela risada era uma cilada.

Ouça sua intuição, filho.

Ou será que ele deveria ouvir o próprio pau? Porque o pau de August dizia que ele deveria contar a Natalie tudo o que ela quisesse saber e dar a ela tudo o que ela quisesse sem demora.

— Sim, tive um relacionamento sério — disse August, devagar e com cautela. — Uma namorada só, na época do colégio. Éramos vizinhos. Na verdade, acho que ela ainda mora na casa ao lado da dos meus pais.

— Como ela era?

Que bom, Natalie ainda estava sorrindo. Bom sinal.

— Carol? Ela era uma graça, a típica garota do Kansas. Fazia uns pepinos em conserva que até ganharam um prêmio de uma feira gastronômica.

— Que bacana. — O sorriso de Natalie pareceu um pouco forçado dessa vez. — Uau. Ela parece ser o meu total oposto.

Calma aí. Que climão era aquele de repente?

— Por que vocês terminaram?

— Natalie, será que essa torta não está muito quente no seu colo? Eu posso...

— Estou curiosa. Se ela era *uma graça*, o que aconteceu?

— Eu disse que ela era uma graça? — Era assim que a mãe se referia a Carol. Uma graça. Devia ter ficado na memória. — Bem. Ela queria criar raízes, começar uma família, e eu não estava pronto para isso. Eu queria servir. Então ela me devolveu a aliança e agora está casada com o pastor da igreja. Da última vez que fiquei sabendo por minha mãe, tinha quatro filhos.

— Entendi. — Natalie se recostou no banco. — E você está feliz por ela?

— É claro. Por quê?

— Não sei, você parece arrependido por não ter ficado com ela.

— Ah, não. Já gostei mais de outras. — Ele deu uma piscadela. — Estou brincando, princesa.

— Sabe, estou com uma torta em mãos — disse Natalie calmamente.

Alguns segundos se passaram e August começou a sentir que a natureza perigosa daquela conversa continuava no ar.

— Mas estou curiosa. Você é muito bom em... você sabe. Então, quando foi que aprendeu tudo isso?

August já estava balançando a cabeça.

— *Natalie*.

— Só estou dizendo que não pode ter sido com a esposa do pastor que faz pepino em conserva.

— Vamos parar por aqui. Só tenho olhos para você.

— Me conte — insistiu ela.

— Não.

— Somos bem grandinhos, August!

— Meu Deus. Ok, está bem. Perdi minha virgindade quando tinha 22 anos. Um pouco tarde. E foi *há treze anos*, Natalie. A garota era amiga da namorada de um amigo e eu nem consigo me lembrar o nome dela, mas... Ela olhou *lá para baixo* e disse: *É melhor você aprender a deixar uma mulher completamente entregue antes de colocar isso para jogo*. Ela me ensinou alguns truques e eu aprendi. Satisfeita? Agora *chega*.

— Entendi. Tem certeza de que não lembra o nome dela? — Natalie teve a coragem de fingir que estava decepcionada. — Ela merece uma carta de agradecimento.

— Muito engraçado. — O rosto de August estava em chamas. — Não acredito que te contei isso.

— Por quê?

— Porque você é minha *esposa*. Você deveria acreditar que eu existo apenas para você desde o primeiro dia.

Em meio à irritação consigo mesmo, August se tornou um canhão descontrolado e não conseguiu mais evitar a explosão. Talvez estivesse preocupado que sua confissão tivesse colocado dúvidas na cabeça de Natalie, ou talvez apenas cansado de guardar a verdade para si. Mas, qualquer que fosse o motivo, ele escolheu o momento em que pararam do lado de fora da propriedade Vos para desabafar.

— Quando olho para você, é o que sinto. Que existi só para você todo esse tempo. É assim que parece para mim.

Ela estava tão linda e vulnerável naquele momento.

E agora pálida. E também parecendo assustada.

Droga.

— Você só está... você está inventando isso porque estamos nos preparando para fingir na frente de Ingram Meyer ou...

— Não. É sério. — August queria falar mais, mas o medo visível no rosto dela o fez se conter. — Eu gosto de verdade de você, Natalie.

Ela abriu a boca e depois a fechou. Os dois ouviram a porta da casa abrindo e o som de passos se aproximando.

— Podemos conversar sobre isso mais tarde?

Eu gosto de verdade de você.

Natalie entrou na casa onde crescera tentando desesperadamente não derrubar a torta. Seu marido de mentirinha acabara de admitir que gostava dela. Gostava *como*, exatamente? Os dois não chegaram a falar sobre isso. Será que August estava se referindo a desejo? Será que ele queria dizer que se importava com ela? Porque Natalie já havia sentido aquelas duas coisas, mas eles não deveriam falar sobre isso em voz alta. Isso tornava tudo real.

Verbalizar tais sentimentos os obrigaria a lidar com eles.

— Você quer que eu carregue a torta? — perguntou August, tocando as costas de Natalie delicadamente.

Ela sentiu um arrepio na nuca, em parte graças à conversa que tiveram antes da confissão dele. Natalie foi de ciumenta a excitada mais rápido do que um raio. Talvez não fosse uma opinião popular, mas um homem que ouvia os conselhos de uma mulher sobre sexo, passando de aluno a professor? Isso era muito excitante.

Ainda assim, não deveria sentir um frio na barriga ao ouvir coisas como "só tenho olhos para você". No entanto, era exatamente o que estava sentindo, além de tentando aceitar que aquela enorme presença em sua vida agora gostava dela.

Talvez Natalie sentisse alguma coisa por August também. Algo intenso e assustador.

— Não, está tudo bem — sussurrou ela. — Eu levo.

— Quer que eu carregue você *enquanto você carrega a torta*? Seus saltos parecem desconfortáveis.

Ela olhou brevemente para baixo.

— Eu usava sapatos assim todos os dias. — Natalie apontou com a torta para a sala de jantar à frente, de onde vinham vozes, inclusive a de Ingram Meyer. — Os saltos fazem eu me sentir mais confiante. E Deus sabe que preciso disso em jantares de família.

August encarou Natalie e assentiu, e ela foi tomada pela estranha sensação de que ele havia entendido exatamente o que se passava na cabeça dela.

— Estou aqui, princesa.

Ela olhou para August.

— Está?

— O que eu disse nos meus votos de casamento? Vou ficar do seu lado em todas as discussões, a menos que seja comigo. Você estava ouvindo ou só estava lá parada, parecendo uma deusa?

Natalie começou a piscar muito rápido.

— Eu estava ouvindo.

— Que bom. — August se abaixou e colou a testa na dela. — Estou com você.

Natalie levou um momento para perceber que eles haviam entrado juntos na sala de jantar, mas enfim notou que todos estavam em silêncio.

Ela e August não tinham tirado os olhos um do outro e Corinne, Julian, Hallie e Ingram observavam a cena com curiosidade. Foi uma troca de olhares intensa, e ela sentiu quase uma dor física por estar tão perto da boca dele sem ser beijada.

Então August finalmente se concentrou em Corinne, que estava sentada à mesa com uma postura estoica, oferecendo um sorriso aos recém-chegados.

— Boa noite, sogra.

Natalie viu o sutil indício de um sorriso antes de Corinne revirar os olhos.

— Entrem. O jantar está quase pronto. Vamos comer cordeiro. — Ela estendeu a mão para o homem sentado à sua esquerda, que, pela primeira vez, não estava com um chapéu de palha empoleirado no topo da cabeça. — Tenho certeza de que vocês se lembram do sr. Meyer. Ele esteve no casamento.

O homem fez uma saudação preguiçosa com a taça de vinho.

— É um prazer vê-los de novo.

— Igualmente — disseram ela e August ao mesmo tempo.

Corinne apontou para a torta nas mãos de Natalie.

— Quem fez a torta? — perguntou ela.

— August. Eu jamais conseguiria fazer uma torta assim.

Natalie percebeu vagamente que o marido estava franzindo a testa para ela. Por quê?

Não era segredo que ela não sabia cozinhar. Natalie não conseguiria fazer um prato nem se sua vida dependesse disso. E ele não tinha rido dela por sua falta de habilidade na cozinha no dia anterior?

Corinne permaneceu de pé até que August e Natalie se sentaram lado a lado à mesa.

— Então — gritou Hallie meio sem querer, inclinando-se para a frente. — O que vocês têm feito desde o casamento?

Corinne tossiu e Julian sorriu ao beber um gole de vinho e, na mesma hora, a loira de cabelo cacheado tentou consertar a pergunta.

— Bom, além de... além de se conhecerem melhor como marido e mulher... — Ela estremeceu, obviamente percebendo que só tinha piorado as coisas. — Quer dizer...

— Bom, eu estou tentando melhorar minha técnica de fermentação — explicou August. — Quando Natalie não está trabalhando, ela passeia, conhece a propriedade. Está se adaptando.

Esse não foi o melhor começo para convencer o gerente de empréstimos que Natalie e August nutriam um amor eterno um pelo outro, e August percebeu. Ele pegou a mão dela embaixo da mesa, onde ninguém poderia ver, e a apertou, aparentemente perdido em pensamentos.

Enquanto isso, Ingram Meyer girava o líquido vermelho-rubi em sua taça.

— Na prática, Natalie agora é funcionária da Adega Zelnick, não é? Com seu vasto conhecimento sobre vinificação, ela deve ser de grande ajuda para você.

Natalie sentiu uma pontada de dor embaixo da clavícula e pegou a água. Grande ajuda? Não mesmo. Ele nem a deixava entrar no galpão. August a observou bebendo a água com um profundo sulco entre as sobrancelhas e, em seguida, respondeu:

— Ela... sim, ela tem muito conhecimento a oferecer. Tenho muita sorte.

— Tenho certeza de que ela será mais útil na parte administrativa — acrescentou Corinne sem perder o ritmo.

Duas mulheres saíram apressadas da cozinha e começaram a colocar salada em um dos pratos menores de cada convidado. Corinne disse algo a uma delas e depois voltou a atenção para Ingram.

— Minha filha é muito boa com números e tenho certeza de que isso será uma grande vantagem para a Adega Zelnick. No que diz respeito à produção, ela daria uma ótima degustadora.

Natalie tinha acabado de colocar um pouco de salada na boca, mas parou de mastigar enquanto todos riam da piada de Corinne, embora tenha notado que August não riu. De jeito nenhum.

— É verdade. É melhor me concentrar no que sei fazer bem. E definitivamente sou uma expert em secar garrafas de vinho.

Mais risadas. Exceto de August.

— A Adega Zelnick pode acabar se tornando uma forte concorrente da Vinícola Vos daqui uns anos.

Corinne levantou uma sobrancelha para August.

— Seria maravilhoso.

— Certamente — concordou Ingram. — Tenho certeza de que um empréstimo para pequenas empresas ajudaria muito a transformar isso em realidade.

Corinne deu a Natalie um olhar significativo.

— Sim — disse Natalie. — É verdade.

Diante do silêncio de August, Natalie apertou a mão dele por baixo da mesa, e ele apenas assentiu uma vez sem olhar para ela. O que estava acontecendo? Ele sabia que esse jantar era importante.

Bom, se August não ia dizer nada, ela faria isso.

— Na verdade, não é algo tão distante assim. Nunca vi alguém tão dedicado a aprender sozinho a arte da vinificação dispondo de tão poucas ferramentas. August veio para Santa Helena com um sonho e uma ética de trabalho séria, enquanto muitos simplesmente aparecem com milhões de dólares do Vale do Silício e equipamentos de última geração e nunca param para compreender de verdade as transformações mais sutis que ocorrem na uva. Mas August continua tentando, apesar de tudo, e mais cedo ou mais tarde ele vai conseguir. Eu sei que vai. E, quando isso acontecer, vai ser incrível, porque ele trabalha com muito amor e dedicação e não faz isso só pelo dinheiro.

Natalie ficou tão imersa no próprio discurso que não percebeu que Ingram havia abaixado o copo e a encarava, sério. Pela primeira vez naquela noite, não havia sorrisinho algum no rosto dele.

— Todos deveriam ter a sorte de contar com alguém que acredite em nós como você acredita no seu marido, srta. Vos.

— Sra. Cates — corrigiu ela com um sorriso nervoso.

E não havia como não ficar nervosa quando August a puxava para mais perto, quase arrastando-a para o colo dele.

— Pare com isso — sussurrou ela.

— Não. — A voz soava grave. — As pessoas se sentam no colo umas das outras em churrascos.

— Eu já disse que isso não é um churrasco — sussurrou ela de volta, sem conseguir conter a risada. — Um churrasco não tem um pratinho específico para saladas.

— Não estou vendo salada nenhuma.

Rindo com sinceridade dessa vez, Natalie deu um tapa na mão de August, que finalmente se contentou em apenas encostar a cadeira de Natalie na dele. Terminada a conversa particular, eles tiraram os olhos um do outro e viram que todos os presentes os observavam de novo.

— Enfim — continuou Natalie, ajeitando o cabelo. — Prevejo que coisas boas estão por vir.

— Eu também — concordou August, olhando para ela.

Mas Natalie tinha a sensação de que eles não estavam falando da mesma coisa, e essa possibilidade fez seu coração disparar. De repente, ficou difícil olhar nos olhos do marido.

Corinne finalmente quebrou o silêncio denso que pairava à mesa.

— Ingram, Julian e eu estamos investigando o valor do monitoramento aéreo de plantações. Mas não tenho certeza se é o melhor momento para isso. Afinal, estamos nos reerguendo.

Julian suspirou e deixou seu vinho em cima da mesa.

— Sim, estamos nos reerguendo, mas esse é mais um bom motivo para usarmos a tecnologia...

Natalie estava atenta. Quando Julian mencionou o ObserVinha, ela começou a examinar o histórico da empresa e dar uma olhada em números e estatísticas. Embora devesse estar trabalhando na estratégia para a reunião com seu cliente que aconteceria em Nova York na sexta-feira, dali a quatro dias, simplesmente não conseguia conter o interesse.

— Natalie — disse August de repente —, eles não estão falando sobre a empresa que você tem estudado nos últimos dias?

A atenção de todos se voltou para Natalie.

August tinha reparado no que ela estava fazendo no computador?

— Hum... — Debaixo da mesa, ele colocou a mão sobre a coxa dela, e o calor era exatamente o que Natalie precisava. — Sim, ando lendo sobre o ObserVinha.

— E o que você acha? — perguntou Julian, com interesse genuíno.

— Natalie não está muito a par do que anda acontecendo por aqui — interveio Corinne. — A tecnologia pode ser de ponta e adequada para algumas vinícolas mais prósperas, mas nós ainda não estamos prontos para ela.

— Com todo o respeito, mãe, mas quando você estiver pronta para essa tecnologia de ponta, já estará atrasada para a próxima — retrucou Natalie, espantada consigo mesma.

Ela estava prestes a desmerecer o próprio comentário, mas August apertou sua perna embaixo da mesa de novo, fazendo um gesto discreto com a cabeça. Devagar, Natalie largou o garfo e umedeceu os lábios.

— O ObserVinha oferece uma maneira de reduzir o impacto ambiental da vinícola, conservando a água e alocando fertilizantes que ajudam a evitar desperdícios significativos. O serviço também detecta pragas que podem se espalhar pela região e afetar outras vinícolas.

Ela fez uma pausa, um pouco surpresa por ainda ter a atenção de todos.

— Acho ótimo que a Vos esteja se reconstruindo, mas é preciso se reconstruir *corretamente*, e isso inclui se adaptar à ciência de ponta. Ciência responsável. Inclusive, eu não consideraria a empresa apenas como prestadora de serviços, eu pensaria em investir, porque, um dia, muito em breve, esse tipo de tecnologia será uma exigência para os produtores de vinho, não algo opcional. — Ela segurou o copo de água. — Entrei em contato com o diretor de operações deles. Por acaso, eles já têm um investidor. Um concorrente de vocês. Só as isenções fiscais para empresas ecologicamente corretas já fazem com que o investimento valha dez vezes mais, e essas empresas ainda serão chamadas de visionárias quando todo mundo começar a fazer o mesmo.

Natalie tomou um gole de água.

Ninguém disse nada por alguns segundos.

Ela olhou de relance para August e viu que ele estava com uma expressão de... admiração?

Corinne estava boquiaberta, e, a menos que ela estivesse alucinando, Julian parecia muito orgulhoso. Hallie, enquanto isso, completava alegremente as taças de vinho de todos à mesa.

Era a primeira vez que ela não se sentia uma criança naquela casa.

— Muito bem. — Seu marido bateu com a mão na mesa. — Agora que estamos todos cientes de que minha esposa é brilhante, é hora de trazer os álbuns de foto de infância, por gentileza.

Natalie quase não tinha fotos de bebê.

Um mísero álbum? E ainda por cima um álbum fino?

August ficou indignado.

Onde estavam os cortes de cabelo ridículos, as fotos com roupinha de beisebol ou qualquer outro esporte? A mãe de August teria alugado Natalie por uma semana e mostrado cuidadosamente cada ano da vida dele registrado em fotos, e Natalie merecia a mesma consideração. Para crédito de Corinne, a falta de fotos da filha também parecia decepcioná-la.

— Provavelmente há mais fotos — explicou, tentando encher a taça de Ingram pela terceira vez desde o fim do jantar.

Ingram estava bêbado. Ele tinha sido conquistado antes do prato principal e agora já havia baixado a guarda, mas quanto mais se aproximavam do fim da noite, mais a guarda de August seguia na direção oposta.

Quando Ingram recusou mais uma taça de vinho e se levantou, colocando o chapéu de palha de volta na cabeça, todos se levantaram também. Todos menos August.

— Esta noite foi um prazer, como sempre — disse ele, apertando a mão de Julian e em seguida beijando a mão de Corinne. — A única coisa que poderia ter tornado tudo melhor seria a presença de Dalton. Ele faz muita falta em Santa Helena. Espero que, mais cedo ou mais tarde, possamos trazê-lo de volta da Itália.

Corinne sustentou o sorriso diante da menção ao ex-marido. Enquanto isso, Natalie revirou os olhos para August, que ficou muito satisfeito. Ele adorava o fato de estar sentado com Natalie no sofá, com o braço em volta dos ombros dela. Ainda assim, estava sentindo uma coisa estranha e, logo depois, soube por quê.

— Fico muito feliz em testemunhar uma união tão sólida entre dois jovens íntegros. Queria que Dalton estivesse aqui para ver com os próprios olhos. Vou providenciar a papelada para a liberação do seu fundo fiduciário, Natalie.

August esperava que a esposa agradecesse. Que se levantasse e aplaudisse.

Em vez disso, ela parecia nervosa.

— E... podemos agendar uma reunião com August para falar sobre o empréstimo para a Zelnick? Você poderia providenciar isso também?

— É claro — respondeu Ingram, sem ter ideia de que August não precisava mais do empréstimo. Não quando o investimento do comandante já estava em sua conta. — Acho que minha agenda está cheia esta semana, mas vou dar uma olhada assim que chegar ao banco amanhã de manhã.

Natalie respirou fundo, aliviada.

— Obrigada.

August tinha a impressão de que sua garganta estava em chamas. O plano havia funcionado. Natalie estava prestes a receber seu dinheiro. Era aquilo que ele queria.

Mas aquilo a deixava um passo mais perto de não precisar mais dele.

Quando Natalie piscou para August, ele percebeu que estava olhando para o nada, imaginando o mundo desolado em que viveria quando ela fosse embora. Ela receberia o dinheiro e esqueceria o nome dele em um ou dois anos, enquanto ele ainda estaria lá, *apaixonado*.

A menos que...

A menos que ele conseguisse encontrar uma maneira de convencê-la antes de sexta-feira de que os dois eram ótimos juntos. Antes de ela ir para Nova York. Porque assim que ela conquistasse aquele investidor, tudo estaria acabado.

Recusando-se a aceitar a possibilidade da derrota, August puxou Natalie para o colo e abriu o álbum de fotos na primeira página.

— Vamos ver de novo.

Capítulo dezenove

€ra um contraste surpreendente, a maneira como August a deixava se aproximar em alguns aspectos, mas continuava completamente fechado em outros. Na noite anterior, na casa de Corinne, eles tinham sido uma dupla infalível. Os dois se apoiaram com toques e, em certo momento, pareceu até mesmo que ela estava de fato apresentando o marido à família. Natalie se esquecera do acordo até o momento em que Ingram se levantou para ir embora.

E quis esquecer de novo no caminho para casa, mas o silêncio era ensurdecedor.

Será que August estava esperando que ela falasse sobre os próprios sentimentos?

Ele estava esperando que Natalie dissesse que queria ser esposa dele de verdade?

De manhã, entender August fora quase impossível, já que ele estava trabalhando no galpão com a porta fechada, um sinal claro de que ela deveria ficar longe. Natalie não era bem-vinda ali. E aquilo a fazia lembrar demais da própria infância, quando era incluída nas coisas apenas quando era conveniente para todos os outros e não havia chance alguma de ela estragar tudo.

Talvez Natalie piorasse o vinho de August.

Afinal, não dava para fingir que o fiasco em Nova York não havia acontecido.

Se August quisesse machucá-la de propósito, talvez ela tivesse coragem de ficar brava com ele.

Mas, na verdade, ele era apenas um homem teimoso e determinado que faria de tudo para alcançar seu objetivo. E, em vez de ficar brava, ela ficava com saudade. Natalie sentia saudade de se sentar ao lado de August como na noite anterior, sentia saudade daquela risada irritante, e só tinha se passado um dia.

Por mais que o magoasse ao se proteger e não expressar os sentimentos dela, e por mais que ele a afastasse, Natalie ainda queria ouvir aquela risada. Ela queria passar o tempo com August e aproveitar aquilo ao máximo porque ele a fazia se sentir de uma forma que ela ainda não conseguia admitir em voz alta. Não sem questionar seus planos para o futuro.

A atenção de Natalie se desviou do laptop e ela olhou ao redor da cozinha, focando em um pacote de biscoitos em cima do fogão. Será que deveria preparar alguma coisa para August? Provavelmente a última coisa que ele esperava era que Natalie lhe fizesse um lanchinho.

Natalie teve uma ideia. Havia uma maneira perfeita de ouvir a risada dele de novo.

Ela fechou o laptop e se certificou de que a porta estava trancada, depois passou os quarenta e cinco minutos seguintes colocando seu plano em ação.

Houvera uma época em que ela ficou conhecida na cidade como a rainha das pegadinhas, mas já fazia algum tempo desde que tinha aprontado uma. Era engraçado como aquilo a empolgava mais do que a chance de garantir um financiamento de um bilhão de dólares, mas isso era um problema para a Natalie do futuro. Por enquanto, ela só precisava desesperadamente aliviar a tensão entre os dois. E, nesse processo, aproveitaria para se vingar por ter sido obrigada a dançar "Brick House" no casamento.

Quase uma hora depois, Natalie empratou os biscoitos que tinha preparado, ajustou o semblante e saiu para o galpão. Parou diante da porta e viu o marido pulverizando as uvas como se elas tivessem ofendido a mãe dele. Balançando a cabeça, ela pegou o biscoito no canto direito do prato e deu uma mordida, batendo o quadril contra a porta rangente do galpão para chamar a atenção de August.

Quando ele se virou, Natalie foi pega de surpresa ao notar a aparência um pouco abatida do marido. Ela pensou em cancelar o plano, especialmente porque o rosto de August se iluminou ao vê-la, o cansaço que antes estampava as feições dele desaparecendo sem deixar vestígios.

— Ei — disse ele, tirando um pano do bolso de trás da calça, secando a testa e dando um passo ansioso à frente. — Você encontrou meu estoque de Oreo.

— Hummm. — Ela deu uma mordida no que estava em sua mão. — Não vou dividir, só queria mostrar o que você está perdendo.

Ao entrarem na mesma dinâmica de sempre, Natalie notou uma onda de alívio percorrer o corpo dele, e isso fez seu estômago embrulhar. Ela estava certa, August estava se sentindo tão mal lá fora quanto ela na cozinha.

— Você me trouxe um lanche, princesa. Isso conta como cozinhar.

Ela revirou os olhos.

— Não conta, não.

— Qualquer coisa que você coloca em um prato conta.

— Você já disse que eu sou uma péssima cozinheira, não vai funcionar voltar atrás agora.

— Você está sorrindo. Está funcionando. — Ele se aproximou e pegou um Oreo do prato. — Vamos combinar uma coisa. Na nossa casa, se estiver em um prato, é considerado uma entrada.

Tentando disfarçar, Natalie suspirou.

— Se você insiste.

— Eu insisto. — Ele cravou os dentes brancos no Oreo e mastigou. — Ei, parece que acabamos de concordar... — Ele congelou. Mastigou um pouco mais. Depois se abaixou e cuspiu tudo no chão. — Meu Deus, o que você fez? Você trocou o recheio por *pasta de dente*?

— O velho truque da Colgate — confirmou Natalie, rindo enquanto ele tossia. — Essa foi fácil.

— Diga isso ao meu esôfago — reclamou August, engasgado.

Uma risada explodiu do peito dela.

August olhou para cima e sorriu com os dentes cobertos de biscoito, fazendo a risada de Natalie se transformar em uma gargalhada escandalosa.

— Você percebe que acabou de incitar uma guerra? — perguntou ele.

— Sim, senhor. A única guerra em que eu posso, e vou, vencer um soldado de elite da Marinha.

August jogou a cabeça para trás e soltou uma risada forçada.

— Vai sonhando, princesa.

Natalie olhou para as unhas.

— Espero que você tenha plano de saúde.

— Você está ferrada, Natalie. *Ferrada!*

Eles estavam parados na entrada do galpão, sorrindo um para o outro. Natalie não queria reconhecer o quanto já estava se sentindo melhor. Por isso, se conteve. Tampouco queria reconhecer o fato de que nem sempre teria a opção de ir ao galpão encher o saco de August até que as coisas se resolvessem sozinhas.

Mas, por enquanto... Ainda bem que ela podia fazer isso.

Porque a ideia de estar em qualquer outro lugar a fazia estremecer.

Ela teria que superar isso. Mas outro dia.

Natalie se virou e foi depressa para casa, sentindo-se quase vibrar de alegria. Ela não conseguia parar de rir baixinho, e a leveza em seu peito quase a fez flutuar. Devia ser por causa da pegadinha. Tinha que ser.

— No fim do ensino médio eu fui eleita a pessoa com maior probabilidade de trocar seu álcool em gel por cola.

A risada de August ecoou pelo jardim da frente.

— Ah, é? Bom, no meu ensino médio eu fui eleito o...

— Palhaço da turma. Campeão de peidos. O maior mala sem alça.

— Errado, princesa. Fui eleito o que mais tinha chance de surpreender. — Uma pausa breve. — Verdade seja dita, pode ser porque eu chegava por trás das pessoas e peidava, mas mesmo assim.

Ela teve que parar no meio da escada, porque estava chorando de rir. As lágrimas escorriam por seu rosto, e ela pensou que aquilo com certeza tinha feito valer o tempo que levara para lamber o recheio de cinco Oreos. Especialmente quando August a seguiu até em casa um momento depois e foi ao banheiro.

— Vou tomar uma ducha e depois você vai ver. Você não vai sair por cima dessa vez. — Ele seguiu até a metade do corredor e parou. — Você não fez nada com o chuveiro, fez?

— O que alguém poderia fazer com um chuveiro? — perguntou ela inocentemente, sentando-se com o laptop. — Vou voltar ao trabalho.

Cerrando os olhos, August se virou e fechou a porta do banheiro. Natalie mordeu com força o lábio inferior, ouvindo-o abrir os armários um por um e puxar lentamente a cortina do chuveiro, como se estivesse desconfiado de que uma cobra pudesse saltar em cima dele a qualquer momento. Ela até o ouviu destampar o frasco de xampu e dar uma cheirada no conteúdo, o que ela teve que admitir que era bastante sensato.

Embora previsível demais.

Natalie se levantou com calma da mesa, abriu a gaveta onde estava o plástico filme, arrancou um pedaço comprido e o prendeu na entrada do corredor. Ela analisou a altura exata de August e deixou o plástico lá, esperando. Foi então que ouviu o chuveiro ser ligado.

Logo depois veio o sonoro "Que *porra* é essa?" que percorreu toda a casa, fazendo com que a gata saísse correndo, alarmada.

Sentindo-se prestes a explodir de empolgação, Natalie se sentou à mesa e fingiu digitar, mas manteve um olho no corredor. August saiu do banheiro um momento depois, com a toalha enrolada nos quadris, cego pelo tablete de caldo de galinha que ela tinha escondido dentro do chuveiro. E, caindo feito um patinho, ele foi direto para o corredor e deu de cara com o plástico filme, que se agarrou ao seu rosto viscoso.

— Algum problema, querido? — perguntou ela, com uma falsa preocupação.

— V-você... — gaguejou August, virando-se na direção da voz de Natalie enquanto procurava algo que pudesse usar para limpar o rosto. — Você deveria estar na cadeia.

Ela fingiu choque.

— Isso não é jeito de falar com a sua esposa.

— Mas é verdade. Você é uma esposa que deveria estar na cadeia. Isso dava um reality show.

Tudo bem, ele merecia algumas folhas de papel-toalha. Quando tinha sido a última vez que ela riu tanto assim? Ou que não sentiu o futuro incerto pairando sobre sua cabeça como um bloco de cimento?

— Toma — disse ela, um pouco sem fôlego, levantando-se e entregando a August o rolo de papel-toalha que ficava no balcão da cozinha. — Acho que já chega. Por enquanto.

— Já você... — Ele limpou o rosto depressa, esfregando principalmente os olhos e encarando Natalie com um semblante ameaçador. — ... você ainda nem começou a sentir a força da minha ira.

— *Ui, ui, ui.* Estou morrendo de medo.

— Que bom! Deveria, mesmo!

Com certeza havia algo muito errado com Natalie, porque ela nunca se sentira tão atraída por alguém em toda a sua vida; e ele estava coberto por uma gosma sabor frango e sua boca provavelmente era pura pasta de dente. No entanto, se ele a beijasse naquele momento, ela se lambuzaria de caldo de galinha sem pensar duas vezes.

Reprimindo a humilhação daquele pensamento, ela pegou a chave de fenda que havia deixado no balcão e a entregou a August.

— Para o chuveiro. — Ela deu de ombros. — Mas acho que não existe ferramenta grande o suficiente para consertar a sua reputação.

August balançou a cabeça. Natalie imaginou que ele diria algo sarcástico, mas, em vez disso, ouviu:

— Sam teria adorado você. — Ele estudou o rosto dela, como se estivesse memorizando seus traços. — E isso não é uma pegadinha.

— Obrigada. Valeu — balbuciou Natalie, porque não conseguia pensar em mais nada. Nem transformar pensamentos em palavras quando uma erupção estava ocorrendo dentro dela.

Parecendo meio perdido, August deu meia-volta e seguiu para o banheiro.

— Durma de olho aberto, princesa — gritou ele antes de fechar a porta.

Pouco antes de August entrar no banheiro, Natalie viu que ele estava sorrindo.

August estava cozinhando alguma coisa.

Com um cheiro maravilhoso.

Então, é óbvio, Natalie ficou muito desconfiada.

Depois da primeira rodada da Guerra de Pegadinhas, eles se retiraram para seus respectivos postos de batalha. Ele saiu para levantar pneu antes de entrar e ocupar a cozinha com tanta presença que Natalie achou melhor ficar longe para não fazer algo insensato, como se enfiar entre aquele corpo maciço e o balcão e entregar o resto na mão do destino.

Estava escurecendo e parecia haver alguma conexão entre o pôr do sol e a libido de Natalie. Era como se a coisa tivesse personalidade própria e exigisse saber por que ela não tinha sido satisfeita desde a noite de núpcias. Mas é claro que Natalie não havia passado esfoliante e se besuntado com hidratante até acabar com o pote, torcendo para que algo *acidentalmente* acontecesse outra vez. É claro que não.

Os dois estavam no meio de uma guerra!

Qual seria a primeira tacada dele?

Natalie ainda não conhecia o estilo de pegadinha de August. E se ele raspasse uma de suas sobrancelhas? Esse era exatamente o tipo de ideia nada sutil que ela esperaria do marido. Será que tinha se metido em uma cilada? Por que sentia uma alegria inquieta que parecia girar como uma roda-gigante? Quem se divertia tanto assim com um marido de mentira? Natalie estava fazendo algo que não deveria?

Obviamente, sim.

Uma notificação em seu laptop sinalizou a chegada de um e-mail. Ela estava prestes a supor que se tratava de um anúncio quando notou o nome de Claudia. Por que sua sócia estava enviando um e-mail tão tarde? E sem nada no campo de assunto?

Franzindo a testa, Natalie abriu o e-mail e encontrou uma mensagem curta: *Desculpe se eu estiver sendo a primeira a te contar, mas não queria que você fosse pega de surpresa esta semana.* Logo após esse aviso enigmático, havia um link para um artigo do *The New York Times*.

Não... um anúncio de noivado.

De Morrison e a nova namorada.

Seu corpo entrou em choque e ela sentiu um formigamento no topo da cabeça.

Então, Natalie esperou que o ciúme aparecesse e a dominasse. Mas isso não aconteceu.

Morrison e a noiva eram como dois personagens de um filme, sorridentes e bidimensionais na tela, e, acima de tudo, muito distantes. O que aquelas duas pessoas faziam no tempo livre? Não devia ser uma guerra de pegadinhas. Eles definitivamente não dançariam "Brick House" na festa de casamento. Mas ela esperava que tivessem as próprias versões de tais atividades. Natalie de fato torcia por isso. Uau. Estava torcendo mesmo para que eles fossem felizes. Que maduro da parte dela!

Obrigada por avisar, Natalie digitou no campo de resposta. *Vou mandar uma cesta de frutas de presente.*

Ela clicou em enviar e se sentou na beirada da cama por um momento, ainda um pouco desconfiada de sua total falta de interesse pelo noivado de Morrison. O que isso significava?

Uma interpretação lastimável de "Love Train" veio da cozinha e chamou sua atenção. Ela colocou o laptop na mesa de cabeceira e logo se esqueceu das notícias. Era hora de enfrentar seu destino. Não dava mais para adiar. Qualquer que fosse o castigo por vir, Natalie o aceitaria de peito aberto e imediatamente começaria a planejar a vingança. Será que August tinha trocado o sal pelo açúcar na comida? Talvez pudesse ser a boa e velha almofada de peido. Isso seria *a cara* dele...

Assim que ela abriu a porta do quarto, um balde de água se derramou inteiro sobre sua cabeça como na famosa cena de *Flashdance*. A diferença era que ela não estava usando um maiô sexy e o banho não foi voluntário nem teve apelo cinematográfico.

De pé ao lado do fogão e rindo como uma hiena psicótica, August tirou uma foto com o celular.

— Evidência fotográfica. Aposto que você gostaria de ter pensado nisso.

Natalie ainda se encontrava sem palavras. Além de estar ensopada, seu constrangimento agora estava imortalizado. Mas quando o balde caiu de cima da porta e acertou a cabeça dela em cheio, Natalie pensou depressa, agarrando a oportunidade de se vingar com unhas e dentes.

— *Ai!* — Ela levou a mão à cabeça e começou a respirar depressa e ofegante, piscando rápido, como se estivesse segurando as lágrimas. — Ai. Minha cabeça. Ai.

August empalideceu e ficou imóvel como uma estátua.

— Meu Deus. — Ele soltou o celular e nem pareceu notar que o aparelho quicou várias vezes no chão. — Você está bem? Te machuquei?

Ela deu uma longa e corajosa fungada e olhou para a mão, estremecendo como se tivesse visto sangue.

— Eu... Não sei. Acho que vou precisar de alguns pontos.

— *Pontos?* — gritou August, tropeçando na mesa e derrubando o saleiro.

O pobre homem parecia prestes a desmaiar. Suas mãos tremiam enquanto ele desligava o fogão com movimentos bruscos, pegava um pano de prato e disparava na direção dela, ofegante.

— Vem cá, princesa. Me desculpe. Não acredito que isso aconteceu, não era para o balde ter caído.

— Estou um pouco zonza — murmurou ela, inclinando-se para um lado e agarrando-se ao batente da porta — Você acha que pode ser uma concussão?

— Não — sussurrou ele, horrorizado e branco como uma vela. — Não, não, não...

Ok, já estava bom. O homem já havia sofrido o suficiente.

Pouco antes de ele levantar a mão dela para examinar o ferimento inexistente, Natalie sorriu.

— A-há! Peguei você.

Foi como assistir a um colchão de ar esvaziando de uma só vez. O ar simplesmente saiu de seu corpo e August se abaixou, apoiando as mãos nos joelhos.

— Isso não é engraçado, Natalie — disse ele, arfando. — Achei que eu tinha te machucado.

— A única coisa que você causa à minha cabeça é enxaqueca.

Ele levantou o rosto, ainda pálido.

— Você está bem mesmo?

De repente, Natalie se sentiu muito culpada, como se aquele sentimento fosse rasgar seu peito. Talvez ela precisasse de uma ambulância, no fim das contas.

— Sim, estou bem, era só para pregar uma peça em você.

— Considere pregada.

Ele começou um exercício de respiração — inspirar, inspirar, expirar, inspirar, inspirar, expirar — que ela suspeitava que fosse uma tentativa de se acalmar. A verdade era que a respiração de Natalie também estava irregular, porque seu coração galopava como um cavalo de corrida.

Estou me apaixonando pelo meu marido.

Estou mergulhando de cabeça.

Talvez aquela já fosse uma batalha perdida.

Ah, droga.

E August se enfiou um pouco mais fundo no coração dela quando se endireitou de repente e a empurrou contra a porta, tocando com cuidado o cabelo molhado de Natalie, olhando-a de cima para baixo.

— Quero ver com meus próprios olhos — disse ele, com o hálito quente na testa dela. — Parece que não tem nada, graças a Deus. — Ele fechou os olhos, pressionou a testa contra a dela. — Você acabou de me custar quarenta e seis anos de vida.

— Que número específico — sussurrou ela, olhando para a boca dele.

A boca de August sempre havia sido tão deliciosa?

Sim. Sempre.

— É o número de brigas que tivemos desde que nos conhecemos — disse ele, com os lábios contra a pele de Natalie. August deu um beijo na testa dela e continuou ali por longos segundos. — Que, por uma coincidência, é o número de vezes que eu quis dar um soco em mim mesmo. E a má notícia é que não me vejo aprendendo a lição tão cedo. Parece que gosto de sofrer. — Ele afastou o cabelo dela dos ombros. — Sofrer na sua mão.

Natalie sentiu as pernas ficarem fracas como se fossem ceder.

— Servimos bem para servir sempre.

— Que bom.

Ela umedeceu os lábios com a língua. Apesar de um balde de água ter acabado de cair na sua cabeça, sua boca estava seca.

— É melhor eu tirar essas roupas molhadas. — Ela inclinou a cabeça para trás para que suas bocas pudessem se tocar, e, de repente, a respiração dos dois estava ofegante. — Quer me ajudar?

August engoliu em seco, depois inspirou e expirou pelo nariz.

— Não é uma questão de querer. Eu sempre quero você, porra. A cada minuto, a cada hora do dia.

As palavras ainda não tinham acabado de sair da boca dele quando ela o beijou, com gemidos mútuos vindos do fundo da alma.

— Mas eu disse a você na noite em que nos casamos — retomou ele. — Antes de irmos para o quarto, preciso ter certeza de que você não vai acordar arrependida. Não ouse ir para a minha cama e agir como se isso fosse algo casual. Não é.

— Então o que é? — sussurrou ela contra a boca de August, com medo da resposta.

Engraçado, ele não parecia nem um pouco assustado. Apenas determinado.

— Nós vamos descobrir. — A firmeza se dissipou um pouco e uma certa vulnerabilidade transpareceu. — Quero saber o que você sente por mim, Natalie.

Natalie sentiu seus batimentos cardíacos no corpo todo, pulsando em cada membro, em cada folículo capilar.

— Meu Deus, quem coloca outra pessoa em xeque assim?
— Não quero mais ter dúvidas.
August a levou para o quarto, um passo lento de cada vez. Boca a boca. Os dedos dele percorreram suavemente as laterais do rosto dela, o pescoço. Em seguida, ele segurou a gola da camiseta de Natalie e a rasgou em um só puxão, fazendo-a gritar.

— Cansei de me sentir obcecado por você a cada segundo e não ter ideia se você também está obcecada por mim — continuou August.

Ela fitou a camiseta rasgada, em choque, com os olhos voltando para cima para encontrar os de August, cada vez mais intensos.

— Você *quer* que eu esteja obcecada por você?
— Quero.

Cerrando a mandíbula, ele abriu o sutiã de Natalie e o tirou pelos braços, jogando-o para o outro lado do quarto junto com a camiseta rasgada.

— Talvez você tenha se envolvido com homens que não querem rótulos sem compromisso. Mas eu não sou assim. Não quando o assunto é você. Quero que conte os minutos até que estejamos respirando o mesmo ar de novo, como eu faço.

Natalie se sentia despencar.

— M-mas... A gente só se casou pelo dinheiro...

A boca de August se fixou na dela em um ângulo e ela passou de protestar contra a existência dos próprios sentimentos a beijá-lo avidamente, gemendo com o toque possessivo da língua dele.

— Isso não cola mais, princesa — grunhiu August, descendo e puxando a calça e a calcinha dela até os joelhos.

Então, ele subiu devagar, roçando o nariz na barriga e entre os seios de Natalie a caminho do rosto dela. Olhou-a no fundo dos olhos outra vez.

— Vou só chupar você de novo? Ou será que você vai admitir o que sente por mim para que possamos transar feito loucos?

Natalie sentiu um espasmo profundo e muito entusiasmado vindo do meio de suas pernas a favor da segunda opção. Mas seu coração ainda estava em dúvida. Admitir como ela se sentia? Quem fazia isso? Obviamente, pessoas que nunca tinham sido *rejeitadas*.

Natalie estava parada à beira de um precipício, sendo convidada a caminhar por uma corda bamba até o outro lado. Mas quanto mais ela encarava os olhos de August, mais firme a corda ficava, até se transformar em uma ponte completa.

— Eu também faço isso — sussurrou ela depressa. — Também conto os minutos até estar respirando o mesmo ar que você.

— Certo. — Ele a envolveu com os braços, respirando fundo e soprando o cabelo dela em várias direções. — Certo. Caramba. Viu? Não foi tão difícil.

— Quê? Para mim foi como enfiar a mão em um vespeiro.

August riu.

— Muito corajosa. — Ele passou a palma das mãos pelos quadris de Natalie e subiu pelas laterais de seu corpo, com os lábios se movendo no pescoço dela. — *Minha garota*.

Naquele momento, era verdade. O corpo de Natalie pertencia a ele. Seu coração estava entregue por inteiro.

Apenas pedindo para ser dominado.

Quando as mãos fortes de August finalmente se fecharam em torno de seus seios, o pescoço de Natalie perdeu força, sua cabeça tombou para trás em um gemido ofegante. Em um movimento ágil, o antebraço musculoso dele a segurou pela parte inferior das costas e ele se ajoelhou no colchão, deixando-a cair sobre o lençol. A calça de Natalie ainda estava na altura dos joelhos. Sem tirar os olhos dela, ele puxou a calça e a calcinha, tirando-as pelos pés de Natalie e jogando-as no chão. As roupas formaram uma montanha de tecido molhado junto ao pano que antes era a camiseta dela.

August chupou os mamilos de Natalie apenas uma vez e ela já estava *tremendo*.

— Eu já disse que você é tão gostosa que quase me deixa maluco?

August afundou o rosto entre os seios de Natalie, fazendo movimentos circulares com os polegares nos mamilos intumescidos.

— No dia do nosso casamento.

Ele levantou o rosto, sorrindo.

— Fez você relaxar, não fez?

Não sorria de volta. Não sorria...

Tarde demais. Natalie estava radiante como um farol.

— Antes eu estava tentando não desmaiar, agora preciso me controlar para não te dar um soco no meio das pernas.

— O meio das minhas pernas agradece. — Com os olhos brilhando, August piscou para ela. — Mas daqui a pouco você é quem vai agradecer.

A risada escapou antes que Natalie pudesse contê-la.

— Você é um palhaço.

— Sou o seu palhaço.

As palavras ficaram meio abafadas porque August fechou a boca quente em torno do mamilo direito de Natalie, sugando levemente. A língua dele também fazia pressão e... *meu Deus*. As pernas dela envolveram os quadris de August e ela arqueou as costas em meia-lua.

Ele passou tanto tempo concentrado em seus seios, lambendo e mordendo e tocando seus mamilos, que ela quase sentiu vontade de lembrá-lo que os dois tinham concordado em ir até o fim. Mas quando começou a ficar quente e cada vez mais inquieta, Natalie percebeu, mais uma vez, que aquele homem sabia exatamente o que estava fazendo.

— August.

A mão dele deslizou para cima e segurou o rosto dela, sem tirar a língua molhada do mamilo inchado de Natalie. Era como se houvesse uma conexão vibrante e intensa entre os seios dela e as profundezas de suas entranhas, fazendo o corpo inteiro dela tremer.

— Hum?

— Por favor.

— Por favor?

— Você pode entrar em mim? Agora?

Os movimentos da língua dele eram tão lentos e deliciosos que Natalie foi pega de surpresa quando August levantou a cabeça. Ela viu que suas pupilas ocupavam quase toda a íris.

— Não vou entrar no palácio sem prestar homenagem à rainha, Natalie — disse, sem fôlego.

— O que isso *significa*?

— Significa... — Ele lambeu Natalie do pescoço à boca, capturando-a em um beijo intenso. — Que eu achei que tinha perdido a chance de ter você assim. Não sei como consegui continuar vivendo. Ainda é um mistério.

Ele afundou os dedos no cabelo dela, inclinou a cabeça de Natalie para trás e tomou sua boca em beijos que embaralharam o cérebro dela, tudo isso enquanto seu corpo grande e ainda todo vestido a segurava contra o colchão. O volume de August roçava a barriga de Natalie, como uma provocação.

— Resumindo, não vou ter pressa. Por mais que eu queira abrir o zíper da minha calça e meter fundo em você, se eu não te fizer ver estrelas quando isso acontecer, não mereço ser chamado de seu marido.

Natalie se sentiu despencar.

August já havia tirado a camisa e rolado de costas. Meu Deus, aqueles *músculos*...

— Venha. — Ele passou a língua pelo lábio inferior, ofegante. — Quero você na minha boca.

O cérebro dela ficou off-line.

— Não estou entendendo.

August não a ouviu ou preferiu fingir que não tinha percebido a confusão dela, porque ele mordia o lábio inferior brilhante e acariciava o volume em sua calça.

— Nossa, talvez eu goze só de pensar em ter você sentada na minha cara.
— Você quer que eu...
— Se você quiser, eu imploro.

Para além do fato de nunca ter feito isso antes, Natalie tinha experimentado a força da natureza que era a língua de August na noite de núpcias e as lembranças não eram apenas gloriosas, como também frescas. August não precisava implorar. Nem precisou pedir duas vezes. Ela se acomodou na cordilheira que era o peito dele e deixou escapar um gemido quando August apoiou as mãos nas costas dela e a arrastou até a própria boca.

Arrastou.

Segurando-a ali, contra sua língua.

E, a partir daquele momento, Natalie nunca mais subestimou os efeitos da estimulação dos mamilos. Quando ela se sentou no rosto de August, não houve nenhum momento constrangedor nem qualquer pausa para encaixe, não quando ela já estava tão molhada, tão *sensível*. Natalie rebolava os quadris com gemidos baixos e soluçantes que emanavam de sua garganta, ouvindo os gemidos do próprio August e pensando apenas na urgência selvagem de chegar ao clímax.

Ele entrou nela com a língua, empurrando o mais fundo possível. Natalie sentiu o útero se contrair e suas pernas ficarem bambas.

— Meu Deus. Meu *Deus. Meu Deus.*

O dedo do meio de August massageava a entrada de trás de Natalie enquanto aquela língua mágica entrava e saia, entrava e saia. *Adeus, realidade*, ela agora estava no espaço sideral. Natalie cavalgou em um unicórnio de arco-íris pela Via Láctea e acenou para um astronauta. Seu corpo ainda estava no quarto, apertando as laterais da cabeça de August com as coxas, os dedos agarrados à cabeceira da cama enquanto onda após onda de prazer percorria sua carne, tensionando e soltando os músculos, dominando-a da melhor maneira possível.

Mesmo depois que o orgasmo atingiu o ápice e ela saiu de cima de August, Natalie ainda tremia, a pele salpicada de suor.

Na verdade, ela precisou piscar várias vezes para voltar a enxergar direito e poder olhar para o rosto de August. E ele estava tão excitado com a reação dela que, de alguma forma, contra todas as probabilidades, fez o tesão de Natalie voltar à tona. Sons aflitos e incompreensíveis saíram de sua boca enquanto ela descia pela cama, apenas para chegar até a pélvis de August e ver que ele já tinha baixado o zíper e estava com o pau na mão.

— Pílula?
— Pílula. *Sim.*
— Meus exames estão todos ok, Natalie.
— Idem.
— Sem camisinha?

Ela só conseguiu concordar com a cabeça.

— *Então senta em mim* — ordenou August, entredentes.

Foi exatamente o que Natalie fez. Ela sentou-se nele e desceu até suas coxas encontrarem as de August e ele gritar o nome dela.

Fundo. Tão fundo.

Fragmentos de luz explodiram atrás dos olhos dela e seus quadris se moviam por vontade própria. Em uma fração de segundo, eles estavam cumprindo a promessa dele de transar como loucos. O sexo de Natalie, nunca antes tão molhado, devorava August por inteiro, saindo e entrando fundo de novo, e ela sentia a bunda roçar sobre as coxas grossas e peludas de August quando descia.

— Não para. Porra. Não para — ofegou ele, cravando os dedos nas nádegas de Natalie, erguendo o corpo em estocadas vigorosas para se encontrar com os solavancos dos quadris dela.

Então, August continuou:

— Se você aperta a minha língua com tanta força quando goza, não vejo a hora de sentir você apertando o meu pau. Você vai cavalgar em mim até eu descobrir.

— Sim. Sim, August.

Sim. Pelo visto, aquela era a mulher dele. Extremamente obediente.

De que outra forma Natalie deveria se comportar quando aquele homem tinha mostrado a ela níveis de prazer que ela nem sequer imaginava? August era mágico. E o pênis dele, tão duro e ereto, era pura perfeição. Normalmente, Natalie teria achado *grande demais*. Foi o que pensou à primeira vista. Mas as preliminares... As benditas *preliminares* fizeram aquele mastro — de... vinte e um? Vinte e dois centímetros? — se transformar em um parque de diversões. O pau de August fazia uma pequena curva, e Natalie teve que jogar os quadris para trás para acomodá-lo. Ao fazer isso, seu clitóris roçou a base rígida como pedra do pênis do marido, fazendo-a transcender completamente em um misto de gemidos e suor.

— Seu rosto está me dizendo muito, mas sua boca não. — August se sentou de repente e ela gemeu.

Toda vez que aquele homem se movia, ela encontrava um ângulo ainda melhor.

— Quero saber o que você está pensando — exigiu August contra a boca dela. — Quero saber o que você pensa enquanto me cavalga gostoso assim. Me diz.

— Eu amo seu pau — disse ela, depressa, segurando os ombros dele para poder se estabilizar e rebolar com mais intensidade. — Eu amo.

August parecia tomado de prazer.

— O que você ama no meu pau?

Por que ela estava tremendo tanto quando nem sequer estava tendo um orgasmo? Seria aquilo um pré-orgasmo? Isso era possível ou será que Natalie deveria ser estudada pela ciência?

— Você... você me preparou. Com a sua boca. — Ela engasgou.

— Quando eu chupei seus peitos? — August deu um tapa forte na bunda de Natalie e ela gritou. — Ou quando enfiei a língua dentro de você?

Enquanto rangia os dentes, ela sentiu os olhos marejados. Estava tão gostoso. *Tão gostoso.*

— Os dois!

— Fala a verdade: você pensou que eu te comeria em um papai e mamãe, gozaria em um minuto e cairia no sono. Não foi?

— Sim. Não — balbuciou, esfregando-se com fúria contra ele. — Não sei.

— Não. Minha esposa merece mais do que isso.

Sem aviso, August virou Natalie de costas e a moveu para cima na cama com uma estocada forte.

— Se quero gozar dentro de uma boceta gostosa como a sua, tenho que fazer por merecer.

O orgasmo foi mais forte dessa vez. Natalie adorava aquilo, adorava ser objetificada, fodida e reverenciada, tudo ao mesmo tempo. August se inclinou para beijá-la de um jeito que dizia, com o toque carinhoso de sua língua, que ele estaria lá para cuidar dela quando tudo acabasse. Que ele era louco por ela.

Natalie conseguia sentir isso.

Ele a *fez* sentir isso.

Agora ela queria retribuir o favor.

— Você mais do que mereceu — sussurrou ela, passando as unhas pelo couro cabeludo dele.

Então, Natalie foi arranhando as costas de August, que congelou. Em seguida, ela contraiu os músculos entre as coxas e August quase perdeu a cabeça, cerrando a mandíbula e gaguejando numa tentativa de chamar o nome de Natalie.

— Mas...

— Mas o quê? — perguntou ele, rouco, mexendo os quadris mais rápido. — Mas o que, princesa?

Ela encostou a boca na orelha de August, contraiu os músculos mais uma vez e cravou as unhas nos ombros dele.

— Será que você precisa merecer alguma coisa sendo que eu quero tanto que você goze dentro de mim?

— *PORRA* — gritou ele, agarrando-se à cabeceira da cama com a mão esquerda e segurando o joelho direito dela com a outra.

A cama rangeu sob eles, cada vez mais barulhenta, enquanto August dava as últimas estocadas, finalmente grunhindo e preenchendo-a por inteiro. Natalie segurou as nádegas de August e o puxou para mais perto, mais fundo, ronronando em seu ouvido. Ele xingou, ofegou e gemeu durante uma série final de estocadas. A carne de ambos se chocava, as mãos se esforçavam para tocar, para agarrar. Agora de cima, o corpo enorme dele dominava o de Natalie de uma forma que ela sabia instintivamente que desejaria para o resto da vida.

Momentos depois, eles não passavam de dois corpos suados, respirando com dificuldade. A boca de August percorreu o ombro de Natalie, beijando-a abaixo da orelha enquanto os dedos dele se entrelaçavam aos dela.

— Puta merda — murmurou ele em meio ao cabelo da esposa, parecendo completamente atordoado. — Puta merda.

— Hummmm.

— Eu deveria receber uma medalha por ter conseguido aguentar tanto tempo. Eu... — Ele a puxou e afundou a boca em seu pescoço. — Eu estava *sedento* por você.

— Eu também estava — sussurrou Natalie, sentindo uma pontada atrás dos olhos.

August levantou a cabeça, parecendo preocupado.

— Tem certeza de que aquele balde não machucou você?

Natalie se sentiu mergulhar mais fundo nos sentimentos que vinham se formando por aquele homem e que não pareciam ter fim, apesar de seus objetivos tão opostos. Apesar dos motivos que os haviam levado a se casar e dos diferentes rumos que seguiriam.

— Sim, tenho certeza.

Ela sentiu o próprio coração bater tão forte e de maneira tão intensa que estendeu o braço de repente, pensando em pegar o copo de água na mesa de cabeceira só para ter o que fazer com as mãos. No processo, ela esbarrou no laptop e a tela se acendeu. Ela nem sequer percebeu até que August a cutucou no quadril.

— Quem são?

— Como assim?

Ele apontou por cima do ombro para o anúncio de noivado do *The New York Times*, bem grande na tela.

O copo de água parou na metade do caminho até a boca de Natalie.

Capítulo vinte

Toda vez que as coisas entre ele e Natalie começavam a dar certo, alguma coisa acontecia para estragar tudo. Assim que os ombros dela se enrijeceram, August sentiu que havia algo errado. E ele soube que não ia gostar do que estava prestes a descobrir.

Grande parte de August não queria que ela confirmasse a identidade do rapaz com cara de almofadinha, sorridente e engravatado na fotografia. Ele já havia entendido. O Central Park ao fundo solucionava o mistério. O cara com os dentes mais brancos que ele já vira na vida era o ex-noivo de Natalie. August tinha acabado de fazer um sexo tão incrível com Natalie que chegou a ouvir "Lucy in the Sky With Diamonds", dos Beatles, tocando, mas claro que alguma coisa ia aparecer para estragar tudo.

— Quem são?

A pergunta ficou no ar. Natalie olhou para a tela e seus olhos se arregalaram. Ela parou com o copo d'água no ar antes de chegar à boca.

— Ah.

— Ah?

Ela tomou um longo gole e colocou o copo de volta na mesa de cabeceira.

— Esse é meu ex, Morrison, e a nova noiva dele. — Seu sorriso foi tenso e breve. — Eu não estava *stalkeando* ninguém, me mandaram isso.

— Quando?

Ela deu de ombros.

— Não sei, há pouco tempo.

As coisas estavam começando a fazer sentindo. August sentiu um embrulho no estômago e seu peito pareceu se esvaziar.

Mas não ficou totalmente vazio.

Havia uma nuvem de fumaça verde se espalhando, tomando conta de August e inundando-o de ciúme. Um ciúme pegajoso, repugnante e impossível de se ignorar.

— Pouco tempo. Ou seja, pouco antes de você me pedir para transar.

— Pedir para... — Ela abriu a boca, fechou. Torceu o nariz. — Não entendi. O que você está insinuando?

August saiu da cama e ficou de pé, fechando o zíper da calça jeans com os dedos dormentes.

— Precisa que eu desenhe?

— Pelo visto, sim. — Natalie também elevou o tom de voz.

Incapaz de suportar a visão do rosto sorridente de Morrison por mais um segundo, ele foi para o outro lado da cama e fechou o laptop.

— Você estava se sentindo mal depois de descobrir que seu ex ficou noivo e eu servi só para alimentar o seu ego.

Essa foi a primeira vez que August deixou Natalie sem palavras.

E a *sensação* não foi tão boa quanto ele esperava que fosse.

Na verdade, foi o oposto de boa. Foi horrível.

Ela o encarou por um longo tempo, depois virou para o outro lado, parecendo piscar para tentar disfarçar as lágrimas.

— Saia do meu quarto.

Ele levou um momento para conseguir falar.

— Diga que não foi isso.

— Não, você está certo. Tudo o que eu disse sobre ter sentimentos por você foi uma grande mentira só porque eu queria transar com você para alimentar o meu ego. — Natalie se levantou e o empurrou em direção à porta, mas ele não se moveu nem um centímetro. Simplesmente não conseguia se mover. — Porque fazer uma coisa dessas tem tudo a ver comigo, é claro.

Não.

Não, com certeza não tinha.

Natalie se cobriu com o travesseiro, escondendo-se dele.

Peça desculpas. Agora mesmo.

— Por favor, me diz que você não está voltando para Nova York por causa disso — rosnou August, porque só podia ter perdido completamente a noção.

A fumaça verde que se tornava cada vez mais espessa dentro do peito dele ocupava todos os seus sentidos. Aquele engomadinho de uma figa era perfeito para Natalie — por quem August era apaixonado, por sinal — e, enquanto eles faziam amor, ela estava triste porque aquele babaca ia se casar com outra pessoa.

Ela havia acabado de virá-lo do avesso naquela cama, e a possibilidade de que estivesse pensando em outra pessoa acabava com ele.

— Não tenho que provar nada para você — disse Natalie, mal mexendo os lábios. As coisas tinham fugido do controle rapidamente. — Nada mudou entre a gente. O acordo original ainda está de pé. Estamos nessa pelo dinheiro e mais nada. Agora cai fora do meu quarto.

Seu coração subiu para a boca e ele o engoliu de volta.

— Se eu sair, você não vai mais me deixar entrar.

— Parabéns pelo raciocínio, idiota.

— Estou com ciúme, Natalie — disse ele, vencido. — Estou com ciúme.

— Quer saber, August? Eu não dou a mínima. Você não pode dizer o que quiser só porque se sente assim. Isso não é desculpa.

Precisa aprender a falar só depois que seu cérebro processar as informações.

— Porque isso magoa você.

— Exato — sussurrou ela, mas logo pareceu se arrepender. — Não. *Saia daqui.*

Mais do que qualquer coisa, August estava com raiva de si mesmo naquele momento. Irritado. A frustração aumentava cada vez mais, qualquer fio de controle que ainda restava escapava de seus dedos. Ele não conseguia fazer nada direito. Não conseguia fazer Natalie feliz por mais do que alguns míseros minutos. Não conseguia honrar o sonho de Sam.

Aparentemente, também não conseguia interpretar porcaria nenhuma. Para que ele servia, afinal?

Dar espaço para Natalie respirar era provavelmente a coisa certa a fazer, mas August não conseguia se obrigar a sair do quarto. Então permaneceu ali, um objeto inanimado com a mão na maçaneta. Ele não podia ir embora. Era isso que ambos faziam no final de cada briga, desde sempre, e essa atitude só prejudicava o relacionamento dos dois.

Ele a *perderia* a menos que algo mudasse.

Natalie estava magoada por causa de August, e ele não iria simplesmente abandoná-la.

Ele se virou para ela.

— O que posso fazer para consertar as coisas, Natalie?

Ela levantou o rosto.

— Além de colocar fogo em si mesmo?

— De preferência.

— Não sei, August — suspirou ela.

— Me diz como você está se sentindo neste momento. — Ele deu um passo cauteloso em direção à cama. — Pode ser um bom começo.

— Com raiva. — Por um segundo, August imaginou que Natalie pararia ali, mas ela levantou a mão e deixou cair. — Meio vazia.

Ele emitiu um som rouco. Percebeu que ir embora era definitivamente mais fácil. *Aquela* era a parte difícil: ouvir o que tinha feito de errado e como a havia magoado. Era isso que fazia um casamento durar? Ter conversas difíceis?

— Por que você está se sentindo vazia?

— Porque eu... — Ela baixou o olhar para os lençóis bagunçados. — Eu confiei em você, mas você não confiou em mim. Eu tirei minha armadura e, no minuto seguinte, não sei, é como se você estivesse me castigando por isso.

As palavras de Natalie o cortaram como lâminas. Aquilo era pior do que ele tinha imaginado. Quantas coisas ele teria aprendido se houvessem conversado depois de todas as discussões? Ele seria mais sábio do que o Doutor Estranho.

— Eu sinto muito.

— Eu sei — respondeu Natalie, rindo, mas sem achar a mínima graça. — Esse é o problema. Eu sei que você sente muito. Sei que você não faz as coisas para me magoar, ainda que me magoe.

Coisas?

De que outra forma ele magoava Natalie?

August tentou pensar no que poderia ser, mas não se lembrou de nada.

— Natalie, o que eu... — Do nada, uma ideia iluminou o cérebro dele. — Posso ler o restante dos meus votos para você. Acha que isso pode te ajudar a se sentir melhor?

Ela pareceu interessada, ainda que relutante.

— Tinha mais?

— Tinha. Peraí.

Como se estivesse em uma missão muito importante, August saiu correndo pela casa, o que deixou Pimenta em estado de alerta. Ele entrou no quarto, que estava com a porta entreaberta. Onde estava? Onde ele havia colocado?

Na mesa de cabeceira.

August pegou o pedaço de papel amarelo e correu de volta para o quarto de Natalie, parando a centímetros do pé da cama dela.

Ele pigarreou de forma teatral, mas ela ainda não estava no clima para sorrir. Tudo bem. A única coisa que ele queria era que ela não estivesse mais com aquele olhar distante quando terminasse de ler.

Nunca mais a deixe triste, seu filho da puta.

— Você sempre vai estar segura comigo. É só me chamar. Onde quer que você esteja, eu estarei lá com você. Eu parei aqui, certo?

Ela assentiu.

August adorou saber que Natalie se lembrava exatamente do que ele tinha dito no altar.

— Ok. Natalie Vos, eu prometo que vou te abraçar quando você estiver triste. Vou te incentivar quando estiver pra baixo. Vou assumir a culpa por uma briga para que a gente não vá dormir bravo um com o outro.

— Até parece — retrucou Natalie, bufando. — Não está escrito isso.

— Ah, não? O que é isso, então? — August virou o papel e o mostrou para Natalie, para que ela pudesse ver que ele estava lendo os votos do jeito que estavam escritos.

Ela inspecionou o papel e depois olhou para as próprias unhas, tentando esconder um lampejo de interesse e falhando miseravelmente.

— Tem mais?

— Tem. — Ele apoiou um joelho contra a cama, depois outro, tentando se aproximar apesar da rigidez nos ombros de Natalie.

— Se eu fizer você chorar, você está autorizada a torcer o meu mamilo até ficar roxo. Está aqui em negrito.

— Não estou chorando.

— Está quase. E odeio ver você assim.

— Não venha aqui. Não vou torcer o seu mamilo.

— Está escrito nos votos.

— Mas você não os leu diante dos olhos de Deus. Então não contam.

— Eu acabei de ler diante de uma deusa. Está valendo.

August soltou o papel e a jogou de costas na cama em um abraço de urso, sentindo vontade de chorar. Se ele tivesse ido embora, se tivesse se afastado depois da briga, não teria Natalie nos braços naquele momento, o que teria sido, sem dúvida, a escolha errada. Ela precisava estar sempre em seus braços, não importava o que acontecesse.

Natalie fungou e August pegou sua mão, colocando-a no peito dele.

Depois, pressionou a ponta dos dedos dela contra o próprio mamilo.

— Manda ver.

Ela não precisava do incentivo. Natalie torceu o mamilo de August com toda a força que encontrou em seu corpo, até que ele gritasse.

— Calma aí, calma aí, calma aí. *Calma.*

Ela torceu com mais força.

— Natalie! *MINHA NOSSA SENHORA.*

Finalmente, ela o soltou. Quando August a encarou, incrédulo, Natalie ousou se fazer de inocente.

— Você pediu — defendeu-se, sorridente.

Ele tinha feito Natalie sorrir depois de uma briga.

A felicidade quase foi maior que a dor no mamilo. Quase.

— Estou com medo de olhar para baixo e ver que estou sem mamilo.

Ela bocejou.

— Mamilos masculinos não servem para muita coisa mesmo.

Os dois riram e ele a abraçou com mais força, virando-a de lado e se moldando ao redor das costas perfeitas dela.

— Bom, já chega — disse August contra o pescoço de Natalie, beijando sua pele macia entre cada palavra. — Você tem que dormir comigo hoje. Esse é o seu castigo por tentar me matar.

— Fala sério. — Natalie deu uma cotovelada nas costelas de August. — Eu não sabia que tinha me casado com um bebezão.

— Talvez eu precise levar pontos — choramingou ele, encaixando Natalie em uma conchinha e sorrindo quando ela se aconchegou contra o peito dele. — Estamos bem, meu amor? — Ele encostou os lábios na nuca de Natalie. — Por favor, diga que estamos bem.

Pouco a pouco, a tensão deixou os músculos de Natalie até que ela ficasse completamente relaxada nos braços do marido. O coração dele também relaxou em resposta.

— Estamos bem, August.

Ele acreditou nela.

Mas também acreditava em seu pênis/ sua intuição, e os dois diziam, naquele momento, que ele e Natalie estavam longe de se encontrar fora de perigo. Nova York ainda estava no horizonte. Havia também o investimento do comandante que ele tinha esquecido de mencionar. E ela dissera que ele fazia *coisas*, no plural, que a deixavam magoada. Quaisquer que fossem essas questões, ele precisava estar mais atento. August queria se esforçar mais.

Porque tudo o que ele desejava era dormir abraçado com Natalie para sempre.

Capítulo vinte e um

O estrondo de um trovão fez Natalie se levantar num sobressalto na cama, assustada, se desvencilhando do braço pesado de August que estava em seus ombros. Em questão de segundos, aquele braço estava enroscado em sua coxa de novo, resmungando alguma coisa ininteligível. Ele sem dúvida ficava lindo dormindo, um homem grande e aconchegante, com uma evidente ereção matinal. E ela não esperava nada menos.

Mais um trovão, que pareceu sacudir a casa inteira. Ela olhou para a janela, alarmada. A tempestade parecia vir diretamente do quintal deles. Sua inquietude acabou acordando August, que se sentou ao lado dela na cama, sem camisa e com a testa franzida de preocupação, instantaneamente em alerta.

Depois de uma rápida olhada pela janela, ele estudou o rosto de Natalie.

— Está tudo bem?

— Sim.

— A coisa está feia lá fora — disse ele, correndo a mão pelo cabelo. — Talvez a gente fique preso aqui o dia todo.

Essa mesma mão desapareceu sob o edredom, e ela sabia exatamente o que August estava fazendo. A flexão dos músculos do antebraço o denunciou.

— Não faço ideia do que poderíamos fazer para nos ocupar. Você tem algo em mente?

Pouco mais de uma semana antes, Natalie teria dado um soco nele se o ouvisse dizendo isso. Teria ligado para a polícia. Ou perguntaria com deboche se seriam obrigados a beber o vinho dele caso ficassem sem comida se a tempestade não passasse logo. Naquele momento, no entanto, simplesmente ficou molhada, desejando o peso de August em cima dela e a fricção que a pele quente da manhã faria quando os dois se movessem juntos. Primeiro, devagar. Depois, mais rápido. E então mais fundo e com força.

Mas eles conversariam sobre aquilo depois. Eles tinham que acertar outras coisas primeiro.

Ou paravam de ir para a cama assim, agindo como um casal de verdade, ou...

Ou teriam que ajustar o plano de um mês para... mais tempo?

Natalie sentiu um nó na garganta. A ideia era assustadora.

E se ela de fato tentasse investir em um relacionamento com aquele homem por quem tinha sentimentos tão profundos e tão confusos? E se eles ficassem casados de verdade? Isso exigiria *muitas* mudanças. De expectativas, de aspirações... De tudo. Ela teria que reembolsar Claudia por todo o tempo investido e trabalho árduo, fazendo todo o possível para que a amiga não fosse deixada na mão. Teria que encontrar um propósito em Napa. O setor financeiro não existia ali, então o vinho era sua única opção, e, até o momento, August só tinha levantado obstáculos para impedi-la de ajudar na vinícola.

Ele ainda não havia aberto espaço para ela na rotina diária. August trabalhava sozinho toda manhã, recusando a ajuda de Natalie.

Talvez a rejeição fosse inconsciente, mas acontecia mesmo assim. Falar sobre isso com August apenas o forçaria a tentar mudar antes do que seria natural, e ela não queria acelerar o processo de luto dele. Mas será que poderia apostar todo o seu futuro no fato de que, mais cedo ou mais tarde, ele a deixaria participar? E se isso não acontecesse e ela acabasse percebendo que entrou em uma dinâmica igual à que tivera a vida inteira com a família? Sempre jogada para escanteio, nunca em primeiro lugar.

August puxou Natalie para a cama e ficou por cima dela, segurando-a nos lençóis e beijando-a de um jeito que fez todas as suas preocupações evaporarem.

— Acordei morrendo de vontade dessa coisa que você tem no meio das pernas — murmurou ele no pescoço de Natalie. — Não sei se você ainda está chateada por causa de ontem à noite, então quero gentilmente perguntar se posso chupar você.

Natalie sentiu vontade de apertar o mamilo de August de novo por se referir à vagina dela como *coisa*, mas, infelizmente, ela gostou de todas as palavras que saíram da boca dele e queria mais. E logo.

— Pode — respondeu ela, afastando o joelho enquanto August entrava debaixo dos lençóis e descia, afoito.

O celular de Natalie tocou na mesa de cabeceira.

— *Não!* — gritou August, com a boca contra o sexo dela. — Não, meu Deus. Por favor.

Natalie não conseguiu conter a risada. Em qualquer outro momento, ela teria ignorado a ligação, mas, por acaso, olhou para o lado e viu o nome de Julian na tela. Seu irmão não ligaria a menos que houvesse um bom motivo. Ela precisava atender.

— Desculpe, é meu irmão — explicou ela, acariciando o cabelo do marido debaixo do lençol.

Quando August aceitou a derrota e se deitou ao lado dela com uma expressão de enterro, Natalie finalmente pegou o celular e atendeu a chamada.

— Alô?

— Oi, sou eu — veio a voz do irmão do outro lado.

— Oi, Julian...

— Está vendo o jornal?

— Hã? — Ela afastou a tela do celular do rosto para ver que horas eram. Nove da manhã. — Não, acabei de acordar. Está tudo bem?

— Sim. August está aí? Ele não está atendendo ao telefone.

Natalie franziu a testa, começando a ficar ansiosa.

— Ele está aqui. Vou colocar você no viva-voz.

Ela tocou na tela.

— Ok, pode falar.

— Houve uma enchente em Santa Helena — contou Julian, sem rodeios, mas um pouco agitado. — O jornal está mostrando imagens de helicóptero. Uma rua inteira se transformou em um rio e tem uma minivan presa na correnteza. — Ele fez uma pausa. — Uma mãe com os filhos.

— Meu Deus — exclamou Natalie, jogando os lençóis para o lado e se sentando na cama.

— A equipe de busca está lidando com situações semelhantes em toda a região. Eles estão trazendo ajuda de cidades próximas, mas a demora é grande. A polícia está no local, mas a primeira tentativa de chegar ao veículo não foi bem-sucedida...

August vestiu as calças e desapareceu do quarto.

Simplesmente se levantou e saiu.

Natalie ouviu passos na cozinha. O rangido de uma porta abrindo e fechando no corredor. Um clique específico que ela reconheceu como o do armário de roupas de cama. Ele ia tomar banho? Ou será que era apenas o que ela desejava que fosse fazer? Porque de repente Natalie teve a sensação repentina de que seu marido de mentirinha estava indo direto para o local da enchente.

— August está... Não sei o que ele está fazendo. Espere um pouco.

Com Julian ainda no viva-voz, Natalie saiu correndo do quarto, o coração na garganta.

— August?

Ele estava no corredor, mas era como se fosse outro homem.

O golden retriever de sempre tinha desaparecido e em seu lugar estava um soldado. A expressão de August era dura, concentrada, os movimentos de suas mãos precisos e eficientes. Ele estava verificando o conteúdo de uma mochila gigante que tinha desenterrado do armário de roupas de cama. Quando se deu por satisfeito, acenou com a cabeça, jogou-a nas costas e seguiu rumo à porta.

— Você está indo para lá? — Natalie se movia como uma sombra atrás dele. — Você está indo.

— Sim, estou — respondeu August sem parar de andar.

— Ele está indo — repetiu Julian do outro lado, parecendo aliviado.

Aliviado? Natalie sentiu o desespero crescer no peito. Seus pés mal estavam funcionando, mas ela correu atrás de August mesmo assim, descalça e de pijama. Lá fora. Em segundos, ficou encharcada da cabeça aos pés. August também, embora parecesse quase à vontade na chuva, caminhando como uma espécie de assassino de aluguel, mas de calça de moletom e sem camisa.

Ele estava indo ajudar a família presa na enchente.

Simples assim.

O coração de Natalie estava dividido. Lógico que queria que as crianças e a mãe fossem resgatadas, mas tinha visto do que a natureza era capaz quatro anos antes, durante o incêndio. Enchentes eram perigosas e August era um homem só, não um batalhão de soldados.

Qual seria o nível do risco?

Natalie desligou a chamada de Julian, sentindo o sangue pulsar em suas têmporas.

Ela viu o marido entrar na caminhonete e não pensou duas vezes antes de pular para o lado do carona.

— *Saia* — gritou ele, apontando para a casa, intimidando-a pela primeira vez desde o dia em que se conheceram.

Mas não o suficiente para que Natalie saísse do veículo e o deixasse partir sozinho em direção à enchente.

— Não. Eu também vou. Não posso ficar aqui de braços cruzados sem saber se você está bem. — Lágrimas pesadas escorreram por suas bochechas como se ela fosse um desenho animado, e ela secou o rosto com dedos trêmulos. — Não me obrigue a descer. Por favor.

— Natalie... — August balançou a cabeça e apoiou os punhos no volante. — Se eu tiver que escolher entre resgatar você ou literalmente qualquer outra pessoa nessa porra de mundo, vai ser você. Vou estar concentrado em você. Não vou conseguir pensar em mais nada.

— Eu vou ficar bem. Prometo que vou ficar bem. — Ela teve dificuldade para colocar o cinto de segurança. Seus dedos estavam dormentes. — Estamos perdendo tempo.

Ele esperou um segundo.

Xingando em voz alta, August deu ré na caminhonete e saiu pela entrada arborizada enquanto o coração de Natalie batia no ritmo dos limpadores de para-brisa.

Era muito pior do que Natalie tinha imaginado, e ela estava imaginando praticamente um apocalipse. Nada menos que duas dúzias de viaturas da equipe de emergência estavam estacionadas de forma desordenada ao longo da estrada que levava à rua inundada e um helicóptero circundava a área. A imprensa lutava com a polícia para entrar no local isolado. E, em meio a tudo aquilo, o dilúvio continuava a cair, com trovões e relâmpagos tão fortes que a tempestade parecia estar longe de acabar.

August parou a caminhonete em frente à barreira policial, com a janela já meio aberta.

— Suboficial Cates, ex-integrante da Marinha. Posso ajudar.

Os policiais acenaram para ele e ele acelerou.

— Como exatamente você vai ajudar? Você tem algum plano?
— Não.
— Que merda. Que merda, que merda, que merda.
— Sou treinado em resgate em águas rápidas, mas preciso avaliar a situação de perto. Ver o local, descobrir com quem vou poder contar. E aí consigo traçar um plano. — Ele pisou no freio e colocou a caminhonete em ponto morto. — Mas o *seu* plano, Natalie, é ficar nesta caminhonete ou, eu juro por Deus, essa vai ser a pior briga que já tivemos — declarou August, em um tom mais alto.
— Não tenho medo de briga — gritou Natalie. — Tenho medo de você se machucar.
August lançou um olhar demorado para Natalie, parecendo registrar o terror dela pela primeira vez. Então se acalmou instantaneamente e segurou o rosto da esposa.
— Vou adicionar isso aos meus votos de casamento. Não vou me machucar. Agora está prometido. — Ele a beijou com ardor e se demorou ao olhar seu rosto outra vez. — Eu sou louco por você.
Com isso, ele saiu da caminhonete com a mochila sobre um ombro, deixando-a para trás, atordoada e de coração apertado. Mas o instinto entrou em ação um segundo depois, e Natalie pulou para o lugar quente deixado pelo corpo dele, observando-o pelo espelho. O barulho do limpador de para-brisa de repente se tornou a trilha sonora de um filme de terror. August gritou para um grupo de homens amontoados e se juntou a eles. Após uma breve conversa, eles se moveram como um enxame em direção ao fim da estrada. E foi nesse momento que Natalie se deu conta de onde estava.

Ela já tinha pegado aquele atalho um milhão de vezes.

Quando a cidade estava lotada de turistas, aquela estradinha era uma forma de evitá-los. Em termos de elevação, de fato era muito mais baixa do que a área ao redor, mas isso nunca tinha parecido importante até então.

À frente, August desapareceu em uma curva com um grupo da equipe de resgate, e, com o marido fora de vista, tudo dentro de Natalie gritava para que ela saísse da caminhonete e corresse atrás dele. Mas ela não iria distraí-lo em um cenário perigoso como aquele. De jeito nenhum. Se August cometesse um erro e se machucasse ou morresse por causa de Natalie, ela nunca se perdoaria.

Natalie ficaria na maldita caminhonete.

Mas não tinha ninguém por perto para impedir que a caminhonete avançasse só um pouco, só para que ela pudesse enxergar o que estava acontecendo.

August havia deixado o motor ligado, então ela simplesmente mudou a marcha e avançou devagar em meio aos carros de polícia e suas luzes piscantes, parando quando a correnteza da enchente ficou visível lá embaixo.

E, então, Natalie sentiu o sangue gelar.

O veículo estava metade submerso pela água turbulenta.

Teri Frasier, a única cliente da Adega Zelnick, e seus trigêmeos estavam abraçados no teto da minivan.

Pela primeira vez, ela notou um homem no local com um cobertor enrolado nos ombros, vestindo o que parecia ser um terno encharcado. Seus gritos de desespero atravessavam a chuva e o para-brisa, e, embora a voz estivesse abafada, Natalie de alguma forma sabia que aquele era o marido de Teri. Desamparado, observando a água subir lentamente ao redor de sua família.

— Não. Não.

Natalie sentiu um calafrio e começou a tremer mais do que antes. Sua respiração acelerada estava embaçando o vidro, então ela ligou o desembaçador, encolhendo-se no assento e puxando os joelhos até o peito.

— Por favor, por favor, por favor, August. Traga eles de volta. Traga eles de volta e fique bem. Por favor.

Poucos minutos depois, uma jangada amarela se aproximou pela correnteza. Lá estava August, conduzindo-a, acompanhado por dois policiais. Colocaram um capacete nele, mas o colete salva-vidas era pequeno demais para seu corpo, então ele o usava frouxamente pendurado, balançando ao vento. August gritou algo para Teri e sorriu. Ela acenou com a cabeça.

— Eu amo você — sussurrou Natalie. — Eu amo você. Vamos lá. Por favor.

O *timing* era péssimo. Por que tinha que perceber que amava August logo antes de ele arriscar a própria vida? Isso não podia ter acontecido enquanto ele cozinhava ou tentava conversar com a gata? Natalie nunca teve tanta certeza de que *não tinha* amado Morrison, porque aquele sentimento grandioso, desmedido e aterrorizante só havia acontecido com ela uma vez.

Naquele momento. Por August.

Agora ela entendia. O amor era um ponto fraco. Se algo acontecesse com ele, Natalie nunca mais seria a mesma.

O tempo pareceu congelar quando August chegou à margem da passagem submersa. Da mochila, ele tirou o que parecia ser... um gancho? Ele o enterrou na terra e na formação rochosa que havia ao longo da estrada, torcendo-o e enroscando-o até que afundasse no solo. Um dos policiais saltou da jangada para as rochas e tentou prendê-lo ainda mais, enrolando o cabo preso em seu antebraço várias vezes. August jogou o excesso de cabo para o outro lado da estrada, onde um policial que o aguardava o pegou, prendendo uma trava na frente de seu veículo.

Assim que o homem se virou e fez um sinal positivo, August pulou na correnteza furiosa e Natalie quase vomitou.

A água o arrastou por vários metros em direção ao carro submerso, e Natalie afundou as bochechas nas mãos. Ela chorava com tanta intensidade que chegava a doer. De repente, no entanto, August parou. Natalie prendeu a respiração e, olhando atentamente, percebeu que ele tinha se enganchado no cabo perpendicular à estrada.

— Ok — balbuciou ela, tremendo violentamente. — Está tudo bem? Isso é normal?

Ninguém estava lá para ouvir suas perguntas ou ouvi-la repetir o nome do marido de novo e de novo, com as unhas cravadas nos próprios joelhos e no estofado do banco do motorista. O fato de a caminhonete ter um forte cheiro cítrico não ajudava. Ou seria aquela a *única* coisa que estava ajudando? Natalie não sabia dizer. Tudo o que ela conseguia fazer era prender a respiração enquanto o marido se movia rumo ao veículo, instruindo Teri e as três crianças a descerem para o capô que já estava em parte debaixo d'água.

A mulher hesitou, visivelmente receosa em entrar na água, mas o que quer que August tenha dito pareceu tranquilizá-la. Por fim, ela obedeceu, entregando a primeira das três crianças a ele. August tirou o colete salva-vidas e envolveu a criança o mais firmemente possível com o cinto, depois colocou o menino nas costas e começou a se mover até a margem da estrada, puxando-se ao longo do cabo com cuidado. Natalie conseguia ver que ele estava falando com a criança. O menino chorava, e ela pensou que daria *tudo* para saber o que o marido estava dizendo. Provavelmente era a coisa mais adequada possível, porque ele era August Cates, afinal.

Quando a criança chegou aos braços do pai, Natalie soltou um suspiro doloroso de alívio, mas seu coração ainda batia tão rápido quanto as asas de um beija-flor.

— Não acredito nisso — choramingou ela, seus olhos marejados. — Pelo visto eu me casei com o Capitão América ou sei lá. Não posso ver isso mais três vezes. Não vou aguentar.

Mas ela aguentou.

Quando chegou a vez de Teri subir nas costas de August, a mulher já não parecia tão preocupada. Seus filhos estavam fora de perigo.

E assim o pesadelo acabou. A chuva continuou a cair como se o próprio céu estivesse despencando, mas tinha chegado ao fim.

E, naquele momento, nem mesmo um milagre teria feito Natalie continuar dentro da caminhonete.

Capítulo vinte e dois

August cambaleou até a margem, a calça de moletom encharcada e a pele arranhada pelos detritos arrastados pela água. Aceitou um cobertor dos socorristas e tentou evitar os aplausos, aliviado e grato apenas por ver a família Frasier reunida. Mas ele tinha só um destino em mente. A caminhonete. Sua mulher.

Tirá-la dali e levá-la de volta para casa, em segurança.

E August não precisou esperar muito para ter certeza de que ela estava bem, porque Natalie vinha correndo em sua direção com o camisetão que usava para dormir.

Era a coisa mais linda que ele já tinha visto na vida — e a mais aterrorizante. A chuva continuava a cair em um ritmo assustador, eles ainda não estavam seguros. Se a estrada atrás deles havia sido inundada em segundos, a estrada em que estavam também poderia. Sem contar os deslizamentos de terra, quedas de árvores e cabos de energia elétrica pendurados.

— Volte para a caminhonete — ordenou August, com a voz rouca de tanto gritar.

É claro que ela agiu como se ele não tivesse dito nada. Natalie não diminuiu a velocidade nem um pouco.

O camisetão se agarrava ao corpo dela e seu cabelo preto estava ensopado e grudado no pescoço e no rosto. E Natalie estava descalça. Será que ela pretendia terminar a manhã tomando uma deliciosa vacina antitetânica? Ou será que estava mais para uma vítima de hipotermia?

Se ao menos ela não fosse a coisa mais linda que August já vira na vida, talvez ele conseguisse ficar irritado. Mas ele ansiava desesperadamente pelo toque de Natalie depois de só ter pensado em uma coisa durante o resgate:

E se a última vez que eu a vi foi justamente quando eu gritei com ela? É assim que ela vai se lembrar de mim? Afinal, sempre havia um risco envolvido em cada missão, não importava se grande ou pequena.

A cerca de dez metros de distância de August, ela tropeçou em uma pedra e o jantar da noite anterior quase voltou à tona na garganta de August.

— Natalie — rosnou, pronto para repreendê-la por deixar a caminhonete quando ele estava a caminho.

Mas o sermão morreu em sua garganta quando ela pulou em seus braços com um soluço, seu corpo tremendo como uma máquina de lavar no ciclo de centrifugação.

— Oi. — Ele manteve a voz o mais suave possível. — Todos estão bem, princesa. Está tudo bem.

— O que foi isso? — sussurrou ela em seu pescoço. — Que *porra* foi essa?

August a carregou até a porta aberta do lado do carona da caminhonete, mas andou devagar, porque não havia nada no universo melhor do que segurar aquela mulher, exceto talvez segurá-la em um local seguro e seco.

— Por que você está assim? Nunca viu uma enchente-relâmpago antes?

Ela se agarrou a ele com mais força.

— Não!

— Civis... — August suspirou, fazendo cócegas nas costelas de Natalie. — Fique longe desta estrada durante tempestades. Ela fica abaixo do nível do leito do riacho.

Ela não respondeu, então ele a cutucou.

— Prometa, Natalie.

— Ok, prometo.

Ela se inclinou um pouco para trás e seus olhos inchados e seu nariz vermelho quase o fizeram tropeçar.

— Mas é bom saber que você viria me resgatar. De um jeito totalmente calmo e casual, como se estivesse esquentando um jantar no micro-ondas.

Um zumbido caótico saía da garganta de August, suas mãos tremiam e seu coração batia em uma velocidade vertiginosa com as palavras de Natalie.

— Eu não estou calmo, quero que isso fique bem claro. Tenho adrenalina reprimida suficiente para virar essa caminhonete e ainda correr uma meia maratona. Se tivesse que resgatar *você*, Natalie... — Ele balançou a cabeça repetidas vezes. — Eu não teria conseguido raciocinar direito, teria pulado e nadado até você.

A cena que Natalie fizera August imaginar — ela, ilhada em seu carro azul no meio de uma correnteza — fez com que seus braços e joelhos fraquejassem, então ele a colocou de lado no banco antes que acabasse fazendo algo humilhante, tipo cair no meio da rua. Ele estava tentando controlar a adrenalina e levou um momento para perceber como a esposa o olhava. Natalie tinha uma expressão suave, com os lábios marcados pelos dentes e os olhos pesados, e tremia com a roupa grudada nos seios. Ela parecia vulnerável de uma forma que August nunca a tinha visto. Ele estava totalmente entregue.

— Acho que um mês não vai ser suficiente — disse ela com um soluço, enxugando os olhos — Talvez a gente tenha que renegociar nossos termos.

Droga. August sentiu o coração dar piruetas. Será que ela estava falando sério ou só abalada com o resgate? Não fazia diferença. Ele só queria estar com sua mulher.

— Esqueça isso de negociação. — Ele se abaixou na frente de Natalie e pressionou a testa contra a dela. — Não preciso de formalidade para saber que você é minha.

— Não é tão fácil assim. — Natalie tinha um olhar choroso.

— Eu não *quero* que as coisas sejam fáceis — respondeu ele, rangendo os dentes. — Nenhum de nós dois quer isso.

— Então... o quê? Eu não posso simplesmente... — A chuva estava tão forte no teto da caminhonete que August quase teve que encostar o ouvido na boca da esposa para entender a parte seguinte. — Não posso simplesmente... desistir de Nova York.

Os pulmões de August se encheram de oxigênio tão rápido que ele ficou zonzo.

A maneira como ela dissera aquilo não fora muito confiante. Natalie parecia aberta a negociações. Será que estava considerando não voltar? Inferno.

— Você pode, sim. Você pode ficar com seu marido, que se jogaria em uma enchente por você.

— Isso é... — Ela estava com dificuldade para respirar? Será que ele deveria fazer alguma coisa? — Isso é romântico, mas provavelmente estamos nos precipitando porque acabamos de passar por uma situação extrema.

August balançou a cabeça.

— Não acredito que bastou um simples resgate no meio de uma enchente para você considerar ficar.

Natalie soltou uma gargalhada.

— Não houve nada de simples naquilo. Você foi um herói. Você foi... — Os músculos de seu pescoço se contraíram. — Você poderia ter morrido.

— Eu? Não. Vaso ruim não quebra.

Por que a resposta dele pareceu perturbá-la ainda mais? O queixo de Natalie estava tremendo? Não, ele não queria aquilo. *Faça-a rir.*

— Por curiosidade, o quanto te assusta a ideia de viver comigo para sempre? Em uma escala de jantar na frente da TV a inundação-relâmpago?

Ela respondeu no mesmo instante:

— Cem mil inundações-relâmpago.

— Obrigado pela resposta sincera. Vamos tentar reduzir isso para uma tempestade de verão sem possíveis fatalidades.

Os olhos dela pousaram nos lábios de August e ele sentiu a boca ficando seca, como se Natalie tivesse estalado os dedos e desejado que acontecesse.

— Eu amo isso — disse Natalie. — Amo a tempestade entre nós.

Os dois se entreolharam. Os olhos de Natalie pareciam em dúvida, mas esperançosos ao mesmo tempo, e eram tão bonitos, tão insondáveis, que August sentia que tinha algo preso na garganta. A sensação só aumentou quando as pernas dela se abriram ligeiramente e ela se mexeu, permitindo que os quadris dele se aproximassem de sua virilha.

— É loucura pensar em ficar por mais de um mês? Eu não tenho um emprego de verdade, minha família não está nem aí para mim, e eu e você... Nós mal nos damos bem...

— Nós somos bons juntos e você sabe disso. *Você sabe.* Vamos conseguir.

— Não somos, ainda. Não exatamente. Mas, neste momento, neste exato momento, somos ótimos juntos. Agora você pode me levar pra sua cama, por favor?

August verificou seus sinais vitais e percebeu que a adrenalina não havia *diminuído*, mas sim disparado diante da possibilidade real de Natalie permanecer em Santa Helena. De que ele pudesse ter uma chance de transformar o casamento dos dois de um acordo por conveniência em uma união real e duradoura.

Para sempre. *Para sempre*, era o que dizia o coração dele.

Ou seu pau, porque aquele maldito era uma voz onipresente que não podia ser silenciada.

Com a mera sugestão de penetrar Natalie e senti-la quente e molhada, August sentiu seu pau crescendo como o pé de feijão mágico de João. *Porra.* Ele ia pegá-la com tanta força que partiria a cabeceira da cama ao meio e teria que ter cuidado para não fazer o mesmo com Natalie.

— Você precisa me dar vinte minutos para levantar o meu pneu quando chegarmos em casa.

— O quê? — perguntou Natalie, perplexa.

— A adrenalina, Natalie. Eu preciso gastar um pouco de energia primeiro, ou... — Ele apontou para o volume entre as pernas.

— Vou ofender a rainha.

Natalie olhou duas vezes e semicerrou os olhos.

— Calma aí. Então eu sou a princesa e minha vagina é a rainha?

— Sim. E eu sou apenas um súdito leal.

Silêncio.

De repente, Natalie soltou uma gargalhada.

Um som claro e musical que fez August derreter por dentro e lhe arrancou uma risada rouca. Os dois estavam morrendo de rir em meio à tempestade violenta que ainda caía lá fora.

— Você é muito esquisito — disse ela, ofegante.

— Você se acostuma.

Natalie assentiu, ficando séria.

— Talvez. — Ela percorreu o peitoral de August com a mão e desceu pela barriga, fazendo-o ver estrelas assim que avançou para dentro do cós da calça de moletom que ele usava. — Não quero esperar você virar pneus.

— Preciso fazer isso. Não quero machucar você.

— Você acha que não gosto da ideia?

— Não sei. Eu apenas sou cem por cento honesto com você e entrego pra Deus.

— Isso também me excita — sussurrou Natalie, roçando a boca na linha da mandíbula de August. — Nós nem vamos conseguir chegar em casa.

O pé de feijão mágico estava quase no ápice.

— Pneu.

— Esqueça o pneu — ronronou Natalie, lambendo a orelha dele.

August estava à beira de um desmaio.

— Que pneu?

Passos se aproximaram pela direita de August e ele se moveu por instinto, afastando-se das coxas de Natalie e fechando suas pernas. Só uma pessoa tinha o privilégio de ver a calcinha dela, e essa pessoa era ele, ainda que não estivesse conseguindo pensar muito bem naquele momento.

— Obrigado por sua ajuda mais uma vez, Cates — disse uma voz, dando um tapinha amigável nas costas de August.

August olhou para trás por cima do ombro e viu um dos policiais estendendo a mão para um cumprimento. No entanto, como ele estava em situação de pé de feijão mágico, virou-se apenas parcialmente para apertar a mão do homem.

— Não foi nada.

Ele ficou parado, acenando com a cabeça e sorrindo, meio inquieto. August conhecia aquele olhar, ele estava a segundos de ser convidado para tomar uma cerveja.

— Preciso levar minha esposa para casa antes que ela pegue um resfriado.

Natalie segurou o volume entre as pernas de August e ele quase engoliu a própria língua.

— A única coisa que eu vou pegar — sussurrou ela, no ouvido do marido — é o seu p...

— Então até mais. Se cuida, cara. Vamos tomar uma cerveja um dia desses — disse August, nervoso, empurrando as pernas de Natalie para dentro da caminhonete, seu sangue fervendo.

Ele já nem se importava se vissem sua ereção, desde que conseguisse levar Natalie para casa nos dez minutos seguintes. A cabeceira da cama que descansasse em paz. Em poucos passos largos, ele contornou o para-choque dianteiro, enfiou-se no banco do motorista e deu ré no labirinto de veículos de emergência.

— Seu desejo é uma ordem, Natalie rainha-princesa Cates.

Ela deslizou pelo banco da caminhonete e pressionou a boca no ombro de August. Beijando, lambendo... e mordendo de uma forma que fez as bolas dele subirem até a garganta.

— Você vai acabar comigo.

— É a intenção.

Natalie agarrou o pau de August por cima do tecido molhado da calça de moletom, fazendo-o ofegar e embaçar todas as janelas da caminhonete.

— E eu não preciso que você pegue leve comigo. Nosso sexo de reconciliação foi interrompido hoje de manhã. Talvez *deva* mesmo ser um pouco...

— Bruto. — August se atrapalhou com o desembaçador. — Estou explodindo, princesa.

A mão mágica de Natalie começou a acariciá-lo, para cima e para baixo.

— Encoste o carro e me mostre.

— Natalie — gemeu ele, piscando para afastar os pontos de luz que giravam na frente de seus olhos. — Você vai causar um curto-circuito no meu cérebro.

— É mesmo? Me desculpe — disse ela, não parecendo nem um pouco arrependida.

Meu Deus, o que estava por vir?

Quando Natalie tirou o blusão encharcado, ele teve sua resposta.

Vestindo apenas uma calcinha minúscula, ela voltou a masturbá-lo, mas desta vez sua mão desceu para dentro da calça, fazendo maravilhas. Natalie alternava os movimentos e massageava os testículos de August fazendo uma pressão delicada em seu pau.

— *Caralho* — sibilou ele entre os dentes, forçando-se a se concentrar na estrada.

Se batesse a caminhonete com Natalie no banco do carona, seria obrigado a se atirar de um penhasco.

— Não posso parar no meio da floresta, Natalie. Não vou arriscar que você seja atingida por um raio ou, sei lá, outra enchente...

— Estou segura enquanto você estiver comigo.

Agora ela também estava massageando o ego dele? August era homem o suficiente para saber quando tinha perdido uma batalha.

— Pode ter certeza disso, princesa.

A mão dela começou a pegar pesado. Alguém estava cantando ópera no banco traseiro da caminhonete ou era impressão?

— Quero fazer uma pausa rápida para dizer que essa é a melhor punheta que já recebi na vida. E cerca de 99% delas foram tocadas por mim, que sou especialista no meu próprio pau. Você está se superando.

Natalie sorriu com a boca contra a mandíbula de August e ele sentiu um arrepio.

— Sabe o que seria ainda mais gostoso?

— Meter em você? Eu sei. Não consigo pensar em outra coisa.

— Encoste o carro — pediu ela, voltando a massagear os testículos de August.

Ele cerrou os dentes, procurando uma brecha entre as árvores.

Havia uma em algum lugar. Ele já a havia usado para fazer um retorno centenas de vezes depois de esquecer de comprar comida para Pimenta. *Onde está, onde está?* August estava prestes a gozar na calça.

Ali.

Cada gota de sangue no corpo de August tinha ido direto para sua virilha, o que fez seu pau ficar tão duro que ele já estava começando a ficar zonzo. Por fim, August estacionou, saiu da caminhonete e arrastou Natalie pelo banco, para a chuva. Ele não conseguia respirar, não conseguia pensar em nada além de penetrá-la, de senti-la quente e de fazê-la gemer. Não existia nada no mundo que ele quisesse mais do que fazê-la gozar com força a ponto de delirar.

— Vem aqui.

Ele fechou a porta, ergueu Natalie e a prensou contra a caminhonete com tanta força que o carro balançou. *Você tem o dobro do tamanho dela.*

— Natalie, eu... A adrenalina...

— Eu sei o que estou fazendo — interrompeu ela, ofegando, arqueando as costas e dando a August uma visão explícita de

seus seios e seus mamilos rosados, agora rígidos sob a chuva. —
Sei no que estou me metendo.

— Então vamos deixar claro o que vai acontecer aqui. — *Meu pau vai explodir.* — Sexo muito bruto. Comigo. Agora.

— Sim.

— Sem preliminares.

— Sem preliminares. Por favor, August. Por favor — implorou Natalie. — Quero que você me use para se aliviar de toda essa adrenalina. Agora, August. Por favor.

August puxou a calcinha de Natalie, abaixou sua calça de moletom e entrou nela de uma só vez, com um único movimento ascendente dos quadris.

Um filme de sua vida passou diante dos olhos de August.

Aprender a andar de bicicleta, o treinamento da Marinha, comprar meias que servissem de verdade em seus pés. Nenhum momento de sua existência se comparava ao que ele estava vivendo. Penetrar sua mulher e senti-la escorrendo, a ponto de gozar com uma só estocada.

— Droga, princesa — grunhiu ele, enterrando-se mais fundo em Natalie e sacudindo a janela da caminhonete com uma série de estocadas rápidas. — Por falar em enchente-relâmpago...

— Não.

— Desculpe.

Suas bocas se encontraram e ela soltou um som embargado vindo da garganta, que fez August delirar. Natalie também estava morrendo de desejo. Ele percebeu pelo modo como ela o beijava, sem fôlego, com as pernas tão firmes em volta de seus quadris que ele teve certeza de que os dois estavam prestes a se fundir em um só.

Natalie teve um orgasmo quase imediato, com a expressão sedenta e depois totalmente vazia, a cabeça caída para trás contra a janela, as coxas tremendo de maneira descontrolada.

— Assim, August. Assim. *Mais fundo.*

Ela era a melhor coisa que ele já tinha encontrado na vida. Os quadris de August se moviam em ritmo acelerado, o pênis mais duro do que um martelo, enquanto a bunda dela escorregava para cima e para baixo na porta molhada da caminhonete. E Natalie estava pedindo mais.

— Você é quem manda.

— Não. Quem manda é *você*. — Ela tremia tanto em meio ao orgasmo que August mal conseguia entender o que estava dizendo. — Quero fazer o que você quiser.

— Eu mando? — Algo dentro de August se libertou e ele mordeu a orelha de Natalie. — Quero colocar você de quatro, bem boazinha, e te comer por trás. É o que eu quero.

Naquele momento, August aprendeu uma coisa sobre o relacionamento deles.

Natalie não deixava nada passar. Nada.

Não a menos que ele a estivesse fazendo gozar.

Então, aparentemente, ele teria que fazer aquilo com muita frequência.

August a puxou da lateral da caminhonete e abriu a porta do motorista. Ela soltou as pernas da cintura dele e girou o corpo, ficando de costas para August e segurando na beirada do banco, com os quadris inclinados para cima. Ele rasgou o que restava de sua calcinha e a puxou para baixo, passando a língua entre as nádegas de Natalie ao posicionar o corpo dela. August pensou que poderia passar o resto da vida fazendo aquilo de hora em hora, especialmente porque ela gemeu e se abriu um pouco mais para ele. Natalie ofegou, chamando-o pelo nome, arqueando as costas em expectativa. Obediente, ele voltou a lambê-la por trás, afundando a língua e lambendo-a mais fundo.

— *August*.

— Mmmmmm.

Ela se contorcia. August estava hipnotizado por aquela cena.

— *August*.

Se eles continuassem naquele ritmo, ele se sentiria tentado a experimentar algo que seria muito arriscado, visto que ele estava longe de conseguir se controlar a ponto de ser gentil.

— Estou indo, princesa.

Ele endireitou a postura, segurando Natalie e puxando o quadril dela contra ele. Como um sonho, a bunda dela se encaixou contra a pélvis dele, então August enterrou o pênis em Natalie, estremecendo com a reação dela. Ela gritou e empinou o quadril, enterrando-o tão fundo que August pensou que fosse desmaiar.

— *Meu Deus*, eu amo comer você — gemeu ele, segurando o volante da caminhonete com uma mão e o quadril dela com a outra. — Eu amo comer minha *esposa*. Sinto isso com tudo aqui no peito. Nós nunca mais vamos achar nada igual.

August pressionou a boca contra a nuca de Natalie.

— Você ama ser comida pelo seu marido.

Ele deslizou a mão por baixo de Natalie, encaixando-a entre o corpo dela e o banco da caminhonete, e começou a masturbá-la, massageando o clitóris com dois dedos.

— Diga. Quero ouvir.

Ela teve um espasmo violento e jogou o quadril contra August, que a penetrava em movimentos habilidosos e ferozes.

— Eu amo ser comida pelo meu marido.

— Por quê?

— É tão bom. É gostoso demais.

— Não é só isso que é bom, Natalie. — Ele tirou a mão esquerda do volante e a segurou pelo cabelo, puxando a cabeça de Natalie para que ela olhasse para ele. — Também é bom fora da cama. Você sabe que é. Nós estamos nos acertando. Eu...

No fundo, aquele era o medo de August em meio a toda aquela adrenalina: dizer as três palavras cedo demais. Assustá-la. *Não meta os pés pelas mãos.*

— Eu quero minha esposa. *Sempre* vou querer minha esposa.

A respiração de Natalie ficou pesada, e ela piscou depressa repetidas vezes. Não precisava responder naquele momento.

Havia muita coisa acontecendo ao mesmo tempo: a chuva torrencial, os trovões, o fato de que August a estava penetrando como se o futuro da humanidade dependesse daquilo. Mas ela o surpreendeu, erguendo o corpo contra o peito dele e girando a cabeça até que os dedos de August se soltaram automaticamente para acariciar o seu rosto.

— Eu quero meu marido também. Muito.

E aquilo bastou.

A tontura de August aumentou devido às palpitações de seu coração e à pressão entre as pernas. Seu sistema estava sobrecarregado. Afoito para que Natalie o *acompanhasse*, massageou seu clitóris em movimentos que ele sabia que a fariam entrar em êxtase. Com gemidos sufocados, os dois perderam completamente o controle. August afundou o rosto no ombro de Natalie e gozou com violência, grunhindo com as estocadas finais, fazendo-a gritar e alcançar o segundo orgasmo até que os dois ficassem amontoados, estirados sem força alguma sobre o banco do motorista.

August beijou o cabelo de Natalie com o pouco de energia que lhe restava.

— Enquanto você precisar de mim, Natalie, eu vou estar com você. O que quer que você decida, o que quer que aconteça. Eu sou seu.

— Eu sei.

Vários segundos se passaram, e August sentia seu peito inchar cada vez mais.

— Eu amo que você saiba disso.

Eu amo você.

August arrastou os lábios pelos ombros dela para que as palavras não escapassem. Natalie admitira que precisava dele, que queria mais do que um mês. Ele tinha que ser grato e paciente. Por enquanto.

— Vou te levar para casa, nossa casa, e fazer tudo o que eu puder para que você nunca se esqueça disso.

Capítulo vinte e três

Uma coisa Natalie tinha que admitir: August estava apresentando ótimos argumentos para tentar convencê-la a ficar em Napa.

Ela perdeu a conta de quantas vezes eles fizeram amor na noite anterior — a única maratona da qual ela participaria na vida. Os dois caíram na cama depois de voltarem do resgate naquela tarde, com os corpos nus tocando-se da cabeça aos pés e os membros entrelaçados como se nunca fossem se soltar. Horas mais tarde, Natalie acordou ansiando por August. *Ansiando.* O desejo era tanto que lágrimas escaparam de seus olhos enquanto ela o cavalgava, sentindo os dedos de August segurando-a pelo cabelo e seus quadris batendo contra as coxas dela enquanto eles se devoravam em um beijo.

O resto da noite e a manhã seguinte, grande parte da qual passaram juntos no chuveiro, foram um borrão. Mas uma coisa não foi: August estava no galpão sem ela e isso doía cada vez mais, embora talvez não devesse doer. Ele tinha hesitado algumas horas antes, proposto que ela ajudasse com a parte administrativa da Adega Zelnick, como Corinne havia sugerido... mas pareceu que fizera aquilo apenas para acalmar os ânimos de Natalie ou distraí-la.

Tudo aquilo estava conectado à memória de Sam. Aquele trabalho era a coisa mais importante para August, por isso ele se esforçava tanto quando o assunto era produzir vinho em nome do amigo. O fato de deixá-la de fora do processo significava que ele ainda estava fechado nesse sentido, sem se abrir completamente para Natalie. Ela estava cansada de se contentar com migalhas quando se tratava de amor. Havia aceitado isso da família, dos amigos, dos colegas de trabalho e de Morrison.

Agora, com August, era tudo ou nada.

Talvez esse fosse outro sinal definitivo de que ela o amava.

Ela só poderia aceitar uma coisa: confiança total.

Natalie queria se concentrar no lado positivo — o relacionamento dos dois continuava a evoluir.

August tinha escolhido ficar ao lado dela em vez de se afastar na briga mais recente dos dois. Ele tinha escrito votos de casamento, votos muito bonitos. Ele a elogiou diante da família dela. Fez Natalie se sentir segura e querida. Fez com que morresse de *rir*. Disse que precisava dela.

Disse que era o homem dela.

Isso significava que Natalie poderia simplesmente ligar para Claudia e cortar pela raiz os planos que tinham? A única amiga que lhe restava em Nova York fora leal a ponto de prometer que largaria o emprego e embarcaria com ela naquela aventura. Claudia havia ralado muito no mês anterior, preenchendo a papelada para registrá-las como empresa, fazendo ligações intermináveis para encontrar possíveis investidores.

E já era quinta-feira de manhã, um dia antes da reunião agendada com William Banes Savage, o investidor em potencial. Isso poderia fazer o negócio delas decolar. Poderia ser a recompensa.

Será que Natalie estava mesmo pronta para abrir mão daquela oportunidade ou para desistir da volta por cima com a qual sonhava havia meses?

Seus olhos se desviaram para a porta trancada do galpão, um punhal girando em seu peito, impossível de ser ignorado.

Será que August estava progredindo lá dentro? Talvez Natalie pudesse encontrar uma forma indireta de ajudá-lo e, por tabela, se distrair de decisões que poderiam mudar a vida dela. Ligaria para o banco e marcaria uma reunião sobre o empréstimo com Ingram Meyer. Isso provavelmente não ofenderia August.

Depois, ligaria para Claudia e avisaria que o plano de voltar de vez para Nova York estava um pouco menos permanente agora. Dessa forma, se por algum milagre Natalie decidisse ficar, a amiga não seria pega de surpresa e as duas teriam tempo para garantir que Claudia não ficasse na mão.

Confiante, Natalie pegou o telefone e ligou para o banco.

— Aqui é Natalie Cates. Gostaria de falar com Ingram Meyer, por favor.

Um momento depois, a voz familiar de Ingram soou do outro lado.

— Sra. Cates. Imaginei que receberia notícias suas. Presumo que tenha notado os novos zeros em sua conta. A menos que haja algum tipo de atraso, o dinheiro já deve estar lá.

Zeros.

Conta.

O fundo fiduciário. Ela havia se esquecido de verificar se o dinheiro tinha sido depositado.

Se isso não deixasse claro para Natalie que o coração dela estava ali, com August, nada deixaria.

— Obrigada. Acredito que esteja tudo certo.

Ela olhou para o pátio da frente e viu August sair para a luz do sol, despejando uma garrafa térmica de água sobre a cabeça. De um jeito inesperado, seu coração disparou tão rápido que por um momento ela não conseguiu se lembrar de como se respirava. Amor. Para o bem ou para o mal, aquilo era amor.

— Na verdade, estou ligando para falar sobre o empréstimo para August. Tem certeza de que não consegue nos encaixar esta semana?

August viu Natalie vindo da casa e seus pensamentos silenciaram por um momento. Era como saltar de um helicóptero para uma água escura como breu: tudo era interrompido, exceto o som do seu coração. *Bum, bum, bum.* Se tivesse a sorte de poder ver a esposa caminhar até ele todos os dias pelos próximos sessenta anos, tinha certeza de que morreria feliz.

Não, não era verdade.

Enquanto ela respirasse, ele tentaria negociar por mais tempo com o cara lá de cima.

Com certeza Deus entenderia. Natalie era a sua melhor obra-prima.

— Oi — disse ele, meio abobalhado ao vê-la tão à vontade.

Ela usava um vestido jeans soltinho com botões dourados na frente e o cabelo preso em um coque despojado que parecia prestes a se soltar a qualquer momento. O que poderia acontecer se ele a beijasse. Parecia uma ótima ideia.

Você não vai convencê-la a ficar ao seu lado só com sexo.

Qual era o ingrediente principal? O que ele não estava conseguindo dar a Natalie? A resposta parecia estar bem debaixo de seu nariz, mas sempre escapava antes que ele pudesse compreendê-la.

Natalie o distraiu de seus pensamentos com um sorriso.

— Ótimas notícias. Consegui uma reunião amanhã de manhã com Ingram sobre o empréstimo para a Zelnick. Às oito e meia. Ele vai nos receber antes do horário comercial, já que tem reuniões o dia todo.

O estômago de August se revirou.

Certo.

Ele ainda não havia contado a ela sobre o investimento do comandante, nem que não precisava mais de um empréstimo.

Desde o início, o objetivo era Natalie conseguir o que precisava. Mas será que ela acreditaria nele depois de tantos homens terem usado o dinheiro para controlá-la? August queria acreditar que Natalie não pensaria isso em relação a ele, que ela sabia que seu marido era diferente. Mas, naquele momento, quando ele havia acabado de fazê-la considerar a possibilidade de ficar em Napa, não parecia a hora de revelar que omitira o investimento. Aquilo poderia fazê-la decidir voltar para a Costa Leste de vez; os dois haviam feito um acordo e August escondera algo importante de Natalie.

Se ela fosse embora agora, quando estavam tão perto de encontrar um equilíbrio, ele não iria aguentar.

Então o que fazer?

Se fossem à reunião, Ingram daria uma olhada em sua conta bancária e perguntaria por que ele precisava de investimento quando já tinha uma boa quantia graças ao comandante. E se ele *não fosse* à reunião, Natalie faria perguntas.

Vamos lá, universo.

August só precisava de um pouco mais de tempo para ter certeza de que ela era dele *para sempre*.

— August? — chamou Natalie, parecendo confusa.

— Pode ser, princesa. Amanhã às oito e meia é um bom horário.

August costumava pedir conselhos a Sam quando não tinha ideia do que fazer. Então foi para lá que ele se dirigiu nas primeiras horas da manhã. Deixou a mulher mais incrível do planeta dormindo nua em sua cama — o que não foi nada fácil, por sinal — e seguiu de carro até o cemitério, planejando voltar a tempo de ir ao banco.

Se ele realmente fosse à reunião. Talvez fosse mais seguro contar a verdade diante de testemunhas.

O sol estava apenas começando a despontar no horizonte quando August se sentou a alguns centímetros da lápide de Sam. Sem perder tempo, ele enterrou o rosto nas mãos e contou tudo o que tinha acontecido desde a manhã do casamento.

— Se eu pudesse realizar apenas um desejo na vida, seria que você a conhecesse, cara. Ela é demais. — Fala sério. August estava ficando emocionado outra vez. — E parece que basta um passo em falso para perder essa mulher. Espero que as coisas não sejam tão incertas para sempre, mas, mesmo que isso aconteça, eu sei que aguento. Eu atravessaria um campo infinito de minas terrestres por ela. Ela vale a pena. — Ele soltou um suspiro. — O que devo fazer em relação a essa reunião, cara?

Normalmente, August conseguia evocar a voz de Sam. Imaginava o que o amigo diria. Mas, dessa vez, a imaginação não funcionou. O som da voz de Sam estava ficando cada vez mais fraco; August não conseguia acertar o tom, não tinha ideia do que o amigo diria. A ausência de Sam e suas memórias nebulosas eram muito mais do que August conseguiria aguentar.

Ele se recostou na grama e fechou os olhos, respirando fundo e tentando não se deixar vencer pelas próprias emoções. Não podia se distrair, precisava estar presente naquela manhã, já que estava focado em firmar seu casamento com Natalie.

Mas quando August fechou os olhos, o estresse da indecisão caiu sobre ele como uma pedra.

E ele adormeceu sonhando com o sorriso de Natalie.

Oito e cinquenta e dois da manhã.
August tinha sumido.

Natalie olhou para a tela do celular, desejando que ele retornasse suas ligações ou respondesse a uma das inúmeras mensagens que ela havia enviado. Estavam atrasados para a reunião no banco e, sinceramente, não valia mais a pena entrar. Ingram tinha apenas trinta minutos livres e boa parte do tempo já tinha se esgotado.

Isso não era típico de August.

Mas... e se fosse?

Eles estavam casados havia apenas seis dias. Talvez fosse totalmente condizente com o caráter dele sair de casa antes de Natalie acordar sem avisar para onde iria nem deixar recado. E não apenas para empurrar um pneu do outro lado do galpão. Ela o procurara pela casa e pelos dois galpões com a sensação de desconforto no estômago aumentando a cada segundo. Haveria algo de errado? Será que ele tivera uma emergência? Por que não a acordou para pedir ajuda?

Então ela finalmente encontrou um bilhete preso à sua caneca de café favorita.

Fui visitar Sam.

Até aquele momento, ela nunca havia perguntado a August quando ele poderia levá-la para ver Sam ou se ao menos ele faria isso algum dia. Mas, mesmo que eles tivessem se aproximado na noite anterior, mesmo que ela tivesse se mostrado tão vulnerável, o fato de August ter ido ao cemitério sozinho fazia Natalie se sentir excluída. De novo. Talvez não fosse uma reação racional, mas ela não conseguia ignorar o quanto aquilo a magoava.

Havia uma parte da vida de August, a própria dor, que ele guardava a sete chaves. Era uma parte dele que Natalie jamais acessaria. Cabia a ela aceitar isso.

Natalie acabara de se entregar a ele, não apenas física, mas emocionalmente também.

Menos de um dia depois, sentia que August a tinha soltado de uma grande altura sem uma rede de segurança lá embaixo.

Relutante, Natalie ligou o carro e saiu da vaga onde havia estacionado em frente ao banco, embora não estivesse com vontade de ir para casa. Para a casa de August. Tudo era muito quieto quando ele não estava lá, e ela estava procurando algum consolo, não mais perguntas.

Ela deveria saber que a propriedade da família Vos era o último lugar para onde ir nesse caso. Talvez fosse masoquista ou tivesse um pouco de esperança de que seu relacionamento com a mãe estivesse melhorando. Natalie a tinha surpreendido com a pesquisa sobre o ObserVinha, certo? Além disso, se as duas tinham algo em comum, era a experiência com homens decepcionantes. Assim, ela foi para a casa da mãe com uma pontada de esperança no peito.

O sentimento se dissipou quando Natalie se aproximou da casa e viu dois carros estacionados do lado de fora. O logotipo do ObserVinha estava estampado nas janelas, e dois homens e uma mulher de calça cáqui e camisa polo azul-marinho tinham acabado de descer dos veículos. Julian e Corinne se aproximavam para cumprimentá-los.

Ela obviamente chegara de penetra na reunião deles.

Uma reunião para a qual não tinha sido convidada. Não que fosse motivo de surpresa.

Mas ela estava surpresa mesmo assim. Pelo visto, a família ainda conseguia magoá-la, porque ela sentiu o estômago embrulhar. Natalie só ficou ali, olhando.

Julian deve tê-la visto, porque de repente ele estava ao lado da janela, fazendo sinal para que ela abaixasse o vidro.

— Oi — disse ele alegremente. — Que bom que Corinne decidiu convidar você para a reunião. Eu disse a ela...

— Não fui convidada — interrompeu Natalie, amarga. — Vim por acaso.

Se isso não resumisse como ela se sentia em relação a tudo, aquele dia inteiro, talvez à vida inteira, nada resumiria.

Julian ajeitou a gravata, nitidamente constrangido.

— Entendo. Ela não queria interromper a primeira semana de casados de vocês com negócios. Só para constar, eu sabia que você queria estar aqui...

— Não importa, Julian — disse Natalie, como se estivesse entorpecida, sentindo-se vazia.

O que estou fazendo nesta droga de cidade?

Nada havia mudado. Ela sempre seria a pessoa que sobrava. Em sua família. Em seu casamento. Nova York era o único lugar em que Natalie se sentia relevante, o único lugar onde sua opinião era *valorizada*.

Não aqui.

Nunca aqui.

— Tenho uma reunião de negócios hoje à noite em Nova York. Vou pagar o jantar de um bilionário da área de tecnologia no Scarpetta, se alguém precisar de mim — informou Natalie, colocando o carro em marcha à ré e ignorando o pedido do irmão para que ela ficasse.

Ela também ignorou o telefone quando ele começou a tocar a caminho de casa. August. Quando a mãe começou a ligar, ela desligou o aparelho. E se sentiu bem. Foi bom voltar à mentalidade de seus vinte e poucos anos, quando não precisava de ninguém além de si mesma. Natalie contra o mundo.

Eles nem sentiriam sua falta.

Graças a Deus, ela não tinha ligado para Claudia para cancelar a reunião com William Banes Savage.

Assim que Natalie passou pela porta da casa de August, abriu o laptop e trocou a passagem do meio da tarde pelo próximo voo disponível para Nova York. Sentindo-se no controle pela primeira vez em meses, enviou o cartão de embarque para o celular e guardou o laptop na bolsa. Faltava uma hora para o voo dela e August ainda não estava em casa. Será que alguma coisa tinha acontecido?

Não é problema meu. Ele deixou isso bem claro.
A dor dilacerou seu peito, chamando-a de mentirosa. Natalie teve que fazer uma pausa na arrumação da pequena mala de mão para poder respirar. Pelo visto, se afastar de August não seria um processo fácil. Não como tinha sido com seus ex-parceiros. Se a recuperação depois de um término de relacionamento fosse um esporte olímpico, ela teria sido medalhista em todas as provas. Salto por cima da verdade. Corrida para longe da responsabilidade.

Mas Natalie não ganharia o ouro tão facilmente na corrida de revezamento com August.

Seu coração estava partido, e ir para o aeroporto sem se despedir não resolveria nada. A maneira como ela olhava para a porta da frente, torcendo para que August entrasse, deixava aquilo óbvio.

O galpão chamou sua atenção quando ela olhou pela janela. Fora dos limites. Ela não tinha permissão para entrar lá e interferir no processo de fermentação dele.

Bem, que pena.

Natalie calçou os sapatos e saiu do quarto, tropeçando na gata, que estava esparramada no chão. Ela abriu a porta, odiando a esperança de que a caminhonete de August estivesse estacionada do lado de fora. Não estava. Não havia nada além de um chão de concreto com manchas de óleo.

Com o coração na boca, Natalie marchou até o galpão. Ficou surpresa ao descobrir que, quanto mais se aproximava da oficina proibida de August, mais a tensão no peito diminuía. Claro, ela não tinha permissão para estar ali, mexendo nas coisas dele, mas também não tinha permitido se apaixonar por ele e depois ser jogada para escanteio. Perto, mas não tão perto, exatamente como sua família a tratava.

Não era justo que August fizesse isso com ela também.

Natalie percebeu que olhava para as fileiras de barris de carvalho por trás de um véu de lágrimas. Era como se as lágrimas salgadas seguissem um rastro inflamável até o centro de seu peito, incendiando seu coração, aquele órgão triste e abandonado, e transformando-o em cinzas. Pelo menos parcialmente.

Alguma parte do coração devia estar funcionando, no entanto, porque ela limpou o nariz e puxou a rolha do primeiro barril, identificando de imediato a necessidade de filtragem.

Ninguém queria a ajuda de Natalie, especialmente August.

Mas que pena, não era?

Eu caí no sono. Como pude dormir enquanto Natalie estava me esperando? Como pude fazer isso?

Quando August estacionou na vaga habitual do lado de fora da casa, seu sangue já corria gelado nas veias. Natalie não atendia o celular e todas as chamadas caíam na caixa postal. Agora, o pequeno carro dela tinha desaparecido. O carro de Natalie. Ela havia partido.

August saiu da caminhonete e, sem desacelerar, começou a gritar o nome dela.

Natalie não estava em casa. August sabia disso porque, se estivesse, ele sentiria sua presença. Apesar dessa intuição, ele quase chutou a porta da casa, porque seus dedos atrapalhados demoraram demais para destrancá-la. August gritou o nome da esposa outra vez.

Quando ele entrou, o silêncio era total. Pimenta estava sentada em uma cadeira da sala de jantar com uma expressão acusatória. Em pânico, August pegou o celular e ligou para Natalie, xingando quando a chamada caiu na caixa postal de novo. Talvez ela tivesse ido para a casa da família. Talvez estivesse irritada com ele a ponto de levar algumas de suas coisas para a casa de hóspedes.

Mas a questão era que sua esposa não estava nos quartos nem no banheiro, e a porra da escova de dentes dela tinha sumido também, fato que fez a garganta de August apertar até ele quase perder o ar.

— Não. Não, não, não...

Julian saberia se Natalie tivesse voltado para a casa de hóspedes. Ele ligaria para Julian.

August não percebeu que sua mão estava tremendo até digitar o número do cunhado.

— Alô? — O professor atendeu no segundo toque.

— Natalie está aí? — gritou August.

— Ela estava, mas já foi embora. — Uma longa pausa, alguns rangidos do outro lado da linha. — Mas isso foi há mais de duas horas. Ela também não está atendendo suas ligações?

— Se estivesse eu não estaria ligando para você!

— Faz sentido — admitiu Julian.

August detestou perceber que Julian, sempre tão inabalável, parecia preocupado.

— Tudo bem. Não se desespere. Ela estava chateada, mas não pensei que ela simplesmente *iria embora*...

— Ela está chateada porque eu perdi nossa reunião no banco hoje de manhã. Eu sei. Fui visitar Sam, mas não consegui *ouvi-lo* e acabei dormindo sem querer. Mas ela não iria embora só por causa disso. Você acha que iria? Natalie ficaria aqui para brigar comigo. Ela deveria estar *aqui*.

Julian ficou em silêncio por tempo demais.

— Diga. O que aconteceu? — interrogou August, paralisado de medo.

— Corinne e eu tivemos uma reunião com o pessoal da Obser-Vinha hoje de manhã. Foi logo depois das nove. Quando Natalie apareceu, pensei que ela tivesse vindo por isso, mas minha mãe não a convidou. — Julian xingou do outro lado da linha. — Eu devia tê-la chamado por conta própria.

August não conseguia mover um músculo sequer.

— Por que você não convidaria Natalie para uma reunião com a ObserVinha? Ela conhece a empresa de olhos fechados, melhor do que vocês dois juntos.

— Sim. Você tem razão.

Ele não sabia como ainda estava conseguindo respirar, já que parecia ter uma bigorna de cinquenta toneladas no peito.

— Então... — August engoliu em seco. — Então eu perdi o compromisso no banco e logo depois ela foi até a casa de vocês e descobriu que estavam tendo uma reunião sem ela.

Minha esposa.
Minha esposa.
Nós a magoamos. Eu a magoei.

August saiu de casa outra vez, sentindo o sopro do pânico tomar conta de seus pensamentos. O galpão. Ela não estaria no galpão, mas ele tinha que olhar mesmo assim.

Ele havia pedido a Natalie que não entrasse lá e agora teria dado tudo para encontrá-la lá dentro.

Engraçado como as coisas podem mudar muito rápido.

Não. Não era nem um pouco engraçado. Ele havia pedido a ela que não entrasse no lugar em que colocava em prática o ritual de produção de vinho, aquela homenagem a seu amigo. Recusou-se a permitir que ela estivesse envolvida na produção, assim como a família dela.

August a deixou de lado em uma situação importante enquanto esperava *ela* se abrir e se aproximar, sendo que a barreira tinha sido erguida *por ele*.

— Ai, meu Deus, eu sou um idiota.

— August... — Julian suspirou no telefone. — Ainda não contei a pior parte. Ela disse que estava indo para Nova York, jantar em um lugar chamado Scarpetta. Às vezes é difícil saber se Natalie está falando sério, mas acredito que ela tenha ido mesmo.

Jesus. Não. No meio do galpão, as pernas de August fraquejaram. Ele passou a mão pelo rosto e viu tudo ao redor com novos olhos.

Não é à toa que meu vinho é uma porcaria. O processo precisava dela. Eu precisava dela.

August não era muito diferente da família da esposa. Natalie tinha se esforçado tanto para se aproximar, para ser importante para os familiares, até que acabou desistindo. August ficara muito indignado quando soube da história, porque, afinal, quem seria capaz de afastar uma mulher tão incrível, inteligente, divertida...?

E ele tinha feito exatamente a mesma coisa.

August rejeitara a sua ajuda. Rejeitara *Natalie*. Negou-lhes a chance de se aproximarem ainda mais porque insistiu em guardar a própria dor para si, no escuro. Ele era como um homem que se recusava a parar e pedir informações, mas cem vezes pior, porque ser valorizada e considerada eram coisas muito importantes para Natalie. August deveria ser o porto seguro da esposa, mas, em vez disso, a magoou durante todo aquele tempo.

Agora ela havia ido embora.

De um jeito inexplicável, ele sabia que algo estava diferente antes mesmo de chegar à fileira de barris, e, depois de tirar algumas rolhas, a diferença era óbvia. O vinho estava menos turvo. O sabor não havia melhorado cem por cento, afinal, não era tão simples assim, mas já estava bem melhor. Consideravelmente melhor.

Natalie poderia tê-lo ajudado desde o começo, mas o orgulho idiota de August não permitiu que ela fizesse isso.

— Eu estraguei tudo — lamentou-se ao telefone, deixando-se cair de joelhos no chão. — Tenho que ir.

— August, espere. — August mal tinha forças para manter o telefone pressionado contra o ouvido. — Não faz muito tempo que eu quase estraguei tudo com Hallie. Sei que você deve estar se sentindo péssimo neste momento. Eu também estou. Minha mãe e eu devemos um pedido de desculpas a Natalie, mas é você quem tem que falar com ela agora. Não perca tempo. Quanto mais cedo fizer isso, menos fundo vai ser o buraco onde você se enfiou.

— Estou cavando um buraco desde o primeiro dia, cara. Desse jeito, vou parar na China.

— Então comece a sair dele agora. — Julian fez uma pausa. — As mulheres têm uma capacidade de perdão e compaixão que os homens nunca vão compreender totalmente. Talvez ela te dê uma colher de chá.

August sentia sua vontade de viver se esvaindo.

— Eu amo sua irmã. Sou completamente apaixonado por ela.

— Sim, isso já ficou claro.

— Ela foi embora faz pouquíssimo tempo e já estou com tanta saudade que nem sei o que fazer.

— August, isso está ficando meio estranho.

— Eu sei, me desculpe. — Ele pigarreou, tentando firmar a voz, mas Julian ouviu uma fungada do outro lado. — Até mais.

— Tchau, August. Boa sorte.

August soltou o telefone e enterrou o rosto nas mãos.

— Que inferno.

Natalie tinha ido para Nova York. Estava a milhares de quilômetros de distância.

Então é melhor você ir para o aeroporto, rugiu a voz de Sam, mais alta do que nunca. *Eles não devem ter poltronas com espaço extra para as pernas, mas é só você ir meio encolhido.*

Se August pudesse materializar aquelas palavras, as teria segurado contra o peito e nunca mais soltado. É claro que Sam tinha ficado em silêncio. A consciência de August provavelmente estava bloqueando a passagem daqueles ecos mentais.

Vamos lá, August, você consegue consertar isso. Eu acredito em você.

Aquela dose final de motivação vinda na voz do melhor amigo era tudo o que August precisava para voltar correndo para casa. Se sua esposa estava do outro lado do país, ele deveria estar lá também.

Capítulo vinte e quatro

Um zumbido baixo ressoava no fundo da cabeça de Natalie.

O som começou assim que ela aterrissou em Nova York. Permaneceu quando ela fez o check-in no hotel, perto da Park Avenue, e ficava cada vez mais alto à medida que o investidor em potencial falava com ela do outro lado da mesa polida, contando sobre sua recente viagem a Mykonos. Era assim que aquele tipo de reunião funcionava. Eles não falavam de dinheiro nem estratégias de investimento, era apenas conversa fiada até os últimos cinco minutos. Antes disso, cada tique-taque do relógio era gasto para determinar se Natalie havia atingido um padrão social alto o bastante para que ele pudesse sequer se associar à imagem dela.

Em um passado não tão distante, Natalie nem precisava *fazer* reuniões, pois seu portfólio bastava. Mas essa abordagem não funcionava mais. Embora sua empresa tenha pedido que ela deixasse o cargo sem grande alarde, depois de uma ausência prolongada e sem uma companhia bem-sucedida para apoiá-la, suas ações como financista tinham caído significativamente.

— A cor da água era inacreditável — disse o investidor, mastigando a lagosta. — Era difícil dizer onde o mar terminava e o céu começava. Estávamos pensando em voltar para passar o Natal. Tem turistas demais em Nova York em dezembro.

Com base nas pesquisas de Natalie, aquele homem era da Flórida, mas tudo bem. É muito fácil reclamar de pessoas que só estão tentando tirar férias.

— Passar dezembro na Grécia é uma ótima escolha — comentou Natalie, forçando-se a responder em um tom alegre e interessado. — Lá não é tão quente nessa época do ano. É o melhor mês para ir.

Aquilo era verdade? Natalie não sabia. Ela queria estar atenta, mas não conseguia se concentrar. Será que August já tinha visto o que ela fizera no galpão? Será que ele estava com raiva por ela ter passado dos limites ou... talvez estivesse surpreso por não ter pensado em fazer o que Natalie fez e disposto a usar sua técnica, mesmo que não tivesse sido ideia dele?

Sem chance para a segunda alternativa. August era muito teimoso.

E era absurdo estar com tanta saudade dele que chegava a doer.

Os dois realmente tinham dormido juntos pela primeira vez apenas naquela semana?

Parecia que eles vinham fazendo amor havia um século.

— Ah! — O investidor interrompeu seus pensamentos ao fazer um sinal para alguém atrás de Natalie. — Acabei de ver alguns amigos no bar. Vamos fechar a conta aqui e nos juntar a eles?

A noite estava saindo do controle. Ela voara quase quatro mil quilômetros para abocanhar uma parte do dinheiro daquele homem, Claudia tinha se desdobrado para agarrá-lo para Natalie, e agora que ela finalmente estava ali com ele iria desperdiçar aquela chance?

Natalie se recompôs mentalmente e se inclinou sobre a mesa.

— Antes de fazermos isso, sr. Savage, e esta noite é por minha conta, é claro, eu adoraria conversar sobre o novo empreendimento.

— Escute, srta. Vos, vou ser sincero — interrompeu ele, limpando a boca com o guardanapo de pano e colocando-o de lado.

Natalie sentia o cheiro de rejeição a um quilômetro de distância e tudo o que conseguia pensar era: *Agora sou a sra. Cates.*

— Agradeço por ter vindo de Napa para esta reunião, mas não sei se juntar as escovas de dentes com você é uma boa ideia por enquanto.

Foi preciso um esforço físico para que ela não se engasgasse com as palavras dele.

— Entendo perfeitamente sua hesitação. Estive fora do jogo por um tempo, mas isso é uma vantagem, não um ponto negativo. Estou chegando com uma nova perspectiva. Tenho muito mais a oferecer do que as mesmas jogadas de sempre. É claro que minha empresa é muito nova, mas não é à toa que você tem a reputação de ser ousado. Você também gosta de apostar nas coisas. No início de sua carreira, investiu em microprocessadores antes desse tipo de tecnologia se tornar uma adição padrão aos portfólios.

Ele sorriu.

— Sim. Eu *sei* no que apostar.

As cinco palavras deixaram uma coisa dolorosamente clara: Savage sabia que ela havia sido demitida. É claro que sabia. Notícias como aquela furavam a bolha do setor financeiro, em especial por Natalie ter sido tão influente antes de desaparecer. Aquela era a primeira vez que alguém do mercado mencionava seu fracasso, e foi muito mais fácil do que ela imaginava que seria, quase como se a dor tivesse passado. Ser reverenciada por pessoas poderosas não era mais a coisa mais importante em sua vida. Então o que era?

Ou, mais especificamente, quem?

Natalie foi atingida por uma onda de solidão.

— Sim, você teve sucesso em sua aposta, mas tem feito escolhas conservadoras nos últimos tempos. Está vendo esses homens no bar?

Ela olhou por cima do ombro e seu estômago se revirou. Morrison estava lá. Seu ex-noivo tinha acabado de puxar um banco para a nova noiva e o barman colocava guardanapos diante do lindo casal, dizendo algo que fazia os dois rirem.

Céus. Por que ela havia escolhido justo aquele restaurante?

Era um lugar muito frequentado por pessoas do mercado. Ela reconheceu vários rostos no bar.

Natalie voltou-se para o investidor outra vez, rezando para que seu rosto não estivesse vermelho. *Continue falando.*

— Para esses homens, fazer apostas conservadoras é a mesma coisa que estar estagnado. Isso faz com que eles comecem a se perguntar se há mesmo um fluxo de caixa ou nada além de um monte de poeira definhando em algum canto. Investir comigo é arriscado? É. Mas também passa aos tubarões a mensagem de que você tem dinheiro de sobra. Dinheiro para rasgar, se quiser. Talvez, investir comigo seja como dizer: "Corro riscos, sei de algo que você não sabe." E isso abre mais portas, coloca o seu nome na boca de alguém que está pensando em quem chamar para o investimento do século. Isso o faz ser visto com novos olhos.

Natalie se recostou na cadeira.

Podia sentir que estava sendo observada. Conseguia sentir o calor nas costas. Aos poucos, as pessoas estavam percebendo que ela estava no mesmo estabelecimento que o ex e a futura esposa dele. Estavam de olho para ver se aconteceria alguma coisa. Também sabiam que ela estava ali para cortejar aquele homem e esperavam ter uma pista do resultado. Tubarões, de fato.

O discurso dela tinha dado certo? Era difícil dizer. Savage não estava mais com um sorrisinho prepotente no rosto, parecia mais irritado do que convencido pelo seu monólogo. Ele limpava o canto da boca várias vezes com o guardanapo, desnecessariamente, estudando o rosto de Natalie com atenção.

— Preciso de mais de tempo para pensar nisso — disse ele, jogando o guardanapo em cima da mesa.

Tudo bem. Era mais promissor do que um não definitivo.

Onde estava a sensação de vitória? Ou mesmo de esperança?

Ambas tinham evaporado como fumaça.

Natalie tinha dado o melhor de si naquela conversa, por ela e por Claudia, mas precisava admitir que estava torcendo para que ele dissesse não.

— Obrigada. — Natalie estendeu a mão e apertou a dele com firmeza.

O garçom pousou o caderno de couro com a conta na frente de Natalie e, propositalmente, ela entregou o cartão sem sequer olhar o valor total, o que fez Savage sorrir de novo. Depois que a conta foi paga, os dois se levantaram.

— Agradeço a atenção, sr...

— Você vai tomar uma bebida conosco antes de voltar para a terra do vinho, não vai? — Ele ergueu uma sobrancelha, olhando para o bar. — A menos que haja alguém que você queira evitar.

Obviamente, o investidor tinha visto o ex dela chegando. Aquilo era um teste de coragem ou talvez um gesto de vingança sutil por Natalie ter sugerido que ele tinha medo de se arriscar durante o jantar.

— Se eu tivesse o hábito de evitar situações desconfortáveis, não chegaria aonde cheguei.

O homem inclinou a cabeça, como se dissesse: *prove*.

— Um drinque, então — aceitou, com firmeza, virando-se para o bar.

A situação era pior do que Natalie imaginava. Todos os olhos do lugar estavam nela. Ao longo dos anos, Natalie havia se encontrado com a maioria daqueles analistas e gerentes de portfólio naquele mesmo lugar, sorrindo enquanto se gabavam de sua lista de clientes. Até mesmo compareceu a alguns de seus casamentos. Agora ela não passava de um motivo de fofoca.

Fazer contato visual com Morrison era inevitável, e todos estavam atentos a esse momento. Não importava como ela lidaria com a situação, eles aumentariam a história ou iriam retratá-la como a abandonada com dor de cotovelo. Naquele momento, a única pessoa que importava era o investidor que ela estava tentando conquistar, mas ser testada por aquele homem era extremamente exaustivo. Natalie começava a se esquecer por que aquilo era importante.

E também queria muito, muito voltar para casa e ficar com August.

Ela engoliu o caco de vidro preso na garganta, seguiu William até o bar e deixou que seu olhar se desviasse para onde Morrison estava sentado com a noiva. Acenar e sorrir para eles não foi tão difícil quanto ela esperava. Para seu espanto, ela se sentiu *bem*, como se o gesto significasse um encerramento para aquela história. Mas isso não impediu os cochichos ou os risinhos ao redor.

Os pensamentos de Natalie foram interrompidos quando outra pessoa entrou no bar.

August.

August?

Ela só podia estar vendo coisas.

Como...?

Mas era mesmo ele. Aquele soldado de dois andares era inconfundível. Seus ombros largos estavam enfiados em um paletó azul-marinho e ele havia penteado o cabelo para trás e feito a barba com perfeição. August sugou toda a atenção indesejada que antes recaía sobre Natalie como um aspirador de pó extragrande. Os homens que estavam curvados no balcão endireitaram a postura depressa, tentando competir com a altura e o borogodó do marido dela.

E que borogodó.

August entrou no bar como se todos ali estivessem lhe devendo rios de dinheiro, mas ele estivesse com preguiça demais para cobrar.

Onde tinha encontrado um alfaiate que conseguisse fazer um terno do tamanho de três homens de porte normal? E não adiantava fingir que ele não estava extremamente sexy, caminhando devagar com as pernas torneadas de tanto virar pneu no quintal da vinícola. Da cabeça aos pés, Natalie sentiu-se pulsar.

Fiquei nervosa. Fiquei nervosa olhando para o meu marido.

Talvez fosse porque, da última vez que estivera com August, ele a fizera gozar como se recebesse um salário para isso e quisesse ser promovido.

Mais, senhor. Por favor.

Espera.

Natalie acordou de seu devaneio. O que ele estava fazendo ali?

O tempo parou quando ela encontrou os olhos de August. Ele vinha na direção dela, e, pela primeira vez na noite, Natalie sentiu ciúmes, porque o terno dele estava grudado em seu corpo musculoso do jeito que ela queria estar.

Quando August estava a apenas alguns metros de distância, algo falou mais alto do que o desejo.

Felicidade.

Natalie se sentiu extremamente feliz quando o viu.

Quando percebeu que não precisaria esperar até chegar em Santa Helena para ver o marido. Ele estava ali.

Ele deveria estar do lado dela. Os dois deveriam estar *juntos.*

Era isso que o zumbido em sua cabeça estava tentando dizer.

Natalie prendeu a respiração quando August parou bem na sua frente. A conversa barulhenta no bar passou a ser apenas um vozerio distante, ou talvez o som dos batimentos cardíacos desenfreados de Natalie estivesse abafando todo o resto. E seu coração quase saiu pela boca quando August se inclinou e a beijou na bochecha, pousando a mão possessivamente em seu quadril. Ele a apertou e disse, sem usar nenhuma palavra: *senti a sua falta.* Ou será que ela estava projetando os próprios sentimentos naquele gesto?

— Com licença por um momento, sr. Savage — disse ela.

Ela puxou August para um lugar onde seu cliente em potencial não pudesse ouvi-los. Quando o cheiro cítrico dele invadiu as narinas de Natalie, ela inspirou fundo, grata por aquele perfume.

— O que você está fazendo aqui? — sussurrou, puxando-o para mais perto pelas lapelas do terno, com o cuidado de manter pelo menos um centímetro entre seus corpos. Um centímetro que os dois, obviamente, estavam ansiosos para eliminar, como denunciava a respiração ofegante deles.

— Quer saber a verdade? — August encostou o nariz no cabelo dela e respirou fundo. — Já passei por semanas infernais, por lesões, treinamentos que quase me mataram, já levei pontos sem nem mesmo tomar um analgésico que fosse. E nada disso foi tão ruim quanto ficar longe de você.

Natalie ouviu o sangue latejar em seus ouvidos. Tudo ao redor deles parecia estar acontecendo em um sonho, a quilômetros de distância dos dois. O espaço entre eles diminuiu até não existir mais, então eles se encontraram, se tocaram, e o coração de Natalie explodiu no peito.

— Eu ia voltar amanhã.

— É tempo demais. Meia hora seria tempo demais.

Se ela não se blindasse logo, iria despencar. Descanse em paz, Natalie.

— Ainda estou com raiva de você por ter perdido a reunião. Por...

— Por ter deixado você de fora. Você tem razão. Eu fiz merda. Estou errando desde o início com você. — Ele segurou e torceu o tecido na parte de trás do vestido dela. — Sinto muito. Não estou tentando dar desculpas, mas fui ver Sam ontem e não foi a mesma coisa. Normalmente, consigo fingir que ele está lá, conversando comigo, e dessa vez não consegui. Não consegui me conectar.

Uma onda de pesar atingiu Natalie. Tinha deixado August lidar com aquilo sozinho?

— Eu também sinto muito, August.

Será que todos no restaurante estavam olhando para eles? Como poderiam não estar? Mas Natalie não se importava, protegida em seu pequeno casulo, escondida atrás do corpo largo de August.

— É difícil me concentrar em qualquer coisa com você nesse terno.

De canto de olho, ela percebeu que August sorria.

— Melhor do que o meu terno do casamento?

Ela inspirou o cheiro dele outra vez e se afastou um pouco, mas mudou de ideia no meio do movimento e voltou a se aninhar contra o corpo do marido.

Estou enlouquecendo.

August segurou os punhos de Natalie e falou, com a boca logo acima da orelha dela:

— Amor?

O carinho na voz dele foi a gota d'água para Natalie.

— Acho que não vou conseguir o investimento. Tenho a impressão de que esse cara só quer me enrolar e usar o dinheiro dele para me fazer de boba. — Ela acompanhou o movimento que o pomo de adão fez no pescoço de August quando ele engoliu. — Todo mundo está olhando para mim, acham que sou uma piada. E Morrison chegou do nada com a futura esposa, o que foi a cereja no bolo para me transformar no entretenimento da noite.

August se enrijeceu quando ela mencionou o ex.

— O que você sentiu quando viu que ele estava aqui?

Ele se mostrou vulnerável ao contar a verdade para ela quando entrou. Natalie precisava retribuir o favor naquele momento.

— Nada. Não senti nada.

O peito de August subia e descia com força, a tensão diminuindo.

— E quando eu entrei?

— Eu senti... Que queria sua companhia desde o início.

August emitiu um som rouco e abriu a boca para dizer algo, mas foi interrompido por Savage.

— E quem é este cavalheiro? — perguntou o investidor.

Era imaginação de Natalie ou aquele homem tinha intencionalmente deixado a voz mais grave pelo menos em algumas oitavas?

— Sr. Savage, este é meu marido, August Cates.

— Marido? — Savage recuou alguns passos e trocou um olhar com alguns dos homens no bar. — Deve ter sido um romance-relâmpago.

Ele estendeu a mão para August, que não pareceu muito animado em soltar Natalie para cumprimentá-lo.

— Pode me chamar de William, por favor. Prazer em conhecê-lo. Lamento que não tenha chegado para o jantar.

August acenou com a cabeça.

— Prazer em conhecê-lo também.

Savage olhou bem para August.

— Você é atleta ou algo assim?

— Não. Sou das forças especiais da Marinha. Me aposentei há pouco mais de três anos.

— Está brincando! Um soldado de elite da Marinha! — Savage colocou sua bebida sobre o balcão, sem perceber que a fizera respingar no cliente mais próximo. — Quando eu era criança, sonhava em ser da Marinha. Eu falava sobre isso sem parar. Meu pai até montou pistas de obstáculos no quintal e disse que era uma área de treinamento para soldados. Eu adoraria ouvir umas histórias de batalha.

O marido olhou para ela.

— Tenho certeza de que Natalie já contou muitas hoje, não? Não sei muito sobre o mercado financeiro, mas tenho certeza de que ser mulher em Wall Street exige mais fibra do que qualquer outra coisa.

Savage riu.

— Mais do que ser da Marinha? Acho que não.

Os olhos de August pareceram ficar um tom mais escuros.

— É uma forma diferente de luta. E ela conseguiu voltar para cá sem o incentivo de ninguém. Só Deus sabe de onde vem a força interior da minha esposa, mas vou te dizer uma coisa, é muito mais do que eu tenho. É o suficiente para continuar se esforçando sem receber nada em troca, e sinto pena de quem não leva a sério alguém com tanta coragem.

Natalie teve que se controlar para não começar a chorar. Ele tinha razão, ela estava dando a volta por cima e lutando para voltar, mas esse esforço não tinha sido reconhecido. Por ninguém. E ela não era a única mulher que dava duro todos os dias apenas para que as pessoas exigissem *mais e mais*, então foi agradável imaginar que todas as mulheres celebravam aquele momento com ela. Quando seu marido finalmente *entendeu*. Quando ele finalmente a enxergou.

O investidor passara de jocoso a pensativo durante o discurso de August. Voltando a atenção para Natalie, ele perguntou:

— Se eu confiar meu dinheiro a você, qual seria sua primeira jogada?

Ela respirou fundo.

— Vamos adotar uma estratégia clássica de longo e curto prazo. Faremos investimentos inteligentes que nos colocam à frente e nos dão margem para jogar e, em seguida, partimos para as empresas de tecnologia, farmacêuticas e petróleo com base em previsões ousadas e tendências de mercado. E não estou pensando apenas nos Estados Unidos, vamos monitorar os mercados e a forma como os consumidores respondem no mundo inteiro, levando tudo em consideração, até mesmo os padrões climáticos. Se o seu dinheiro não triplicar no primeiro trimestre, devolveremos cada centavo do investimento inicial.

Savage pareceu impressionado. O orgulho de August estava evidente em cada centímetro de seu corpo, mas Natalie não podia arriscar olhar para ele ou perderia a calma.

— Vou acertar algumas coisas e ligo para você na segunda-feira — disse Savage, estendendo o braço para outro aperto de mão com August.

Em seguida, ele apertou a mão de Natalie novamente e depois foi se juntar aos amigos no bar.

— Caramba, isso foi incrível — cochichou August, tentando ser discreto.

— Calma, finja que eu sou assim todos os dias.

— Certo. Mas podemos ir embora? Essas calças estão apertando minhas bolas.

Natalie balançou a cabeça, tentando esconder a diversão em seu olhar, passando pelo marido e indo em direção à saída.

— Só você consegue fazer a proeza de atravessar o país atrás de uma mulher e depois estragar tudo em oito segundos falando sobre suas bolas.

August a seguia tão de perto que ela podia sentir o calor do corpo dele.

— Oito segundos é uma vida inteira quando os testículos estão sem circulação.

— Isso faz parte do seu plano? — perguntou ela por cima do ombro. — Quando chegarmos no quarto você vai me dizer que precisava tirar as calças imediatamente por uma questão médica?

— Bom, *não mais*. Como você me pegou no pulo, vou ter que guardar essa para a próxima.

— Para a próxima?

Ele grunhiu.

Os dois passaram pelo ex de Natalie e sua noiva. O casal os encarava com um olhar frio enquanto bebericava as respectivas bebidas. Ou será que era apenas impressão? Pelo que Natalie se lembrava, ela e a filha do sócio sempre se deram bem em eventos da empresa. A situação em si era estranha, mas não para Natalie. Por alguma razão, ela se sentiu totalmente à vontade para parar ao lado do casal, colocar a mão nas costas de ambos, e dar os parabéns pelo noivado. Ela nunca amara Morrison de verdade, então qual era o sentido em se ressentir por ele ter encontrado o amor em outro lugar?

Morrison sorriu para a noiva, que sorriu de volta. Os dois agradeceram a ela ao mesmo tempo.

Depois, Natalie pegou a mão de August — e teve que dar um leve puxão, porque ele claramente tinha algo a dizer a Morrison —, e os dois seguiram até o elevador que os levaria à rua.

— O que você ia dizer a ele? — perguntou ela quando as portas metálicas do elevador se fecharam.

— Não sei. Só consegui pensar naquela cena de *Uma Linda Mulher*, sabe? *Grande erro. Enorme*, algo do tipo. Mas aí você resolveu ser a madura da situação. Meio que me pegou desprevenido. — Ele encolheu os ombros grandes. — Mas provavelmente foi melhor assim, eu prefiro ser lembrado por citar uma cena de *Rambo* ou *Um Maluco no Golfe*.

— Estou impressionada. Você resumiu toda a sua personalidade em dois filmes.

August sorriu.

— Sua vez.

Natalie olhou para o teto. A tensão que ela sentira desde o momento em que embarcou no avião não existia mais. Estava se divertindo. Será que ela sempre se divertiria com August, mesmo quando estivessem brigando?

— *Wall Street — Poder e Cobiça* e *Missão Madrinha de Casamento*.

— Mandou bem.

— Obrigada.

Sem aviso, August a encostou contra a parede do elevador, sua boca parando apenas um sussurro acima da dela.

— Você sabe que estou tentando seguir seu exemplo e ser maduro, mas na verdade eu queria dar um soco na cara do seu ex, não sabe?

Natalie tinha tanta certeza disso quanto do próprio nome.

— Sei, sim.

— Que bom. Só para deixar claro.

— Hum.

O cérebro dela dizia: *Sexo. Sexo aqui e agora.*

Mas, para a tristeza dos dois, as portas se abriram e eles deram de cara com um grupo de mais de dez pessoas.

Xingando baixinho, August pegou a mão dela e a conduziu em direção à rua.

— Onde você está hospedada? — perguntou ele, saindo para a calçada.

Era uma sexta-feira à noite em uma parte da cidade onde não havia muitos bares, então a maioria dos pedestres eram pessoas que tinham ficado até tarde no escritório. O trânsito seguia seu ritmo alucinante de sempre, com buzinas, carros tocando música alta, transeuntes falando ao telefone.

— Fica a um quarteirão daqui — respondeu ela, falando alto em meio ao barulho da rua.

— Ah. — Ele acenou com a cabeça, puxando-a para mais perto enquanto caminhavam pela calçada. — Estou hospedado do outro lado.

Natalie tentou lutar contra a decepção que sentiu.

— Você... reservou um quarto?

— Sim. Ia falar com você sobre isso — respondeu August, com cautela. — Acredite em mim, eu queria muito que estivéssemos em um momento em que eu pudesse simplesmente ter certeza de que ficaríamos hospedados no mesmo quarto. Porra, você não tem ideia. Meu pau está igualzinho à ponta de um taco de hóquei. Você lembra como ele fica curvado quando está muito duro...

— Lembro — interrompeu ela, quase ofegante. — Lembro, sim.

— Ótimo. — Ele conteve um sorriso, mas voltou a ficar sério depressa. — Não foi certo o que eu fiz.

Natalie puxou a mão de August para indicar que tinham chegado ao hotel dela. Os dois entraram juntos no saguão. Os sons da cidade foram substituídos pelo suave burburinho de conversas e pelo som de um piano. Mas ela mal conseguia ouvir qualquer coisa além da voz de August e das batidas do próprio coração, especialmente quando ele a levou para um canto tranquilo do saguão e olhou para ela com um semblante sério.

— Eu pedi para você desistir de tudo e ficar em Napa. Pedi que se abrisse comigo quando eu não estava disposto a fazer o mesmo. Afastei você, não deixei que me ajudasse a resolver meu principal problema na vinícola. Consigo ver isso com clareza agora, Natalie. Eu agi como se fosse muito superior, como se eu tivesse todas as respostas para os nossos problemas, mas não tenho. Fui fraco. Me desculpe. Por favor, me desculpe.

Ele levou as mãos de Natalie até a boca e a beijou nos nós dos dedos. O coração dela batia descontroladamente na garganta, balançada com o toque de August, as palavras que ele dissera, a sensibilidade dele.

Natalie tinha subestimado o marido outra vez.

— Você não faz ideia do quanto eu quero subir com você. Todo mundo aqui neste saguão está prestes a ver um homem adulto chorar. Meu pau está prestes a sair do meu corpo, tomar uma forma humana e me dar um soco na cara. Mas... — Ele soltou um longo suspiro. — Eu vi você no bar esta noite e você parecia estar no lugar certo, tão elegante, confiante e sofisticada. Você arrasou com aquele filho da puta. Este é o lugar onde você *quer* estar. Eu deveria ter ouvido você desde o início. Talvez eu *não* seja a melhor opção para a sua vida. Natalie...

August se inclinou e beijou a boca dela com delicadeza, permanecendo ali por um momento. Então, engoliu em seco e deu um passo para trás, com uma tristeza avassaladora estampada no rosto.

— Preciso me preservar para não me aprofundar ainda mais no que temos, porque você vai embora. E talvez seja o *melhor* mesmo. E cada vez que estamos juntos, a ideia de estarmos separados fica mais inconcebível.

Separados? August parecia achar que ela havia voltado para Nova York de forma definitiva.

Na viagem de ida, de fato era para lá que sua bússola apontava. Nova York.

De vez.

Mas ela já não tinha tanta certeza. Como poderia tirar aquele homem de sua vida depois de ele ter entrado em cena e cuidado dela? Estava perdidamente apaixonada por August, e, em algum momento, aquilo passou a ser mais importante do que voltar para a cidade.

Muito mais importante.

A indecisão dela estava fazendo August sofrer, então Natalie precisava se decidir. O mais rápido possível. Naquela noite.

No entanto, quando olhou de volta para August, ela sentiu que a decisão já tinha sido tomada havia muito tempo.

Capítulo vinte e cinco

Então isso é o amor.

Uma dor sem fim.

De fato, o velho ditado "Se ama alguém, deixe-o ir" podia mesmo ser aplicado em situações da vida real, o que era terrível, para dizer o mínimo. No entanto, por mais difícil que fosse, o que August dissera era verdade. Natalie se encaixava naquele bar cheio de milionários como açúcar no café. Uma dose necessária de doce em meio ao amargo. Linda e pronta para enfrentar o mundo; isso estava estampado no rosto dela.

Ele se sentiu muito estranho ali, enfiado em um terno, com as mãos suadas.

A verdade sobre o motivo que o levara até ali não sairia de sua boca. Dizer a Natalie o que sentia por ela estava se tornando algo que ele *precisava* fazer para continuar respirando. Mas levá-la para a cama sabendo que um dia ela voltaria para aquela cidade em definitivo? Isso era mais doloroso do que passar por uma cirurgia sem anestesia.

O elevador daquele hotel sofisticado os levaria para cima, para um quarto com uma cama incrível onde aquele vestido formal sairia em um instante. Deslizaria direto para o chão. Ele se ajoelharia e a lamberia até ela revirar os olhos. Ali, na cama com ele, Natalie perderia toda aquela postura.

— August, em relação ao que você disse... — começou ela, fazendo uma pausa e arqueando a sobrancelha. — Eu sei o que você está pensando.

August suspirou, contendo a vontade de ajeitar sua ereção.

— Duvido.

Ela piscou, fingindo inocência.

— Não está pensando em me chupar?

August ficou sem reação.

— Você não ouviu uma palavra sequer do que eu disse? Sobre me preservar?

— Sim, eu ouvi. — Natalie respirou fundo. — Ouvi e entendo. Você tem razão. Quanto mais tempo passarmos juntos na cama, mais difícil vai ser para cada um seguir a própria vida.

Parecia um ótimo motivo para ir lá para cima, não é mesmo?

August rangeu os dentes e tentou sorrir ao mesmo tempo.

Tudo estava doendo. Seu coração, cérebro e pênis eram um tripé de tristeza.

— Vou esperar aqui enquanto você sobe. — Ele enfiou as mãos nos bolsos para evitar tocá-la. — Me avise quando estiver dentro do quarto com a porta trancada. E coloque uma cadeira na porta também, princesa. Você não tem ideia de como é fácil abrir essas travas de segurança.

— August...

— Por favor, Natalie, vá antes que eu mude de ideia. Não consigo explicar o quanto preciso de você nesse momento.

Ela era linda. Provavelmente todo mundo ali estava babando por Natalie, mas August não poderia dizer com certeza porque não conseguia tirar os olhos dela. Ele encararia quantas pontes aéreas fossem necessárias apenas para estar ali, ouvindo a voz dela.

Mas August sabia que um relacionamento a distância entre eles nunca daria certo. Ele sofreria a cada segundo longe de Natalie, e tinha uma responsabilidade com Sam. E agora com o comandante.

Pensar no comandante Zelnick o fez se lembrar do que Natalie dissera no bar. *Acho que não vou conseguir o investimento. Tenho a impressão de que esse cara só quer me enrolar e usar o dinheiro dele para me fazer de boba.*

August fora até Nova York disposto a jogar limpo com ela, mas não tinha coragem de dizer que havia mantido em segredo um investimento de duzentos mil dólares. Natalie provavelmente já ia terminar com ele, August precisava mesmo fazer com que ela o odiasse também? Colocá-lo na mesma categoria que o pai, o investidor *e* o ex-noivo? O coração dele não resistiria a esse golpe.

O que estava se passando na cabeça de Natalie? Um sulco havia se formado entre suas sobrancelhas e ela parecia estar entre a cruz e a espada. Então era isso? Será que ela ia colocar um ponto final nas coisas bem ali?

— August, preciso que você me acompanhe até o meu quarto...

— Natalie... — August sentiu a boca seca. Suas mãos pareciam inúteis quando não estavam tocando o corpo de Natalie. — Não vou conseguir levá-la até lá e não entrar.

Não pense na noite de núpcias.

Não pense...

Tarde demais.

August se lembraria da boca de Natalie naquela noite até seu último suspiro.

Naquele momento, no entanto, ele precisava aguentar firme por mais alguns minutos. Depois disso, pegaria um táxi de volta para o hotel e subiria para o quarto o mais rápido possível e então procuraria uma foto de Natalie de vestido de noiva no celular e se masturbaria. Se aquilo não provava que ele era obcecado por aquela mulher, nada mais provaria. August já havia gozado uma vez pensando no momento do casamento em que ela aceitara ser sua esposa. Isso não podia ser normal.

Natalie segurou o braço dele e o chacoalhou.

— August. Eu sei. Eu sei que você não conseguiria me acompanhar até o quarto sem entrar. — Ela subiu as mãos pelo peito do marido e segurou seu rosto. A sensação foi tão boa que ele teve que reprimir um gemido. — Você não precisa se preservar. É o que estou tentando dizer. Eu vou para casa com você. Para Santa Helena. Vou ficar lá com você. *Por* você.

O *quê?*

De repente, os pulmões de August pareceram se esvaziar e os sons do saguão se tornaram abafados e incompreensíveis. Será que ele tinha tomado um sonífero no avião sem perceber e estava sonhando com tudo aquilo? Porque August poderia jurar que Natalie havia acabado de dizer que voltaria para casa com ele.

Com o coração saindo pela boca, August mal conseguia organizar os pensamentos por conta do barulho estrondoso de seus batimentos cardíacos.

— Não estou entendendo. Você quer voltar? Mesmo depois de eu ter sido um idiota? Mesmo depois de já ter recebido o dinheiro do fundo? Mesmo depois de ter conseguido um investidor?

— Você é melhor do que todas essas coisas — sussurrou ela, com os olhos brilhando.

Ele se abaixou e apoiou as mãos no joelho. O medo que sentia finalmente dava lugar à alegria, que se espalhava pelo corpo de August como um incêndio.

— Espero que você não esteja brincando.

— Você só vai descobrir se me acompanhar até o quarto.

Os dois deram um passo largo em direção um ao outro ao mesmo tempo. Natalie segurou a mão de August e os dois entrelaçaram os dedos.

Não era um sonho. Aquilo estava acontecendo. Estava acontecendo de verdade.

Os minutos no elevador até o andar de Natalie passaram como um borrão. Ele não conseguiu nem mesmo encontrar forças para beijá-la, porque tudo o que sentia era alívio, choque e felicidade. Uma felicidade imensa. As portas se abriram, os pés dos dois se moveram por um corredor acarpetado e, com o quarto à vista, diante do reencontro iminente, o cérebro de August felizmente voltou a funcionar. Pelo menos em parte.

Quando foi que ele a segurou contra a porta? Eles estavam prestes a se beijar e os seios de Natalie estavam pressionados contra o peito de August, que sentia o corpo entrando em *combustão* com a necessidade de fazer a esposa gozar. De obedecer aos comandos dela, de sentir seus dedos se enroscarem no cabelo dele e a boceta dela pulsando...

— Pare de pensar demais, August. — Ela lambeu a boca dele devagar, puxando seu lábio inferior com os dentes. — Me leve para o quarto. Me jogue contra a parede.

August pegou a bolsa tão depressa que, se um hóspede do hotel passasse por ali naquele momento, teria achado que Natalie estava sendo assaltada.

— A chave, princesa. A chave.

Ela emitiu um som desesperado e os dois começaram juntos a vasculhar a bolsa em busca do cartão. Ao encontrá-lo, entraram depressa e fecharam a porta com um chute. Como Natalie havia pedido para que ele a jogasse contra a parede, August imaginou que estaria no controle.

Mas estava errado.

Natalie tirou a jaqueta dele e começou a desfazer o nó de sua gravata, mas abandonou a tentativa no meio do caminho e desceu para o cinto, deixando a gravata relaxada no pescoço. Spoiler: nada mais estava relaxado, como Natalie descobriu segundos depois, quando abriu o zíper de August e colocou a mão dentro da calça, envolvendo seu pau.

— Meu Deus — gemeu ela, masturbando August e sentindo-o pulsar e ficar cada vez mais duro. — Eu sei que já estou sendo redundante, mas preciso que você se veja...

Ele a pressionou contra a parede e envolveu sua boca com um beijo desesperado. *Estou beijando minha mulher. Obrigado, Deus.*

— O quê? — disse ele, pausando o beijo para respirar. — Precisa que eu veja o quê?

Os olhos de Natalie estavam desfocados, pedindo, implorando.

— Você tem o pau mais gostoso que eu já vi — sussurrou ela. — Eu juro. Eu estava pensando nele durante o voo. Durante o jantar de negócios. Se nós produzíssemos um molde dele, muita gente ficaria mais feliz.

— Não. É só seu, Natalie — balbuciou August, subindo o vestido dela com tanto tesão que chegava a doer.

Se ela continuasse falando sobre como gostava do pau dele, August ia acabar gozando ali mesmo, na mão dela.

— Você não quer dividir meu pau com ninguém, não é? — perguntou ele entre beijos, movimentando o quadril contra a mão de Natalie. — Você quer, amor?

Ele puxou a calcinha de Natalie para baixo, sobre os joelhos, deixando-a cair até os tornozelos.

— Não — ofegou ela, trêmula. — Nunca.

Ela pareceu vulnerável depois daquela confissão, então ele decidiu admitir algo também. Algo dentro dele queria que os dois estivessem na mesma página. Emocionalmente, fisicamente. Sempre.

— Eu já estava me preparando para viver de lembranças suas para o resto da vida. Isso ia me matar. — August se ajoelhou na frente de Natalie, erguendo o joelho esquerdo dela e fazendo com que ela apoiasse o pé sobre seu ombro. — Mal consigo acreditar que tenho você de verdade. Não acredito que você *me deixou* estar do seu lado.

O carinho nos olhos dela o deixava atordoado.

— Não tem nada a ver com deixar. Você é a melhor decisão que eu já tomei.

August emitiu um som rouco, e sua urgência para estar dentro dela cresceu a ponto de causar dor. Ele queria se fundir em Natalie, de todas as maneiras possíveis. Ela era sua esposa e estava completamente molhada à espera da boca de August, do seu pau. Ávido para dar prazer a ela e curar as feridas de ambos, August se aproximou e beijou Natalie entre as pernas. Depois desceu mais, abrindo-a devagar com a língua e encontrando seu clitóris, massageando-o com delicadeza e depois com mais intensidade à medida que os gemidos dela aumentavam e seus dedos puxavam o cabelo dele.

— *August.*

— Eu sei — rosnou ele enquanto a lambia. — Sei que você gosta.

Ele traçou um caminho com a ponta dos dedos da mão direita pela parte interna da coxa de Natalie, deixando-a arrepiada. Vendo-a cada vez mais ofegante, August explorou a entrada de sua boceta com o dedo médio, depois a penetrou fundo, ainda lambendo seu clitóris. Natalie se apoiava na parede, sua carne pulsando e devorando August, implorando por um segundo dedo. Então ele realizou a vontade dela, enfiando o segundo dedo em Natalie com um momento vigoroso e metendo devagar enquanto se levantava para tomar a boca dela em um beijo faminto.

— Contra a parede, então? — arfou ele. — Você andou pensando nisso?

— *Sim*. Porque você é tão forte — balbuciou Natalie, imediatamente balançando a cabeça. — Não sei por que fico dizendo essas coisas em voz alta.

— Continue. — August a ergueu e a prendeu na parede com o próprio corpo, pressionando a testa contra a dela e a olhando no fundo dos olhos. — Não esconda nada de mim.

— Não vou — respondeu Natalie, exasperada, envolvendo as pernas no quadril do marido. — Eu não... não conseguiria.

August foi atingido por um sentimento de vitória, de alegria, por mil e uma emoções diferentes.

Minha esposa. Minha esposa.

Ele empurrou o quadril para a frente e a penetrou fundo, gemendo contra o pescoço de Natalie enquanto ela gemia e atingia seu primeiro orgasmo.

— Te deixei pronta, não foi? Você adora quando eu te chupo.

— Adoro. — Ela continuou a arfar e a se contorcer entre August e a parede, apertando-o com as pernas sem tirar os olhos dourados dos dele. — Mais. Quero mais.

— Eu faço o que você quiser. — Ele passou os braços por baixo dos joelhos de Natalie e começou a enfiar nela com força. Depressa. — E o que eu quiser, também. Hoje eu vou acabar com você. Depois vou te levar de volta para a Califórnia, para sua casa. Comigo. Seu homem.

— S-sim — gaguejou ela, tentando puxá-lo para mais perto com as pernas. Soltou um gemido quando ele a abriu ainda mais e aumentou a velocidade das estocadas, empurrando-a contra a parede a cada movimento e fazendo com que seus seios pulassem do decote do vestido. — Assim. Assim. *Que gostoso.*

— *Você gosta?* — August mordeu a lateral do pescoço de Natalie. — Atravessei a porra do país para comer essa boceta apertada.

Sentir Natalie se contrair, ficar mais molhada e pulsar cada vez mais quente contra seu membro duro o fez se despir completamente do próprio orgulho. Não existia mais nada além dela. Natalie era a única coisa da qual ele precisava para sobreviver, e essa verdade, a verdade dele, transbordou como lava.

— Porra. Eu sou maluco por você. Não me lembro de um dia não ter sido. Goza, goza pra mim, princesa. *Vem. Agora.* Quero ver você gozar.

Natalie agarrou August pelo cabelo e puxou o rosto dele para um beijo feroz, quase descontrolado, gemendo contra a boca do marido. Ela estava quase lá, faltava tão pouco... então seus tremores se transformaram em um verdadeiro terremoto, seus lábios se afastaram dos de August para gemer alto enquanto suas costas continuavam batendo contra a parede. Os grunhidos de August transformaram-se em rosnados conforme seu quadril se chocava contra as coxas de Natalie, penetrando-a com fervor até chegar ao orgasmo junto com ela, sentindo o pulsar quente de sua *esposa*.

— Porra, porra, porra.

O orgasmo de August foi como pisar em terra firme depois de saltar de paraquedas em um céu escuro como breu. Por um momento, ele sentiu que estava prestes a morrer, mas então veio o alívio. Um alívio tão arrebatador que suas pernas quase cederam, mas seu corpo não permitiu que ele parasse. August prensou a bunda de Natalie contra a parede e se apoiou no corpo dela, tremendo e rangendo os dentes, seus músculos tensos pela força.

— Natalie. *Meu Deus*. Meu Deus. *Amo você. Amo tanto você.*

Seu peito quase explodiu ao dizer aquelas palavras, mas ele não podia mais reprimi-las. Eram de Natalie, pertenciam a ela. Ele pertencia a Natalie e ela precisava saber disso. Talvez ela ainda não pudesse dizer o mesmo, mas não tinha problema. August *imaginava* que ela fosse estar hesitante depois de tê-la mantido afastada. Mas ele esperaria para sempre, para o resto da vida se necessário, para ouvir aquelas três palavras vindas de Natalie. Por ora, bastava para August que ela voltasse para casa.

Quando terminou, ele cambaleou até a cama com Natalie em seu colo e se deitou, puxou-a para o mais perto possível e beijou sua testa. Ele sentia a respiração quente dela em seu pescoço e a abraçou com mais força, puxando o cobertor pelo corpo seminu dos dois da melhor maneira que conseguiu.

— August, acho que você não tem ideia do quanto significou para mim você ter vindo até aqui — disse ela, baixinho. — Acho que não tem ideia de como isso fez eu me sentir importante e amada. Obrigada.

Ele demorou alguns segundos para encontrar as palavras.

— Você é a pessoa mais importante da minha vida, Natalie. Sempre vai ser.

Ela acariciou os pelos do peito dele por um momento, depois respirou fundo, devagar.

— No dia em que você resgatou Teri Frasier e os filhos dela da enchente, eu percebi que estava apaixonada por você. Mas quando você apareceu hoje, eu... Eu tive certeza de que você era meu marido. Você foi meu marido de verdade pela primeira vez, e eu te amei tanto. Eu te amo tanto...

— Meu Deus.

O corpo de August pareceu se mover por conta própria. Ele rolou na cama e ficou por cima de Natalie, prendendo-a como se estivesse tentando capturar as palavras que ela havia acabado de dizer para que não fugissem. August sentia que seu coração não estava mais batendo dentro do peito, mas sim no céu, nas nuvens, em algum lugar. Havia grandes chances de ele estar sufocando Natalie. Que irônico seria. Mulher admite que ama homem e é imediatamente sufocada até a morte. Mas ele não conseguia controlar o próprio corpo; estava tremendo. Sentia-se tão honrado, tão grato, tão apaixonado. Tão apaixonado que não conseguia entender como todo aquele amor poderia caber dentro dele, mesmo sendo um homem grande.

— Você me ama mesmo, Natalie?

— Muito. Absurdamente. Eu *amo* você, August.

Foi como se alguém tivesse colocado uma compressa quente na alma de August.

— Vamos voltar para casa e cuidar da vinícola juntos, tudo bem? É tão nossa quanto de Sam. Eu vou ser uma pessoa melhor.

Natalie segurou o rosto de August. Os dois tinham os olhos marejados.

— Eu também vou ser uma pessoa melhor. Você não é o único que é imperfeito.

— Discordo. — Ele se aproximou e deu um beijo cheio de amor em sua esposa. — Diga outra vez que sou seu marido de verdade.

— Você é meu marido de verdade — sussurrou ela enquanto uma lágrima escorria por sua bochecha. — Agora vem.

Quando ela se virou de bruços e pressionou o quadril contra a pelve de August, ele não precisou de mais instruções. Ele estaria pronto. Sempre. Enquanto estivesse vivo.

Capítulo vinte e seis

Na manhã seguinte, depois de voltarem de Nova York, o ar parecia mais perfumado, o peito de Natalie estava mais leve e ela se sentia mais otimista do que nunca. Não era o tipo de otimismo ansioso e desesperado que acompanha a escalada hierárquica do mercado financeiro, e sim uma sensação calma, de que ela estava no lugar certo, de que era suficiente por si só e não precisava provar seu valor a todo momento.

Enquanto esperavam para embarcar no JFK, Natalie ligou para explicar tudo a Claudia e se ofereceu para compensá-la por todo o tempo que ela passara trabalhando na startup. É claro que Claudia aceitou, afinal, era uma mulher inteligente. A leal amiga de Natalie até pareceu feliz ao saber que o casamento com August estava dando certo. Não que fosse admitir isso um dia. Natalie também havia mandado uma mensagem para o assistente de Savage para avisar que não precisariam mais do investimento, a menos que ele estivesse interessado em investir em uma vinícola com uma péssima avaliação no Yelp.

Ainda não tinham recebido resposta.

Julian e Corinne estavam esperando na frente da casa de August quando eles estacionaram. August tinha avisado que estavam chegando. Sua mãe pediu desculpas — desculpas sinceras, pelo menos era o que parecia. Corinne realmente não quisera incomodar Natalie com assuntos de trabalho em sua "lua de mel", mas iria incluí-la em todas as interações com o ObserVinha dali em diante.

— Vou adorar ouvir sua opinião — dissera a mãe.

O ar estava diferente. Mais fácil de se respirar.

Natalie parou em frente ao galpão de produção.

Mesmo depois de August garantir que nenhuma parte da vinícola estava proibida para ela, Natalie ainda não conseguia simplesmente entrar onde bem entendesse. Seu marido apareceu, vindo de dentro do galpão escuro com um avental de couro sobre a camiseta branca.

— Bom dia, princesa — disse ele, acenando.

A familiaridade da voz de August fez seu corpo formigar e ela teve que se forçar a tomar um gole de café para desatar o nó que sentia na garganta.

— Bom dia.

Sem tirar os olhos de Natalie, August começou a limpar as mãos em um pano e se demorou naquilo muito mais do que o necessário.

— Gostaria que você me ajudasse por aqui hoje.

Ela apertou a caneca entre as mãos, sentindo a felicidade borbulhar no peito.

— Tem certeza?

— Tenho — respondeu August, com a voz rouca. Ele voltou a atenção para os barris por um instante e depois olhou para a esposa de novo. — Preciso de você aqui.

Natalie balançou a cabeça.

— Eu entendo se você precisar de mais um tempo, August.

Ele parecia ter antecipado essa resposta. Sua expressão não mudou e sua voz permaneceu uniforme, embora com certo esforço.

— Você já está aqui, Natalie, e quero que você fique. Não consigo fazer isso por Sam sozinho. Preciso de você comigo, sempre precisei. — Ele fez uma pausa. — Acho que foi por isso que não consegui ouvi-lo no outro dia. Sam me deu um gelo até eu tirar a cabeça do meu próprio umbigo. Agora ele está de volta.

Natalie inspirou e expirou com muito cuidado, certa de que qualquer movimento mais brusco poderia parti-la ao meio.

— Fico tão feliz, August — sussurrou, a voz trêmula. — Fico feliz por ele ter voltado.

— Eu estava tentando lidar com minha culpa por não ter salvado Sam fazendo tudo sozinho, mas a verdade é que... ele jamais desejaria isso.

August olhou em volta como se estivesse vendo o galpão pela primeira vez.

— Ele jamais iria querer que eu perdesse você para realizar o sonho dele — continuou, olhando para Natalie outra vez. — Porque você é o meu sonho. Sam gostaria que eu tivesse você tanto quanto ele próprio gostaria de ter este lugar. E eu é que estou aqui. Ele me diria para parar de frescura, parar de me afundar em culpa e viver esse sonho ao lado da minha esposa.

Era difícil encontrar palavras, ainda mais as palavras certas, então Natalie simplesmente falou com o coração.

— Você teve sorte de ter Sam, August, mas ele também teve sorte de ter você.

— Obrigado. — August pigarreou e enfiou o pano no bolso, sem jeito. — Não acredito que pedi para você ficar longe agora que quero tanto você aqui comigo, Natalie.

— Estou aqui — disse ela, ofegante, aflita para interromper August antes que ele dissesse algo que a fizesse desmoronar.

Natalie encostou a caneca contra o peito e se aproximou dele, sentindo seus batimentos atingirem um ritmo incontrolável à medida que se aproximava de August e daquele avental de couro.

— Não precisa ser tão dramático.

— Sou completamente dramático quando se trata de você. Vai ter que lidar com isso.

Ela passou por ele e entrou na unidade de produção. Os dois se encostaram e prenderam a respiração.

— Já que eu tenho que lidar com o seu drama, você vai ter que lidar com a minha palestrinha sobre as complexidades de uma uva.

— Combinado. — August seguia Natalie de perto, deixando um espaço mínimo entre os dois. — Sou todo ouvidos. E músculos, como você pode ver. Pode palestrar, princesa.

Natalie parou diante dos barris e notou imediatamente que August tinha passado a manhã toda finalizando a filtragem daqueles que ela não tivera tempo de filtrar na sexta-feira.

Ela olhou para August e encontrou uma expressão séria em seu rosto. Ele estava com os braços cruzados e parecia prestar atenção de verdade no que ela dizia.

— Hum. — Natalie umedeceu os lábios subitamente secos. Por que seu coração estava tão acelerado? — Bom, as particularidades de uma uva dependem de muitos fatores. Clima, solo, se as videiras foram estressadas ou não, a temperatura em que as uvas foram colhidas e armazenadas. Sei que você sabe o que são taninos. Eles proporcionam textura e dão estrutura ao vinho. — Natalie se virou e olhou para o equipamento em desuso atrás dela. — Parece que você deu ao vinho um curto período de maceração em uma temperatura quente; é uma boa prática para extrair os taninos. É no período de fermentação que você está errando.

— A filtragem ajudou — disse August, sem desviar a atenção do rosto dela. — Experimentei um pouco e não fiquei com vontade de arrancar minha própria língua. Mas ainda está longe de alcançar a perfeição.

— Sim. Removemos as bactérias e o excesso de levedura, mas precisamos continuar a misturar nosso vinho. Ele não recebeu oxigênio suficiente.

— É meio simbólico, não acha? — August se aproximou e beijou a lateral do pescoço de Natalie. Primeiro de leve e depois de forma carinhosa e demorada. — É tipo misturar duas vidas...

— Você vai ficar dando uma de romântico assim o tempo todo? — Ela ofegou quando os lábios de August tocaram sua orelha. — Ou a conversa sobre bactérias está deixando você excitado?

— Darei todo o romance que você quiser, Natalie princesa-rainha Cates. — Ele sorria de maneira galanteadora. — Mas é a forma como você fala "*nosso* vinho", "*precisamos* continuar a misturar". Faz parecer que somos uma equipe.

— Mas é o que somos, né? — sussurrou Natalie.

— Não só isso, Natalie — disse August, encostando a testa na dela. — Nós somos a equipe dos sonhos.

Natalie sorriu após receber um beijo do marido.

— Acho que temos o nome de nossa primeira safra.

— A primeira de muitas.

Alguns dias mais tarde, a caminho de casa depois de ter comprado meias novas para August — que parecia não ter um único par sem furos —, Natalie sentiu o repentino impulso de parar e comprar flores. Aquilo era muito diferente do que ela costumava fazer antes, que era passar por uma das lojas de vinho de Santa Helena e comprar uma ou várias garrafas de Cabernet. Quem era essa pessoa em quem Natalie estava se transformando aos poucos? Ela nem sequer tinha usado o secador naquela manhã, apenas deixou o cabelo secar naturalmente depois de sair do banho, ansiosa para encontrar August, que já estava trabalhando.

Todas os dias de manhã, Natalie tomava café observando August pela janela. Ela abria um sorriso sempre que ele olhava para trás à procura dela, visivelmente ansioso para estarem juntos. Ela abria mão de seu tempo secando o cabelo de bom grado para poder observá-lo. Para poder presenciar o quanto seu marido queria a companhia dela. O quanto ele a queria por perto, o tempo todo.

Natalie entrou no acostamento de terra, estacionou e saiu do carro. No banco de trás, havia sacolas com ingredientes para o jantar que August iria preparar para eles, porque algumas coisas nunca mudam. Ela já havia se tornado vinicultora, não iria virar chef de cozinha também. Havia apenas um cozinheiro na família, e sua tentativa lamentável de fazer ovos no dia anterior era a prova disso. Casar-se com um homem que já tinha sobrevivido se alimentando apenas de comida enlatada havia sido uma jogada genial: ele engoliu os ovos sem pestanejar e depois pareceu só um pouco enjoado.

A caminho da barraca de flores, Natalie sentia o peito cada vez mais preenchido. A sensação parecia se derreter por seu corpo, indo parar na ponta dos dedos. Ela acelerou o passo, ansiosa para chegar em casa.

Algo dentro de Natalie se curava muito depressa. Não apenas por causa desse trem de amor e afeto que a havia atropelado, mas porque ela se esforçara para conseguir exatamente o que precisava e merecia, sem aceitar nada menos do que isso. E a *recompensa*...

Era como as flores silvestres que transbordavam da barraca à beira da estrada. Coloridas. Lindas. Quanto mais observava os buquês, mais encontrava coisas novas, diferentes. Natalie passara muito tempo atrás de uma parede cercada pelo medo de rejeição enquanto August estivera do outro lado. Eles não conseguiram enxergar um ao outro até escalarem a barreira e se encontrarem no topo. Em um mar de flores.

Ou em um mar de uvas, no caso deles.

— O que vai levar? As rosas ou os lírios?

Natalie levantou a cabeça. Ainda não tinha eliminado as outras opções. O florista estava mesmo falando com ela?

Um homem que ela não tinha notado antes se aproximou do lado oposto. Ela o reconheceu: era o comandante de August, o comandante Zelnick. O que ele estaria fazendo em Santa Helena?

O homem olhou para Natalie pelo canto do olho e fez um gesto educado de cabeça, mas obviamente não a reconheceu — e não era de se admirar. Da última vez em que a vira, ela estava toda arrumada, de cabelo feito e maquiagem. Ali, na barraca de flores, Natalie usava uma calça jeans folgada e uma regata sem sutiã. Seu rosto estava vermelho de sol e seu cabelo, despenteado pelo vento.

Ela se aproximou lentamente do comandante, com a intenção de se apresentar mais uma vez e perguntar o que o havia trazido de volta a Santa Helena. Ele respondeu ao vendedor:

— Não sei bem. Eu a vi apenas uma vez, mas acho que ela faz mais o tipo de quem prefere rosas.

Seria possível que ele estivesse indo visitar August e que aquelas flores fossem para Natalie? Mais do que possível, era provável. Quem mais aquele homem poderia conhecer em uma cidade onde ele não morava?

Enquanto o vendedor de flores montava o arranjo com as rosas, Natalie se aproximou, pigarreando educadamente.

— Com licença, comandante Zelnick? Sou eu, Natalie, a esposa de August — disse ela, estendendo o braço para um aperto de mão sem conseguir conter um sorriso depois de pronunciar aquelas palavras. — Acho que você está comprando flores para mim.

Depois de um momento de confusão, ele apertou a mão de Natalie, constrangido.

— Desculpe, não reconheci você.

Eu também não tenho me reconhecido ultimamente.
Pelo menos não as partes novas. As partes boas.

Natalie assentiu, apontando para sua calça jeans meio suja.

— Eu imaginei mesmo. Nós passamos parte da manhã trabalhando na vinícola, cultivando o solo. Dei um pulinho no mercado para comprar algumas coisas para o jantar. Temos o suficiente para três pessoas. Imagino que você esteja indo visitar August?

— Sim, estou. É bom fazer uma visitinha surpresa de vez em quando.

O comandante aceitou o buquê do vendedor, hesitou por um instante e depois o entregou a Natalie, ruborizando de leve. Ela riu.

— São lindas, obrigada. E você acertou na mosca, eu definitivamente prefiro rosas.

— Excelente. — O comandante entregou uma nota de vinte para o florista e fez um gesto para que ele ficasse com o troco. — Então nos vemos daqui a pouco na Adega Zelnick. Estou curioso para ver como August aproveitou meu investimento. Talvez em um novo equipamento ou...

Ele não terminou a frase, esperando que Natalie acrescentasse alguma coisa. Mas ela não tinha o que dizer.

Investimento?

Sem perceber que ela não sabia do que ele estava falando, o homem continuou enquanto tirava as chaves do carro do bolso da calça.

— Sei que foram apenas algumas semanas, mas mal posso esperar para ver quais melhorias foram feitas.

Algumas semanas.

O comandante tinha dado dinheiro a August? Havia investido no vinhedo?

Eles estavam tão felizes desde que voltaram de Nova York que não tinham falado sobre o encontro que haviam perdido com Ingram. Ainda não haviam tentado remarcar e August não tocara mais no assunto. Se o comandante fizera um investimento na vinícola semanas antes, será que ele precisaria de um empréstimo, para começo de conversa?

August também estava guardando um segredo?

Será que ele *precisava* mesmo ter se casado com ela?

— Que investimento? — perguntou ela, baixinho.

August tirou o pano do bolso de trás e o passou pela testa suada, sorrindo ao ouvir um carro parar na frente da casa. *Querido, cheguei*. Ele implorara para que Natalie dissesse isso ao menos uma vez, e ela havia se recusado até então, mas ele certamente conseguiria convencê-la em algum momento. Talvez esta noite. Talvez *agora mesmo*.

August tirou a camisa.

Foi até a porta dos fundos e fez algumas flexões no batente, torcendo para que isso fizesse seus músculos saltarem. A esposa era doida pelos peitorais dele. E ele era doido por ela. A semana desde que voltaram de Nova York não tinha sido apenas a mais feliz de sua vida, mas a mais feliz que *qualquer um* no mundo poderia ter, e ele estava pronto para brigar feio com quem discordasse.

Não que August conseguisse encontrar irritação suficiente para brigar com alguém. A vida era um mar de rosas e ele estava nas nuvens. Seu casamento era real. Sua esposa estava feliz com ele. Aquela obra de arte de carne e osso era *apaixonada* por August. A cada dia, ele descobria mais sobre Natalie. Onde ela sentia cócegas; a rotina muito específica que seguia durante o banho e que envolvia mais ou menos nove produtos diferentes, todos muito cheirosos; a voz de bebê que Natalie usava para falar com Pimenta quando achava que August não estava por perto.

O jeito esperançoso como ela falava sobre a família enquanto tentavam se reconectar; a maneira atenta com que ela o ouvia, como se adorasse ser sua confidente; o fato de que, às vezes, tudo o que Natalie precisava era de um elástico para prender o cabelo. August até tinha começado a andar para cima e para baixo com elásticos pretos no pulso, já que Natalie nunca conseguia encontrar um, embora eles estivessem espalhados por *todos os cantos* da casa. Às vezes, bastava ele lhe entregar um para arrancar um sorriso da esposa. Quando August fez isso pela primeira vez, ela olhou para ele como se ele tivesse acabado de virar a cadeira para ela no *The Voice*.

Eles brigavam pelo controle remoto da televisão.

Eles brigavam por *muitas coisas*.

Natalie não sabia nem fritar um ovo.

E August a amava com todas as forças.

Por isso, eles sempre se reconciliavam bem rápido, o coração de August ficava pequenininho e tudo o que ele queria era deixá-la feliz outra vez. Natalie também não gostava mais de brigar com o marido. Havia sido ranzinza naquela manhã antes de tomar café e, dois minutos depois, estava se arrastando para o colo dele com beijos de desculpas. O que levou a um sexo de reconciliação. Ele ficava duro só de pensar no beicinho que ela fazia ao dizer "Me desculpa?" em meio ao beijo enquanto cavalgava nele.

Bastava Natalie subir em seu colo para que seu cérebro virasse pudim.

Será que era possível se casar com ela outra vez ou ele tinha que esperar alguns anos para renovar os votos?

Aquela mulher tão espetacular tinha derrubado barreiras dentro de August que ele nem sabia que existiam. Natalie o ajudava a concretizar o sonho de Sam, e, aos poucos, aquele se tornava o sonho *deles* também. E isso era maravilhoso. Aquela passara a ser a vida de August e ele queria desesperadamente continuar a vivê-la para todo o sempre.

August desceu do batente da porta depois de mais algumas flexões. Franziu a testa ao escutar a chegada de um segundo carro. Quem poderia ser?

Quando saiu do galpão, lá estava a pessoa que ele queria ver: Natalie. Ela vinha com um buquê de rosas no braço, olhou para ele com uma expressão estranha e entrou depressa em casa, fechando a porta. O que diabos estava acontecendo?

Ele estava prestes a se virar para ir atrás dela quando viu seu comandante saindo do segundo carro.

— Cates.

Como sempre, August endireitou a postura imediatamente ao ouvir a voz do comandante, mas sua mente não seguiu o mesmo caminho. Não desta vez. Havia algo de errado com sua esposa. Por que seu pescoço estava formigando como se estivesse em perigo iminente?

O comandante Zelnick se aproximou com as mãos cruzadas atrás das costas.

— Não queria chegar de surpresa de novo, Cates, mas nunca sei ao certo quando terei tempo livre para vir de Coronado. — Ele acenou com a cabeça para o galpão. — Parece que as coisas estão melhorando.

— Estão, senhor — respondeu August automaticamente.

E era verdade. Naquele momento, no entanto, parecia que um peso de cem quilos estava sobre os ombros de August.

— Senhor, você se importaria de me dar um minuto enquanto eu vou ver o que está acontecendo com a minha esposa?

Não era a intenção de August suas palavras soarem tão desconexas, mas seu raciocínio estava atrapalhado. Natalie tinha parado para comprar flores? Para a casa? Por que isso trazia uma sensação estranha? E por que ela não tinha sorrido para ele?

Será que havia algo de errado?

Sim. Algo estava errado.

Ele tentara não pensar sobre isso durante aquela semana tão feliz, mas com a visita de seu comandante, o segredo monumental que August estava escondendo de Natalie cravou os dentes em sua jugular. Toda vez que achava que tinha criado coragem para contar a ela sobre o investimento, ele se lembrava da maneira como o pai e o ex-noivo a tinham manipulado quando o assunto era dinheiro. Havia também a situação com o investidor de Nova York. Natalie ficara ressentida por aqueles homens não terem sido francos em relação ao dinheiro.

Vou contar em um momento mais adequado, era o que ele pensava. *Assim que a poeira baixar depois de minha última burrada*. Fazia pouco mais de uma semana que ele a fizera fugir para o outro lado do país. Os dois estavam tão felizes que August só queria dar mais tempo para que o casamento deles tivesse mais pontos na coluna dos prós antes de adicionar *mente em relação a dinheiro* na coluna de contras.

— Claro, claro, vá cumprimentar sua esposa — respondeu o comandante, rindo. — Não a reconheci na barraca de flores. Ela está diferente. Diferente no bom sentido. Mais feliz.

— Obrigado — balbuciou August, sentindo o coração disparado. — Você... por acaso você mencionou o investimento? Eu ainda não tinha contado para ela.

O homem pareceu confuso.

— Por que não?

— É difícil de explicar. — August dobrou o tronco, apoiando a mão sobre os joelhos e respirando fundo. — Você contou? Ela sabe?

— Sim, acabei mencionando.

— Que merda.

— Cates?

— Desculpe. Que merda, senhor.

Ele estava ferrado. Muito ferrado.

August estava prestes a ter um infarto do miocárdio. E ele nem sabia onde o miocárdio ficava. Ou para que servia.

Conserte isso. Conserte agora.

— Preciso de um momento a sós com Natalie, senhor — disse ele, nervoso. — Se ouvir vidros quebrando e portas batendo, não se preocupe, isso é normal por aqui.

— Prefere que eu volte em outro momento?

— Talvez seja uma boa ideia, senhor — respondeu August, já marchando para casa.

O comandante acenou brevemente com a cabeça e voltou para seu carro, como se uma batalha estivesse por vir.

E estava mesmo. Uma das grandes.

Por que diabos August tinha escondido aquilo de Natalie por tanto tempo? Ele já não devia ter aprendido?

August parou e colocou a mão na maçaneta. Depois de hesitar por alguns segundos, abriu a porta devagar e esperou um pouco, só para se proteger caso uma frigideira voasse do outro lado da sala.

— Princesa?

Ela não respondeu.

Que merda. Estou ferrado.

Ser ignorado por Natalie era muito pior do que discutir, porque provavelmente significava que ela estava magoada. Aquilo era uma tortura.

— Natalie — disse ele, entrando na casa devagar. — Me desculpe. Eu ia...

August parou onde estava ao se deparar com algo que ele não esperava ver. Natalie estava de pé no meio da cozinha, torcendo as mãos. Ela parecia estar... nervosa? Por quê?

Era normal que as pessoas ficassem nervosas antes de pedir o divórcio?

Provavelmente.

Ele sentiu a última refeição subindo à garganta.

— Me desculpe — pediu August com a voz embargada. — Eu ia contar, mas a gente estava tão feliz, eu não queria que você pensasse que sou igual ao seu pai, ao Morrison ou ao Savage. Por favor, me escute, não é o que você está pensando. Sim, eu aceitei o investimento do pai de Sam. Mas não foi porque eu não queria sua ajuda com o empréstimo. Não foi uma forma de rejeição. De jeito nenhum. Natalie, eu só queria...

Ele se aproximou e segurou os ombros dela, abaixando-se para olhar em seus olhos. August sentiu o sangue gelar ao perceber que os olhos de Natalie estavam marejados. *Não. Por favor, não. Eu jurei que nunca mais faria Natalie chorar.*

— Eu queria que você conseguisse seu fundo fiduciário. Você precisava desse dinheiro e eu amo você. Não sabia se você ia querer casar comigo se o acordo fosse unilateral. Eu me casei com você porque, na primeira vez que a gente se viu, você pegou meu coração, enfiou na bolsa e não devolveu. E não *quero* que você devolva. — August estava começando a se enrolar. *Fale direito*. — Ter escondido isso de você não teve nada a ver com orgulho ou com ser bem-sucedido na vinícola sozinho. Eu só queria fazer algo importante para a mulher que é a razão que me faz levantar da cama todos os dias. Foi tudo por amor, nada além disso.

Vários segundos se passaram em silêncio.

— Também preciso contar uma coisa para você — sussurrou ela, tremendo tanto nas mãos de August que ele estava começando a ficar preocupado. — Ah, August...

— O que foi? Pode me dizer. Não tem nada que a gente não possa resolver.

Ela inspirou profundamente e soltou o ar devagar pelo nariz.

— No dia do casamento, meu pai ligou e se ofereceu para liberar o fundo. — Natalie estudou a expressão de August enquanto lágrimas escorriam pelas bochechas. — Eu não aceitei. Não por orgulho nem nada assim, mas porque eu *queria* me casar com você. Eu não sabia o que sentia por você na época, mas... — Ela esfregou os olhos e soluçou. — Eu amava você. Hoje eu sei disso, hoje eu tenho certeza.

August foi atingindo por uma onda violenta de felicidade.

— Espera. Calma aí. — Ele se jogou em uma das cadeiras da sala de jantar, que derrapou ruidosamente sob seu peso. — Estou passando mal, não consigo respirar.

Natalie se ajoelhou na frente dele, tateando o corpo do marido como se estivesse tentando encontrar algum ferimento. Como não havia nada, ela segurou o rosto dele entre as mãos.

— August!

— Está tudo bem. Só não sei se quero chorar ou vomitar.
— Não faça nenhuma dessas coisas.
— Brincadeirinha.

Ele também segurou o rosto de Natalie, maravilhado com aquela mulher. August talvez levasse cem anos para se recuperar da confissão que a esposa acabara de fazer, mas desde que ela estivesse lá para abraçá-lo, não haveria problema algum.

Atordoada, Natalie balançou a cabeça.

— Então, tecnicamente, a gente não precisava ter se casado? A gente apenas... quis fazer isso?

— Não, eu *tinha* sim que me casar com você.

— Você entendeu o que eu quis dizer.

— Eu te amo — disse August, dando um beijo estalado em Natalie. Ele pausou por um momento para memorizar o rosto molhado da esposa e o afeto que emanava dela. — E sei que não importa como ficamos juntos, era pra ser. Amar você é a melhor coisa que já me aconteceu.

Natalie saltou do chão para o colo de August, o lugar favorito dela, e distribuiu beijos por todo o rosto do marido, que aceitava o carinho com alegria. *Deus, se você estiver ouvindo, por favor, por favor, deixe que a vida seja assim para sempre.*

— Também amo você, August Cates — disse ela, por fim, contra os lábios dele. — Apesar de todas as brigas. Talvez até por causa delas. Não existe nada que me deixe mais feliz do que brigar com você.

Sua esposa, o amor da vida dele, o beijou com lágrimas nos olhos.

E finalmente o mundo fez sentido.

Epílogo

Oito anos depois

Ao longo de oito anos de casamento, Natalie já tinha visto August ficar nervoso muitas vezes. Eles sempre foram, e continuavam sendo, pessoas de temperamento explosivo que, além de tudo, administravam juntos uma vinícola de sucesso. É claro que os dois brigavam. Mas a beleza da coisa estava no perdão, e nisso eles eram *muito* bons. Por mais que discutissem sobre o controle de temperatura do vinho ou sobre estratégias de plantio, nenhum dos dois conseguia ficar bravo por muito tempo. Um deles geralmente cedia após alguns minutos de silêncio e os dois acabavam fazendo as pazes na adega, fora do alcance dos ouvidos dos funcionários.

Sim, ela já tinha visto August furioso. Mas nunca tão furioso como naquele dia, quando ele descobriu que o parceiro de dança da filha não tinha aparecido para a apresentação.

— Eles estão praticando há cinco meses e ele não aparece *no dia* do evento.

August andava de um lado para outro, passando a mão pelo cabelo que agora começava a ficar grisalho nas têmporas, despenteado pelo vento.

— Como ela está? Princesa, não me diga que ela está chorando.

Os dois estavam do lado de fora do auditório da escola junto com os familiares: Hallie, Julian, Corinne e seu novo marido e os pais de August, que tinham vindo do Kansas para a grande noite. Na verdade, era difícil manter os pais de August *longe* de Napa. Eles tinham descoberto uma paixão tardia por Cabernet, comprado roupas de linho e chapéus de palha e agora poderiam facilmente ser confundidos com habitantes locais. A mãe de August se referia ao seu novo estilo elegante como "roupas de vinho", e Natalie a adorava. Afinal, aquela mulher havia criado o amor de sua vida, um homem que assumiu a paternidade como se tivesse nascido para ser pai de menina.

O que era ótimo, já que eles tinham três.

Parker, a mais velha, tinha sete anos, e todos a chamavam de Parks.

Elle, a mais nova, tinha dois.

As duas estavam em casa com a babá, a mesma casa onde August entrara carregando Natalie no colo. E onde fizeram muitas reformas e adicionaram muitos quartos.

Pimenta os castigava até hoje.

Samantha, a do meio, tinha cinco anos e meio e era muito séria — e aquela era a noite de sua apresentação de jazz. A irmã mais velha, Parker, praticava esportes. August dedicava muito tempo a treinar as equipes dela. Quando Samantha se interessou por dança, ele se dedicou ao máximo para dar o mesmo nível de atenção aos gostos da filha do meio, para que ela não se sentisse menosprezada. Ele podia até não dar ele mesmo as aulas de dança, mas fez tantas perguntas nos ensaios que a professora passou a ignorar sua mão levantada.

— Ela está um pouco chateada, mas é natural. Nós comemos alguns biscoitos e tomamos suco com a professora, então ela já está um pouco mais animadinha — explicou Natalie, segurando August pelo braço e puxando-o para mais perto. — Ela está bem. Não é o ideal, mas ela ainda pode dançar, mesmo sem o parceiro.

— Tem um salto na segunda transição, Natalie. — August encarava a esposa com um semblante sério. — Ela não pode saltar e segurar a si mesma.

Natalie sentiu uma pontada de ansiedade.

— Olha, ela vai superar isso. Vai ser uma boa lição. Às vezes, a vida nos dá limões...

— Ninguém dá limões para as minhas meninas — interrompeu ele, visivelmente ofendido. — Isso vale em dobro para a minha esposa. É bom que ninguém esteja te dando limões.

Ele beijou Natalie.

— Ninguém está me dando limões.

A boca de Natalie parecia ter distraído August do problema em questão.

— Você está maravilhosa hoje, sabia? — elogiou ele. — Eu ia dizer isso assim que chegamos, mas aí você jogou essa bomba do parceiro ausente. Mas, pelo amor de Deus, olha só para essas pernas. Eu poderia devorar você aqui mesmo.

— Como nossas famílias estão aqui — sussurrou Natalie, gesticulando na direção dos outros —, isso vai ter que esperar até mais tarde.

— Você leu minha mente. Nos encontramos na adega?

— Não sei por que ainda não levamos uma cama para lá.

— Gostosa *e* inteligente. — August beijou a testa de Natalie e a envolveu em um abraço apertado. — Como fui dar tanta sorte?

Ela respirou fundo, inalando o perfume cítrico do marido, e, por um momento, não existia nada no mundo além dos dois. Aquele homem com quem ela se casara sob o pretexto de um casamento por conveniência, mas por quem fora apaixonada desde o começo. Aquele homem que se tornara seu melhor amigo, seu sócio, seu maior apoiador e seu parceiro na aventura da parentalidade. Eles eram a melhor coisa que tinha acontecido um ao outro, e os dois sabiam disso.

Em retrospectiva, oito anos tinham se passado na velocidade da luz e, ainda assim, cada momento era tão vívido que Natalie poderia reproduzi-los em câmera lenta, quase como se vivesse duas vezes aquelas lembranças tão cheias de amor. Na noite em que abriram uma garrafa da primeira safra e perceberam que o vinho tinha um sabor decente, August colocou Natalie nas costas e correu pelo vinhedo. Ela não teve tempo de fechar a garrafa, então os dois estavam cobertos de vinho quando caíram no chão e fizeram amor sob a luz do luar e em meio ao cheiro de uvas e de terra. Após mais dois anos de trabalho árduo, o vinho deles começou a ficar melhor do que decente, e foi em boa hora, porque Natalie acabara de descobrir que estava grávida de Samantha.

Engraçado. Natalie nunca tinha pensado em ser mãe, não até conhecer alguém que a lembrou de como ela era uma mulher corajosa. Alguém que a muniu com o dobro de sua força, porque eles se tornaram uma equipe. Para todos os momentos. Isso fez Natalie se sentir parte tão vital de uma família que ela começou a sonhar em expandi-la. E qual foi a resposta de August quando ela falou sobre ter filhos?

Princesa, eu não via a hora de você perguntar.

Eles não saíram do quarto por quarenta e oito horas.

Dez meses depois, August desmaiou de ansiedade na sala de parto, bateu a cabeça em um carrinho de metal e teve que levar dezenove pontos.

Ele ainda tinha a cicatriz e dizia que isso o deixava mais sexy.

E Natalie não podia discordar. Quem não gostaria de ser lembrado de que o marido tinha tanta empatia e amor pela família que havia até perdido a consciência por causa disso?

Esse era August. Empatia, amor... e apoio incondicional. Quando ela quis usar o dinheiro de seu fundo fiduciário para comprar ações da ObserVinha, ele a apoiou sem questionar e observou orgulhosamente ao seu lado o investimento quadruplicar no intervalo de um ano. Ela conseguiu convencer Corinne e Julian a fazerem o mesmo, e a fé deles em Natalie curou uma ferida profunda que estava à espreita desde a infância. A partir de então, a família Vos ficou mais unida. Os jantares em família eram mais bagunçados, graças às suas filhas. Julian e Hallie também eram pais de dois meninos de cinco anos, gêmeos. Um deles era muito sério e tinha uma profunda obsessão por tubarões. O outro era levado até os ossos e já havia sido encontrado pendurado no lustre da sala de jantar da casa de Corinne.

Um dia, em um futuro não muito distante, os primos virariam Santa Helena de ponta-cabeça.

Mas, por enquanto, a crise do momento era a apresentação de dança.

— Você acha que eu deveria falar com ela? — perguntou August, acariciando o cabelo de Natalie. — Ou será que vou piorar as coisas?

— Impossível — respondeu ela automaticamente. — Com você tudo fica melhor.

Ele inclinou a cabeça em um sorriso quase tímido.

— Você está emotiva pensando no passado outra vez?

Ela comprimiu os lábios e assentiu.

— Talvez.

Lentamente, o sorriso de August deu lugar a uma expressão séria.

— Se eu pudesse, faria o tempo passar mais devagar quando estamos juntos, Natalie. Cem anos não serão suficientes do seu lado.

Se eles continuassem daquele jeito, ela ia acabar ficando emocionada e chorando na frente da família inteira. Respirando fundo, Natalie começou a ajeitar a gola da camisa de August.

— Vá falar com Samantha. Ela precisa de você.

Antes de se afastar, August olhou para a esposa por um longo tempo, como se tentasse memorizar cada traço de seu rosto. Natalie não soube dizer o que a fez ir atrás dele; talvez quisesse servir de apoio caso Samantha chorasse outra vez, ou talvez apenas quisesse testemunhar um momento entre August e a filha do meio. Mas, por qualquer que fosse o motivo, ela foi atrás dele até a entrada do palco e espiou pela fresta da porta.

Lá estava Samantha, cópia fiel de Natalie quando tinha aquela idade, sentada no joelho de August com seu vestido de lantejoulas verde-esmeralda e uma cartolinha da mesma cor. Como Natalie temia, a menina estava com cara de choro novamente. Por mais forte que fosse o seu impulso de ir confortar a filha, Natalie permaneceu onde estava. August daria conta do recado.

— Quer saber de uma coisa? — August verificou se não estavam sendo ouvidos, olhando para trás em um gesto teatral. — É melhor assim. Aquele menino estava sempre com meleca no nariz.

Samantha deu uma risadinha.

— Vão dizer que ele está com catapora, mas a gente sabe qual é a verdade. A verdade é que ele não conseguia acompanhar você.

— Conseguia, sim — discordou a filha, sempre lógica. — Acho que ele só está com catapora, mesmo.

— Bom, se você diz — comentou August, com ceticismo. — Mas de uma coisa eu sei: vou estar sentado na plateia pensando em como você é corajosa, eu e toda a família. Você é muito corajosa, Samantha. Igual à mamãe. Você se lembra de quando contei a história sobre ela ter vencido aquele malvado de terno de Nova York?

— Lembro.

— E da história de como ela se casou com um bobalhão para poder seguir os próprios sonhos?

Samantha soltou uma risadinha pelo nariz.

— Você não é bobalhão.

— Eu era. Às vezes, ainda sou. Ainda bem que vocês me amam. E você se lembra do dia em que estávamos limpando a adega e um morcego saiu voando? Eu dei um grito, mas a mamãe nem piscou. Você herdou a coragem dela.

A filha ficou quieta por um longo momento, parecendo prestes a começar a chorar de novo.

— Papai?

— Sim?

— Eu tenho que ser corajosa sozinha?

— Não tem, não. De jeito nenhum — respondeu August, sem pestanejar.

E foi assim que ele acabou dançando com Samantha na apresentação, usando uma cartola verde com lantejoulas presa no cabelo. Ele executou cada passo com perfeição. Mais uma lembrança que Natalie repetiria em sua mente várias vezes pelo resto de suas vidas.

Agradecimentos

Quando parei para escrever este livro sobre inimigos que se apaixonam, perguntei a mim mesma: "Qual é a única coisa que me deixaria feliz depois de terminar um livro sobre duas pessoas que vivem em cabo de guerra? O que me reconfortaria depois de tantas farpas trocadas?" A resposta me ocorreu de imediato: eu precisaria de provas incontestáveis de que o herói sempre amou a heroína. Espero que concordem que é exatamente o que acontece nesta história. De todos os personagens que já criei, August e Natalie estão entre os meus favoritos. Espero que também se apaixonem por eles, com toda a teimosia e a sensibilidade dos dois.

Obrigada a todos que trabalharam neste livro que eu amo tanto, e um obrigada especial à minha editora espetacular, Nicole Fischer, que nunca falha na missão de fazer uma história brilhar. Agradeço também a Daniel H., que tirou minhas dúvidas sobre finanças. Até hoje não sou boa em matemática.

E, como sempre, obrigada aos melhores LEITORES do mundo. Vocês são muito gostosos!

Com amor,
TESSA

- intrinseca.com.br
- @intrinseca
- editoraintrinseca
- @intrinseca
- @editoraintrinseca
- editoraintrinseca

1ª edição	AGOSTO DE 2024
impressão	CROMOSETE
papel de miolo	LUX CREAM 60 G/M²
papel de capa	CARTÃO SUPREMO ALTA ALVURA 250 G/M²
tipografia	PALATINO